S. FISCHER

ERNST-WILHELM HÄNDLER

Das Geld spricht

Roman

S. FISCHER

Erschienen bei S. FISCHER
2. Auflage Dezember 2019

Satz: Dörlemann Satz, Lemförde
Druck und Bindung: CPI books GmbH, Leck
Printed in Germany
ISBN 978-3-10-397451-5

Caprica Six: »Are you alive?«
Human envoy: »Yes.«
Caprica Six: »Prove it.«

BATTLESTAR GALACTICA, *Opening scene*

» … a tale told by an idiot, full of sound
and fury, signifying nothing.«

SHAKESPEARE, *Macbeth*

Der Schatten eines Flugzeugs gleitet über den in der Hitze flimmernden Asphalt und die blendend hellen Glasoberflächen der Hochhäuser. Der Gründer hebt beide Arme hoch und beugt sich vor – es würde nicht verwundern, wenn er sich durch die geschlossene Fensterscheibe hinauslehnen könnte. Es wäre auch keine Überraschung, wenn er sich fallen lassen und während des Falls in einen Vogel verwandeln würde, der majestätisch mit seinen Schwingen schlägt, denkt der Banker.

Der Gründer hat eine halbe Milliarde Dollar aus seinem Börsengang in den USA übrig, die er nicht in seine Firma investieren will. Aus dem obersten Stockwerk der Hauptverwaltung einer großen deutschen Bank betrachtet er Frankfurt.

Auf der Visitenkarte seines Gesprächspartners steht *President* und *Private Wealth*. Der Banker ist unrasiert, seine Haare sind durcheinander. Er hat Karriere gemacht, er kommt aus dem Firmenkundengeschäft und ist jetzt der Chef des Privatkundengeschäfts. Der Gründer wollte *ihn* sehen und niemanden sonst.

An einem Montagmorgen beschreibt der Banker die Parameter des Anlageuniversums: Die Rendite zehnjähriger Staatsanleihen mit erstklassiger Bonität beträgt nur einen Bruchteil der bereits äußerst geringen Inflationsrate für die

Konsumentenpreise. Die Notenbanken pumpen unaufhörlich Liquidität in die Wirtschaft. Aber das Quantitative easing löst die Probleme des Finanzsektors und der Realwirtschaft nicht. Negative Realzinsen bedeuten Enteignung, die vor allem die Kleinsparer trifft.

Der Banker sagt, dass es keine Geheimnisse gibt. Damit hat der Gründer nicht gerechnet: Alle anderen, mit denen er über seinen Börsengang gesprochen hat, haben gesagt, dass es sehr wohl Geheimnisse gibt. Wenn man die kennt, kann man aus dem Geld aus dem IPO noch viel mehr Geld machen.

Ein nicht zuständiger Banker verirrt sich in den Besprechungsraum. Er erkennt den Gründer sofort und geht rückwärts aus dem Raum. Es sieht so aus, als würde ihn der Gründer mit der Kraft seiner Gedanken aus seinem Gesichtsfeld entfernen.

Der Gründer redet mit völlig ausdruckslosem Gesicht. Bar, so scheint es, jeden Gefühls und jedes spontanen Gedankens. Er hat nicht wie Mark Zuckerberg mit neunzehn, sondern mit zweiundzwanzig die Universität verlassen. Die Hochschule Karlsruhe, früher Technische Universität Karlsruhe. Er arbeitet nicht so viel wie Sam Altman von Y Combinator, dass er Skorbut bekommt, aber er isst auch nicht nur Äpfel und Karotten wie Steve Jobs. Er trägt keinen Rollkragenpulli à la Elizabeth Holmes, sondern einen grauen Anzug und ein dunkelgraues T-Shirt.

Warum sitzt der Gründer in Frankfurt einem deutschen Banker gegenüber? Bei seinem IPO hat er bestimmt, dass die Bank mehr Shares bekam, als eigentlich angebracht gewesen wäre. Er rief den CEO an, den Vorgesetzten des Bankers. Der CEO wollte sich um ihn, um die halbe Milliarde, persönlich kümmern. Der Gründer blockte ab. Der CEO sollte jedoch den Kontakt zu seiner Private-Wealth-Abteilung herstellen.

Parallelprogrammierung bedeutet: Ein Programm wird in mehrere Berechnungsströme zerlegt, die nach Möglichkeit gleichzeitig und unabhängig voneinander erzeugt werden. Es gibt keine universellen Maschinenarchitekturen mehr, die für alle Anwendungen gleichermaßen geeignet sind. Die Anwendungen werden in Klassen eingeteilt, für die spezielle Architekturen entworfen werden. Die Firma des Gründers kategorisiert kommerzielle und wissenschaftliche Aufgaben und baut für die jeweiligen Kategorien optimierte Recheneinheiten. Erstens.

Zweitens: Die mit herkömmlichen Lasern erzeugten Lichtblitze leuchten zu lange. Sie sind als Kommunikationsmedium unattraktiv. Mit der hohen harmonischen Strahlung kann die Signalübertragung dagegen unglaublich beschleunigt werden. Die Firma des Gründers hat es geschafft, einen Lichtpuls aus hoher harmonischer Strahlung mit einer Dauer von nur 25 Attosekunden zu erzeugen. Innerhalb einer Sekunde vergehen so viele Attosekunden, wie Sekunden seit dem Urknall verstrichen sind.

Drittens: Daten in gängigen Speichermedien müssen regelmäßig überspielt werden, weil sie schon binnen kurzer Zeit durch Entmagnetisierung verlorengehen. In DNA-Molekülen gespeicherte Daten verändern sich über Jahrtausende nicht, wenn die Moleküle kühl, trocken und dunkel gelagert werden. Das vom Gründer entwickelte Speicherungsverfahren ist bereits für Daten günstiger, die fünfzig Jahre und länger gespeichert werden sollen.

Der Gründer hatte, als es seinerzeit um die Finanzierung ging, alle Fragen beantwortet: 1. The engineering question, 2. The timing question, 3. The monopoly question, 4. The people question, 5. The distribution question, 6. The durability question, 7. The secret question. Der Businessplan des Gründers hatte genau so ausgesehen, wie Businesspläne von Gründern aussehen müssen. Natürlich hatte der Gründer Spezialisten engagiert, die ihm den Businessplan entworfen hatten. Alle üblichen Kriterien waren erfüllt gewesen, das wichtigste: Die Venture-Capital-Gesellschaft der Bank hätte ihren Einsatz in fünf Jahren verdoppelt.

Der Banker hatte damals den Gründer in ein Tagungszentrum in Berlin-Tempelhof bestellt. Der Banker besuchte in dem umgebauten Gründerzeit-Industriekomplex eine von der Stadtregierung gesponserte Innovationsaktivität. Wenn sie wollten, blickten der Gründer und der Banker auf eine ungemähte, verdorrte Wiese, in der einzelne grüne Büsche und kleine Bäume standen.

Der Banker wollte vom Gründer hören: etwas über *vergleichbare* Produkte, über *vergleichbare* Produktionsmethoden, über *vergleichbare* Märkte, über *vergleichbare* Vertriebskanäle. Seinerzeit gab es noch keine vergleichbaren Produkte. Es konnte keine vergleichbaren Märkte und Vertriebskanäle für Produkte geben, die es noch nicht gab. Als dem Gründer – viel zu spät – klarwurde, dass der Banker das sehr wohl wusste, war der Gründer plötzlich völlig hilflos.

Das Fenster des Besprechungszimmers stand weit offen, an dem unruhigen Tag trug der Wind Staub und verdorrtes Gras in den Raum. Mehrfach hatte sich der Gründer am Kragen, an den Manschetten und auch an den Socken kratzen müssen. Plötzlich nahm der Juckreiz überhand. Ihm war, als wäre er in der Wiese neben dem Gründerzeitgebäude nackt ausgesetzt worden.

Der Banker sagte: »Sie glauben wirklich, dass das funktioniert: Parallelprogrammierung *und* hohe harmonische Strahlung *und* Hermann und Dorothea bis ans Ende der Zeit gespeichert in DNA-Molekülen?«

Wie sollte der Gründer wissen, dass *Hermann und Dorothea* der Titel eines Versepos von Goethe ist? Der Gründer hätte gerne lässig oder provozierend geantwortet. Aber er sagte nur verstockt: »Ja.«

Der Banker sagte: »Niemand finanziert Ihnen das. Sie können froh sein, wenn Sie irgendjemanden finden, der Ihnen die Prozessorkerne *oder* die Attosekunden *oder* die organischen Hexameter finanziert.«

Der Gründer sagte: »Es gehört zusammen.«

Der Banker sagte: »Es macht keinen Sinn.«

Der Gründer sagte: »Warum?«

Der Banker sagte: »Darum.«

Einen Berg auf den Banker stürzen lassen. *Oder* etwas über ihn hinwegrasen lassen.

Heute würde der Gründer in Berlin mit *vergleichbaren* Plänen eine andere Erfahrung machen, aber damals hatte sich die Hauptstadt noch nicht im Start-up-Fieber befunden. Am nächsten Tag war der Gründer nach Oakland geflogen. Die Ablehnung der Finanzierung durch den Banker hatte den Gründer völlig unvorbereitet getroffen. A bolt from the blue. Aber binnen Tagen war klar, dass die Erfahrung, die er in Berlin gemacht hatte, in Wirklichkeit einen Glücksfall für ihn bedeutete.

Alles lief programmgemäß, alles war gut, und der Gründer dachte nicht mehr an die Ablehnung. Jahrelang beschäftigte sie ihn nicht im mindesten. Aber das machte sie nicht ungeschehen. Die Erfahrung der Ablehnung war ein verkapselter Fremdkörper, der sich unwiderruflich eingenistet hatte, der jedoch zu nichts in ihm und zu niemandem, der er war, in Verbindung stand.

Wie bei dem Abgelehnten hat sich die Ablehnung auch beim Ablehnenden eingenistet, allerdings nicht isoliert. Der Banker hat den Weg des Gründers verfolgt, von den ersten Schritten bis zum IPO. Ohne sich für deutsche Soziologie zu interessieren, weiß der Banker, dass er ein Beobachter ist.

Der Banker ist über die Erfolgsgeschichten zum Beobachter geworden. Unaufhörlich legen Eigentümerunternehmer und Konzernlenker, Entrepreneurs und Hyper-CEOs ihre Erfolgsprinzipien offen oder lassen sie offenlegen, von akademischen Management-Gurus oder Business pundits. Der Banker hat sich gefragt: Was ist mit denen, die die gleichen Rezepte angewendet haben und nicht im *Harvard Business Manager* erwähnt werden?

Diejenigen, die Erfolgsrezepte und Erfolg haben, können nicht die richtigen Beobachter sein. Der Banker ist der Meinung, *er* ist ein richtiger Beobachter: Denn er gehört zu der Klasse von Menschen, die Erfolg haben *können*, aber nicht müssen, und er ist *zufällig* zum Beobachter geworden. Man müsste alle in Erwägung ziehen, die das Rezept angewandt haben, und ein paar auswählen. Da würde etwas wie die Wahrheit über das Rezept herauskommen. Man darf nicht nur diejenigen nehmen, die das Rezept erfolgreich angewandt haben. Diejenigen, die übrig geblieben sind, haben eine Stimme. Gibt es jemanden nicht mehr, kann der auch nicht laut werden.

Wenn eine Strategiewahl zwanzig Entscheidungen erfordert und es existieren für jede Entscheidung jeweils drei Optionen, dann gibt es 3 486 784 401 mögliche Strategien. Die Formeln der Quants sind Rezepte, die die Anzahl der in Betracht zu ziehenden Alternativen reduzieren.

Wie alle seine Kollegen, die Karriere machen, hält der Banker Abstand zu den Quants in seiner Bank. Die Formeln müssen keine Inhalte haben oder gar wahr sein, was immer das auch heißen mag. Wenn man den Bestandteilen der Formeln ernsthaft Bedeutungen zuschreibt, wird es regelrecht lächerlich. Die intelligenteren Quants versuchen das auch gar nicht. Ihr Argument ist, dass die anderen in den anderen Banken genauso rechnen. So sieht die Welt nicht aus, aber wenn alle behaupten, die Welt sieht so aus, dann sieht sie tatsächlich so aus. Bis es ein Ereignis gibt, das niemand auf dem Schirm hatte. Das Ereignis muss nicht von außen kommen. Es kann auch ein ungewolltes Produkt des Systems sein, das Ergebnis von Komplexität und Tight coupling.

Auf dem Gang vor dem Besprechungsraum hat der Gründer einen Wagen mit Putzutensilien gesehen. Er hat sich sehr gewundert. Ein Putzwagen am helllichten Tage vor einem Konferenzraum wäre in den USA ein Anlass, die Putzfirma zu wechseln, und für die Putzfirma ein Anlass, denjenigen zu feuern, der den Wagen dort vergessen hat.

Der Gründer überlegt, wie es wäre, den Banker zu fesseln, seinen Kopf in einen der Wassereimer zu tauchen und ihn erst herauszuziehen, wenn er kurz vor dem Ersticken ist. Nie zuvor hat der Gründer Lust gehabt, irgendjemanden zu quälen. Nie zuvor hat er den Antrieb verspürt, sich für irgendetwas an irgendjemandem zu rächen.

Der Gründer denkt lediglich: ›Armer … Er hat schon immer wie ein Idiot ausgesehen. Aber jetzt mehr denn je.‹ Er steht auf und begibt sich zur Fensterfront.

Der Banker stellt sich vor, er wäre imstande, sich wie der Gründer durch die geschlossene Fensterfront nach außen zu lehnen. Der Banker weiß, dazu wird er nie fähig sein. Der Gründer ist Unternehmer, er ist Manager.

Der Gründer fixiert die Stelle am Himmel, an der er das Sternbild Andromeda gesehen hat, als er in der Nacht wegen des Jetlag wach lag. Er erinnert sich ganz genau, wann und wo er in den letzten Jahren nicht schlafen konnte und welches Sternbild er dabei betrachtet hat. Kassiopeia, die Gattin des äthiopischen Königs Kepheus, hatte geprahlt, sogar die Nereiden an Schönheit zu übertreffen, die auf Delfinen reitenden Meeresnymphen retteten Schiffbrüchige. Der Meeresgott Poseidon sandte ein Untier aus, das Kepheus' Reich verwüstete. Es konnte nur durch das Opfer der Andromeda, der einzigen Tochter des Königs, besänftigt werden. Der König bot seine Tochter dem Ungeheuer dar. Als der reisende Held Perseus die an einen Felsen gekettete Andromeda erblickte, glaubte er zunächst, sie sei aus Stein gemeißelt. Aber dann sah er eine Träne. Er erschlug das von Poseidon geschickte Ungeheuer und bekam dafür Andromedas Hand und das Königreich. Der Held reiste weiter, sein Sohn Perses übernahm das Königreich.

Andromeda besteht aus einer Kette von vier Sternen, die drei hellsten Sterne Almak, Mirach oder Merak oder Al Mizar und Sirrah oder Alpheratz liegen fast auf einer Geraden. Sirrah ist ein Doppelsternsystem, nur 97 Lichtjahre von der Erde entfernt, der Hauptstern besitzt die hundertzehnfache Leuchtkraft der Erdsonne. Mirach ist ein zweihundert Lichtjahre entfernter roter Riese mit dem dreißigfachen Durchmesser der Erdsonne. Der Name Mirach kommt aus dem Arabischen und bezeichnet die Lenden. Almak ist ein 350 Lichtjahre entferntes Dreifachsternsystem, der Durchmesser des Hauptsterns ist achtzigmal so groß wie derjenige der Erdsonne, der Stern leuchtet zweitausendmal so stark. Almak, Mirach, Delta Andromedae und Sirrah zeigen die Lage des Körpers und die Glieder der Andromeda.

Der Gründer verfolgte, wie das Sternbild mit der Morgenröte verblasste. Er vermutete, dass mit der aufgehenden Sonne der Kopf der Andromeda zuerst verschwinden würde. Der Gründer wusste nicht, ob der nördlich von Delta Andromedae gelegene Andromedanebel, die Galaxie M31, zu dem Sternbild gehört oder nicht. Er wollte nachsehen, aber er vergaß es. Der Andromedanebel ist von der Erde zwei Komma sieben Millionen Lichtjahre entfernt.

Weder der Gründer noch der Banker glauben, dass der Weltenlauf von Göttern gesteuert wird. Janet Yellen, die Chefin des Federal Reserve System, ist keine Göttin. Mario Draghi, der Chef der Europäischen Zentralbank, ist kein Gott. Der Gründer vermutet, dass die Aufgabe Gottes, wenn es ihn gibt, eine andere ist. Nachdem er das All geschaffen hatte, hängte er eine Weltkarte an der Tür seiner himmlischen Wohnung auf. Er machte ein paar Schritte zurück und warf Darts auf die Karte. An den Stellen, die von einem Pfeil getroffen wurden, erzeugte er Körper und sandte Seelen, welche die Körper bewohnen sollten.

Der Gründer hat das Talent, erfolgreich mit heterogenen

Welten zu jonglieren. Er ist sich sicher: Die Welt, in der er sich mit dem Banker trifft, ist nur eine unter vielen. Es gibt Welten, die sind weder nahe noch fern und weder in der Vergangenheit noch in der Zukunft. Die verschiedenen Welten unterscheiden sich durch ihre Bestandteile – aber die Unterschiede sind keine grundsätzlichen. Diese Welt *existiert* nicht *anders* als die anderen Welten. Es gibt so viele andere Welten …

Kann er dem Banker vernünftigerweise irgendeinen Vorwurf machen? Vielleicht hat der Banker vor Jahren in Berlin räsoniert: In dieser Welt lehne ich die Finanzierung ab, in einer anderen genehmige ich sie, in irgendeiner Welt mache ich garantiert alles richtig. Dann muss er, der Gründer, aber auch nicht abwägen, ob es gerecht ist, wenn er sich in dieser Welt rächt. In einer anderen Welt übt er keine Vergeltung, in irgendeiner Welt handelt er garantiert gerecht. Man muss aufpassen, dass die vielen Welten den Willen nicht unterminieren.

Ist etwas vorstellbar, weil es möglich ist?

Ist etwas möglich, weil es vorstellbar ist?

Gibt es *undenkbare* andere Welten?

Der Gedankenfluss des Gründers und der Schweigefluss des Bankers treffen sich für einen Augenblick in dem Flugzeug, das über der Hochhausschlucht fliegt. Der Banker und der Gründer sehen den Rumpf des Flugzeugs, dessen Tragflächen aus ihrer Perspektive von den Rändern der Schlucht abgeschnitten sind, so niedrig fliegt es. Ein anderes Flugzeug spiegelt sich in den Fenstern des Hochhauses gegenüber. Oder ist es dasselbe Flugzeug?

Als das Flugzeug steigt, verblassen sowohl dessen Konturen als auch die Konturen der anderen Hochhäuser.

Der Gründer erzählt, wie er im Frühsommer letzten Jahres bei einem Charity-Dinner in New York neben David Tepper saß, dem Chef von Appaloosa Management. Der Banker hat im Kopf: David Tepper verdiente im Jahr 2013 dreieinhalb Milliarden Dollar und war damit Spitzenreiter der *Alpha's Rich List*, welche die bestverdienenden Hedgefund-Manager aufführt.

Der Banker erinnert sich auch an ein Interview für das *Wall Street Journal*, in dem David Tepper bemerkte, gewöhnlich halte er sich von Technologie-Aktien fern. Wobei er nicht so strikt verfahre wie Warren Buffett. Der Gründer seinerseits hat in einem Interview für die *Los Angeles Times* verkündet, er lehne Finanzinvestitionen ab, er investiere nur in Produkte und Ideen. Ein Banker, noch dazu ein deutscher, bereitet sich gewissenhaft auf seine Kunden vor.

Der Banker weiß, das Betätigungsfeld von David Tepper bildeten in der Vergangenheit vor allem Distressed stocks, Aktien von Unternehmen, die unter Druck oder in Not geraten waren. Während der Finanzkrise im Jahr 2009 hatte er darauf gesetzt, dass die Regierung die großen Banken nicht pleitegehen lassen würde. Er hatte in riesigem Ausmaß Optionen auf Aktien der wackelnden Banken gekauft und recht behalten. »And stuff went up.« Der Gründer hat mitgezählt: In der Konversation mit ihm sagte der Chef von Appaloosa Management den Satz dreimal, im Gespräch mit anderen hörte er den Satz fünfmal. Appaloosa Management halte in seinem Büro drei kleine Schweine: »We'd shake the pigs to see which way to invest. If they land on their feet we go long, if they're on their backs we go short. That's it.«

Appaloosa Management arbeitet ohne Leverage, ohne

Kredite, nur mit dem eigenen Vermögen und demjenigen der Investoren. Der Gründer ist nicht neidisch auf die Einkünfte oder das Vermögen von David Tepper. Aber seine Firma ohne Kredite hochzubringen – das ist ein unerfüllbarer, phantastischer Traum für ihn geblieben.

Im Jahr 2014 erzielte Appaloosa Management lediglich eine Rendite von zwei Komma zwei Prozent. Der Banker findet die Performance verschmerzbar, der Chef von Appaloosa Management hat in seinen elf Jahren auf der *Alpha-*Liste insgesamt fünfzehn Milliarden Dollar verdient.

Der Banker ist unter Druck. Er beschäftigt mehr Mitarbeiter als andere Banken für das verwaltete Vermögen. Sein Ergebnisbeitrag ist zu gering. Er braucht einen Erfolg. Ein Misserfolg mit bankinterner Story bei der halben Milliarde des Gründers wäre ein Anlass für den CEO und den Aufsichtsrat, aus den Kennzahlen der Private-Wealth-Abteilung personelle Konsequenzen zu ziehen.

Während der Gründer weiter von der Investorenlegende erzählt, überlegt der Banker, dass er sich auf seinen Bonus besinnen sollte. Er denkt auch, dass der Gründer sowieso denkt, dass er, der Banker, an seinen Bonus denkt. Die Bank ist gerade dabei, alle Bonusregelungen neu zu gestalten. Der CRO, der Chief Risk Officer, ist für Clawbacks: Ausgezahlte Boni müssen zurückbezahlt werden, wenn innerhalb einer Frist von fünf Jahren Verfehlungen ans Tageslicht kommen. Der CEO hat sich zu dem Thema noch nicht geäußert, die Meinung des Aufsichtsrates kennt man nicht. Die Brachialopposition zeigt – und das kommt in der Bank selten vor – auf das Strafgesetzbuch: Da stehe drin, was unangemessene Handlungen sind, wer überführt wird, müsse Schadensersatz leisten. Die Sich-selbst-als-so-unendlich-raffiniert-betrachtende-Opposition möchte die unangemessenen Handlungen durch Nachhaltigkeitskriterien ersetzt sehen. Man will der öffentlichen Meinung in den Arsch kriechen, darauf setzend, dass es ewig dauert, bis es zu einer Einigung über die Kriterien kommt. Die intelligente und effektive Opposition – zu der der Banker gehört – hält sich aus dem Thema völlig heraus. Der Rückzahlung von geflossenen Boni stehen zahlreiche rechtliche und tatsächliche Hindernisse entgegen. Etwa, dass der Begünstigte bereits Steuern für die Einkünfte bezahlt hat, auf die er verzichten soll.

Der Banker erinnert sich, dass eine Stiftung einmal hundert Millionen zur Anlage überwiesen hat. Die Stiftungsvorstände hatten sich nicht getraut, die Summe einem Hedge fund oder einem sogenannten professionellen Vermögensverwalter zu geben, sie wollten auf Nummer Sicher gehen. Der damalige Chef der Private-Wealth-Abteilung, sein Vorgänger, bekam einen Bonus von zwei Promille, das waren Zweihunderttausend. Neben dem üblichen Bonus. Jemand, der für einen Hedge fund eine größere Summe akquiriert, bekommt natürlich einen viel höheren Bonus. Aber die Bank ist eben kein Hedge fund.

Für den Banker sollte das hier dann eine Million sein. Was würde er mit der Million machen?

Der Banker probiert gerade Robo-Advice aus. Ein Programm der größten US-amerikanischen Direktbank, Charles Schwab, verwaltet für ihn zehntausend Dollar. Das Programm hat Anlagen ausgewählt, die den von ihm genannten Anlagezielen und seiner Risikotoleranz entsprechen. Die Verteilung der Anlagen wird beobachtet und angeglichen, wenn sich der Markt verändert.

Die Stimme des Programms ist britisch, denn die Amerikaner halten die Briten zwar nicht für intelligenter, aber für seriöser als sich selbst. Der Roboter-Banker berechnet nur null Komma zwei-fünf Prozent des verwalteten Vermögens als Gebühr. Die Bank verlangt üblicherweise ein Prozent. Aber nicht, wenn jemand mit einer halben Milliarde kommt. Viele Mitspieler werden die sinkenden Margen nicht überleben.

Der Banker ist davon ausgegangen, dass der Gründer mit dem Vorsatz kommen würde, sich an ihm zu rächen, ihn zu quälen. Aber jetzt fühlt er, der Gründer hat noch einen anderen Beweggrund: Er will etwas über sich selbst erfahren. Sich über sich selbst klarwerden. Der Banker denkt, dass das schlimmer Kitsch ist, aber dass er vielleicht von dem Kitsch profitieren kann.

Ich verliere an Wert. Im Moment gibt es mich sehr billig. Ständig koste ich noch weniger. Es heißt, früher hätte ich Macht gehabt, ich hätte diese Macht nicht mehr.

DAS IST UNSINN! ICH HABE IMMER NOCH DIE MACHT!

Ich habe einfach Konkurrenz bekommen. Andere Dinge und andere Ideen haben sich viel von mir abgeschaut. Sie sind erstaunlich flexibel geworden. Nicht so elastisch und so ubiquitär wie ich, das schafft niemand, aber immerhin.

Etwa die Kunst: Bestimmte Künstler und Kunstwerke erledigen dieselben Aufgaben wie ich. Die Galerien reißen sich um Künstlernachlässe. Da kommt nichts mehr dazu, was die Kalkulationen stören könnte. Die Galerien spielen Mini-Zentralbank.

Ich kann sagen: Diese Dinge und diese Ideen haben meinen Geist angenommen. Wer kann das schon von sich sagen?

Ich will nicht abstreiten, dass ich narzisstisch bin. Aber wenn ich jetzt von mir spreche, dann geschieht das nicht, weil ich unter so etwas wie einem Rechtfertigungsdruck stehen würde. ICH MUSS MICH GEGENÜBER NICHTS UND NIEMANDEM RECHTFERTIGEN.

Auch nicht gegenüber mir selbst.

Ich bin die erfolgreichste Sprache, die es gibt. Meine Begriffe erfassen die wichtigen Dinge: Was wichtig ist, hat einen Preis, was nicht wichtig ist, hat keinen. Meine Begriffe beschreiben die wichtigen Ähnlichkeiten: Was den gleichen Preis hat, ist gleich. Ich ermögliche das richtige Ziehen von Schlüssen: Preise kann man mit stabilen Methoden vergleichen und verrechnen. Ich fördere das Lernen: Jeder kann Preise und den Umgang damit lernen. Meine Begriffe sind projizierbar: Wenn etwas einen Preis hat, dann muss etwas anderes, das dem Ersten ähnlich ist, den gleichen oder einen vergleichbaren Preis haben. Meine Begriffe erzeugen Identität: Solange sich die Verhältnisse für etwas nicht verändern, bleibt der Preis dafür derselbe.

Ich –

Ich bin die Naht in den Gehirnen der Menschen, die das Unnennbare mit dem Benannten verbindet.

ICH HABE DEN MENSCHEN BEIGEBRACHT, GEDANKEN HANDHABBAR ZU MACHEN, DIE DAS VORHER NICHT WAREN. OHNE MICH KÖNNTEN SIE NUR DAVON TRÄUMEN, ABSTRAKTE GEDANKEN AUSZUTAUSCHEN! ICH HABE DIE MENSCHEN GELEHRT, GESETZE ZU FORMULIEREN. OHNE

MICH WÄREN SIE NIE ÜBER EINZELFÄLLE HINAUSGEKOMMEN! MIT DEN GESETZEN KÖNNEN DIE MENSCHEN ERKLÄREN! ICH KANN ERKLÄREN! WIE WILL MAN ETWAS ERKLÄREN OHNE MICH? ICH KANN SO VIEL ERKLÄREN!

Die Menschen können sagen, ich sei eine Maschine, das ist mir egal. Die Natur ist voller Maschinen. Die Menschen können sagen, ich sei ein Organismus, auch das ist mir egal. Es gibt Organismen aus Zahlen. Die Menschen sagen, ich hätte keine Seele. Das stimmt nicht.

Christine Lee Jiaxin aus Malaysia – ihre Eltern sind Chinesen – studierte in Australien Chemie. Bis ihr die Bank Westpac im Juli 2014 versehentlich eine Kreditkarte mit einem unlimitierten Überziehungskredit ausstellte. Mit ihrer Kreditkarte kaufte sie Handtaschen, Kleidung, Schuhe und Schmuck, Dior, Chanel und Cartier, sowie elektronische Gadgets. Ihr Apartment mit Blick auf den Hafen von Sydney kostete im Monat dreitausendzweihundert australische Dollar. Außerdem überwies sie eins Komma drei Millionen Dollar auf andere Konten. Im Mai 2016 war ihre Kreditkarte mit vier Komma sechs Millionen australischen Dollar belastet. Die Bank konnte nur eine Million eintreiben. Beschreiben Sie die Seele von Christine Lee Jiaxin!

Aber sagen Sie nicht, ICH hätte die junge Frau verdorben!

Der Gründer kann sich nicht erinnern, wann er zum letzten Mal einen Taxifahrer mit Autohandschuhen gesehen hat. Die Handschuhe aus hellbraunem Leder lassen den

Handrücken frei, der Riemen um das Handgelenk wird mit einem Druckknopf geschlossen.

Sonst reist der Gründer nicht allein, er ist mit Mitarbeitern unterwegs und muss sich nicht um Flüge oder Taxis kümmern. Die Private-Wealth-Abteilung einer Bank besucht man nur allein.

Beim Einsteigen hat der Gründer den Fahrer davon in Kenntnis gesetzt, dass es mit seinem Flug knapp wird. Wenn die anderen Taxifahrer freie Bahn hatten, beschleunigten sie stark, um dann unvermittelt zu bremsen, sobald wieder ein Fahrzeug vor ihnen war. Der Fahrer, der den Gründer zum Flughafen bringen soll, ist schnell unterwegs, dennoch fährt er äußerst smooth, dem Gründer fällt kein deutsches Wort ein.

Die ziemlich neue Mercedes-Limousine ist erstaunlich gut isoliert. Hält der Wagen an einer Ampel, schaltet der Motor automatisch ab. Man hört so gut wie keine Geräusche. Steht der Wagen und ist der Motor ausgeschaltet, bleibt der Fahrer völlig reglos. Das Einzige, was sich an ihm bewegt, sind seine Augen, aber er hat keine nervösen Augen, die Augen des Taxifahrers kommen dem Gründer mehr vor wie ein Radarfeuer, das seine Umgebung bestreicht.

Kurz nachdem sie den Main überquert haben, biegt der Fahrer unvorhersehbar von der Hauptstraße in eine Seitenstraße ein. Er betätigt den Blinker erst, als er schon mit dem Abbiegevorgang begonnen hat. Der Fahrer bringt es fertig, auch diese plötzliche Richtungsänderung so zu vollziehen, dass sich der Gründer nur ganz sanft in den Sicherheitsgurt gedrückt fühlt. Das Navigationssystem ist nicht in Betrieb, das Radio nicht eingeschaltet. Es kann sich nicht um eine bekannte Sperre oder Baustelle handeln, in diesem Fall wäre der Fahrer nicht so abrupt abgebogen. Der Gründer glaubt, der Fahrer hat eine Intuition. In den USA würde der Gründer in einem vergleichbaren Fall der Intuition des Fahrers großes Misstrauen entgegenbringen.

Am Ende der Seitenstraße gelangen sie auf eine andere Hauptstraße. Auf dieser beschleunigt der Fahrer so stark, dass es den Gründer in den Sitz drückt. Der Gründer sagt dem Fahrer nicht, er soll langsamer fahren, der muss wissen, was er tut. Offensichtlich gibt es auf dieser Route keine Kameras und keine Polizei. Genau zu dem Zeitpunkt, zu dem sie am schnellsten unterwegs sind, zeigen sich Anzeichen von Gelöstheit in dem Ausschnitt des Fahrergesichts im Rückspiegel. Der Gründer hat den Eindruck, dass auch die Arme des Fahrers am Lenkrad entspannter sind.

Der Banker hat es sich nicht nehmen lassen, mit dem Gründer in die Lobby hinunterzufahren und ihn zu seinem Taxi zu bringen. Das Taxi konnte sich nicht sofort in den dichten Verkehr einreihen. Der Gründer beobachtete durch die Glastür, wie die Gestalt des Bankers im Gebäude jäh viel kleiner wurde, als ob er in einem Sog weggezogen und durch die Lobby gewirbelt würde.

Doch, sie haben auch über konkrete Anlagemöglichkeiten gesprochen. Die den Gründer nicht wirklich interessierten und an die er sich im Taxi schon nicht mehr erinnern kann. Er hat es völlig offengelassen, ob er dem Banker die halbe Milliarde anvertrauen würde oder nicht. Der Banker besaß den Takt und die Klugheit, keinen dümmlichen Grund vorzuschieben, um die Entscheidung des Gründers zu beschleunigen, wie etwa eine bestimmte, sich nur in diesem Augenblick bietende Anlagemöglichkeit.

Der Gründer überlegt: Ich gebe ihm die halbe Milliarde, oder ich gebe sie ihm nicht. Überlappen sich die beiden Welten, die Dinge, die in ihnen gleich sind, sie sind dieselben, die Welten unterscheiden sich nur durch die Dinge, die anders sind. Oder sind die beiden Welten gänzlich verschieden, dann gibt es die Dinge, die gleich sind, doppelt. Verzweigen sich die Welten in dem Augenblick, in dem ich mich entscheide? Oder gibt es von vornherein zwei Welten, die völlig gleich sind, bis zu dem Zeitpunkt, an dem ich mich entscheide? Gibt es mich und meine ungewohnte Unentschlossenheit bis zu diesem Zeitpunkt nur einmal, oder gibt es mich und meine Unentschlossenheit von vornherein zweimal?

Der Taxifahrer wechselt von der mittleren auf die rechte Spur, um hinter einem sehr langsamen Lastwagen zu fahren. Auf den beiden anderen Spuren fließt der Verkehr vorbei. Der Gründer versteht den Sinn des Manövers nicht, aber er vertraut dem Fahrer.

Der Gründer spricht im Geiste mit sich selbst:

›Habe ich eine Zukunft?‹

›Ja.‹

›Habe ich mehrere Zukünfte?‹

›Entweder habe ich *eine* Zukunft, oder ich habe viele Zukünfte.‹

›Wenn ich viele Zukünfte habe, warum kümmere ich mich dann überhaupt um die Zukunft?‹

Der Gründer gibt sich keine Antwort.

›Spalte ich mich auf, oder gibt es mich von vornherein so oft?‹

›Am liebsten wäre mir, ich spalte mich auf und ich weiß nicht, dass ich nicht *eine* Zukunft habe, sondern viele.‹

Jetzt wird klar, warum der Taxifahrer hinter dem Lastwagen gefahren ist. Der Verkehr staut sich, zuerst auf der linken, dann auf der mittleren Spur. Der Fahrer biegt in einen Firmenparkplatz ein. Nach dem Schichtende eilen die Mitarbeiter zu ihren Autos. Für einen Augenblick hat der Gründer Angst, der Taxifahrer könnte seinen Wagen stehen- und ihn allein zurücklassen. Der Fahrer steigt einfach aus und geht von dannen. Aber er fährt zur Schranke hin. Ein Pförtner steht auf der Straße, der Taxifahrer muss nicht einmal das Fenster herunterlassen, der Pförtner erkennt ihn und öffnet mit der Fernbedienung die Schranke.

Die Einfahrt auf der anderen Seite ist viel kleiner, sie wird nur von Lieferanten benutzt, der Fahrer muss hupen, damit sich die Schranke öffnet. Sie fahren ein paar hundert Meter auf einer ziemlich engen Straße, bevor sie wieder die Hauptstraße erreichen, die zum Flughafen führt. Der Gründer bewundert den Taxifahrer dafür, wie er den Stau umfahren hat. Er blickt auf die Lizenz, die am Handschuhfach befestigt ist: Der Taxifahrer heißt Wunibald Waidhaas.

Nie hat der Gründer auch nur mit einer Faser seines Wesens die Möglichkeit in Betracht gezogen, dass seine Firma scheitern könnte. Die Frage hat sich nicht gestellt und stellt sich nicht, die Firma kann nicht scheitern. Alles, was mit seiner Firma zu tun hat, steht in einem Verhältnis zur Welt, das zu hinterfragen lächerlich wäre. Die Welt *ist* parallel. Die Attosekunden *sind* die Welt. Die DNA-Moleküle *sind* die Welt. Seine Mitarbeiter sind die Welt, auch diejenigen, die für Sales zuständig sind. Natürlich sind auch seine Kunden die Welt. Seine Share holders sind ebenfalls die Welt, das ist für ihn neu.

Der Gründer ist nicht ironisch. Gründer werden erst ironisch, wenn sie älter werden. Wenn sie alt sind, dann sind sie oft sehr ironisch.

Warum gibt er die halbe Milliarde nicht JPMorgan Chase oder Goldman Sachs? Oder David Tepper?

Will er, dass aus dem finanziellen Investment nichts wird? Dass er nicht nur keinen Profit macht, dass er verliert? Tut er nur so, als gebe er sich Mühe, die optimalen Bedingungen für die halbe Milliarde zu suchen? Er kann die halbe Milliarde nicht einfach in den Sand setzen, alle erwarten von ihm, dass er verantwortungsvoll damit umgeht. Würde er das nicht tun, es würde auch seiner Firma schaden.

Der Gründer führt in Gedanken oberflächliche, unerhebliche Argumente an, warum er die Liquidität aus dem Börsengang von dem Banker verwalten lassen will, und er erwägt belanglose, nichtssagende Argumente, warum er die Liquidität lieber JPMorgan anvertrauen sollte.

Halblaut sagt er: »Aber wie es wissen, wie es wissen?«

Der Fahrer hört ihn und versteht ihn.

Die Freundin des Bankers schlägt die Augen auf. Sie bewegt den Kopf nicht, aber sie lässt ihre Blicke schweifen. Als ob sie noch nie in diesem Raum, in diesem Bett gewesen wäre. Oder als ob sie nie mehr in diesem Raum, in diesem Bett sein will.

Der Banker sagt: ›Es ist spät.‹

Er richtet sich auf.

Er sagt: ›Ich habe Durst.‹ Er fragt: ›Soll ich dir Wasser bringen?‹

Sie antwortet nicht. Er setzt sich auf den Bettrand und legt seine Hand auf ihren rechten Fuß. Sie hat ein Tattoo auf der Innenseite des linken Fußes, eine Sonne. Als er das Tattoo berührt, zuckt sie.

Er fragt: ›Stimmt etwas nicht?‹

Sie blickt ihm nach, bis er aus der Tür ist. Sie legt den Kopf auf beide Hände. Ihre langen Haare fallen über den Bettrand, bis zum Boden. Ihre Haare sind nicht dunkel, sondern tiefschwarz. Sie bleibt nur kurze Zeit liegen, dann richtet sie sich ebenfalls auf. Sie hat einen besonderen Mund: Die Unterlippe ist schmal, aber ihre Oberlippe ist ausgeprägt nach oben gezogen. Wenn sie den Mund öffnet, sieht man genau die beiden oberen Schneidezähne.

Sie geht zu dem Panoramafenster hin und blickt auf den von zwei starken Strahlern beleuchteten nächtlichen Garten herab. Als ob sie den Garten noch nie gesehen hätte. Oder als habe sie nicht vor, den Garten noch einmal zu sehen.

Er steht neben ihr und blickt gleichfalls aus dem Fenster. Sie hat ihn nicht kommen gehört. Sie führt die Hand zum Mund und kaut an ihren Nägeln.

Er will ihre Haare zurückschieben, um ein Ohr freizulegen, sie neigt den Kopf zur Seite. Er versucht weiter, ihre Haare zu teilen, sie legt ihren Kopf noch mehr zur Seite. Sie hat keinen Schritt gemacht, ihr Kopf ist jetzt in einer sehr unnatürlichen Haltung.

Sie sagt: ›Ich habe dir doch gesagt, dass …‹

Er sagt: ›Ich – ‹

Sie unterbricht ihn: ›Ich bitte dich.‹

Sie dreht sich um. Für einen Augenblick versperrt er ihr den Weg, aber dann macht er einen Schritt zur Seite.

Sie geht zum Bett und bückt sich, um ihre auf dem Boden liegende Kleidung aufzuheben.

Sie öffnet die Augen. Sie richtet sich auf, hockt sich auf das Bett, zieht das Laken zu sich hin und hält es sich vor die Brüste und zwischen die Beine.

Er fragt: ›Was ist?‹

Mit der rechten Hand hält sie sich das Laken vor den Körper, mit der linken stützt sie sich auf dem Bett ab und rutscht von ihm weg.

Sie sagt: ›Ich habe dir doch gesagt, dass …‹

Er sagt: ›Aber du hast doch … wir haben doch …‹

Sie sagt: ›Schon möglich.‹

Er sagt: ›Aber …‹

Sie springt auf und geht rückwärts zur Tür. Unsicher hält sie das Laken neben sich, sie bedeckt weder ihre Brüste noch ihren Schoß.

Sie ist längst aufgewacht. Sie hat die Augen weit aufgerissen.

Er fragt: ›Bist du eingeschlafen?‹

Sie öffnet den Mund, aber sie sagt nichts.

Er fragt: ›Hast du geträumt?‹

Sie bleibt reglos liegen. Er setzt sich auf den Bettrand und sieht, ihr Fuß, der mit dem Tattoo, zittert.

Er steht auf und läuft um das Bett herum. Sie hat die Augen wieder geschlossen. Er geht neben dem Bett auf die Knie und streicht ihr über die Haare und über die Stirn.

Der Banker ist schon bei sich zu Hause und erwartet seine Freundin. Sie heißt Dolores, aber sie ist keine Spanierin, ihre Eltern sind sehr katholisch. In letzter Zeit hat seine Freundin immer weniger Zeit für ihn.

Der Assistent des CEO hat den Skype-Termin kurzfristig angesetzt. Der erste Gedanke des Bankers nach dem Anruf war die Befürchtung, der CEO wolle eine Veränderung an der Spitze der Private-Wealth-Abteilung kommunizieren. Es ist jedoch Komment in der Bank, Personalentscheidungen mit Tragweite persönlich zu kommunizieren. Auch geschah es noch nie, dass jemand seinen Schreibtisch nicht selbst ausräumen durfte. Demgemäß war der zweite Gedanke des Bankers, dass die Würfel noch *nicht* gefallen waren.

Der CEO hat einen weißen Vollbart und weiße volle Haare, er ist der einzige CEO einer wichtigen Bank mit Vollbart. Er trägt Anzüge mit Weste und Hemden mit klassischen Manschetten sowie goldene Manschettenknöpfe. Der CEO ist nicht nur eitel, sondern sehr eitel. Seine Haare sind stets exquisit frisiert, sein Bart höchst gepflegt, das legt nahe, dass er in der Woche zweimal zum Friseur geht oder einen kommen lässt, nach Hause, jedenfalls nicht ins Büro. Er könnte keinen weißen Vollbart tragen, wenn er nicht jedes Jahr den New York Marathon bestreiten würde. Es gelingt ihm regelmäßig zu finishen, letztes Jahr mit einer Zeit von vier Stunden und fünfundzwanzig Minuten.

Er kann nicht guter Laune sein. Im Finanzteil der morgigen *FAZ* werden große Fonds verglichen. Fast drei Viertel der aktiv in Deutschland investierenden Fonds gelang es nicht, die passiven Index-Fonds, die lediglich die entsprechenden Indizes abbilden, zu schlagen. Die Fonds der Bank – für die der Banker nicht zuständig ist – zeigten eine besonders schlechte Performance, sie bildeten die Schlusslichter. Das weiß die Branche, aber es ist nicht schön, wenn es in der *FAZ* steht. Die Private-Wealth-Abteilung ist nicht die einzige Baustelle in der Bank, das ist gut für den Banker.

Der CEO macht ein gütiges Gesicht, trotz seiner schlechten Laune. Ein derart von weißem Haar eingerahmtes Gesicht scheint grundsätzlich zur Güte zu neigen. Auch wenn er Marathon läuft, hat er nicht den Gesichtsausdruck eines Menschen, der sich quält. Das wäre dann deutsch. Für die Amerikaner ist er nicht wirklich ein Deutscher, sondern ein Europäer.

Er will einfach nur wissen, wie die Begegnung mit dem Gründer verlaufen ist.

Der CEO überblickt nicht besser und nicht schlechter als andere CEOs das, was in seiner Bank geschieht. Er verfügt nicht über mehr und nicht über weniger Sachkenntnis als andere CEOs. Die Abteilungen, denen er in seiner Karriere vorstand, hatten keine wesentlich bessere Performance als andere Abteilungen, aber auch keine viel schlechtere. Mit seinem Namen sind keine besonderen Errungenschaften verbunden, aber auch keine markanten Fehlschläge.

Der Banker wacht auf, weil sich seine Freundin so heftig bewegt.

Er sagt: »Guten Morgen.«

Sie geht nicht auf ihn ein.

Er richtet sich auf und fragt: »Alles okay?«

Sie antwortet nicht.

Er fragt: »Hast du schlecht geträumt?«

Sie sagt: »Es war kein Albtraum. Es war echt.«

Sie erhebt sich und geht zur Schlafzimmertür.

Sie fragt: »Warum hast du die Tür abgesperrt?«

Er will antworten: »Ich –«

Sie fragt: »Hast du abgesperrt, damit ich nicht rauskann, oder, damit niemand reinkann?«

Er erklärt: »Ich habe das letzte Mal im Hotel in einer Suite übernachtet. Da schließe ich immer das Schlafzimmer ab.«

Er steht auf und sucht auf dem Sessel neben dem Bett unter seiner Kleidung nach dem Schlüssel für die Schlafzimmertür.

Sie sagt: »Ich weiß nicht, warum ich hier bin.«

Sie geht ins Bad und sperrt die Tür ab. Er hört, wie das Wasser aus dem Wasserhahn läuft.

Als sie nicht wiederkommt, geht er zum Bad und ruft durch die Tür: »Alles okay?«

Er hört würgende Geräusche, und es klingt, als ob sie sich in die Toilette erbricht.

Er fragt: »Brauchst du Hilfe?«

Er kehrt in das Schlafzimmer zurück und wartet. Er hört, wie sie die Badezimmertür entriegelt, aber sie kommt nicht.

Die Badezimmertür steht weit offen. Gegenüber dem Bad befindet sich ein begehbarer Kleiderschrank.

Sie fragt: »Hast du mir etwas in den Drink getan?« Ihre Stimme ist durch die Kleidung gedämpft, hinter der sie sich verbirgt.

Er sagt, unsicher: »Wie kommst du auf den absurden Gedanken?«

Der Gedanke ist nicht so absurd. Als er ihr den Welcome drink mixte, überlegte er tatsächlich, ob er nicht ein paar Schlaftabletten in ihrem Drink auflösen sollte. Er hat sich das Schlafmittel verschreiben lassen, aber die Tabletten noch nie genommen. Er wusste gar nicht, was er damit erreichen wollte. Dass sie tiefer schlief? Dass sie länger schlief?

Er sagt: »Komm doch raus.«

Nach einiger Zeit schiebt er die Mäntel beiseite. Sie hält zwei Flugtickets vor sich, um sie zu zerreißen. Vor der Schlafzimmertür liegt sein Aktenkoffer am Boden, der Deckel ist hochgeklappt. Die Tickets waren in dem Aktenkoffer, eines ist auf seinen Namen, das andere auf ihren Namen ausgestellt. Nach New York, nächsten Freitag.

Er sagt, nicht laut: »Was tust du?«

Sie sagt: »Bleib weg!«

Auf dem Gang liegt ihr Slip am Boden, sie steigt in den Slip. Sie kehrt ins Schlafzimmer zurück, ihr BH liegt neben dem Bett. Während sie die Treppe hinuntersteigt, legt sie ihren BH an. Ihre Bluse hängt über dem Treppengeländer, sie zieht sie nicht an.

Im Eingangsbereich hält sie vor dem C-Print von Cao Fei inne. Er zeigt eine Modellbaulandschaft, eine Liegewiese an einem schmalen Bach, auf der Wiese kleine weiße Figuren in Badekleidung unter Sonnenschirmen, es gibt sogar einen Strandkorb. Eine Figur steht in dem steinigen Bachbett. Der Erholungsstreifen ist von beunruhigend steilen, aber berückend grünen Erhebungen eingeschlossen. Im Hintergrund sind zwei hohe Stahlkonstruktionen mit Kesseln zu sehen, die zu einer Chemiefabrik gehören müssen.

Die Künstlerin stammt aus Guangzhou und war in einer Sammelausstellung in der Schirn vertreten, die Freundin des Bankers hatte einen Katalogtext beigesteuert. Als freischaffende Journalistin schreibt sie vor allem für die Magazine *Monopol* und *Spike*.

Die Eingangstür ist ebenfalls verschlossen. Die Freundin weiß nicht, wo sie den Schlüssel suchen soll, bis jetzt hat er die Eingangstür niemals von innen versperrt.

Er geht in die Küche und kommt mit zwei großen randvollen Kaffeetassen zurück. Der Kaffee hat sich noch nicht vollständig mit der Milch vermischt, das gibt helle und dunkle Schlieren an der Oberfläche.

Sie sagt: »Ich will gehen.«

Er fragt: »Warum?«

Sie sagt: »Ich habe dir doch gesagt, dass …«

Er nimmt den Schlüssel vom Fensterbrett. Das Schloss ist schwergängig. Er braucht eine Zeitlang, bis er es aufgeschlossen hat.

Sie macht Anstalten, das Haus zu verlassen, bleibt jedoch auf der Schwelle stehen.

Sie blickt an sich herab. Sie ist nur in Slip und BH.

Sie sagt: ›Weißt du, vielleicht ist es unpassend, wenn ich so auf die Straße gehe.‹

Dabei lächelt sie.

Aber tatsächlich sagt sie: »Ich will einfach nur gehen.«

Sie hat sich den Mantel übergezogen.

Sie sagt: »Bitte.« Und: »Ich will weg.« Und wieder: »Bitte.«

Und sie weint.

Amerikanische Banken sind grundsätzlich profitabler als europäische Banken. Während in Europa kleinere und mittlere Unternehmen das Rückgrat der Wirtschaft bilden, überwiegen in den USA die großen Konzerne, die sich über die Kapitalmärkte und nicht über Banken finanzieren. In Europa machen Bankkredite rund fünfzig Prozent der Unternehmensfinanzierung aus, in den USA sind es etwa zwanzig Prozent. Die amerikanischen Banken erzielen ihre Gewinne an den Kapitalmärkten.

Kurz vor der Jahrtausendwende suchten die deutschen und die Schweizer Banken den Anschluss an das internationale Kapitalmarktgeschäft. Der Ausflug ging gründlich schief. Mit dem hastigen Ausbau des Investment banking gingen die Banken ein großes Klumpenrisiko ein. Das internationale Kapitalmarktgeschäft ist stets volatil. In guten Jahren werden hohe Gewinne erwirtschaftet, in schlechten

Jahren fallen ebenso hohe Verluste an. Die deutschen und die Schweizer Banken haben es nicht geschafft, ihr Investment banking auf ein auch nur annähernd professionelles Level zu bringen.

Die Deutschen, nicht nur die deutschen Banken, sind besonders schlecht darin, Liquidität im Ausland anzulegen. In den Jahren 2000 bis 2013 haben sich die Verluste von Auslandsanlagen auf vierhundert Milliarden Euro summiert. Die Deutschen haben geholfen, die Immobilienblasen in den USA, in Spanien und in Irland aufzupumpen, sie haben griechische Staatsanleihen gekauft und bevorzugt Kinofilme finanziert, die Flops geworden sind.

Deutschland ist das Land, in dem der Ottomotor, der Dieselmotor, die Glühbirne und das Telefon erfunden und in dem die Röntgenstrahlung und das Aspirin entdeckt wurden. Die Automobil-, die Chemie-, die Elektroindustrie und der Maschinenbau sind gut.

Banken sind dazu da, der Industrie zu dienen. Banken sollen Ersparnisse entgegennehmen, um sie den Firmen als Kredite weiterzureichen. Der deutsche Idealismus und die Romantik sind sich einig: Die ungeheure Vielzahl der modernen Finanzinstrumente hat jeglichen Wirklichkeitsbezug verloren. Die Finanzinstrumente haben nur einen Zweck: die Bereicherung derjenigen, die sich mit den Instrumenten auskennen.

Die Deutschen können Finance nicht, weil Finance böse ist.

ICH soll böse sein …

Es ist Dienstagmorgen. Dienstagabend wird die Freundin des Bankers eine Mail schreiben, er könne sich den Grund aussuchen, warum sie nicht mehr mit ihm zusammen sein wolle.

Eins: Als sie in Rom unter der Dusche gewesen sei, habe er sie küssen wollen. Sie habe nicht gewollt, aber er habe sie trotzdem geküsst.

Die Bank unterhält eine Geschäftsbeziehung zum Vatikan. Es obliegt dem Chef der Private-Wealth-Abteilung, dafür zu sorgen, dass sich seine klerikalen Geschäftspartner auch an die Compliance-Vorschriften der Bank halten. Das ist keine Selbstverständlichkeit. Der Vorgänger ist an der Aufgabe gescheitert. Seine Bemühungen hatten zu einem Beschwerdebrief aus dem Büro des Bischofs Gänswein an den CEO der Bank geführt, allerdings nicht mit der Unterschrift des Bischofs. In dem Brief kam das Adjektiv »taktlos« vor. Der Banker versieht seine Mission taktvoller und deshalb erfolgreicher.

Zwei: Als er aus Singapur zurückgekommen sei, habe er einen ganzen Tag und eine ganze Nacht geschlafen. Er sei nicht zu wecken gewesen. Sie habe ihn geschüttelt, sie habe ihn angeschrien, es habe nichts genützt. Sie habe solche Angst gehabt, dass sie auf die Straße gelaufen sei. An dem Tag sei die Reinigungsbrigade zugange gewesen. Der Banker hat alle Dienstleistungen outgesourct. Die Putzkräfte hätten alle Fenster geöffnet gehabt, die Vorhänge im Parterre hätten im Wind geweht, sie sei mehrmals um das Haus herumgelaufen, die Putzkräfte hätten ein Radio dabeigehabt, der Wind habe *Tip-Toe* hinausgetragen, das gerade im Radio gespielt wurde.

In einem der Fenster habe sie eine Gestalt gesehen, die

zu dem Lied tanzte, aber es sei kein Mitglied der Reinigungsbrigade gewesen. Sie sei in das Haus gestürmt, er habe immer noch geschlafen, sie habe erneut versucht, ihn zu wecken, es sei ihr wieder nicht gelungen. Sie habe solche Angst gehabt. Er werde sagen, sie habe sich die tanzende Gestalt eingebildet. Aber die Angst sei echt gewesen.

Drei: *Wenn du irgendetwas erfährst, was geschäftlich wichtig ist, veränderst du dich psychisch und sogar physisch, weißt du das?*

Wenn der Banker die Mail lesen wird, wird er das Lied singen wie Tiny Tim:

Tiptoe by the window
By the window, that is where I'll be
Come tiptoe through the tulips with me
Ooooh
tiptoe by the garden
By the garden of the willow tree
Come tiptoe through the tulips with me
Knee deep in flowers we'll stray
We'll keep the … showers away
And if I kiss you in the garden, in the moonlight
WILL YOU PARDON ME?
And tiptoe through the tulips with meeee

Der Banker wird daran denken, dass seine Freundin *Tip-Toe* noch nie gehört hatte, bevor sie ihn kennenlernte. Der Song stammt aus dem Jahr 1968, da war auch der Banker noch nicht auf der Welt. Er kennt das Lied von seinem Vater. Dem Banker ist nicht bewusst, dass er sich für andere sichtbar verändert, wenn er mit geschäftlichen Breaking news konfrontiert wird. Seine Freundin schreibt nicht, *wie* er sich verändert. Ein Anknüpfungspunkt: Der Banker wird überlegen, ob er sie fragen soll –

Der Banker und seine Freundin wurden einander bei einem Empfang in einer Rechtsanwaltskanzlei vorgestellt, nach dem Vortrag eines Experten von Christie's über aktuelle asiatische Künstler und US-amerikanische Künstler mit asiatischen Wurzeln. Er erinnerte sich an ihren Namen, kurz vorher hatte sie über den ehemaligen Vorstandsvorsitzenden von Daimler Edzard Reuter eine Homestory für *Cicero* geschrieben, die er gelesen hatte. »O ja«, hatte Reuter darin gesagt, »wir haben ganz bescheiden mit dem Sammeln angefangen, dann wurde es immer mehr und immer teurer. Weil meine Frau und ich finden, dass Bilder und Bücher einem Raum erst seinen individuellen Charakter geben.«

Sie entschuldigte sich für den Artikel und versprach, nie wieder einen derartigen Auftrag anzunehmen. Sie verstanden sich sofort.

Sie vereinbarten, dass sie nicht übers Geschäft reden würden. Über sein Geschäft. Sie hielten sich daran. Der Banker betrachtete diese Vereinbarung als ein Zeichen ungeheurer Reife. Natürlich darf jemand in seiner Position grundsätzlich nichts äußern, woraus Rückschlüsse auf Vorgänge in der Bank oder über deren Kunden gezogen werden könnten. Alle halten sich daran, nichts in die Öffentlichkeit zu tragen, was nicht dorthin gehört. Aber niemand kann existieren, ohne bestimmte Dinge, an denen er stark Anteil nimmt, in seiner Privatöffentlichkeit abzuhandeln. Darüber dünkte sich der Banker erhaben.

Seine Freundin, seine Beziehung – er war *allen in allem* überlegen.

Jetzt dämmert ihm, dass das Schweigen über das Geschäftliche in seiner Beziehung möglicherweise ein epochaler Irrtum war. Wenn sie geredet hätten, dann hätte er erklären, begründen – ausräumen können –

Einige Zentralbanken, in der Schweiz, in Dänemark und in Schweden, haben für Guthaben der Geschäftsbanken negative Zinsen eingeführt. Der Spielraum für negative Zinsen ist jedoch begrenzt, sinken sie weiter, geben die Geschäftsbanken die negativen Zinsen an ihre Kunden weiter. Naheliegenderweise werden mich die Kunden in reiner Form in Tresoren lagern. Die Grenze der Negativzinsen ist die Höhe der Aufbewahrungs- und Versicherungskosten.

Früher habe ich nicht gesprochen. Ich war auch sonst sehr leise.

Aber jetzt –

ICH BIN WENIGER ALS NICHTS WERT!

Die klassische keynesianische Sicht, dass die Wirtschaft bei Leitzinsen um die Nullmarke in eine Deflationsspirale abgleitet, ist falsifiziert. Die klassische monetaristische Sicht, wonach Quantitative easing in dem stattfindenden Umfang zu hoher Inflation führt, ist ebenfalls falsifiziert. Der Standardprozess, eine Zentralbank senkt die Zinsen und kauft Anleihen, um auf diese Weise die Kreditvergabe anzukurbeln, funktioniert nicht. Die gutgehenden Firmen brauchen keine Kredite, die schlechtgehenden Firmen bekommen keine.

Wenn die Leitzinsen bei null liegen, werden Anleihen

und Liquidität zu perfekten Substituten. Es ist egal, ob die Anleihekäufe der Notenbanken hundert Milliarden oder tausend Milliarden Euro oder Dollar betragen. Der neokeynesianische intertemporale Substitutionseffekt – bei negativen Realzinsen intensivieren die Haushalte ihren Konsum, was die Inflation ankurbelt – funktioniert ebenfalls nicht. Kein Konsum-Boom, nirgends.

Das Einzige, was funktioniert, ist der Fischer-Effekt: Die Ersparnisse und die Investitionen reagieren auf die Veränderungen des Realzinses, deswegen können sich auf lange Frist die Nominalzinsen nicht allzu weit von der Inflation entfernen. Das bedeutet schlicht und einfach, dass historisch tiefe Leitzinsen auch mit historisch tiefer Teuerung gekoppelt sind. Der Fischer-Effekt nützt niemandem etwas.

Eine bestimmte Strömung will mich in jeder Form abschaffen, die über die reine Form hinausgeht. Auf diese Weise will man das Finanzsystem einfrieren. Die Banken sollen mich nur in dem Ausmaß ausgeben, in dem sie mich vereinnahmen. Wenn es mich nur noch in reiner Form gibt, dann kann es auch nicht mehr zu Bank runs kommen. Eine Bank kann nicht mehr in Schwierigkeiten geraten, weil alle Kunden auf einmal ihre Guthaben abheben wollen. Die Kunden wissen, dass sie nichts verlieren können. Man muss keine Banken mehr retten. Keine Bank kann plötzlich zusammenbrechen, ein Dominoeffekt ist nicht möglich, die Wahrscheinlichkeit eines Zusammenbruchs des Zahlungssystems ist null.

Der tiefere Grund, warum man mich in reiner Form abschaffen will, ist das Kontrollbedürfnis derjenigen, die nicht Geschäfte machen müssen, um zu leben. Die Politiker haben nie begriffen, wie ich von den Geschäftsbanken ins Dasein gerufen werde. Es ist auch nicht nötig, dass sie das verstehen. Es gibt mich in den Formen, in denen es mich gibt, nicht weil die Politiker das wollen, sondern weil es die wollen, die Geschäfte machen.

ICH BIN FREIHEIT! WER ÜBER MICH VERFÜGT, IST FREI. JE MEHR FORMEN ICH ANNEHME, DESTO MEHR FREIHEITSGRADE GIBT ES – FÜR ALLE, NICHT NUR FÜR DIE POLITIKER.

Kann es neben dem Kontrollbedürfnis noch einen anderen, tieferen Grund geben, gegen mich zu sein?

Der Banker fragt sich: Ist er mit dem Termin, den er mit dem Gründer gemacht hat – den der Gründer mit ihm gemacht hat –, zufrieden? Er antwortet sich: Wenn sich der Gründer entschließt, seine halbe Milliarde der Bank zur Anlage anzuvertrauen, dann ist er, der Banker, mit dem Lebensausschnitt von diesem Termin bis zur Entscheidung des Gründers ceteris paribus zufrieden.

Der Banker fragt sich: Ist er zufrieden mit seinem Leben?

Eine Bilanz ist nicht einfach die Summe der verbuchten Geschäftsfälle. Eine Bilanz muss aufgestellt werden. Die Aktiva und die Passiva müssen bewertet werden, die Bewertungen ergeben sich nicht automatisch aus der Buchhaltung. Der Banker muss die Ausschnitte aus seinem Leben der Reihe nach bewerten und dann aus den Einzelbewertungen eine Gesamtbewertung konstruieren. Der Banker gibt sich die Antwort: Er ist nicht unzufrieden mit seinem Leben. Sonst würde er nach einem anderen Leben streben.

Der Banker ist glücklich, wenn er seine Freundin wiedertrifft. Aber wenn es nur ein einmaliges Treffen ist, aus dem sich nichts ergibt, kann er nicht glücklich sein. Der Banker fragt sich: Ist er glücklich, wenn er sie wiedertrifft, oder nicht? Er kann die Frage nicht mit einem einfachen Ja oder Nein beantworten.

Der Banker hält für sich fest: Er muss Zufriedenheit und Glück auseinanderhalten. Zufriedenheit befindet sich in enger, unauflöslicher Nachbarschaft zum Bilanzziehen. Glück hat etwas damit zu tun, wie sich ein bestimmter Ausschnitt aus dem Leben *anfühlt*.

Der Banker erkennt auch: Er kann nicht festlegen, ob ihn ein Handeln oder ein Erleiden glücklich macht oder nicht, und dann alles zusammenwerfen, zu einem gesammelten Glück oder Unglück. Es ist denkbar, dass ihn ein Handeln oder Erleiden unglücklich macht, aber unerwartete glückliche Folgen zeitigt. Dann muss er das ursprüngliche Handeln oder Erleiden anders bewerten.

HAT DAS ALLES ETWAS MIT MIR ZU TUN? JA. HABE ICH ETWAS MIT ZUFRIEDENHEIT UND UNZUFRIEDENHEIT, MIT GLÜCK UND UNGLÜCK ZU TUN? NATÜRLICH. DURCH MICH HABEN DIE LEUTE WAHLMÖGLICHKEITEN, DIE SIE SONST NICHT HÄTTEN. ABER ICH BRINGE DIE LEUTE AUCH DAZU, BILANZ ZU ZIEHEN. IHR LEBEN ZU BEURTEILEN. NICHT, DASS SIE ALLES IN EINHEITEN BEWERTEN MÜSSTEN, DIE MEINE NAMEN TRAGEN. DER VORWURF IST LÄCHERLICH UND KINDISCH. ABER DIE LEUTE KÖNNEN SICH NICHT UM DIE ENTSCHEIDUNG UND DIE FOLGEN IHRER ENTSCHEIDUNG DRÜCKEN. DAS NEHMEN SIE MIR MEHR ÜBEL ALS ALLES ANDERE. DESWEGEN SIND SIE GEGEN MICH, IN JEDER FORM.

Die Wolken blähen sich auf, zugleich bilden sich Mulden, die größer und wieder kleiner werden. Die Buckel schwellen an, sie verwandeln sich in Kuppeln und Pilze, die Mulden zerreißen und öffnen sich über Abgründen. Die Spitzen der Kuppeln und die Schirme der Pilze leuchten in einem unerträglichen Glanz. Der Nano-Mann fliegt im selben Flugzeug nach Frankfurt, das den Gründer nach New York gebracht hat. Das Flugzeug scheint reglos über der Landschaft zu schweben.

Der Nano-Mann ist außerordentlich geräuschempfindlich. Wenn er auf die sich mit akkurat gleichbleibender Geschwindigkeit verändernde Wolkenlandschaft blickt, empfindet er den – durchaus nicht sehr hohen – Lärmpegel in der Kabine als weniger störend.

Eine Nanosekunde ist eine milliardstel Sekunde. Der Nano-Mann wird von allen so genannt, weil er als High frequency trader in New York bei einem Hedge fund Karriere gemacht hat, dessen Computer sich nur eine halbe Meile Luftlinie entfernt von der NYSE, der New York Stock Exchange, befanden. Der Nano-Mann ist ein Front runner.

Bei einer größeren Verkaufsorder für eine Aktie oder ein Rentenpapier bietet der Front runner einen schlechteren Preis für das Papier, kauft und verkauft es innerhalb von Millisekunden an einen anderen Marktteilnehmer, der einen nicht ganz so schlechten Preis bietet. Der Front runner läuft der Orderausführung voraus und verschlechtert den Preis für den Verkäufer, der Verlust des Verkäufers ist der Gewinn des Front runners. Bis zur hundertprozentigen Ausführung der Order wird der von der jeweiligen Gegenseite angebotene Preis ständig niedriger. Danach schnappt der Preis wieder zurück. Der Nano-Mann hat die ersten Programme selbst geschrieben und später eine Abteilung geführt, er war ein in der Branche vielumrauntes Phänomen. Eigentlich müsste er Nanosekunden-Mann heißen, aber das ist viel zu lang.

Der Nano-Mann betreibt zusammen mit seinem Bruder einen Boutique hedge fund in Frankfurt. Zunächst war es dem Nano-Mann gar nicht aufgefallen, dass er an dem Morgen keine einzige Mail seines Bruders erhalten hatte. Dann bemerkte er, dass Mails von Mitarbeitern nur an ihn und nicht an seinen Bruder gerichtet waren und dass sein Bruder in diesen Mails auch nicht cc gesetzt war. Später suchte er nach einer Mail seines Bruders, die als Anhang eine Statistik enthielt, die er benötigte. Als er mit der Suchfunktion die Mail seines Bruders aufrufen wollte, stellte sich kein Ergebnis ein.

Ein Virus war unwahrscheinlich, noch nie hatten sie ein Virenproblem gehabt. Sabotage war nicht sehr viel wahrscheinlicher, die ausgeschiedenen Mitarbeiter waren nicht im Unfrieden gegangen. Der Nano-Mann glaubte an eine Fehlfunktion des Systems. Er suchte nach anderen Mails von seinem und an seinen Bruder, auch hier Fehlanzeige. Die Mails, in denen sein Bruder cc gesetzt war, waren noch vorhanden, aber der Name seines Bruders fehlte. Der Nano-Mann ging Ausarbeitungen und Präsentationen durch, nirgendwo schien der Name seines Bruders auf. Kein einziges PDF-Dokument enthielt den Namen seines Bruders. Das war die gediegene Arbeit von jemandem, der garantiert keine Hindernisse überwinden musste, um ins System zu kommen. Es war, als hätte es seinen Bruder nie gegeben.

Sein Bruder gehört zu jener Art von Geschöpfen, die

auf einmal und ein für alle Mal gealtert sind, nicht erst im Laufe ihres Erwachsenenlebens, sondern schon in ihrer Jugend. Ein vorzeitig gealterter Junge oder ein jugendlich aussehender älterer Mann mit Bürstenhaarschnitt. Ein Gesicht wie das eines Ertrunkenen, aufgequollen. Dichte, zusammengewachsene Brauen, man denkt an einen schlecht geschminkten Schauspieler, ein langes, auch in dem angeschwollenen Gesicht vorspringendes Kinn. Die Gestalt einer Vogelscheuche, breite Schultern und lange Arme. Die Leute glauben, er habe keine gute Gesundheit, wegen seines aufgeschwollenen Gesichts, aber da ist nichts. Jeden Morgen schwimmt er seine Bahnen comme il faut, der Kopf nur aus dem Wasser, wenn er atmet.

Auch auf den Aufzeichnungen der Überwachungskameras des Gebäudes schien der Bruder nicht auf. Sein, des Nano-Mannes, idiotisches Gesicht auf den Bildschirmen, als er das Büro seines Bruders aufsuchte.

Was erwartete er dort? Seinen Bruder? Auf dem Schreibtisch des Bruders lagen lediglich ein Notebook und ein Stapel Papiere. Im Büro seines Bruders gibt es, wie in seinem eigenen Büro, keine Aktenordner. Und keine persönlichen Gegenstände. Der Nano-Mann rührte das Notebook und den Papierstapel nicht an.

Hat es den Bruder wirklich gegeben? Oder ist der Bruder seine, eine Erfindung des Nano-Mannes?

Ein Assistent und eine Assistentin arbeiten seinem Bruder in allen Dingen zu und unterwerfen sich strikt seinem Tagesablauf. Wie in einem schlechten Krimi hatte die Assistentin Urlaub genommen, der Assistent sich krankgemeldet, er hatte sich eine Sportverletzung zugezogen, mit der er zwar arbeitsfähig ist, die aber erst versorgt werden musste. Der Nano-Mann konnte die beiden nicht fragen, wann sie seinen Bruder zum letzten Mal gesehen hatten. Er selbst hatte ihn zwei Tage zuvor zum letzten Mal gesehen.

Der Nano-Mann und sein Bruder machen vollkommen unterschiedliche Dinge. Der Bruder hat gesagt, dass sie eine eigene Firma gründen sollten: die zur Hälfte aus dem Nano-Geschäft und zur anderen Hälfte aus seiner eigenen Strategie bestehen sollte. Die Strategien ergänzen sich perfekt. Der Nano-Mann und sein Bruder ergänzen sich perfekt.

Der Nano-Mann betreibt mittlerweile auch Dark pools. Das klingt schlimmer, als es ist. Dark pools ermöglichen, dass die Käufer und Verkäufer sowie die Orderbücher verborgen bleiben. Auf diese Weise wird verhindert, dass der Handel großer Aktienpakete einen zu drastischen momentanen Einfluss auf die Preisbildung hat: Die Transaktionen sollen geheim bleiben, müssen jedoch nach Abschluss umgehend veröffentlicht werden.

Niemand kauft oder verkauft ein größeres Aktienpaket en bloc an der NYSE oder an der Frankfurter Börse, die Order werden auf verschiedene Handelsplätze verteilt. Werden Kauf- oder Verkaufsorder auf verschiedene Dark pools gesplittet, wird Front running schwierig bis unmöglich. Alle profitieren davon, dass die Kursausschläge für die Papiere nicht zu hoch sind. Die Bank, die sich die halbe Milliarde des Gründers sichern möchte, hat die Firma des Nano-Mannes beauftragt, für sie Dark pools zu gründen und zu betreiben. Der Nano-Mann ist jetzt auch der Anti-Nano-Mann.

Der Gründer hat sein Ingenieurstudium abgebrochen.

Der Nano-Mann hat in Göttingen Mathematik studiert. Beide haben ein Faible für das Unendliche. Der Gründer findet es bei seinen Reisen am Sternenhimmel. Der Nano-Mann hat über das Auswahlaxiom promoviert. Es gibt unendlich viele Grade von Unendlichkeit. Um sie zu messen, muss man die Idee, die Mächtigkeit endlicher Mengen – also die Anzahl ihrer Elemente – durch eine natürliche Zahl wiederzugeben, auf unendliche Mengen übertragen: Dazu werden die natürlichen Zahlen um neue, unendlich große Zahlen erweitert, die nach Georg Cantor Alephs heißen. Der Menge der reellen Zahlen kommt ein größeres Aleph zu als der Menge der natürlichen Zahlen. Georg Cantor hat im Alleingang das Fundament der Mengenlehre und die Grundlagen für die mathematische Theorie des Unendlichen gelegt.

Jeder unendlichen Menge ist ein Aleph zugeordnet. Cantors Mächtigkeitslehre umfasst alle Mengen unter einer bestimmten Voraussetzung. Das Auswahlaxiom von Ernst Zermelo besagt: Zu jeder Menge von nichtleeren Mengen gibt es eine Funktion, die jeder Menge aus der Ursprungsmenge eines ihrer Elemente zuordnet. Das liegt auf der Hand, wenn die Mengen endlich oder abzählbar unendlich sind. Bestehen die Mengen aus Paarmengen von Schuhen, kann man jeder Menge den linken Schuh zuordnen. Aber wie soll man verfahren, wenn die Paarmengen aus Socken bestehen, und es sind keine Joggingsocken, die rechts und links unterschiedlich sind? Enthält die Menge alle nichtleeren Mengen von reellen Zahlen, lässt sich sogar zeigen, dass man eine Auswahlfunktion nicht definieren kann. Trotzdem behauptet das Auswahlaxiom, dass es *immer* eine Zuordnung gibt.

Der Widerstand gegen das Auswahlaxiom war groß, aber es setzte sich durch, denn es ermöglicht bemerkenswerte Resultate in der Algebra, in der Topologie und in der Funktionalanalysis. Auch in der Mathematik muss man sich entscheiden und handeln.

Kann man die Zeit in Einheiten aufteilen, die unendlich klein werden? Der Nano-Mann weiß: Es gibt keinen einheitlichen Zeitbegriff in der Physik. Die Kosmologen haben eine völlig andere Herangehensweise als die Teilchenphysiker. Es existiert auch kein Teilgebiet der Physik, in dem es Einigkeit über den Zeitbegriff gäbe. Die klassischen Teilchenphysiker, die am Large Hadron Collider bei Genf arbeiten, die String-Theoretiker und die Leute von der Schleifenquantengravitation haben völlig verschiedene Begriffe von Zeit. Aber das macht nichts. Was er als Nano-Mann oder als Anti-Nano-Mann tut, ist völlig invariant in Bezug auf die verschiedenen Zeitbegriffe. Es bleibt das Gleiche, ob er die Zeit der String-Theorie oder diejenige der Schleifenquantengravitation zugrunde legt.

Die Zeit ist diskret. Ob er, der Nano-Mann, das will oder nicht. Den Augenblick gibt es, man kann ihn festmachen. Wie groß die kleinsten Einheiten der Zeit sind, hängt von technischen, biologischen und kognitiven Prozessen ab: Von den Eigenschaften der Leitung, mit der Signale übermittelt werden, von der Methode, mit der sie verarbeitet werden, von den Bedingungen für eine Einstellungsänderung, wenn er oder einer seiner Konkurrenten erwägt, ein Programm anzuschalten oder abzuschalten, bis zum Entschluss und seiner Umsetzung.

Nie hat sich der Nano-Mann in die Standardschleife der Kommunikation des Financial District eingeklinkt, in die

Jeremiade, es gebe nicht genug Zeit. Der Nano-Mann war ein so glänzender Programmierer und Modellbauer, weil er außerhalb der Zeit war. Mit dem Verschwinden seines Bruders ist er auf einmal *in* der Zeit: Er kann die Dauer des Verschwindens seines Bruders nicht beeinflussen. Er ist so ungeheuer weit davon entfernt.

Das Ungeheuerliche des Augenblicks, in dem er gewahr wurde, dass sein Bruder verschwunden ist. Mit ihm ist auch seine zerschlissene Aktentasche aus grob gegerbtem Leder verschwunden.

Der Nano-Mann muss ein Modell bauen, das einen Zeitindex besitzt. Er beneidet die Kosmologen, die Teilchenphysiker, die Gleichgewichts- und Ungleichgewichtsthermodynamiker, deren Zeiterfahrungen von ihren jeweiligen Theorien affiziert sind. Er, der niemals ein bestimmtes Jetzt fokussiert hat und für den keine Dauer eine war, hat nicht einmal einen Anhaltspunkt, wie er seinen Zeitindex konstruieren soll.

»SCHHHHHHHHHHHHHHHHHHH«

Plötzlich erfüllt tosender, betäubender Lärm die Kabine des Flugzeugs. Der Nano-Mann presst beide Hände auf die Ohren.

Die Kabine ist nicht undicht. Da ist kein Riss oder Loch in der Kabinenwand, die Luft entweicht nicht. Die Triebwerke leisten den verlangten Dienst, das Flugzeug stürzt nicht ab. Nach ein paar Sekunden bricht der Lärm ab, wie mit einem Messer zerschnitten. Der Kapitän entschuldigt sich für die Fehlfunktion der Sprechanlage.

Dem Nano-Mann klingt das Tosen noch lange in den Ohren. Schon seit einiger Zeit hat er dieselbe Seite im

Lufthansa magazin aufgeschlagen, die eine Ansicht der amerikanischen Ostküste aus dem All zeigt.

Als er in New York lebte, unternahm er mit seiner Verlobten Megan regelmäßig Ausflüge in die Hamptons, er überlegte, dort ein Haus zu kaufen. Sie arbeitete in derselben Firma in der Buchhaltung. Sie unterstützte ihn in seiner Absicht, aber sie stellte ihm auch die Frage, was er denn machen würde in dem Haus in den Hamptons. Auf dem Höhepunkt seines Branchen-Ruhms, antwortete er tatsächlich: »Socializing.« Aber dann beschrieb er ihr die geplante Infrastruktur des Hauses, die ihm erlauben würde, all das in den Hamptons zu tun, was er in New York City tat. Der Nano-Mann war nicht sehr lange verlobt. Megan löste die Verlobung und heiratete den PR-Chef der Firma. In Frankfurt macht der Nano-Mann keine Spritztouren in den Taunus.

Bei seinem vorletzten Besuch in New York im Frühherbst des vergangenen Jahres suchte er wieder die Hamptons auf. Er fuhr schon um fünf Uhr früh los, vor dem Berufsverkehr. Er benötigt mindestens sieben Stunden Schlaf, das ist ein signifikanter Unterschied zu seinem Bruder, dem drei oder vier Stunden genügen. Der Nano-Mann kann nicht sagen, dass er ausgeruht ist, wenn er nur drei oder vier Stunden schläft. Das war eine Schwierigkeit während der Verlobung mit Megan, die gerne ausging, bis es hell wurde.

Auf der einsamen Fahrt in die Hamptons stand ein unnatürlich großer Vollmond am Morgenhimmel. War es der Effekt von Wolken oder der morgendliche Dunst: Es sah aus, als wäre eine zweite Erde am Himmel. Der Nano-Mann beugte sich über das Lenkrad nach vorne, um die zweite Erde besser zu sehen. Dabei achtete er nicht auf eine rote Ampel. Auf der kreuzenden Straße war weit und breit kein Fahrzeug unterwegs. Aber er geriet auf die Gegenfahrbahn. Er sah den roten, offenen Thunderbird, der auf der anderen Seite der Kreuzung an der Ampel wartete, in buchstäblich allerletzter Sekunde.

Der Nano-Mann wird immer das Bild vor Augen haben, wie ihn der Junge am Steuer mit offenem Mund fassungslos anstarrte, wie das Mädchen neben ihm die Arme schützend vor sich hielt, wie das zweite Mädchen versuchte, die Tür zu öffnen, wie die Mädchen auf dem Rücksitz die Arme hochstreckten, wie sich der Junge auf dem Rücksitz wegduckte. Der Nano-Mann riss das Steuer herum und verfehlte den Thunderbird um Haaresbreite. Noch nie hatte er einen Unfall verursacht, noch nie war er in einen Unfall verwickelt gewesen. Wie konnte irgendjemand den roten Thunderbird übersehen, der die Scheinwerfer eingeschaltet hatte und der allein mitten in der Landschaft stand?

Als der Nano-Mann dem roten Thunderbird im allerletzten Augenblick ausgewichen war, machte sein Mund »Aaaaaaaaahhhhhh«

Die zweite Erde ging dem Nano-Mann nicht aus dem Sinn. Die andere Erde ist wie diese Erde, nur mit ein paar Abweichungen. Eine davon: Der Nano-Mann schafft es nicht, an dem Thunderbird vorbeizukommen. Eine Lärmlawine, der Krach aufeinanderprallenden Metalls, zersplitternden Glases, eine Reihe von Explosionen, schreiende Verletzte –

Eine andere Abweichung: eine Keksdose aus Blech, auf der eine junge Frau in einem langen, weiten weißen

Kleid abgebildet ist, die vor einer zusammengebrochenen Mauer ausgestreckt im halbhohen Gras liegt. Ihre Pose ist einladend und steif zugleich. Unter dem Rocksaum lugen Lackschuhe hervor, neben ihr ein weißes Hündchen. Bei ihren Ausflügen in die Hamptons hatte Megan immer französische Kekse in einer altmodischen, bemalten Dose aus einem Geschäft in der Park Avenue dabei. Auf der anderen Erde hält die junge Frau auf der Keksdose eine Keksdose in der Hand, auf der ebenfalls eine junge Frau in einem weißen Kleid abgebildet ist, die im Gras liegt. Die Frau hält wieder eine Keksdose mit einer jungen Frau in der Hand. Die Dose ist handgemalt. Ist jedes Mal eine andere Frau dargestellt? Oder ist beständig dieselbe Frau dargestellt, aber sie ist jedes Mal etwas anders gemalt? Im Gegensatz zum Gründer sucht der Nano-Mann am Himmel die Endlichkeit. Aber das Unendliche holt ihn immer wieder ein.

Auf der höchsten Stelle der Mauer sitzt eine Katze, reglos. Sie belauert die Zeit. Sie versucht, mit ihrem Bewusstsein in die Zeit einzudringen. Die Katze auf der anderen Erde ist dazu imstande, übergangslos von der Reglosigkeit in die Bewegung und von der Bewegung in die Reglosigkeit zu wechseln. Ist die Reglosigkeit portionierte Bewegung, unterhalb der Wahrnehmungsschwelle, oder ist die Bewegung kumulierte Reglosigkeit, die Wahrnehmung überfordernd? Ist die Zeit vielleicht doch eine Substanz, und die Katze kann mit der Substanz so viel besser umgehen als er, der Nano-Mann?

Das träge Hin und Her der warmen Luft. Das Vibrieren der Umrisse aller Dinge. Unablässig beben, zittern, zucken die Blätter der Espen. Ein Zug in der Ferne lässt eine Eisenbrücke vibrieren, ein Wald aus Eschen und Trompetenbäumen verschluckt ihn, seine Geräusche, das Dröhnen der Eisenbrücke. Tausende von Halmen und Blättern und Blüten beben. Insekten kreisen um die Katze, pausenlos und ziellos. Die Katze ist das Zentrum von allem. Ist das möglich.

»Tak-tak-tak-tak-tak-tak-tak-tak-tak-tak« Nach dem Beinahe-Unfall begleitete ein Geräusch wie hastige Feuerstöße die Fahrt des Nano-Mannes. Bei dem abrupten Ausweichmanöver hatte sich ein Teil des Profils von einem Reifen gelöst und schlug gegen die Karosserie. An der nächsten Tankstelle tauschte der Mann an der Kasse den Reifen aus.

Der Nano-Mann kann sich vorstellen, aus der Welt zu verschwinden: Wenn er einen Nullpunkt erreicht, den er nicht mehr zu strukturieren vermag. Während er für sich einen solchen Punkt denken kann, hat er eine zu hohe Meinung von den Fähigkeiten seines Bruders, als dass für diesen ein solcher Nullpunkt existieren könnte.

Der Nano-Mann sieht zwei prinzipielle Möglichkeiten: Er sucht seinen Bruder, oder er rekonstruiert ihn. Wenn sein Bruder verschwinden will, dann gelingt ihm das auch. Warum sollte ausgerechnet die Strategie des Verschwindens ein Fehlschlag sein. Es macht keinen Sinn, seinen Bruder zu suchen.

Der Nano-Mann muss die *Wirkungen* seines Bruders rekonstruieren. Sein Geschäftsmodell und seine Strategien sind bekannt und werden umgesetzt. Der Nano-Mann muss modellieren, wie sein Bruder auf den Fluss der neuen Informationen reagieren würde. Niemand kennt den Informationsfluss, dem sich sein Bruder in der Vergangenheit ausgesetzt hat, besser als der Nano-Mann. Niemand hat aus solcher Nähe verfolgt, wie sein Bruder in der Vergangenheit auf den Informationsfluss reagiert hat.

Es gibt keinen Newsletter einer öffentlichen Institution, einer Geschäftsbank, einer Versicherung, einer Fonds- oder einer Beteiligungsgesellschaft und keinen Blog eines Akteurs aus dem Finanzbereich oder aus der ökonomischen Forschung, den sein Bruder nicht lesen würde. Für den nicht englischsprachigen Informationsfluss in Asien sind ein Chinese und ein Japaner zuständig, sie übertragen die entsprechenden Texte auf die eine – mit Hilfe von Google Translate – oder andere Weise ins Englische. Der Nano-Mann verfolgt vor allem Statistiken, er hat nicht so viele Newsletters und Blogs abonniert wie sein Bruder, sonst könnte er keine mathematischen und physikalischen Papers lesen. Jetzt, wo sein Bruder verschwunden ist, ist er froh, dass er mit den Newsletters und Blogs einigermaßen auf dem Laufenden ist.

Wenn irgendjemand weiß, dass vorhandene IT-Bausteine hier nicht weiterhelfen, dann ist das der Nano-Mann. Was an AI, Artificial Intelligence, verfügbar ist, ist äußerst limited. Die existierende künstliche Intelligenz ist nicht intelligent. Die Bezeichnung ist nur ein Euphemismus für das automatische Lösen von Aufgaben, die vorher ein Mensch gelöst hat.

Es gibt ein *kleines* Problem mit Gehirnen und Computern: Sinneseindrücke, Erinnerungen, Imaginationen, Gefühlseindrücke, Denkprozesse spielen sich als neuronales Geschehen ab. Doch ist es nicht möglich, einzelne Wahrnehmungen, Empfindungen, Erinnerungen, Gedanken im Gehirn zu lokalisieren und zu isolieren, genau diejenigen neuronalen Zustände anzugeben, die diesen Aktivitäten beziehungsweise deren Inhalten entsprechen. Das wäre aber die Voraussetzung, um Wahrnehmungen, Gedanken und Gefühle auf dem Computer nachzuvollziehen.

Das wäre auch Vorbedingung dafür, direkte Verbindungen zwischen verschiedenen Gehirnen zu installieren. Man müsste die Sprache ersetzen. Doch die Sprache ist etwas anderes als Computersprache. Eine Computersprache bedeutet in jedem Computer das Gleiche, außerhalb der Computersprache gibt es nichts. Wenn sie nicht absichtlich angepasst wird, bleibt die Computersprache immer dieselbe. Aber jedes einzelne Gehirn betreibt Editing von Sprache. *Die* Sprache verändert sich beständig ohne Vorsatz, ohne Zweck, ohne Ziel.

Der Nano-Mann denkt daran, ein Rumpfwesen zu konstruieren, das nicht so anspruchsvoll ist wie der Bruder, das aber dafür imstande ist, zielorientiert und schnell zu lernen. Ein Kind?! – Er hat keine Kinder, der Bruder hat keine Kinder, und jetzt das!

Er phantasiert, dass der Bruder, den er rekonstruiert, smarter ist als der tatsächliche Bruder. Die Evolution hat ihn und seinen Bruder mit Prozessen hervorgebracht, die alles andere als smart sind, vielmehr so dumb wie möglich. Vielleicht ist jetzt mit diesen Prozessen Schluss, sie haben kein Potential mehr. Jemand muss den nächsten Schritt tun. Er, der Nano-Mann, löst die Evolution ab.

Der Nano-Mann erwägt das Prinzip, dass der rekonstruierte Bruder keine größere Schmerzempfindlichkeit oder Leidensfähigkeit besitzen sollte als die Programme, mit denen er seine Strategien umsetzt. Er schaltet seinen Bruder ein und aus. Er behält dessen Gedächtnis bei, oder er löscht es, das Gedächtnis fängt neu an, oder er ersetzt das Gedächtnis durch ein anderes.

Der Nano-Mann denkt, er sollte denken: ›Ich liebe meinen Bruder.‹ Vor dem Verschwinden seines Bruders hätte er nie im Leben gesagt oder gedacht: ›Ich liebe meinen Bruder.‹

Der Nano-Mann denkt auch, dass er ohne seinen Bruder freier ist.

Mit Megan hat der Nano-Mann einmal in Sagaponack ein Landhaus aus den vierziger Jahren besichtigt. Fünf oder sieben Schlafzimmer, warum kann er das nicht mehr angeben, dabei hat er doch die Postleitzahl präsent: 11962.

Seit Jahren macht der Nano-Mann keine Ferien mehr. Er weiß nicht, wo er hinfahren oder hinfliegen sollte und was er in einem Resort machen könnte. Wenn er ein Haus in einer Feriengegend hätte, könnte er wenigstens behaupten, er mache Ferien.

Mittlerweile muss das Haus ein Vielfaches des Preises wert sein, zu dem es ihm seinerzeit angeboten wurde. Wahrscheinlich steht es gar nicht mehr, und auf dem Grundstück hat jemand ein größeres Haus gebaut. Jetzt, wo sein Bruder verschwunden ist, kann der Nano-Mann sowieso keine Ferien machen. Er bereut nicht wirklich, dass er das Haus in Sagaponack nicht gekauft hat. Aber das Haus in den Hamptons lenkt ihn vom Verschwinden seines Bruders ab.

Der Nano-Mann lässt sich vom Frankfurt Airport abholen, die Eltern der Brüder, sie waren beide Lehrer, sagten noch Rhein-Main-Flughafen. Die Brüder wollen keine großen Limousinen und brauchen keine Chauffeure, sie interessieren sich nicht für Autos, aber es müssen unentwegt Kunden von Flughafen und Bahnhöfen abgeholt und irgendwo hingebracht werden. Sie haben einen Lexus, einen Jaguar Daimler und einen Mercedes Benz. Damit wollen die Brüder Internationalität demonstrieren. Es soll nicht der Eindruck entstehen, dass sie German car supremacists seien.

Bevor der Nano-Mann im Wagen Platz nimmt, sucht er nach der zweiten Erde. Der Himmel ist wolkenlos, am Horizont, wo sich Erde und Himmel berühren, bilden Kumuluswolken eine Barriere. Über der Mitte der Barriere ist eine besonders regelmäßig geformte Kumuluswolke höher gestiegen als die anderen Wolken. Das könnte auch die zweite Erde sein.

Auf dem Rücksitz des Lexus klappt der Nano-Mann sein Notebook auf, um mit dem Banker zu skypen. Der Banker weiß nicht, was er mit der halben Milliarde des Gründers machen soll – wenn er sie bekommt –, deswegen will er sie einem Hedge fund geben. Die erste Adresse, die dem Banker einfiel, war der Hedge fund des Nano-Mannes und seines Bruders. Die Büros haben den Skype-Termin arrangiert.

Der Fonds des Nano-Mannes hat dem Banker zu Anfang dieses Jahres sehr geholfen. Am 15. Januar gab die Schweizerische Nationalbank den Beschluss bekannt, die Bindung des Schweizer Frankens an den Euro zu lösen. Bis dahin hatte die Nationalbank den Frankenkurs durch Marktinterventionen künstlich niedrig gehalten, um der Schweizer

Industrie und dem Tourismus zu helfen. Am 15. und 16. Januar verlor der Schweizer Aktienmarkt genau das, was er im Jahr davor dazugewonnen hatte. Ausländer, die in Dollars oder Euro rechnen, stießen die Schweizer Aktien ab und sicherten sich Währungsgewinne, Inlandsschweizer verkauften die Aktien, weil sich mit dem Anstieg des Frankenkurses die Geschäftsaussichten der exportorientierten Schweizer Unternehmen verschlechterten.

Sowohl die Kunden der Private-Wealth-Abteilung als auch der Eigenhandel der Bank halten bedeutende Posten von Schweizer Aktien, die Bank wickelt die entsprechenden Käufe und Verkäufe über die Dark pools des Nano-Mannes ab. Der Nano-Mann war daran interessiert, das Geschäftsvolumen auszuweiten, er hatte erreicht, dass sich der Banker zweimal mit ihm zum Essen getroffen hatte. Sie hatten über die Situation in der Schweiz gesprochen, es war klar, dass die Frankenbindung an den Euro fallen würde, aber der Zeitpunkt war unklar.

Man hatte nicht damit gerechnet, dass es so schnell nach den Weihnachtsferien passieren würde. Am 14. Januar stellte der Nano-Mann in mehreren Dark pools verstärkte Verkaufsaktivitäten in Bezug auf Schweizer Aktien fest, er rief den Banker an, um ihn darüber zu informieren. Der hatte ein paar Tage vorher mit einem Kollegen in der Züricher Filiale der Bank telefoniert. Dieser hatte sich überzeugt gezeigt, dass die Frankenbindung in allernächster Zeit fallen werde. Der Kollege war verärgert, weil man ihm nicht glaubte. Er spielte mit einem Angestellten der SNB Golf. Natürlich habe der nicht gesagt, dass … Aber …

Der Banker gab die Information des Nano-Mannes und

die Einschätzung des Kollegen sofort an den Eigenhandel weiter und informierte seine Topkunden entsprechend. Im weiteren Verlauf des 14. Januar sorgte die Bank dafür, dass die Dark pools des Nano-Mannes sehr gut beschäftigt waren. Der Eigenhandel der Bank und alle Kunden, die der Banker angesprochen hatte, gingen in großem Ausmaß mit Schweizer Aktien short.

Der Nano-Mann vertiefte die Geschäftsbeziehung zu dem Banker durch eine Schnellanalyse, die sein Bruder am 16. Januar lieferte. Mit der offiziellen Verlautbarung der SNB waren alle Gewinnschätzungen für Schweizer Firmen gegenstandslos geworden. Welchen Wechselkurs sollte man für 2015 und 2016 annehmen? Wie verteilten sich die Umsätze und die Kosten der Firmen auf die Währungen? Wie veränderte die Wechselkursentwicklung die Wettbewerbsfähigkeit? Wie groß war der Währungseffekt auf Umsätze und Margen, wenn eine Schweizer Firma Produkte in Euro fakturierte? Welche Maßnahmen würde das Management treffen? Detaillierte Analysen brauchten Zeit. Aber Zeit stand nicht zur Verfügung.

Bereits am Morgen des 15. Januar stellte der Bruder eine Überschlagsrechnung für den Wertverlust einer Firma an, die alle Aktiva im Euroraum hielt. Für den Fall des Euro von eins Komma zwanzig Franken auf eins Komma null-null Franken errechnete er einen Währungseffekt von sechzehn Komma sechs Prozent. Der Banker gab diese Zahl an den Eigenhandel und die Kunden weiter. Zahlreiche Schweizer Aktien hatten mehr als ein Fünftel an Wert verloren, der Kurs war zu stark gefallen. Der Eigenhandel und die Kunden kauften, binnen kurzem stellten sich ansehnliche Gewinne ein. Der Bruder hatte richtig gerechnet.

Sein Bruder ist ein Contrarian. Er stemmt sich gegen die Mehrheit, wenn diese der Meinung ist, dass der Kurs einer Aktie unaufhörlich weiter steigen wird, weil das Unternehmen ein sensationelles Geschäftsmodell verfolgt, das ganze Industrien oder das Leben aller Menschen verändert. Er glaubt an den Wert eines Unternehmens, dessen Aktienkurs dahinschmilzt, weil er überzeugt ist, dass das Unternehmen Skills hat, die alle anderen Anleger nicht sehen. Er geht davon aus, dass die Märkte regelmäßig über das Ziel hinausschießen und dass sich die Übertreibungen irgendwann wieder auflösen. Reversion to the mean.

Natürlich ist der langfristige Mittelwert kein konstanter. Contrarian-Strategien sind nichts für Investoren, die von der Effizienz der Märkte überzeugt sind. Der Erfolg einer Contrarian-Strategie hängt davon ab, ob und wann die Mehrheit erkennt, dass sie falschliegt, und ihr Kauf- und Verkaufsverhalten entsprechend ändert. Das kann dauern.

Was ist, wenn die Mehrheit niemals erkennt, dass sie falschliegt? Heißt das, dass sie dann doch richtigliegt?

Der Banker soll nicht wissen, dass der Bruder verschwunden ist. Der Nano-Mann hat beschlossen, das fürs Erste geheim zu halten. Er hat ein Memo an die Mitarbeiter geschrieben, sein Bruder wolle ungestört über ein strategisches Problem nachdenken, er wisse selbst nicht, wie lange das dauern werde. Die Mitarbeiter wundern sich nicht, dass der Bruder aus dem System verschwunden ist, sie betrachten das als eine Grille. Sie gehen davon aus, dass er ebenso unerwartet wieder im System aufscheinen wird.

Der Banker erkundigt sich nach dem aktuellen Stand der Fonds-Strategie.

Jeder Hedge-fund-Manager hat mit einer einfachen Strategie angefangen, die er dann verfeinert hat. Eine Anlagestrategie ist keine riesige Raumstation, die auf einmal aus dem Nichts ins Sein ploppt. Die Raumstation besteht zunächst nur aus einer kleinen Einheit, die den Astronauten Schutz bietet. Sie wird langsam ausgebaut, und es dauert, bis da eine geräumige Station im Orbit ist. Tritt in der ursprünglichen Einheit ein Leck auf, büßen das die Astronauten mit ihrem Leben. Die Grundidee der Anlagestrategie muss funktionieren, sonst gibt es die Strategen nicht mehr.

Der Nano-Mann erklärt dem Banker, sie hätten das Konzept der Contrarian-Strategie auf die Metaebene gehievt. Sie identifizierten die verschiedenen Global-Macro-Strategien der Konkurrenten – man versucht, makroökonomische Entwicklungen zu antizipieren und die entsprechenden Preisentwicklungen zu prognostizieren –, und sie verfolgten eine Contrarian-Metastrategie.

Der Banker fragt, wie geht das, die Global-Macro-Strategien der anderen zu identifizieren. Der Nano-Mann sagt, natürlich hacken sie sich nicht in die Computer der Konkurrenten ein, sie schließen aus den Transaktionen der Konkurrenten auf deren Strategien. Er verweist auf die Dark pools, die er selber betreibt.

Der Banker findet, das ist eine schöne Geschichte, aber er muss sie nicht glauben. Es könnte die Strategie des Nano-Mannes und seines Bruders sein, ihre Strategie nicht nur nicht zu verraten, sondern vorzugeben, dass sie einer ganz anderen Strategie folgen. Um maximal effizient zu verhindern, dass jemand auf die Strategie kommt, die sie tatsächlich anwenden.

Der Banker überlegt, dem Nano-Mann überhaupt nichts zu glauben. Es würde keinen Unterschied machen. Egal welche Strategie der Nano-Mann und sein Bruder verfolgen, ihre Performance in der Vergangenheit war gut und stetig. In Deutschland ist ein Schneeballsystem wie das von Bernie Madoff nicht möglich, dazu ist die Kontrolldichte zu hoch.

Der Banker überlegt: Wenn er die halbe Milliarde des Gründers dem Nano-Mann gibt, und der erzielt eine gute Performance, ist dann sein eigenes Leben ein besseres?

Der Nano-Mann fasst den Gedanken: Wenn er gleich nach dem Verschwinden seines Bruders eine halbe Milliarde für die Firma akquiriert, dann würde das natürlich in keinerlei Weise das Verschwinden des Bruders wettmachen, aber es wäre so etwas wie – an dieser Stelle will der Nano-Mann nicht weiterdenken. Es wäre ein Sakrileg. Nichts kann wiedergutmachen, dass sein Bruder verschwunden ist.

Der Nano-Mann: »Aber mein Bruder –«, er zögert, »wohnt doch hier?«

Der Hausmeister: »Wer?«

Der Nano-Mann hat den Namen genannt, er nennt ihn noch einmal.

Der Hausmeister: »In welchem Apartment?«

Der Nano-Mann wiederholt die Nummer.

Der Hausmeister: »Hören Sie …«

Der Nano-Mann: »Ich muss das Apartment meines Bruders sehen.«

Der Hausmeister: »Wissen Sie, ich kann nicht …«

Der Nano-Mann: »Ich muss unbedingt das Apartment meines Bruders sehen.«

Der Hausmeister: »Ich sage Ihnen, ich kann nicht …«

Der Nano-Mann: »Aber Sie haben doch den Schlüssel?«

Der Hausmeister: »Ich sage Ihnen, ich kann Ihnen den Schlüssel nicht …«

Der Nano-Mann: »Ich will nur einen Blick in das Apartment meines Bruders werfen. Ich will es gar nicht betreten. Sie sperren die Tür auf, ich bleibe an der Schwelle stehen.«

Der Hausmeister: »Wissen Sie …«

Der Nano-Mann weiß, dass er dem Hausmeister etwas geben muss, damit der ihn das Apartment besichtigen lässt. Der Nano-Mann weiß nicht, wie viel das sein muss. Fünfzig? Hundert? Zweihundert? Fünfhundert? Für einen Augenblick ist der Nano-Mann ratlos. Wenn er dem Mann fünfzig gibt, wird er ihm das Apartment nicht zeigen, wenn er ihm fünfhundert gibt, wird er ihn mit Sicherheit das Apartment betreten lassen. Welchen Betrag dazwischen soll er wählen?

Der Nano-Mann und der Hausmeister stehen vor dem Eingang eines Apartmentgebäudes an einem Taunushang. Der Nano-Mann hat sich an ein Meeting erinnert, bei dem sein Bruder das Bild eines großen weißen Gebäudes auf seinem iPhone betrachtete. Der Nano-Mann fand den Apartmentkomplex im Internet, er wird als Boarding House geführt. Man kann auch eigene Möbel mitbringen und rund um die Uhr alle Services in Anspruch nehmen. Die Klientel besteht vor allem aus Ausländern, die unregelmäßig Freizeit haben, für den Kampf gegen den Burn-out gibt es mehrere Pools, Spa, Fitness- und Hiking-Programme.

Der Nano-Mann hackte die Verwaltungsfirma des Apartmentgebäudes und fand den Namen seines Bruders als Mieter.

Jeder, dessen Geschäfte nicht rund laufen, und jeder, dessen Geschäfte sehr gut laufen, hat einen Burn-out. Alle Angestellten, die nicht befördert werden, leiden unter Burn-out, diejenigen, die Karriere machen, bekommen ebenfalls einen Burn-out. Das kann doch nicht sein, dass sein Bruder einfach einen Burn-out hat.

Neben dem Komplex ist ein Stück des Hanges blau verkleidet, inmitten der nicht umrandeten Fläche wacht eine doppelt mannshohe Figur aus einem dunklen, leicht glänzenden Material, der Kopf ist deutlich abgesetzt, aus dem Rumpf ohne Arme und Beine wachsen vorne sechs schmale, sich verzweigende Äste heraus.

Der Nano-Mann geht zu der blauen Fläche hin, sie besteht aus in Beton fixierten blauen Glasscherben mit ziemlich scharfen Rändern. Man sollte sie nicht mit Flip-Flops betreten. Vor der Figur aus Metall steht in einer Mulde Wasser. Die kahlen dünnen Äste, die aus der Figur herauswachsen, sind ebenfalls aus Metall, sonst würden sie sofort abbrechen.

Der Nano-Mann gibt dem Hausmeister zweihundertfünfundsiebzig Euro. Der Hausmeister wundert sich, warum ausgerechnet zweihundertfünfundsiebzig Euro. Reversion to the mean, fünfzig Euro und die Hälfte des Betrages zwischen fünfzig und fünfhundert Euro.

Der Hausmeister: »Ihr Bruder saß in der Lobby und sah den Leuten zu, die dort aus und ein gingen. Den Leuten fiel nicht auf, wenn er länger dort saß, sie haben es ja meistens eilig. Ich habe mit ihm Bekanntschaft geschlossen, als ich einer Mieterin nachblickte, die sehr kurze Röcke trägt. Als sie zur Tür hinaus war, hat er mir zugezwinkert. Da habe ich zu ihm gesagt: ›Haben Sie die Ringe gesehen, die sie an den Fingern trägt? – Ich glaube nicht, dass das Modeschmuck ist.‹ Wir haben uns unterhalten, und ich habe ihn schließlich gefragt: ›Sind Sie der Manager des Klippenspringers?‹ Er hat gesagt: ›Ich bin ein Master of the Universe.‹ Ich habe gefragt: ›Wie meinen Sie das?‹ Da habe ich gedacht, er ist ein Spieleentwickler. Obwohl die nicht so aussehen. Er hat gesagt: ›Ich bin in der Finanzbranche.‹ Ich habe gefragt: ›Sind Sie einer von diesen Spekulanten?‹ Er hat Ja gesagt.«

Der Hausmeister im Lift: »Die Anzüge Ihres Bruders waren ihm viel zu klein.«

Die Anzüge des Bruders sind schmal geschnitten, sie betonen seinen ungewöhnlichen Körperbau mit den breiten Schultern und den langen Armen.

Der Hausmeister: »Sie waren auch ziemlich abgetragen.«

Die Anzüge seines Bruders sind in der Tat ziemlich abgeschabt. Er ersetzt sie nicht regelmäßig. Der Nano-Mann hatte ihn schon öfter darauf ansprechen wollen.

Der Hausmeister vor der Tür des Apartments, das sich im obersten Stockwerk befindet: »Kennen Sie den Klippenspringer?«

Der Nano-Mann: »Welchen Klippenspringer?«

Der Hausmeister: »Sie kennen den Klippenspringer nicht?«

Der Nano-Mann: »Nein.«

Der Hausmeister: »Wenn Sie den Klippenspringer nicht kennen …«

Der Nano-Mann: »Was hat der Klippenspringer mit meinem Bruder zu tun?«

Der Hausmeister: »Ich weiß ja auch nicht, was …«

Der Nano-Mann: »Erklären Sie mir …«

Der Hausmeister schließt die Tür des Apartments auf. Der Nano-Mann und der Hausmeister blicken in einen völlig vermüllten Raum. Der erste Gedanke des Nano-Mannes ist die Weigerung, die im Raum zerstreuten und aufgetürmten Gegenstände zu registrieren.

Der Hausmeister: »Ihr Bruder hat seltsame Dinge erzählt, wie man sie von einem Finanzmenschen nicht erwartet. Einmal sagte er, das Leben eines wilden Tiers besteht aus Angst und Schmerz. Aber er ist lieber ein wildes Tier als ein Haustier. Er hat nicht ausgesehen wie ein wildes Tier, er hat so gar nichts von einem wilden Tier an sich gehabt. Ich weiß auch nicht, warum er das gesagt hat. – Aber dann hat er auch wieder gesprochen wie ein Finanzmensch. Er ist immer darauf angesprungen, wenn ich ihn einen Spekulanten genannt habe. Er sagte, seine Firma hilft anderen Leuten, Risiken zu entdecken und Risiken zu vermeiden. Ich habe gesagt, wenn man zum Arzt oder zum Rechtsanwalt geht, entdecken die auch Risiken und kümmern sich darum, aber sie kriegen nicht so viel dafür. Er sagte, weil es um bekannte Risiken geht. Er kümmert sich um unbekannte Risiken. Ich habe gesagt, aber die Finanzkrise. Er sagte, manche haben auch die Finanzkrise vorhergesehen. Sie haben ein gutes Geschäft dabei gemacht. – Es machte ihm irgendwie Spaß, mit mir zu diskutieren. Er hatte auf alles eine Antwort. Ihr Bruder wollte der Beste sein. Aber er musste sich immer entschuldigen, für alles, was er tat.«

Der Nano-Mann: »Sie sagen immer, mein Bruder *war* …«

Der Hausmeister: »Letzte Woche sagte Ihr Bruder: ›Ich bin etwas müde.‹ Ich habe gesagt, aber nicht doch. Er sagte: ›Es wäre besser, wenn ich …‹ Ich habe gefragt, was wollten Sie sagen? Aber er hat mir nicht geantwortet. Ich habe ihn gefragt, Sie wollen, dass ich gehe? Er rührte sich nicht. Ich habe gesagt, Sie wollen, dass ich Sie allein lasse? Er gab wieder keine Antwort, und ich habe gesagt, wie Sie möchten. Er sagte: ›Bleiben Sie.‹ Ich wollte etwas sagen, aber er sagte: ›Können Sie nicht fünf Minuten still stehen, ohne etwas zu sagen?‹ Ich bin still gestanden und habe nichts gesagt, bestimmt länger als fünf Minuten. Dann sagte er: ›Ich weiß nicht, ob ich noch einmal herkomme.‹ Ich habe ihn gefragt, warum. Aber er sagte: ›Das sind keine Geschichten für Sie.‹ Ich habe ihm das nicht übelgenommen. Er kommt nicht mehr, weil der Klippenspringer nicht mehr kommt. Ich habe im Internet gesehen, dass der Klippenspringer nach Barbados geflogen ist, um dort zu trainieren.«

In dem Apartment gibt es keine Möbel, nur zwei Stühle aus Pappe. Auf dem einen Stuhl ein alter Philips-Kassettenrekorder aus schwarzem Kunststoff mit dekorativen Seitenteilen aus furniertem oder Massivholz. Die Abdeckung des Kassettenfaches ist hochgeklappt, die sichtbare Seite der eingelegten Kassette ist nicht beschriftet. Das Kabel des Kassettenrekorders führt zu einer an das Netz angeschlossenen Stromleiste. Auf dem anderen Stuhl ein statisch prekärer Stapel von zwölf unbeschrifteten Kassettenhüllen, die oberste leer. Die Sitzflächen und die Rückenlehnen der Stühle sehen aus wie Deckel von überdimensionalen Schuhschachteln, die Einzelteile sind mit durchsichtigem Klebeband zusammengefügt. U-förmig gefaltete breite Kartonstreifen bilden die Stuhlbeine, schmale U-förmig gebogene Kartonstreifen verbinden Rückenlehne und Seitenlehne.

Die Wolken sind weggezogen, es gibt keine Vorhänge und keine Jalousien. Das Apartment mit den beiden Stühlen aus Karton, mit dem Kassettenrekorder und den Kassetten, mit dem Müll und dem Nano-Mann ist in das Rot der untergehenden Sonne getaucht.

Nachdem er den Hausmeister weggeschickt hat, legt der Nano-Mann seine Hand auf die Sitzfläche des Stuhls mit dem Kassettenrekorder. Die Oberfläche des Kartons ist sehr glatt, entweder wurden die Kartonteile einzeln oder der Stuhl aus den zusammengesetzten Kartonteilen mit einem Fixierer behandelt. Man kann auf den Stühlen sitzen, aber der Nano-Mann möchte das nicht. Er geht zum Fenster und blickt auf die Figur im Glasscherbenfeld.

Der Nano-Mann zögert, die Play-Taste des Kassettenrekorders zu drücken. Er denkt bei den beiden Stühlen und ihrer Umgebung an eine Aufführung von Samuel Becketts *Endspiel*, die er einmal als Schüler im Theater am Turm ansehen musste. Die Protagonisten hockten in Mülltonnen.

Es wäre zielführender, wenn er an Becketts Stück *Krapps letztes Band* denken würde. Ein alter Mann hört sich Bänder an, die er als junger Mann besprochen hat, und er erkennt sich nur mit Mühe wieder. – Sich? –

– Der Flug dauert zwei bis drei Sekunden.

– Manchmal sieht es so aus, als würden Sie wie Spielzeug durch die Luft fliegen.

– Das täuscht gewaltig. Der Zufall ist verbannt.

– Kein Fehler …

– Verboten.

– Eine falsche Bewegung …

– Eine winzige Abweichung vom Plan, eine zu spät getroffene Entscheidung kann das Ende bedeuten.

– Wenn Sie auf das Wasser treffen, tauchen Sie mit einer Geschwindigkeit von achtzig bis neunzig Stundenkilometern ein.

– Wir tauchen nicht –

– wie sonst beim Wasserspringen –

– kopfüber ein, die Belastung wäre zu groß. Wir schließen den Sprung mit einem Barani ab, einem halben Salto.

– Die gestreckten Beine voran, die Arme seitlich angelegt.

– Der Körper unter maximaler Spannung. Kerzengerade ins Wasser.

– Wie ein Messer.

Der Nano-Mann hört die Stimmen seines Bruders und des Klippenspringers aus dem Kassettenrekorder und denkt: *Das kann nicht sein.* Jeder Satz seines Bruders die Fortsetzung eines Satzes des Klippenspringers. Jeder Satz des Klippenspringers eine Fortsetzung eines Satzes seines Bruders. Wie ein einstudierter Dialog. Sein Bruder hat sich in den Klippenspringer – eingefühlt? Sein Bruder – harmoniert mit dem Klippenspringer?

Der Nano-Mann drückt die Stopp-Taste. Er verfügt über ein außerordentlich gutes Kurzzeitgedächtnis, und ihm stehen staunenswerte Fähigkeiten beim Kopfrechnen zu Gebot. Ohne Hilfsmittel berechnet er in der einfallenden Dämmerung die aktuellen gleitenden Durchschnitte für den Aktienindex von Standard & Poor's für fünfzig und für zweihundert Tage.

Die Chart-Analysten sind auf der Suche nach dem goldenen Kreuz. Das liegt vor, wenn die Fünfzig-Tage-Linie die Zweihundert-Tage-Linie von unten nach oben schneidet. Das goldene Kreuz ist ein Kaufsignal, beim S&P 500 hat am ersten Februar 2012 die Fünfzig-Tage-Linie die Zweihundert-Tage-Linie von unten nach oben gekreuzt. Seither ist das Kreuz intakt. Wer den Aktienindex abgebildet hat, konnte einen Gewinn von fünfzig Prozent einstreichen. Wenn die Fünfzig-Tage-Linie die Zweihundert-Tage-Linie von oben nach unten schneidet, ist das ein Todeskreuz, ein Verkaufssignal. Der kürzere gleitende Durchschnitt gibt frühere Warnzeichen als der längere gleitende Durchschnitt, der mit deutlicher Verzögerung auf temporäre Fluktuationen reagiert. Das Modell generiert weniger Fehlalarme als kurzfristigere Modelle, wie etwa eines mit einer Zwanzig-Tage-Linie und einer Fünfzig-Tage-Linie.

Der Nano-Mann ist überhaupt kein Anhänger der Chart-Analyse. Er beruhigt sich mit der Rechenübung. Bis er sich wieder in der Lage fühlt, die Play-Taste des Kassettenrekorders zu drücken.

– Ein schöner Sprung, er fließt einfach so dahin.

– Wenn ich ihn richtig hinbekomme.

– Ein paar Spritzer …

– Nur eineinhalb Salti.

– Wunderbarer Sprung. Absolut wunderbar.

Die Stimmen des Bruders und des Klippenspringers kommen in erstaunlicher Qualität aus dem kleinen Lautsprecher des Kassettenrekorders.

– Es gibt Sprünge, die ich total genieße, weil ich sie schon so lange mache und kann. Ich genieße erst die Aussicht und dann den Flug … Wenn ich neue Sprünge einübe:

Meine Schwachstellen sind der untere Rücken, die Adduktoren, die Knie. Ich mache ungefähr zweihundert Übungen dafür ... Ich gehe ganz methodisch vor. Erst springe ich aus dreizehn Metern, dann aus fünfzehn Metern, dann aus siebzehn, dann aus zwanzig Metern.

– Zwanzig Meter, das ist etwa das achte Obergeschoss ...

Der Nano-Mann betätigt die Stopp-Taste, die Fast-forward-Taste und wieder die Play-Taste.

Sein Bruder und der Klippenspringer sprechen über einen Auftritt des Klippenspringers auf der Ilhéu de Vila Franca do Campo, das ist eine Azoren-Insel. Die aus dem Meer ragenden Felstürme aus vulkanischem Gestein sehen aus, als wären sie auf einer gigantischen Fräsmaschine aus dem Vollen gefräst. Der Klippenspringer hat dort einen Sprung aus 27 Metern Höhe absolviert, das ist die höchste Höhe, aus der ein Klippenspringer jemals gesprungen ist. Der Klippenspringer sprang zwischen zwei Türmen, die sehr nah beieinanderstehen. Die Stimmen seines Bruders und des Klippenspringers werden undeutlich. Der Nano-Mann glaubt gehört zu haben, dass der Abstand zwischen den beiden Türmen an der engsten Stelle nur etwa zwei Meter groß ist.

– Haben Sie keine Angst, einmal mit dem Kopf gegen eine Kante zu schlagen?

– Einmal bin ich mit dem Kopf gegen den Felsen geschlagen, vor drei Jahren. Ich wollte einen dreifachen Rückwärtssalto mit vier Schrauben springen. Ich habe mich nicht weit genug von der Absprungkante gelöst, ich bin mit dem Kopf unmittelbar unter der Kante angeschlagen. Ich erinnere mich nicht an den Sprung. Sicherlich habe ich keine Schrauben gemacht, aber ich habe den

Sprung kontrolliert ins Wasser gebracht, mit dem Barani, wie Tausende Male trainiert. Als ich aufgetaucht bin, haben die Zuschauer immer noch geschrien. Ich hatte eine Platzwunde an der Stirn, mehr nicht.

Später wird der Nano-Mann den Klippenspringer googeln und herausfinden, dass er zweiunddreißig Jahre alt ist. Sein Bruder ist fünfundvierzig, er selbst ist zweiundvierzig. Der Banker ist dreiundvierzig, der Gründer vierunddreißig. Der Klippenspringer bestreitet seit Jahren die Red Bull Cliff Diving World Series. Er kann kein Champion sein, sonst hätte man von ihm gelesen. Wenn ein Deutscher bei einem Wettbewerb auch nur unter den ersten drei gelandet wäre, hätte man davon gehört.

Der Nano-Mann drückt die Stopp-Taste, er nimmt die Kassette heraus, schiebt sie in die leere Hülle, greift nach einer beliebigen Kassettenhülle im Stapel, entnimmt die Kassette, legt sie in den Kassettenrekorder ein und drückt die Play-Taste.

Der Klippenspringer beschreibt die Sprünge, die er in dem archäologischen Park von Ik Kil in Yucatán durchgeführt hat. Ein Cenote ist eine mit Süßwasser gefüllte Aussparung im Kalkstein, die durch den Einsturz einer Höhlendecke entstanden ist. In Ik Kil springt man aus etwa 26 Metern Höhe.

Die Beschreibungen des Klippenspringers sind wortreich, lebendig und spontan. Der Ton ist ein ganz anderer als derjenige auf der ersten Kassette, die der Nano-Mann gehört hat. Es wirkt, als sei der Klippenspringer gerade aus Yucatán zurück gewesen und habe dem Bruder aus frischer Erinnerung berichtet. Der Klippenspringer kann nicht gut abgeschnitten haben. Mehrfach war er sich bis zum Moment des Absprungs nicht sicher, ob er eine zweifache oder eine dreifache Drehung, einen zweifachen oder einen dreifachen Salto springen sollte.

Er erzählt von einem Konkurrenten – der Nano-Mann versteht den Namen nicht –, der während des Wettbewerbs von seinem Trainer gecoacht wurde. Das ist nicht verboten, aber es gilt als unfair und sissy. Der Bruder fragt, welche Gesten der Trainer macht. Der Klippenspringer sagt, der Trainer fasst sich auf eine bestimmte Weise ins Gesicht, er greift sich ans Ohr, an die Nase, er fährt mit der Hand unter das Kinn. Der Bruder fragt, ob sich der gecoachte Spieler schäme. Der Klippenspringer gibt keine Antwort. Der Bruder sagt, es bestehe doch kein Anlass, das Coachen während des Wettbewerbs zu verbieten, das Klippenspringen sei kein Sport, bei dem ein Sportler unmittelbar gegen den anderen kämpfe. Bei Ballspielen gingen die Mannschaften aufeinander los, und den Trainern sei es keineswegs verboten, sie anzufeuern. Der Klippenspringer sagt, er würde sich wirklich schämen, wenn er es nötig hätte, dass ihn jemand während des Wettbewerbs coachte.

Die erste Kassette, die der Nano-Mann gehört hat, ist nicht zufällig eingelegt gewesen. Sie sollte eine Einführung in das Klippenspringen darstellen. Wenn sein Bruder gewollt hätte, dann hätte er seine Spuren restlos verwischen können. Was will ihm sein Bruder sagen? Dass er mit dem Klippenspringer gegangen ist?

Es stimmt nicht, dass sein Bruder das Genie ist und er das Helferlein. Sein Bruder ist ein Genie. Gedankenumwölkt, stillschweigend, beunruhigend für alle, ist er inmitten der Zeitläufte dahingeglitten. Aber er, der Nano-Mann, ist ebenfalls ein Genie. Ganz nah bei den anderen und zugleich fast unendlich weit weg von ihnen, beschleunigte er bis zum Äußersten den Sand, der durch ihre Finger rann, unerbittlich, unwiderruflich.

Der Nano-Mann empfand die Ergänzung zwischen ihm und seinem Bruder nie als natürliche. Er hegte die Überzeugung, das gelungene Zusammenspiel sei ausschließlich das Ergebnis von Talenten und Übung. Es waren nicht die Brüder, sondern die Talente der Brüder, die sich zusammengeschlossen hatten und übten. Die Salti, die Drehungen – wie sollten sich die Talente seines Bruders und diejenigen des Klippenspringers ergänzen?

Der Nano-Mann geht mit dem ausgestöpselten Kassettenrekorder und den Kassetten auf den Balkon hinaus. Wenn er das Tonbandgerät und die Kassetten hinunterwirft, wird das Gerät zerstört, die Kassetten ebenfalls. Aber die Bänder werden nicht vernichtet, man kann sie rekonstruieren. Außerdem besteht die Gefahr, dass jemand in dem Augenblick das Gebäude verlässt und auf den Vorplatz tritt, in dem der Kassettenrekorder und die Kassetten schon in der Luft sind.

Der Nano-Mann stellt den Kassettenrekorder zurück, zieht die Bänder aus den Kassetten heraus, das geht schneller als gedacht, und spült sie im Klo hinunter.

Der Nano-Mann hat den Hausmeister gebeten, ihn zum Wagen zu begleiten. Der stürmt so entschlossen voran, dass Kommunikation nicht möglich ist. Die Figur mit den Ästen anstelle von Armen neigt sich Menschen mit Champagnergläsern um eine Geburtstagstorte zu.

In der Woche zuvor hat die Hausverwaltung allen Bewohnern eine Mail mit dem Betreff *Fair feiern!* geschickt. Wenn der Hausmeister jetzt mit dem Nano-Mann stehen bleibt, dann sieht das unweigerlich so aus, als würde der die Partygesellschaft beobachten. Der Nano-Mann könnte von der Hausverwaltung sein, Hausverwalter sind oft am Abend unterwegs, zu Eigentümerversammlungen. Auf keinen Fall will der Hausmeister, dass der Gastgeber meint, er kontrolliere ihn.

Das Geburtstagskind, der Hipster mit dem längsten Bart, lässt alle Arbeiten in seinem Apartment nur über den Hausmeister erledigen. Der hat Zugriff auf einen Pool von bosnischen Putzfrauen und kroatischen Handwerkern. Er verrechnet dem Gastgeber siebzehn Euro für die Putzstunde, die bosnische Putzfrau bekommt aber nur zwölf Euro. Analog verfährt er mit den Handwerkern. Außerdem schreibt er regelmäßig mehr Stunden auf, als tatsächlich angefallen sind. Dafür betont er, dass er selbst keine Stunden verrechnet, wenn er das Material besorgt, in Erledigung seiner gewöhnlichen Hausmeistertätigkeiten müsse er sowieso ständig zum nächstgelegenen OBI. Wenn der Gastgeber sich von ihm, dem Hausmeister, kontrolliert fühlt, könnte er auf den Gedanken kommen, seinerseits den Hausmeister zu kontrollieren.

Als der Nano-Mann am Beginn des Glasteppichs innehält, bleibt dem Hausmeister nichts anderes übrig, als umzukehren und mit dem Nano-Mann fast in Reichweite der Partygesellschaft stehen zu bleiben. Am Himmel ist keine Wolke, das Blau des Glasteppichs um die dunkle Figur geht in den Abendhimmel über. Der Nano-Mann vermutet, dass in der Nacht die Sterne am Himmel und die Lichtreflexe auf dem Glasteppich die gleiche Intensität haben.

Der Nano-Mann fragt: »Wie oft war mein Bruder hier? – Wie oft war der Klippenspringer hier? – Seit wann hat mein Bruder das Apartment?«

Der Hausmeister denkt, es ist gut, dass der Nano-Mann so auf ihn einredet, das kann sich nicht auf die Party beziehen. Wenn es etwas mit der Party zu tun hätte, wäre der Anzugmann gleich zu den Partygästen hingegangen. Der Hausmeister hofft, dass sich der Nano-Mann nicht doch noch zu der Partygesellschaft hinbegibt.

Der Hausmeister sagt: »Ich fahre gern Motorrad. Im Sommer mache ich Ausflüge in die Nähe, in der Anlage ist ja nicht so viel zu tun, dass ich dauernd da sein muss ... Ein paar Mal habe ich auch Ihren Bruder mitgenommen.«

Der Bruder des Nano-Mannes ist in seiner Jugend Motorrad gefahren, später nicht mehr. Der Nano-Mann wundert sich über sich selbst, dass er das bis jetzt ausgeblendet hat, wenn er über den Klippenspringer reflektiert.

Der Nano-Mann fragt: »Der Klippenspringer, was für ein Mensch ist er?«

Der Hausmeister sagt: »Was für ein Mensch kann er denn sein? – Wer von Klippen herunterspringt und sein Leben riskiert ... Wie kommt man auf so was?«

Die Stimme des Hausmeisters nimmt eine hohle Klangfarbe an, denn der Gastgeber der Party und seine Frau blicken in seine Richtung und tuscheln. Der Hausmeister hat jetzt tatsächlich ein schlechtes Gewissen. Er überlegt, in Zukunft korrekt abzurechnen. Aber er fürchtet, dass es dazu vielleicht schon zu spät ist.

Der Hausmeister sagt: »Ich war einmal Zeuge ...« In dem Moment, in dem er das Wort Zeuge ausspricht, denkt er daran, dass die bosnischen Putzfrauen und die kroatischen Handwerker, die im Apartment des Gastgebers zugange sind, Zeugen sein könnten, wenn der Gastgeber seine Abrechnungen überprüfen würde.» …wie ein kleines Mädchen in der Lobby auf der Treppe ausrutschte und die Stufen herunterschlitterte. Sie verstauchte sich den Fuß, ich glaube, es war der rechte, sie schrie vor Schmerz laut auf. In dem Augenblick betrat der Klippenspringer die Lobby. Er sah, dass sich das Mädchen weh getan hatte, aber er ging nicht zu dem Mädchen hin. Er zeigte auf mich und drückte den Aufzugsknopf. Ich habe gerade eine Leuchtstoffröhre ausgewechselt.«

Der Nano-Mann fragt: »Haben Sie sich um das Mädchen gekümmert?«

Der Hausmeister sagt: »Natürlich – ich habe das Mädchen an der Hand genommen und bin mit ihr in den Technikraum gegangen. Dort gibt es eine Dusche, das Mädchen hat den Fuß unter die kalte Dusche gehalten. Dann habe ich in dem Apartment angerufen, und die Mutter ist gekommen und hat das Mädchen abgeholt.«

Der Hausmeister setzt sich unvermittelt in Bewegung, aber er achtet darauf, nicht zu schnell zu gehen, das könnte wieder Misstrauen erwecken. Der Nano-Mann folgt ihm. Mit schwerfälligem, aber festem Schritt gehen beide an der Partygesellschaft vorbei. Sie haben einen günstigen Moment erwischt, der Gastgeber und die Gastgeberin befinden sich gerade in einem intensiven Gespräch mit einem anderen Pärchen, im Vorbeigehen hebt der Hausmeister grüßend die Hand, natürlich will er den Gastgeber und die Gastgeberin in ihrem Gespräch nicht stören.

Der Nano-Mann und der Hausmeister sehen zwei mit Eis gefüllte große Champagner-Kübel, in dem einen Kübel gewöhnlicher Champagner, in dem anderen Rosé-Champagner.

Der Hausmeister hat kein schlechtes Gewissen mehr. Er vermittelt schließlich die Reinigungsleistung und die Handwerkerarbeiten, er ist auch eine Firma, er muss auch von etwas leben. Das Hausmeistergehalt ist nicht üppig, bei seiner Bemessung ist die Hausverwaltung davon ausgegangen, dass er sich etwas dazuverdient. Der Hausmeister spart, er weiß noch nicht, wie er seine Erlöse anlegen wird. Die Sparkasse bietet ihm eigene Fonds an – man weiß doch, dass die Sparkasse daran verdient, wenn sie ihm die Fonds verkauft, und die nette Sparkassenangestellte.

Der Nano-Mann gibt die sinnlosen Laute »Tt … Tt … Tt …« von sich. Ein Hund, eine Art Bulldogge, ist ihm vor die Füße gelaufen. Sein Fell ist weiß und hellbraun, seine Augen sind blutunterlaufen. Der Hund sieht nicht wirklich gefährlich aus, aber der Nano-Mann muss abrupt stehen bleiben, sonst fällt er über den Hund.

Der Hausmeister sagt unwirsch zum Hund: »Na, na, was denn!«

Weil er nicht wusste, was ihm im Taunus begegnen würde, hat der Nano-Mann auf den Fahrer verzichtet und fährt selbst. Als er in seinen Wagen einsteigt, erhält er einen Anruf des Finanzchefs von Inditex, der Muttergesellschaft von Zara. Der Nano-Mann und der Finanzchef waren Kollegen in New York. Wenn der Spanier ausging, fragte er jedes Mal den Nano-Mann, der auch manchmal mitkam. Inditex ist Kunde für die Dark pools des Nano-Mannes, und der Finanzchef hat anstandshalber einen niedrigen dreistelligen Millionenbetrag bei dem Nano-Mann und seinem Bruder investiert.

Die Leiter der Zara-Geschäfte in aller Welt geben zweimal pro Woche ihre Bestellungen auf, die Zentrale entscheidet innerhalb von acht Stunden, welche Ware das Geschäft geliefert bekommt, in Europa ist die Ware spätestens sechsunddreißig Stunden später im Geschäft. Die Vorgabe lautet, dass die gelieferte Ware innerhalb von zehn Tagen verkauft sein soll. Ein Designer in der Zentrale entwirft am Tag drei bis sechs neue Teile. Von der Analyse der Verkaufsdaten bis zum fertigen Produkt vergehen drei Wochen. Der Prozess ist langsam und fehlerhaft, die Verkaufszahlen der Vergangenheit sind die alleinige Basis, die subjektiven Ansichten der Filialleiter über den Geschmack der Kunden fließen ein.

Die Zentrale arbeitet an einem anderen Prozess. Die relevante Kundschaft sucht zuerst im Internet nach neuen Kleidungsstücken. Die Suchanfragen spiegeln die allerneuesten Trends wider. Analyseprogramme von IBM und Google charakterisieren jedes Kleidungsstück nach bestimmten Kategorien, natürlich Farbe, Stoff und Schnitt, die Reaktionen werden gesammelt und bewertet. Das Grundproblem ist herauszufinden, was genau an dem Kleidungsstück Beifall oder besser Kaufinteresse hervorruft. Es reicht nicht zu wissen, dass der Rock kurz oder lang ist, dass die Mädchen mehr Pants und weniger Röcke anziehen, dass die Hosen enger oder weiter sind. Die Programmanbieter behaupten, sie würden die Influencer identifizieren. Inditex entwickelt ein eigenes Programm, in dem die Kategorien, nach denen die Kleidungsstücke charakterisiert werden, variabel sind. Die Verkaufszahlen der Filialen und die Beobachtungen der Filialleiter sowie der Verkäufer bilden ebenfalls einen Input.

Der Finanzchef von Inditex möchte, dass sich der Nano-Mann mit dem Team zusammensetzt, das die Software entwickelt, und Ideen diskutiert. Das erscheint dem Nano-Mann logisch. Ihm bleibt auch gar nichts anderes übrig, als zuzusagen, schließlich ist der Finanzchef ein guter Kunde. Der Assistent des Finanzchefs wird mit seinem Assistenten den baldmöglichst möglichen Termin in La Coruña vereinbaren.

Hat er geglaubt, dass er seinen Bruder treffen würde? Nein. Hat er gehofft, dass er seinen Bruder treffen würde? Ja. Glaubt er, dass er seinen Bruder wiedersehen wird? Nein. Hofft er, dass er seinen Bruder noch einmal treffen wird? Jetzt weigert er sich, die Frage mit einem Ja oder einem Nein zu beantworten. Er wird das Apartment nicht kündigen, die Miete und die Nebenkosten werden weiterlaufen.

Er hat völlig vergessen, den Hausmeister nach einem Schlüssel zu fragen. Sein Assistent wird anrufen, damit er den Schlüssel geschickt bekommt. Den Kontakt mit dem Hausmeister kann er allerdings nicht gänzlich vermeiden. In gewissen Abständen muss er fragen, ob sein Bruder da war oder der Klippenspringer – von dem Klippenspringer möchte er möglichst nichts hören. Er sperrt die Tür auf, und das Apartment ist eingerichtet. Es ist das Apartment des Klippenspringers – eine Horrorvorstellung.

Der Himmel ist klar, der Mond sieht aus wie der Mond und nicht wie eine andere Erde. Die Gefahr einer äußeren Ablenkung ist nicht gegeben. Trotzdem fährt der Nano-Mann sehr langsam.

Die Firma ist ein Boutique hedge fund geblieben, sie sind keine Milliardäre geworden. Das soll weder heißen, dass sie das beabsichtigt hätten, noch, dass er oder sein Bruder unglücklich wären, weil sie keine Milliardäre geworden sind. Niemand ist in Deutschland im Finanzbereich aus eigener Kraft zum Milliardär geworden. Trotzdem: Kann er, der Nano-Mann, ausschließen, dass sie beide mit ein paar Big pictures völlig falschgelegen sind? Wenn er seinen Bruder als superintelligent rekonstruiert, werden dann die Big pictures richtig sein?

Bis jetzt hat er ausschließlich darüber nachgedacht, welche Fähigkeiten sein rekonstruierter Bruder haben sollte. Er war überzeugt, die Beweggründe seines Bruders seien kein Problem. Aber dann der Klippenspringer. Vielleicht waren die Beweggründe seines Bruders immer schon andere, als er angenommen hat.

Andere Beweggründe – andere Big pictures?

Der Nano-Mann fragt sich: Hat er bei der Rekonstruktion seines Bruders die freie Auswahl aus allen Kombinationen von Beweggründen und Fähigkeiten, oder gibt es da Constraints? Erfordern bestimmte Beweggründe bestimmte Fähigkeiten und bestimmte Fähigkeiten bestimmte Beweggründe?

Er muss sich über die Endziele seines Bruders klarwerden. Daraus ergeben sich dann die Zwischenziele.

Der Nano-Mann seufzt – tatsächlich.

Wer legt schon seine Endziele genau fest: Was er im Leben unbedingt erreichen will, was er unbedingt vermeiden will. Funktioniert das Leben überhaupt so? Gehört nicht zum Leben dazu, dass die Endziele bis zu einem gewissen Grad vage sind?

Wie kommt sein Bruder auf das, was er will? Wie kommt er, der Nano-Mann, darauf, was er will? Lernen durch Verstärkung. Gewisse Handlungen werden belohnt und damit gewisse Handlungsrichtungen gefördert. Aber Lernen durch Verstärkung setzt voraus, dass man explizit oder implizit weiß, was man will. Die Belohnung stellt sich ein, wenn das stattfindet, was man will.

Soll sein Bruder glücklich sein? Gibt es einen Zusammenhang zwischen der Frage, ob sein Bruder und er glücklich sind, und der gemeinsamen Performance? Hat eine glückliche Seele mehr Energie? In diesem Zusammenhang fällt dem Nano-Mann wieder ein, dass er der Rekonstruktion seines Bruders Leid ersparen kann. Aber dazu muss er die Frage beantworten: Hat sein Bruder gelitten?

Der Nano-Mann muss ein Motivationsgerüst festlegen. Bis zu diesem Dienstagnachmittag hätte er sich frisch, fromm, fröhlich, frei an die Arbeit gemacht. Er hätte versucht, das Gerüst aus den Entscheidungen zu konstruieren, die sein Bruder für sich, für ihn, den Nano-Mann, für sie beide getroffen hat. Aber der Klippenspringer.

Natürlich kann er nicht so vorgehen, dass er eine Liste aller möglichen Situationen erstellt, in denen sich sein Bruder befinden kann, und der Bruder ist dann die Summe der getroffenen Entscheidungen. Man müsste eine Begrifflichkeit finden, die alle Situationen erfasst. Aber die Begrifflichkeit, mit der Situationen beschrieben werden, ändert sich unablässig, als Folge von realisierten möglichen Situationen und als Folge von neuen möglichen Situationen. Wenn es eine stabile Begrifflichkeit gäbe, dann könnte man die Zukunft gewaltig einengen. Mit Rechenkapazität könnte man tatsächlich eine Liste der möglichen Situationen erstellen und die Entscheidungen optimieren.

Der Nano-Mann weicht in die Physik aus. Jeder symmetrischen Transformation entspricht eine Erhaltungsgröße: Der zeitlichen Transformation die Energie, der räumlichen Transformation der Impuls, der Drehung der Drehimpuls. Das Theorem von Emmy Noether funktioniert als Bauanleitung für physikalische Theorien. Wenn in einem physikalischen Prozess eine Größe, beispielsweise die elektrische Ladung, erhalten bleibt, dann muss die Theorie des Prozesses eine bestimmte Symmetrie aufweisen. Sheldon Glashow, Abdus Salam und Steven Weinberg haben auf diesem Weg ihre vereinheitlichte Theorie der elektromagnetischen und der schwachen Wechselwirkung entwickelt.

Der Nano-Mann verwendet die Physik metaphorisch, er benutzt sie als Ideenquelle. Was wäre im Falle des Bruders die Erhaltungsgröße? Der Nano-Mann denkt: ›Information‹. Damit meint er nicht die Information der Informatiker, sondern das, was sein Bruder liest.

Die kleinsten Materieteilchen sind die Fermionen, die Feldquanten sind die Bosonen. Zahlreiche Teilchenphysiker sind der Meinung, dass diese Zweiteilung Ausdruck einer tiefer liegenden Supersymmetrie ist, einer fundamentalen Theorie der Teilchen und Kräfte, die auch die Gravitation einschließt. Das Problem der Physiker ist, dass sie sich eine Teilcheninflation einhandeln. Jedes Teilchen muss einen Superpartner haben. Um die Existenz der supersymmetrischen Teilchen nachzuweisen, muss man noch größere Beschleuniger bauen.

Materie – haha, die gibt es doch schon lange nicht mehr! Sechsundzwanzig Komma acht Prozent der gesamten Materie und Energie des Universums ist Dunkle Materie. Das *Dunkel* wird immer großgeschrieben – kein Mensch weiß, wo sie ist und wie sie aussieht! ICH übrigens auch nicht.

Kann der Nano-Mann sicher sein, dass sein Bruder – wo er jetzt auch sein mag – weiter liest? Dass er weiterliest? Vielleicht hat sein Bruder gerade den Kühlschrank leer gegessen, sich die Fingernägel geschnitten, dreimal Tee gekocht, und er überlegt, ob er in einen nahen Park oder in ein Kino mit Großleinwand gehen soll –

Der Nano-Mann muss verzeichnen, dass er jetzt größere Freiheitsgrade bei den Beweggründen seines Bruders hat als vorher. Das verdankt er dem Klippenspringer. Daran ist der Klippenspringer schuld. Der Nano-Mann sieht nur eine Möglichkeit: Er legt lediglich Nebenbedingungen für das Motivationsgerüst des Bruders fest. Die Rekonstruktion seines Bruders wird sich ihre Beweggründe selbst aussuchen. Die Beweggründe dürfen den von seinem Bruder tatsächlich getroffenen Entscheidungen nicht blank widersprechen. Die Rekonstruktion seines Bruders darf nicht einen völlig anderen Bruder ergeben.

Vielleicht wird der rekonstruierte Bruder genau so, wie er, der Nano-Mann, ihn haben will, wie er ihn sich ersehnt. Bloß macht das keinen Sinn. Dann braucht er keine Rekonstruktion, dann kann ihn sein Bruder nicht mehr überraschen, dann muss er einfach die Arbeit seines Bruders miterledigen.

Der Bruder muss nicht unbedingt optimal sein. Vielleicht repariert er sich selbst.

Es gibt immer die Möglichkeit des Katastrophenirrtums. Er rekonstruiert seinen Bruder nach bestem Wissen und Gewissen, und heraus kommt ein Monster.

Wenn irgendjemand kein Schurke ist, dann der Bruder des Nano-Mannes. Sie sind nicht einmal Minischurken. Sie haben wirklich nichts gemacht, um andere ins Verderben zu stürzen. Soll die Rekonstruktion seines Bruders ein Heiliger sein? Der Nano-Mann entscheidet, in dieser Richtung nicht weiterzudenken. Er fürchtet eine Probleminflation, die er nicht auch nur im Ansatz zu bewältigen in der Lage ist.

Der Nano-Mann hält neben dem Ortsschild *Frankfurt a. M.* an. Er überlegt, ob er ins Büro oder nach Hause fährt. Natürlich ist das Büro noch besetzt, mit dem Team, das sich um die asiatischen Märkte kümmert.

Am Himmel entstehen flockige Wolken aus dem Nichts, sie gleiten weg von dem metallischen Mond über der wie kolorierten Landschaft. Der Mond müsste doch blass, die Straßenränder müssten farblos sein. Der Nano-Mann meint, das Murmeln eines Baches zu hören.

Die Zeit soll Macht haben. Das ist ein riesengroßer Irrtum. Die Zeit strukturiert nichts.

Ich habe die Macht. Ich strukturiere: die Wahrnehmung, das Denken, das Gefühl. Ich wähle aus, aus der Gesamtheit möglicher Weltbezüge. Ich sortiere in Ordnung und Chaos. Manchmal bastle ich auch einen barocken Altar. In mir fallen Erkenntnis und Allegorie zusammen. Ich bin Kognition und Emotion.

Die Menschen haben eine ungeheure Sehnsucht nach Einheitlichkeit. Deswegen glauben sie an Götter. Ihnen liegt nicht an deren einzelnen übernatürlichen Fähigkeiten. Die Götter setzen ihre Fähigkeiten zu sehr idiosynkratischen Zwecken ein. Wer könnte schon sicher sein, dass er von den göttlichen Talenten profitiert. Die Götter sind nichts anderes als Ensembles von übernatürlichen Fähigkeiten, die unter bestimmten Gesichtspunkten gut zusammenpassen. Der christliche Gott ist der Triumph der Einheitlichkeit: Er vereinigt alle Eigenschaften, die man haben kann und die man nicht haben kann, in sich. Er ist auf zahlreiche und anspruchsvolle Weisen logisch und unlogisch zugleich, das ist das Generierungsprinzip der Theologie.

Die Nachfolger der Götter sind nicht die Gründer, auch wenn ihre PR-Abteilungen das gerne so darstellen. Sie können sagen, was sie wollen und wie sie es wollen, man kann es buchstabengetreu wiedergeben oder völlig verdrehen, das spielt keine Rolle, auch für die Gründer selber nicht.

Die Nachfolger der Götter sind die Führungsgremien der Zentralbanken. Ihre Verlautbarungen werden studiert und ausgelegt wie religiöse Texte. Die Worte der Chefs werden auf die Goldwaage gelegt, man kann es nicht anders ausdrücken. Jedes Wort, das gesagt wird, und jedes Wort, das nicht gesagt wird, jede Betonung, jede Pause von Janet Yellen, Mario Draghi, Haruhiko Kuroda und Zhou Xiaochuan wird mit allen Mitteln analysiert. Man pilgert nicht mehr nach Rom, man registriert sich für Onlinekurse. Ein Nobelpreisträger, der die Schriften und Worte von Janet Yellen und Mario Draghi auslegt, hat zweihunderttausend eingeschriebene Studenten. Achttausend haben bis jetzt die Prüfung abgelegt.

MICH HAT ES AUCH OHNE ZENTRALBANKEN GEGEBEN. WENN ES KEINE ZENTRALBANKEN

MEHR GIBT, WIRD ES MICH TROTZDEM NOCH GEBEN.

Das moderne Schicksal heißt Blase. Eigentlich gibt es keine anderen Schicksalsmuster mehr. Es sind nicht mehr die Götter oder Halbgötter, die Schicksal spielen. Auch gebildete und vernünftige Menschen meinen, dass Schurken für die Blasen verantwortlich sind. Die Zentralbanken lassen die Schurken gewähren oder stecken sogar mit ihnen unter einer Decke.

Risiken kann man identifizieren und isolieren. Risiko ist eine Ware. Risiken werden verpackt und verkauft. Verschiedene Investoren bewerten verschiedene Risiken unterschiedlich. Wenn man ein Risiko kauft und es teurer weiterverkauft, macht man Gewinn. Eine Gesellschaft ohne Spekulanten wäre katatonisch. Die Preise, die Mengen und die Menschen würden ohne Spekulanten einen Veitstanz aufführen.

Hinter einer Spekulation steckt in der Mehrzahl der Fälle die Hoffnung, dass sich der Preis zum langfristigen Mittel beziehungsweise zum langfristigen Trend hinbewegt. Für das eingegangene Risiko wird der Spekulant belohnt oder bestraft: Er fährt Gewinne ein, wenn die Preise zum Durchschnitt tendieren, er macht Verluste, wenn die Preise ausreißen. Sehr wenige der reinen Spekulanten sind fähig, über längere Zeiträume hinweg Gewinne zu machen. Dabei ist es durchaus fraglich, ob es die Nur-Spekulanten überhaupt gibt. Bei den Rohstoffen ist die Situation eindeutig. Die Rohstoff-Spekulationsfonds Clive, Bluegold und Centaurus haben vor zwei Jahren dichtgemacht.

ES GIBT GAR KEINE BLASEN. EINE BLASE IST NICHT, DASS DIE PREISE HOCHGEHEN UND WIE-

DER HERUNTERGEHEN. DAS TUN PREISE DAUERND. EINE BLASE IST AUCH NICHT, DASS DIE PREISE HOCHSCHIESSEN UND PLÖTZLICH INS BODENLOSE FALLEN. DAS MACHEN PREISE EBENFALLS ZIEMLICH OFT. EINE BLASE IST KÜNSTLICH UND ÜBERFLÜSSIG. DANN MUSS ES ABER EINE NATÜRLICHE SITUATION GEBEN, DIE MAN HERSTELLEN ODER WIEDERHERSTELLEN KANN.

Die von Blasen sprechen, behaupten stets, dass man Blasen managen könne. Mit der richtigen Ausrüstung sei man dazu in der Lage, die unnatürliche Situation zu erkennen. Zwar könne man das Entstehen von Blasen nicht verhindern, aber ihrem weiteren Anschwellen Einhalt gebieten.

Der Wert einer Anlage entspricht dem Jetzt-Wert der erwarteten Zahlungen, die in der Zukunft aus der Anlage fließen. Die erwarteten Dividenden, Zinsen, Gewinne, Mieten, Spekulationsgewinne, was auch immer, werden abgezinst. Eine Änderung des Diskontierungsfaktors hat den gleichen Effekt wie eine Änderung der erwarteten Zahlungsströme. Wer den Diskontierungsfaktor konstant hält, kann niemals Preisänderungen für Aktien, Obligationen und Derivate erklären, zu sehr schwanken die Kurse im Vergleich zu den fundamentalen wirtschaftlichen Variablen. Der Diskontierungsfaktor besteht aus einem Zinssatz und einer Risikoprämie. Es gibt Boom-Zeiten, in denen die Investoren risikofreudig sind – die Risikoprämien und dementsprechend die Diskontierungsfaktoren sind niedrig, die Preise hoch. Als Folge ergeben sich geringe erwartete Renditen. Es gibt Depressionszeiten, in denen verhalten sich die Dinge genau umgekehrt.

Die Risikoprämie ist nicht für sich beobachtbar, sie muss

im Rahmen eines Modells geschätzt werden. Es existieren keine vernünftigen Modelle, die beschreiben würden, wie sich die Risikoprämie abhängig von sich wandelnden individuellen, gesellschaftlichen, technologischen Bedingungen usw. ändert. Makroökonomische Modelle betrachten Investitionen, Produktion und Konsum als Hauptfaktoren, Finanzmarkt-Modelle beziehen sich auf Risikofaktoren und Kovarianzstrukturen, institutionenbasierte Modelle berücksichtigen segmentierte Märkte, Finanzierungsprobleme und Bankrottkosten. Es existiert keine Theorie darüber, wie diese Faktoren zusammenwirken. Die Risikoprämie ist das Gravitationszentrum aller Preisbildung von Aktien, Obligationen und Derivaten. Aber sie ist zugleich auch eine Singularität, ein Schwarzes Loch, alle Theorien enden bei der Risikoprämie, ohne sie zu erklären.

DIE MENSCHEN KÖNNEN NICHTS TUN, UM ZU VERMEIDEN, DASS FÜR IRGENDETWAS DEMNÄCHST DIE PREISE STARK ANSTEIGEN UND DARAUF WIEDER RASCH FALLEN. WENN ES ANDERS WÄRE, MÜSSTEN DIE MENSCHEN AUFHÖREN, MENSCHEN ZU SEIN.

Der Erwartungswert einer Anlage wurde von den Akteuren falsch eingeschätzt. Die Akteure mussten gar nicht unvernünftig sein. Sie haben einfach zu unterschiedlichen Zeitpunkten künftige Zahlungsströme unterschiedlich bewertet.

Nimmt man hundert aktiv gemanagte Publikumsfonds, dann vernichten sechsundsechzig Vermögen. Wählt man für eine Dekade die in jedem Jahr hundert besten aktiv gemanagten Fonds aus, behaupten sich nur sieben der besten Fonds aus dem Vorjahr auch im Folgejahr unter den besten. Ein reiner Zufallsmechanismus kommt in etwa zu dem gleichen Ergebnis. Niemand kann den Markt dauerhaft schlagen. Auch nicht David Tepper. Der Markt, das sind die Menschen. Ein Einzelner kann niemals gegen alle gewinnen.

David Tepper ist übrigens gerade dabei, mit seiner Firma umzuziehen: nach Florida. Der Satz für die Federal Income Tax beträgt neununddreißig Komma sechs Prozent. New Jersey hat einen Satz von acht Komma siebenundneunzig Prozent für die State Income Tax festgelegt. Der Satz für die State Income Tax in Florida: null Prozent.

Betrachtet man Grafiken von Aktienindizes, die über Jahrzehnte gehen, bietet sich durchgehend der gleiche Anblick: Eine tendenziell steigende Kurve mit sehr unterschiedlichen Schwankungen um den Trend. Die Akteure neigen jederzeit zu Übertreibungen, die jedoch ständig wieder korrigiert werden. Die Geschwindigkeit der Korrektur ist abhängig vom Ausmaß der vorangegangenen Abweichung. Die Korrekturen weisen ein anderes Muster auf, je nachdem, ob es sich um Übertreibungen nach unten oder nach oben handelt. Als Folge der beobachteten Mean reversion der Ratschlag, Aktien langfristig zu halten, nicht zwischen verschiedenen Aktien hin und her zu switchen.

Aber was ist *langfristig*? John Maynard Keynes sagte: »In the long run we are all dead.« Ein Hedge-fund-Manager fügte an: »Make sure the short run doesn't kill you first.«

Ein völlig anderes Bild bietet sich, wenn man die kurze Frist betrachtet. Hier sieht alles so aus, als ob die kurzfristige Preisbildung durch Zufallsprozesse beschrieben werden kann. Eugene Fama hat recht, die Märkte sind effizient: Alle Informationen werden sofort verarbeitet und eingepreist, egal, ob es sich um Informationen über Firmen, über volkswirtschaftliche Größen oder Entwicklungen im politischen Umfeld handelt. Die Funktion von Finance besteht darin, jede neue Information auf ihr Renditepotential zu überprüfen, schnellstmöglich herauszufinden, welche Gewinnaussichten sich daraus ergeben.

Aber wenn es den Random walk gibt, dann kann es keine Mean reversion geben. Der Random walk müsste jegliche Abweichung vom ›richtigen‹ Wert augenblicklich beseitigen. Jeder würde sofort gegen eine unberechtigte Abweichung spekulieren und sie dadurch im Keim ersticken. Der Random walk hat eine zeitabhängige und damit theoretisch unendliche Varianz. Das heißt nichts anderes, als dass zu jedem Zeitpunkt die Zukunft völlig unbestimmt ist, dass die Kursentwicklung völlig indeterminiert ist. Der Random walk schließt jeden Trend aus.

Das zentrale Problem ist: Die kurze Frist und die lange Frist passen nicht zueinander. Die existierenden Modelle, die Risiken erfassen sollen, sind ausschließlich kurzfristig orientiert, Paradebeispiel ist die Standardgleichung zur Bewertung von Optionen, die Black-Scholes-Formel. Die gesetzlichen Vorschriften und Regularien, welche die von den Akteuren eingegangenen Risiken begrenzen sollen, stellen gleichfalls auf die kurze Frist ab.

DIE ZEIT PASST NICHT ZU DER ZEIT.

– Ich heiße Nadine, ich zeige Ihnen, wie das hier funktioniert.

– Warum tun Sie das?

– Sie sehen so desorientiert aus.

– Ich bin zum ersten Mal bei so etwas.

– Ich helfe Ihnen.

– Warum tun Sie das?

– Vielleicht laden Sie mich später in eine Bar ein, auf ein paar Drinks. Ich gehe auch woanders hin.

– Ich bin verheiratet und habe zwei Kinder.

– Natürlich.

– Ich …

– Ich kenne ein Lokal, in dem es um diese Zeit noch etwas zu essen gibt. Sie können mich auch zum Essen einladen.

– Ich …

– Dort drüben gibt es die Kopfhörer. Die Benutzung kostet fünfundzwanzig Euro, als Pfand muss man noch einmal fünfundzwanzig Euro hinterlegen.

– Aber der Platz ist doch abgesperrt.

– Die Security passt auf, dass die Leute die Kopfhörer nicht nach Hause mitnehmen. Die Leute sollen die Kopfhörer auch nicht kaputt machen. Die Kopfhörer sind nicht billig. Geben Sie mir hundert Euro.

– Natürlich.

– Es gibt drei DJs.

– Welche Musik …

– Das würde Ihnen nichts nützen.

– Kann man denn die Musik nicht beschreiben?

– Das hat keinen Sinn bei Ihnen. Könnten Sie mir jetzt die hundert Euro geben.

– Meine Brieftasche ist im Auto.

– Gehen Sie immer ohne alles unter die Leute?

– Ich habe mein Auto ganz in der Nähe geparkt. Ich hole meine Brieftasche.

– Das Besondere an der Silent party heute ist: Man weiß nicht, wer die drei DJs sind. Wenn man alle drei richtig rät, kann man etwas gewinnen.

– Was?

– Ich weiß es nicht.

Der Nano-Mann und das Mädchen haben geflüstert, weil außer ihnen auf dem abgesperrten Römerberg überhaupt niemand spricht. Der Nano-Mann hat keine zwei Kinder, und er ist nicht verheiratet, er hat das nur so gesagt. Bares braucht er nicht, er geht nie irgendwohin, um etwas zu kaufen. Nur heute hat er sich mit Banknoten versorgt, er ahnte, dass er sie auf der Suche nach seinem Bruder brauchen würde.

Als der Nano-Mann neben dem Ortsschild *Frankfurt a. M.* im Internet surfte, stieß er auf die Veranstaltung auf dem Römerberg. Er wäre nicht dorthin gefahren, wenn ihm nicht eingefallen wäre, dass sich der Chef des Investment banking von Goldman Sachs, David Solomon, in seiner Freizeit als Discjockey betätigt. Ungefähr einmal im Monat legt er elektronische Musik auf.

Die Tanzenden tanzen für sich. Manche sind völlig reglos. Die Bewegungen ergeben nichts, das gilt für die einzelnen Tanzenden wie für alle zusammen. Keiner der Tanzenden hat irgendetwas mit irgendeinem anderen zu tun. Wenn es Gruppen gibt, dann haben sie sich aufgelöst. Der Nano-Mann findet nur Anspannung in den Gesichtszügen, als ob die Tanzenden etwas Besonderes leisten müssten.

– Sie waren länger weg. Haben Sie überlegt, ob Sie wirklich tanzen wollen?

– Ich habe die Brieftasche nicht gleich gefunden.

– Sie müssen nicht tanzen.

Der Nano-Mann gibt dem Mädchen hundert Euro. Sehr schnell kommt sie mit den Kopfhörern zurück. Er ist ihr mit den Blicken gefolgt, er kann keine Kopfhörerausgabestation erblicken. Das Mädchen ist zwischen mehreren Tänzern verschwunden und mit zwei Kopfhörern in der Hand wieder aufgetaucht.

– Wenn ich noch etwas sagen will, dann muss ich es jetzt sagen?

– Ja.

– Die Leute sehen so – echt aus.

– Die Leute sind echt.

Das Mädchen stellt den Bügel des Kopfhörers ein und setzt ihn dem Nano-Mann auf. Er fühlt sich gefangen genommen. Er bewegt Arme und Beine, um sich zu versichern, dass er nicht eingeschränkt ist. Fast hätte er das Mädchen am Arm berührt, denn sie will seinen Kopfhörer noch einmal zurechtrücken. Aber das Mädchen weicht aus. Die Berührung wird erfolgreich vermieden.

»Ooohhh – aaahhh …«

Das Mädchen interpretiert den Aufschrei des Nano-Mannes richtig, die Musik im Kopfhörer ist zu laut. Das Mädchen hat ihm gezeigt, wie die Lautstärke reguliert wird, aber er hat nicht aufgepasst. Das hätte ihm nicht passieren dürfen.

Jetzt berührt ihn das Mädchen: Es nimmt seine Hand und führt sie zum Lautstärkeregler. Der Nano-Mann zuckt, als ob er einen Schlag erhalten hätte. Keinen Faustschlag auf eine bestimmte, lokalisierbare Stelle des Körpers, ein Schlag mit einer großen Fläche, vielleicht mit einem Brett, auf den ganzen Körper. Es ist Jahre her, dass der Nano-Mann mit einer Frau geschlafen hat.

Der Mann gegenüber hält die abgewinkelten Arme vor sich, mit den Handflächen nach unten. Wie ein Brustschwimmer führt er die Hände zusammen und bewegt sie auseinander. Argwöhnisch blickt er auf seine Hände: Kann er die Hände nicht weiter auseinanderbringen, als es einer Unterarmlänge entspricht, oder will er das nicht?

Ein anderer Mann, mit über die Ohren gehenden dunkelblonden fettigen Haaren und einem unregelmäßigen, gekräuselten Bart, nickt ausholend mit dem Kopf, als ob er etwas bestätigen würde, was er selber gesagt hat. Bestimmt nicht, was ein anderer gesagt hat. Plötzlich dreht er sich zur Seite, in Richtung des Rathauses, und schüttelt wild die Arme. Er schlägt auf die Luft ein, sein Gesicht ist verzerrt, die Lippen zusammengepresst, es sieht aus, als hätte er keine Zähne, aber das kann nicht sein. Der Nano-Mann kann nicht wissen, welche Musik die anderen hören.

Ein Junge wechselt sein schweißnasses T-Shirt, auf ihm steht SIP OR GULP, mit einem Fragezeichen, die Buchstaben von SIP und OR sind nur halb so groß wie diejenigen von GULP. Er wirft das T-Shirt auf den Boden und zieht sich ein anderes über, das er in einer Tasche seiner Jeans hatte. Es zeigt ein Kaninchen, das mit weit aufgerissenen Augen in die Scheinwerfer eines Autos blickt. Ein Mädchen, das bestimmt nicht zu dem Jungen gehört, fährt mit einem Fuß unter das T-Shirt auf dem Boden und schleudert es weit durch die Gegend.

Der Nano-Mann starrt eine junge Frau an, die mit den

flachen Händen rätselhafte Bewegungen dicht über dem Boden macht. Ihr Tank top ist hochgeschoben, ihre Jeans heruntergerutscht, sie hat sehr kurz geschnittene schwarze Haare. Niemand sieht hier irgendjemanden an. Das Mädchen richtet sich auf, es würdigt den Nano-Mann keines Blickes. Das Mädchen dreht sich um, streckt die linke Hand aus und fährt sich mit der rechten über die rechte Schulter nach hinten in Richtung des Nano-Mannes. Eine wirklich elegante Abwehrgeste.

Ein anderer Mann streckt die Arme nach unten, bewegt er sie so schnell oder zittert er? Kann man Gliedmaßen bewusst so schnell bewegen? Ein Junge spielt Luftgitarre. Ein Mädchen hockt im Schneidersitz am Boden, sie hat den Pfosten eines Verkehrsschilds in der Armbeuge eingeklemmt. Sie weint, aber sie ist nicht traurig. Sie weint ungläubig. Sie nimmt etwas wahr, womit sie nicht gerechnet hatte. Die anderen um sie herum wissen wahrscheinlich, was sie genommen hat.

Der Nano-Mann hat die drei Musikkanäle durchprobiert. Er bleibt bei der langsamsten Musik. Er versucht, zurückhaltend mit der Musik mitzugehen. Das kann keine Anstrengung bedeuten. Dennoch hat der Nano-Mann das Gefühl, dass er außer Atem gerät. Er kann sich das überhaupt nicht erklären.

Nadine tanzt, aber man muss sehr genau hinsehen, um festzustellen, dass sie tanzt. Sie scheint reglos stillzustehen. Doch, sie bewegt nahezu jeden Teil ihres Körpers mit der Musik. Aber die Bewegungen sind so geringfügig. Sie blickt den Nano-Mann an. Ihre Pupillen vereinigen sich mit der umgebenden Haut, das Weiße in ihren Augen verschwindet.

Schließlich hockt sie sich auf die Fersen, um lautlos zu einem Mann mit einem gepflegten rötlichen Bart zu sprechen. Man kann ihn sich sehr gut im Anzug vorstellen, tatsächlich trägt er Jeans und eine Jeansjacke. Dann kommt ein anderer dazu, ungefähr gleich alt und glattrasiert. Der erste Mann blickt sich um, als würde er hier Geschäfte machen. In den beiden vorderen Taschen seiner Jeansjacke hat er je ein Handy.

Der Bruder des Nano-Mannes hegt eine Abneigung gegen öffentliche Auftritte, er hält keine Reden auf Kongressen, er gibt keine Interviews, er tritt nicht im Fernsehen auf. Er besitzt keinen Fotoapparat, er macht keine Handyfotos, es gibt niemanden, der von ihm Handyfotos gemacht hätte. Der Klippenspringer vielleicht?

Letztes Jahr hat der Bruder dem Nano-Mann ein Stingray gezeigt, das ihm ein amerikanischer Geschäftsfreund gegeben hatte. Das Gerät, nicht größer als ein Portemonnaie, täuscht vor, ein Mobilfunknetz zu sein und veranlasst Mobiltelefone, sich mit ihm zu verbinden. Auf diese Weise kann man Personen lokalisieren, ihre Gespräche abhören und ihre SMS und Mails ansehen. Der Nano-Mann fragte, wen er damit orten und abhören wolle, vielleicht ihn. Der Bruder hatte gesagt, bestimmt nicht.

Der Nano-Mann und sein Bruder überwachen ihre Mitarbeiter nicht. Aber vor ein paar Monaten hatten sie einen IT-Techniker eingestellt, einen Indonesier, dessen Verhalten seltsam anmutete. Er arbeitete nachts und an Feiertagen, obwohl das gar nicht erforderlich war, er hielt sich vorzugsweise dann im Büro auf, wenn es kaum besetzt war. Er suchte auch ständig den Patchraum auf, die Brüder hegten den Verdacht, dass er die Konstruktionen der Dark pools oder sogar bestimmte Aktionen ausspähte. Wenig später kündigte der Techniker, es gab jedoch keine Anhaltspunkte für Leaks.

Der Nano-Mann hatte bei dem Stingray damals sofort an den IT-Techniker gedacht. Jetzt denkt er an den Klippenspringer. Der Nano-Mann glaubt nicht, dass sein Bruder mit dem Klippenspringer gegangen ist. Es hätte keinen Sinn gemacht, einerseits alle Spuren zu verwischen, und andererseits ihn, den Nano-Mann, auf die Spur des Klippenspringers zu bringen. Aber vielleicht folgt sein Bruder dem Klippenspringer zu seinen Wettbewerben, ohne dass der das bemerkt, und sein Bruder weiß zu jedem Zeitpunkt, was der Klippenspringer vor und nach dem Wettbewerb macht.

Nadine hat sich erhoben und geht zu dem Nano-Mann hin. Der Mann mit dem rötlichen Bart und der Glattrasierte folgen ihr. Sie hält die Arme, als ob sie etwas umschlössen, keinen fiktiven Menschen, dazu sind die Arme zu nah beieinander. Sie hat den Kopf zur Seite gedreht, auf keinen Fall will sie, dass der Nano-Mann ihr ins Gesicht sieht. Der tut jetzt so, als ob er tanzen würde, aber er bewegt sich nur, um sie ansehen zu können. Er kann nicht einfach still stehen und sie anstarren. Sie hat ein T-Shirt mit einer so großen Halsöffnung an, dass es fast über die Schultern rutscht, ihre Haut glänzt.

Unversehens, unvorhergesehen, unvorhersehbar, niemand hat sich hier so fix und zielgerichtet bewegt, seit der Nano-Mann eingetroffen ist, bückt sie sich und hält eine Flasche in der Hand. Sie zögert keinen Augenblick und wirft dem Nano-Mann die Flasche an den Kopf. Die Bierflasche trifft ihn an der Schläfe. Er schreit auf, vor

Schmerz und aus Überraschung. Er nimmt die Arme hoch und hält die Hände schützend vors Gesicht. Die Flasche zersplittert am Boden. Er schwankt, aber er fällt nicht. Er kniet sich hin. Er schüttelt den Kopf, er wird nicht ohnmächtig, wo die Flasche ihn getroffen hat, fängt es an zu bluten. Er blickt hoch, in das Objektiv einer Videokamera, die der glattrasierte Mann auf ihn richtet. Der beugt sich herunter und hockt sich auf die Fersen, wie vorher Nadine, um das Gesicht des Nano-Mannes besser einfangen zu können. Der Mann mit dem rötlichen Bart gibt dem Glattrasierten Kommandos, wie er zu filmen hat.

»Eeeeeeeeehhhhhh«

Der Nano-Mann kann Nadine nirgendwo sehen. Er hat nur eine Platzwunde davongetragen und keine Gehirnerschütterung. Er setzt sich auf den Boden. Die Umtanzenden haben Platz gemacht. Niemand eilt dem Nano-Mann zu Hilfe, alle glauben, dass eine gestellte Szene gefilmt wird. Dem Akt ging keine Auseinandersetzung voraus. Das Blut muss nicht echt sein.

Das Publikum wird in seiner Auffassung dadurch bestärkt, dass die Security sehr lange braucht, um sich an den Ort des Geschehens zu begeben. Als sich schließlich zwei Uniformierte nähern, macht der Mann mit dem rötlichen Bart dem Glattrasierten ein Zeichen, und beide verlassen den Schauplatz mit entschlossenen, aber keineswegs eiligen Schritten. Sie laufen demonstrativ nicht weg.

Während der Nano-Mann den Mitarbeitern der Security den Vorgang schildert, überlegt er: Das war alles andere als eine spontane Aktion. Das Mädchen hat ihn angelockt, um ihn dann bei laufender Kamera anzugreifen. Die Szene war geplant gewesen, die beiden Männer und das Mädchen hatten einen ahnungslosen Mitspieler gesucht und ihn gefunden.

Der Nano-Mann bringt die Security-Männer dazu, den benachrichtigten Krankenwagen abzubestellen, er werde selbst zum nächsten Krankenhaus fahren und am Morgen Anzeige erstatten. Beides hat er nicht vor.

Er würde viel dafür geben, wenn er sehen könnte, was der Glattrasierte unter der Regie desjenigen mit dem rötlichen Bart aufgenommen hat. Was hat die beiden, vielleicht auch das Mädchen, mehr interessiert: sein Schmerz, in dem Augenblick als ihn die Flasche traf, oder seine Überraschung?

Es ist Mittwoch, der 8. Juli 2015, und die NYSE fällt aus. Eine Computerpanne legt den Handel an der New York Stock Exchange, der größten amerikanischen Aktienbörse, lahm. Der schwere Mann liegt in einem Liegestuhl auf dem Dach des sechsstöckigen Bürogebäudes an der Großen Gallusstraße, in dem er zwei Etagen gemietet hat.

Das mit Kies aufgeschüttete Flachdach ist nicht dazu da, um benutzt zu werden. Der Ausgang des Treppenhauses befindet sich in einem kleinen gemauerten Häuschen, dessen Bedachung von Trapezblechen gebildet wird. Die Stahltür ist verschlossen, nach den Brandschutzvorschriften müsste sie offen sein. Der schwere Mann hat sich vom Hausmeister den Schlüssel geben lassen, sein persönlicher Assistent hat ihm den Liegestuhl besorgt, nachdem er bei der NYSE angerufen und sich erkundigt hatte, wann mit der Wiederaufnahme des Handels zu rechnen sei. Man hatte ihm gesagt, man könne ihm nichts sagen.

Es kostete den schweren Mann eine nicht unbeträchtliche Anstrengung, die Treppe hochzusteigen, die zu dem Ausgang in dem kleinen Häuschen auf dem Dach führt. Die betonierten und nicht verkleideten Stufen sind schmaler und höher als übliche Treppenstufen. Sie müssen nicht der DIN-Norm entsprechen, weil es keine regelmäßig benutzte, sondern nur eine Nottreppe ist.

Der schwere Mann hat den Liegestuhl in die flachstmögliche Position gebracht, sich eine Zeitung über den Kopf gelegt und die Arme im Schoß gefaltet. Er hat seine Anzugjacke nicht ausgezogen und die Krawatte nicht gelockert.

An der NYSE sind zweitausenddreihundert Firmen mit einer Kapitalisierung von insgesamt siebenundzwanzig Billionen Dollar notiert. Der Marktanteil der NYSE ist von achtzig Prozent am Ende der neunziger Jahre auf nur noch zwanzig Prozent gesunken. Vierzig Prozent des US-amerikanischen Aktienhandels wird über Dark pools abgewickelt, den Rest teilen sich elf Börsen auf, darunter die NYSE. Die meisten dort notierten Aktien können auch an anderen Börsen und Handelsplätzen gehandelt werden, zur Eröffnung und zum Schluss der regulären Börsensitzung dürfen die Aktien jedoch ausschließlich an ihren Heimatbörsen gehandelt werden.

Die meisten Akteure schicken ihre Handelsaufträge automatisch zu der jeweils günstigsten Börse, viele bekommen den Ausfall der NYSE gar nicht mit. Der schwere Mann hat mit einem Broker an der NYSE eine Spezialvereinbarung geschlossen, mit den Konditionen fährt er auf lange Sicht besser, als wenn er seine Aufträge an die jeweils günstigsten Börsen geben würde.

Der schwere Mann hat Anweisung gegeben, nicht zu handeln, bis der Totalausfall der NYSE behoben ist. Es gibt keine Anzeichen für einen Flash crash wie im Jahr 2010 an der NYSE oder einen Flash freeze an der Nasdaq im Jahr 2013. Die Tweets zum Ausfallen der NYSE stellen einen Zusammenhang zwischen der Panne und den Sparmaßnahmen der Mutterfirma her, zu denen auch die Halbierung der Mitarbeiterschaft gehörte.

Am 17. April waren für etwa drei Stunden alle Bloomberg-Terminals ausgefallen. Diese Panne hatte keine Folgen, denn der Ausfall ereignete sich kurz vor Handelsschluss in Asien, vor Beginn des Handels in London und betraf auch New York nicht, wo erst später geöffnet wird. Der schwere Mann hatte sofort das Kommando gegeben, die Marktdaten aus anderen Informationsquellen zu beziehen und andere Handelsplattformen zu beschicken. Er selbst benutzte zum ersten Mal die Chat-Plattform Symphony, die von Goldman Sachs und einem Dutzend anderer Banken betrieben wird. Danach kehrte man wieder zum Bloomberg-Terminal zurück. Der schwere Mann schwor sich, beim nächsten Ausfall von was auch immer gelassener zu reagieren. Jetzt hält er Wort.

Man könnte den schweren Mann auch den breiten Mann nennen. Aber nicht den dicken Mann. Er wiegt hundertfünfundvierzig Kilo, dabei ist er nicht die Spur von schwabbelig. Er hat keinen Bauch und auch sonst keine Fettansammlungen. Jeder seiner Körperteile verdient das Prädikat massig. Er steht auf Beinen wie Säulen, seine Arme könnten mechanische Greifer sein, sein Rumpf hat die Konsistenz eines Betonquaders. Er trägt nur eine Sorte von Anzügen: ein hellgrau gestreifter schwarzer Stoff, aber die grauen Streifen sind viel breiter als übliche Nadelstreifen. Bei LED-Beleuchtung erscheint der Stoff schwarzweiß gestreift. Das Hemd ist immer weiß, die Krawatten sind farbig und schräg gestreift. Er trägt diesen Anzug, seit er seine eigene Firma gegründet hat.

Er wechselt den Anzug ziemlich oft, denn er schwitzt stark. Im Laufe eines Tages zieht er drei oder vier Hemden und Boxershorts an, die haben auch weiß zu sein. Er hat keine Schweißfüße, trotzdem wechselt er jedes Mal die schwarzen Socken. Die Haushaltshilfe ist angewiesen, dafür zu sorgen, dass der Kleiderschrank und der Schuhschrank stets voll sind: zwei Dutzend Anzüge, sechs Dutzend Hemden, Boxershorts und Strümpfe, überflüssigerweise ein Dutzend schwarze Budapester.

Der schwere Mann bewegt sich nicht ungeschickt. Trotzdem bleibt er in letzter Zeit öfter mit dem Anzug hängen, mit dem Ärmel an einem Geländer, mit dem Hosenbein an einem Stuhl oder Sitz. Letzte Woche in Heathrow ist er über den Trolley einer Frau gestolpert und hingefallen, was ein Loch in einem Hosenbein zur Folge hatte. Die Frau kreuzte seinen Weg, sie war sehr klein und der Trolley dementsprechend weiter hinter ihr als üblich, er hätte das berücksichtigen müssen.

Die Revers des Anzugs sind vergleichsweise breit, dementsprechend dürfen Hemdkragen und Krawatte nicht zu schmal sein. Der Hemdkragen hat immer die gleiche Form, bei den Krawatten vermeidet er Exzesse, er trägt keine ganz schmalen, aber auch keine ganz breiten Krawatten. Seine Anzüge sind individuell gekennzeichnet. Wenn mehrere Anzüge zur Reinigung gegeben werden, muss gewährleistet sein, dass die zusammengehörenden Teile zusammenbleiben. Die Anzüge werden in London angefertigt, der schwere Mann hat seinerzeit einen Stoff ausgesucht, den es nach der Versicherung des Schneiders ewig geben soll. Bis jetzt hat die Ewigkeit Bestand. Natürlich ist kein Stoffballen ganz wie der andere, es gibt geringe Abweichungen. Der schwere Mann würde nicht merken, dass die Jacke nicht zur Hose passt, aber dem geübten Auge eines Schneiders würde das nicht entgehen.

Der schwere Mann hat entweder keinen Hals oder einen sehr breiten Hals. Das springt nur deshalb nicht so ins Auge, weil seine Schultern abfallen. Üblicherweise sind abfallende Schultern kein schöner Zug, sie lassen den Mann als schwächlich erscheinen. Die Schultern des schweren Mannes sind eine Ausnahme, sie sind mächtige abfallende Schultern, sie unterstreichen seine Kompaktheit.

Die Haare, die er noch hat, sind schwarz und weiß. Die Stirnglatze macht sein Gesicht breiter, als es eigentlich ist. Die schwarzen und die weißen Haare halten sich die Waage. Andere haben Tränensäcke, er hat breite Falten unter den Augen, die Entsprechungen zu den Augenbrauen bilden. Unter dem linken Auge, auf Höhe des Backenknochens, glänzt eine wulstige Narbe rötlich, Spur eines Kindergartenstreits. Es wäre kein Problem, die Narbe durch eine kosmetische Behandlung zu glätten und die Verfärbung zu beseitigen. Aber das will er nicht. Seine Barthaare sind wie seine Kopfhaare zu gleichen Teilen schwarz und weiß. Seine Gesichtshaut ist erstaunlich zart, die Barthaare wachsen gerade heraus, wenn er sich frisch rasiert hat, kommt man nicht auf den Gedanken, dass sein Bartwuchs so stark ist. Er rasiert sich nass, obwohl seine Haut so zart wirkt, ist sie nie gerötet. Früher hat er sich bei Interkontinentalflügen oft zweimal am Tag rasiert.

Der Gründer hat keine technologischen oder metatechnologischen Prinzipien, auch wenn er seinen Mitarbeitern solche predigt, wenn er sie den Investoren auseinandersetzt, wenn er seine PR-Abteilung anweist, ihm Gliederung und Material für das Buch zu liefern, das er über seine technologischen Prinzipien schreiben will. Wenn er über seine Prinzipien spricht, glaubt der Gründer, dass er tatsächlich welche hat. Sonst eher nicht. Mit dem Buch will er auch sich selbst überzeugen.

Der Banker hat keine Prinzipien und kommt gar nicht auf den Gedanken, welche zu haben. Womit nicht gesagt sein soll, dass er etwa ethisch fragwürdige Dinge tun würde. Im Gegensatz zu manchen anderen hält er sich an die niedergeschriebenen Grundsätze seines Hauses. Was einem Prinzip durchaus nahekommt, ist seine Intention, Chef der Private-Wealth-Abteilung zu bleiben. Wenn ihm das nicht gelingt, muss er sich ein anderes, ähnliches Prinzip suchen, er wird eins finden.

Der Nano-Mann hat ein Prinzip gehabt, die Schnelligkeit. Er ist seinem Prinzip untreu geworden, er hat ein anderes Prinzip adoptiert, die Dunkelheit. Aber die Dark pools werden reguliert, man kann ihm genauso wenig ethisch fragwürdige Handlungen vorwerfen wie dem Banker.

Die geistige Welt des schweren Mannes wird von *einem* Prinzip regiert. In der Branche wird der schwere Mann der Absolute parity man genannt. Eigentlich müsste er als Absolute risk parity man bezeichnet werden. Aber das ist nicht nur zu lang, es gibt auch noch ein anderes Problem: Der schwere Mann ist nicht der Erfinder des Risk-parity-Prinzips, das ist Ray Dalio, der Gründer und Chef von Bridgewater Associates, des größten Hedge fund der Welt, der zum Zeitpunkt des Ausfalls der NYSE 160 Milliarden Dollar an Kundeneinlagen verwaltet.

Bridgewater ist auf Investments fokussiert, deren Erfolgsfaktoren völlig unterschiedlich sind, so dass sie nicht alle gleichzeitig an Wert verlieren, wenn die Weltkonjunktur einbricht, wenn es einen regionalen Konjunkturrückschlag gibt, wenn unvorhersehbare Ereignisse eintreten etc. Es geht darum, Bündel von Wetten einzugehen, wobei die Wetten nicht miteinander verbunden sind.

Die Investment-Strategien von Bridgewater sollen die Kriterien *timeless* und *universal* erfüllen. Sie müssen für jede Region und jede Periode gelten, für die aussagefähige Daten über die Finanzmärkte existieren. Selbstverständlich gibt es ein Regelbuch, in dem der Erfinder von Bridgewater seine Lebens-, Führungs- und Investitionsgrundsätze niedergelegt hat.

Der Bridgewater-Klassiker ist ein Portfolio aus fünfzehn Investments, die nicht korreliert sind. Bridgewater spekuliert mit *allem*, mit Stocks, Bonds, Währungen, Rohstoffen. Derivate und Kredite werden benutzt, um alle Anlageformen auf das gleiche Risikoniveau zu bringen. Staatsanleihen von Nichtkrisenländern weisen üblicherweise nur geringe Schwankungen auf, deswegen müssen sie über Derivate gehebelt werden. Bridgewater ist long und short auf alles, was es überhaupt gibt, ohne Vorfestlegung.

Ray Dalio beschäftigt fünfzehnhundert Angestellte. Letztes Jahr hat der schwere Mann Bridgewater besucht. An der Zentrale außerhalb der Kleinstadt Westport in Connecticut ist nicht einmal ein Firmenschild angebracht. Daraufhin hat der schwere Mann seine Firmenschilder an den Klingeln des Bürohauses in der Großen Gallusstraße durch Blindschilder ersetzen lassen. Auf dem Parkplatz mitten im Wald sah der schwere Mann nur japanische und koreanische Kleinwagen.

Die Angestellten des schweren Mannes stapeln nicht so tief, aber sie übertreiben ebenfalls nicht. In der Parkgarage gibt es ein paar Cayennes, aber keine wirklich teuren

Porsches. Die Cayenne-Fahrer sagen, dass ihre Frauen das große Auto brauchten. Erstaunlich viele – allerdings gut ausgestattete – Minis sind ein Indiz dafür, dass ihre Inhaber vorzugsweise in den Urlaub fliegen. In letzter Zeit hat der schwere Mann einen Trend zum Audi TT festgestellt. Die Audi TTs sind entweder schwarz, weiß oder rot. Ferraris, Lamborghinis oder Aston Martins Fehlanzeige, nach den Boni gäbe es durchaus Kandidaten dafür, aber wenn sich schon niemand traut, einen richtigen Porsche zu fahren, dann erst recht nicht einen italienischen oder englischen Sportwagen.

Der schwere Mann hat einmal kommuniziert, dass er es gerne sähe, wenn sich seine Mitarbeiter Fahrzeuge mit Hybridantrieb anschaffen würden. Aus zwei Gründen hat er das sehr vorsichtig formuliert: Seine Frau fährt einen Mercedes W221, der war unsinnig teuer und ist schon mehrmals liegengeblieben, weil die Umschaltung zwischen den Antriebsarten nicht funktioniert hat. Der schwere Mann selbst fährt einen Wagen mit konventionellem Antrieb, er möchte nicht in der Rushhour in Frankfurt ein Verkehrshindernis bilden. Außerdem will er sich eigentlich nicht in die privaten Belange seiner Mitarbeiter einmischen. Mittlerweile stehen immerhin auch drei Toyota Prius in der Garage. Ein Mitarbeiter fuhr einen Tesla, es machte aber nicht Schule, weil er drei Wochen auf ein Ersatzteil warten musste, ehe er das Auto wieder benutzen konnte. Sämtliche Flüge in der Firma des schweren Mannes werden, was die Kohlendioxidbelastung angeht, kompensiert. Die Firma des schweren Mannes war eine der ersten, die einen kommerziellen Vertrag mit Atmosfair abgeschlossen hat.

Ein Mitarbeiter aus dem Tech-Team kommt mit einem historischen VW-Käfer: die Version mit der flachen Windschutzscheibe und dem alten Logo auf der Kühlerhaube, der Wolf auf den Zinnen des Burgturms. Der schwere Mann blickt jedes Mal in das Innere, wenn er den Wagen sieht, natürlich hat sich der Nerd auch ein Autoradio aus der Zeit geleistet.

Nein, auch Ray Dalio hat das Risk-parity-Prinzip nicht erfunden. Die Idee wurde mit den ersten Begriffen der Portfolio-Analyse formuliert. Nein, Ray Dalio war auch keineswegs der Erste, der das Prinzip von Risk parity konkretisiert hat. Das haben viele Hedge funds versucht. Ray Dalio hat schon gar nicht das Financial engineering erfunden. Ja, Ray Dalio ist einfach der Erfolgreichste, der sich auf das Prinzip beruft.

Der schwere Mann heißt Absolute-parity-Mann, weil er der Einzige ist, der das Risk-parity-Prinzip wirklich durchhält. Ray Dalio setzt bei den Assets an, bei denen die üblichen Renditen besonders niedrig sind. Das ist für den schweren Mann ein Verstoß gegen das Prinzip. Der schwere Mann beginnt nicht dort, wo es besonders hohe oder besonders niedrige Renditen gibt, er sucht Unabhängigkeit und nichts sonst.

Nach eigener Aussage denkt Ray Dalio extrem kausal: Alles hat eine Ursache. Ursachen sind einzelne richtige oder falsche Management-Entscheidungen, der unvermeidliche technische Fortschritt, politische Fehler und Naturkatastrophen. Alles soll vorbestimmt sein, *timeless* und *universal*. Aber dann berechnet Bridgewater Risikofaktoren, also Wahrscheinlichkeiten. Das passt nicht zusammen. Ursachen und Risikofaktoren gleichsetzen – das kann man nicht machen. Entweder ist die Welt eine berechenbare Maschine, oder sie ist es nicht.

Er, der schwere Mann, will keine Gedankenfehler machen. Wie Ray Dalio. Der kann natürlich keine Gedankenfehler gemacht haben, weil Bridgewater der größte Hedge fund der Welt geworden ist.

Der schwere Mann glaubt, was jeder Chef eines Hedge fund oder einer Bankabteilung von seinen Konkurrenten glaubt: Dass sie sicher fähig sind, aber dass sie vor allem Glück gehabt haben. Denn es nützt nichts, nur fähig zu sein. Derjenige, der erfolgreicher ist als die anderen, hat immer Glück gehabt. Dabei sind die Erfolgreichen durchaus nicht unobjektiv: Sie gestehen sich nicht nur ein, sie sind sich dessen ganz und gar bewusst, dass sie selbst auch Glück gehabt haben. Aber jeder, der Glück gehabt hat, glaubt auch, dass er das Glück *verdient* hat. Jeder, der weniger Glück gehabt hat, glaubt, dass er das nicht verdient hat.

Der schwere Mann sucht nach Unabhängigkeiten, aber nicht mit Hilfe von probabilistischen Kennzahlen. Der schwere Mann glaubt wirklich an *timeless* und an *universal*. Er versucht, mit Hilfe strikt kausaler Betrachtungen Unabhängigkeiten zwischen Assets zu entdecken.

Der schwere Mann glaubt auch, dass es übergeordnete Gesetze gibt, die immer dieselben bleiben und die die untergeordneten Gesetze regieren. Früher hat er davon geträumt, die übergeordneten Gesetze zu entdecken. Wenn ihm das gelingen würde, dann würde er noch viel mehr Kundeneinlagen als einhundertsechzig Milliarden Dollar anziehen.

Auf dem Parkplatz von Bridgewater – der schwere Mann

hatte auch um ein Appointment mit Ray Dalio gebeten, der war unabkömmlich – hatte der schwere Mann eine intellektuelle Einsicht und ein emotionales Erlebnis, das die Kriterien für eine Epiphanie erfüllte. Ihm wurde das Prinzip hinter seinem Prinzip klar: Er will den Weltuntergang vermeiden.

Das Standardproblem von Risk parity besteht darin, dass man im Endeffekt doch nie ein Risiko ausschließen kann, das für mehrere Assetklassen zugleich gilt. Selbst wenn in der Vergangenheit bestimmte Assetklassen nicht miteinander korreliert waren, es kann ein Ereignis eintreten, das jählings zu einer Korrelation führt.

Die perfekte Korrelation aller Assetklassen ist der Weltuntergang. Naturgemäß korreliert die Erwartung des Weltuntergangs ebenfalls die Assetklassen: je höher die Wahrscheinlichkeit, desto höher die Korrelation. Weil Ray Delio eine möglichst hohe Eigenrendite erzielen will, konzentriert sich Bridgewater auf Assetklassen, in denen die Standardrenditen niedrig sind oder die, von der anderen Seite her gedacht, ein überdimensionales Risiko aufweisen. Bridgewater riskiert den Weltuntergang, unaufhörlich.

Er, der schwere Mann, lässt sich nicht von Renditezielen verführen und nicht von probabilistischen Kennzahlen blenden. Für ihn zählt nur eins: Die absolute Unabhängigkeit der Assetklassen. Kann er den Weltuntergang verhindern? Nein. Aber niemand schiebt den Weltuntergang so lange auf wie er, der schwere Mann. Die Mücke im Vergleich zu Bridgewater. Vielleicht überleben ja Insekten den Weltuntergang.

Der schwere Mann denkt oft über die Vergangenheit nach. Er ist beharrlich sein eigener Biograph geblieben. Er braucht keinen Anlass, um Ereignissen in seinem Leben Bedeutung zuzuschreiben. Ihm ist klar: Wenn er Sinn stiften will in seinem Leben, muss er auswählen. Er tut das durchwegs mit einem Gefühl der Willkür, er findet, das spricht für ihn. Er nimmt sich nicht etwas wie die Wahrheit vor, das hält er sich ebenfalls zugute.

Ein Prinzip ist für ihn eine innere Veranlagung, die sich unter allen Umständen durchsetzt und mit einer unerbittlichen Logik alles verkettet: die geistige Welt mit dem Leben, die Wünsche und Träume mit der geistigen Welt. Aber wenn der schwere Mann in seine fernere Vergangenheit eintaucht, wenn er zu seinen Ursprüngen zurückkehrt, findet er nicht einmal die Spur eines solchen Prinzips.

Ist sein Ich, sein Selbst nur eine träge, schwere Masse, die er mit sich herumschleppt, aus Angst, umgeweht zu werden, umzukippen? Seine Persönlichkeit nichts anderes als das Arrangement der Betongewichte eines Krans?

Der schwere Mann wuchs ohne Vater auf, in einer Arbeitersiedlung in Offenbach. Er lebte bei den Eltern seiner Mutter. Seinem Vater begegnete er erst viel später, als der ein finanzielles Interesse entwickelte, ihn zu treffen. Die Lehrer in der Grundschule waren überzeugt, er sei intelligent, deswegen schickten sie ihn aufs Gymnasium. Dort machte er seine Hausaufgaben nicht, überstand jedoch mehrere Jahre, bis es nicht mehr ging.

Danach arbeitete er in einem Hi-Fi-Geschäft in Frankfurt als Handlanger. In kurzer Zeit eignete er sich alle notwendigen Kenntnisse an. Mit fünfzehn Jahren war er der Hauptplaner im Geschäft und montierte die Anlagen beim

Kunden, mit sechzehn machte er den Führerschein, damit er den Lieferwagen des Geschäfts selbst fahren konnte.

Seine Freundin arbeitete in einem progressiven Friseurgeschäft. Einmal im Jahr reiste die gesamte Belegschaft mit Anhang nach London, um sich dort auf der Frisurenwoche die neuesten Schnitte anzusehen. Der schwere Mann weiß nicht, ob London noch das Mekka der Friseure ist, sein Haarschnitt geht mittlerweile ziemlich schnell vonstatten. Mathematik und Englisch waren die einzigen Schulfächer gewesen, die den Jungen interessiert hatten. Die Standardkonfiguration für die Luxuskunden des Hi-Fi-Geschäfts waren ein Verstärker der britischen Firma Armstrong und britische Lautsprecher von Bowers & Wilkins sowie der teuerste Plattenspieler der Schweizer Firma Thorens. Die Unterlagen für die Geräte waren sämtlich in Englisch gehalten, der Junge war in ständigem Kontakt mit den englischen Herstellern. Während sich die Friseure und Friseurinnen mit den neuesten Frisuren beschäftigten, klapperte der Junge die Hi-Fi-Shops der Stadt ab.

Aus einem Grund, an den sich der schwere Mann überhaupt nicht erinnern kann, kam es zum Streit mit seiner Freundin. Vielleicht hatte der Chef des Friseurgeschäfts doch endlich mit ihr geschlafen, er war schon lange hinter ihr her gewesen. Der Junge blieb einfach in London und heuerte beim ersten Hi-Fi-Shop an, der ihn haben wollte, in Mayfair. Er schlief in Arnos Grove in einer Unterkunft als einziger Europäer unter pakistanischen Küchenhelfern und Kellnern. Das Wenige, was er mit Mühe und Not von seinem Lohn übrig behalten konnte, sparte er. Er wusste gar nicht, wofür.

Die Frau, die die Büroarbeiten für den Hi-Fi-Shop erledigte, wurde seine Freundin. Sie war zehn Jahre älter als er und arbeitete bei Barclays in einer Filiale am Schalter. Sie sprach die ganze Zeit von finanziellen Dingen und betrachtete alles ausschließlich unter monetären Aspekten. Als sie einmal sonntags mit dem Jungen im Chelsea Physic Garden vor einem beeindruckenden Walnussbaum stand, sagte sie, der Baum ist bestimmt zweitausend Pfund wert.

Sie sprach immer nur von MIR.

Der Junge fuhr jeden Tag insgesamt drei Stunden von Arnos Grove nach Mayfair und zurück, in der Tube las er Börsen-Ratgeber und Bücher über berühmte Trader, die ihm seine Freundin gegeben hatte.

Seine Freundin eröffnete ein Konto unter ihrem Namen, auf das er seine Ersparnisse einzahlte. Er kaufte Aktien, die er für unterbewertet hielt, und tätigte Leerverkäufe für Titel, die er als überbewertet ansah. Er hatte keine Kriterien, er handelte einfach nach Gefühl. Sofort machte er Gewinne, aber dann ging der ganze Markt nach unten, und er verlor seine gesamten Ersparnisse.

Der Verlust des Ersparten traf ihn nicht so hart, wie er gedacht hätte, er brauchte nicht viel zum Leben und kam auch so zurecht, doch ärgerte er sich maßlos, dass er versagt hatte. Zum ersten Mal in seinem Leben. Die Schule hatte ihn nicht interessiert, die schlechten Noten hatten sich keineswegs nach Scheitern angefühlt, im Gegenteil, er war stolz auf seine Zensuren gewesen. Die Hi-Fi-Anlagen hatten ihn interessiert, und er war sofort gut darin gewesen.

In seiner Unterkunft stapelten sich die Bücher über Finance, er besorgte sich einen Blechschrank, in dem er die Bücher einschloss. Er hatte Angst, die Bücher könnten weg sein, wenn er eines Tages in seine Unterkunft käme. Bestimmt nicht deswegen, weil jemand sie lesen wollte. Aber wenn jemand die Bücher verkaufen wollte, würde er ein paar Pfund dafür bekommen.

Seine Freundin sorgte dafür, dass zahlreiche Banker ihre Anlagen in dem Hi-Fi-Shop kauften, der Inhaber zahlte ihr für jeden Kunden, den sie nachweislich gebracht hatte, eine kleine Provision. Der Junge plante die Anlagen und baute sie bei den Bankern auf. Er versuchte, mit den Kunden ins Gespräch zu kommen, er erzählte, dass er selbst spekuliere, und bat um Tipps, die wurden ihm bereitwillig gegeben.

Ein Banker sagte, Tipps seien Crap. Er fragte den Jungen nach seinen Positionen. Der Junge hatte noch nicht wieder genug angespart, um zu investieren. Es wäre ihm nicht schwergefallen, Positionen zu erfinden, er las jeden Tag die *Financial Times*, aber er erzählte die Wahrheit. Er beichtete dem Banker die Titel, mit denen er erst gewonnen und dann verloren hatte. Dabei wurde er sehr rot. Der Banker lachte und sagte, ihm sei es genauso gegangen, er habe am Anfang nur verloren.

Als der Junge mit der Montage der Anlage fertig war, gab ihm der Banker eine Fünfzig-Pfund-Note und sagte: »You should work in the City.«

Nachdem die NYSE ausgefallen ist, hat der schwere Mann die Anordnung gegeben, mit dem Handel auszusetzen. Er ist aus seinem Sessel aufgesprungen, hat sein Büro verlassen und ist energisch den Korridor entlanggegangen, am Büro des Asien-Teams vorbei, zum Aufzug. Der schwere

Mann ist dazu imstande, zügig zu gehen und sogar zu rennen, wenn auch nicht lange. Kein Beobachter käme auf die Idee, dass der schwere Mann das Gefühl hat, gar nicht zu gehen, sondern schwerfällig und tölpelhaft herumzustaksen. Nach seinem Empfinden rennt er nicht, sondern er fällt ständig nach vorne und schafft es gerade noch, einen Fuß vor den anderen zu bringen. Die Treppe zum Dach ist er nicht hochgestiegen, sondern hochgefallen.

Er sagt weniger, er schweigt häufiger, seine Besprechungen werden kürzer. Seine Firma funktioniert besser, wenn er weniger sagt. Er fühlt sich alt, ganz alt. Er hat das Gefühl, dass er sich in das Schweigen eines Greises einmauert. Die Kunden, die mit ihm älter werden, auch sie sind noch nicht alt, sie werden schwatzhaft. Der schwere Mann fragt sich, wenn man wirklich ganz alt wird, schweigt man dann nur noch oder redet man nur noch, gibt es nichts Drittes?

Der schwere Mann überlegt, ob er noch Walzer tanzen kann. Er ist sich sicher, er kann es. Wann fing die Schwere an, wann traten ihre ersten Anzeichen auf? Wann hat das begonnen, was sich in ein grausames, schmachvolles, unerbittliches – und mörderisches? – Stigma verwandelte? Seit wann ist da totes Fleisch? Wann begann das Fleisch zu verrutschen, zusammenzufallen, sich zu zersetzen?

Dem schweren Mann geht der reale Weltzins durch den Kopf. Der inflationsbereinigte Durchschnitt der Rendite zehnjähriger Staatsanleihen führender Industrienationen. In den zurückliegenden fünfundzwanzig Jahren ist der Weltzins um vier Prozentpunkte zurückgegangen. Dafür ist die Finanzkrise im Jahr 2008 nur zu einem geringen Teil verantwortlich. Das langsamere Bevölkerungswachstum der Welt und die schwache Produktivitätsentwicklung in den entwickelten Ländern führen zu einer Verlangsamung des Wirtschaftswachstums. Der Anteil der arbeitenden Menschen an der Bevölkerung der entwickelten Länder vergrößert sich, Ersparnisse werden von arbeitenden Menschen getätigt.

Weitere Gründe für den Rückgang des Weltzinses sind die steigenden Vermögen der Reichen, die mehr sparen als ausgeben, zurückgehende öffentliche Investitionen und fallende Preise für Investitionsgüter. Der entscheidende Punkt ist jedoch der eklatante Mangel an sicheren Kapitalanlagen: Investitionen mit geringem Risiko versprechen lediglich geringen Ertrag. Investitionen mit großem Ertrag, siehe die Internet-Nabobs, sind nicht kalkulierbar. Die starke Nachfrage und das begrenzte Angebot von sicheren Kapitalanlagen bewirken die hohen Preise und die niedrigen Renditen bei den amerikanischen und den deutschen Staatsanleihen.

Verdienen die Vorstellungen und die Gedanken des schweren Mannes auf dem Dach, sein Kopf unter der Zeitung, wirklich das Prädikat Nachdenken? Denn er denkt das alles nur bruchstückhaft. Ihm fällt dieses oder jenes Detail wieder ein, ohne dass er angeben könnte, warum.

Das Gedächtnis ist eben keine Rumpelkammer, in der irgendetwas verstaut ist, das man entweder findet oder nicht findet. Jede Erinnerung, jedes Bild, jedes Hören, jedes Riechen, jedes Fühlen, das im Bewusstsein hochschwappt und der Vergangenheit zugeordnet wird, muss neu konstruiert werden, wieder und wieder, nach Gesetzen, die erst noch zu entdecken sind. Manche Details sind gebieterisch, eifersüchtig, obsessiv, sie wollen andere Details unterdrücken.

Der schwere Mann bemüht sich, das nicht zuzulassen. Er ist auch der Beschützer der unterdrückten Details.

Bis zum Verschwinden seines Bruders hat der Nano-Mann nie über die Vergangenheit nachgedacht. Er wünschte, er müsste jetzt nicht so viel an die Vergangenheit denken, Stichwort Klippenspringer. Aber der Klippenspringer ist eine Nebenbedingung für die Rekonstruktion seines Bruders, ohne ihn kommt er nicht aus. Der Banker ist mit seinen sehr verschiedenen Zukünften ausgelastet: mit seiner Freundin oder ohne seine Freundin, mit ihm oder ohne ihn als Chef der Private-Wealth-Abteilung. Und der Gründer? Auch er brauchte, wie der Nano-Mann, einen Anlass, sich mit seiner Vergangenheit zu befassen: Die halbe Milliarde aus dem IPO, die er investieren muss. Der schwere Mann braucht keinen Anlass. Er taucht einfach in seine Vergangenheit ein.

Der Nano-Mann kennt den Tag, an dem er seinen Bruder verloren hat. Der Banker weiß, er verliert seine Freundin, er kann das Zeitintervall angeben, in dem das geschehen ist oder noch geschehen wird. Hat der Nano-Mann seinen Bruder nicht schon lange verloren, er hat es nur nicht gemerkt? Hat die Freundin den Banker nicht schon lange verlassen, es ist ihm nur nicht aufgefallen? Wann hat die Schwere des schweren Mannes begonnen?

Der Tag bis dahin war kein guter gewesen. Am Morgen hatte im Gang der Unterkunft ein toter Hund gelegen. Der kleine Hund mit dem kurzen braunen Fell konnte noch nicht lange tot sein, denn er roch nicht. Es war kein Dackel, die Beine waren länger und fast so dünn wie der Schwanz, sie sahen verschrumpelt aus, kein Zweifel, dass aus ihnen alles Leben gewichen war. Der Hund hatte riesige Ohren, die wie Lappen den halben Kopf bedeckten. Sein Maul stand vorwurfsvoll offen. Galt der Vorwurf den Menschen, zu denen er gehört hatte – er trug ein Halsband mit einer metallenen Marke –, oder dem Leben? Das war nicht zu entscheiden.

In der Tube hatte dem Jungen eine schwangere Frau gegenübergesessen, der Geburtstermin musste unmittelbar bevorstehen. Der neben ihr sitzende Ehemann oder werdende Vater beugte sich bei jedem zweiten Halt über die Frau, legte seinen Kopf auf ihren Bauch und horchte. Das machte dem Jungen bewusst, dass er und seine Freundin nicht ewig zusammenbleiben würden.

Es hatte zwei Tage ununterbrochen geregnet, und es regnete weiter. Ganz London lief in durchsichtigen Regenhäuten herum. Der Junge trug immer dieselbe Jeansjacke, auch im Winter. Er hatte keinen Parka und schon gar keinen Mantel. Die Jeansjacke brachte es fertig, nicht als Folge von Präparation, sondern durch den Gebrauch völlig abgeschabt auszusehen. Er besaß zwei Cordhosen, damals konnte man Cordhosen tragen, beide Hosen waren nicht nur abgeschabt, sondern glatt, lediglich unten an den Hosenbeinen waren noch die Streifen zu erkennen.

Die langen schwarzen Haare des Jungen waren miserabel geschnitten. Er hatte einen kohlschwarzen Blick, wie ein Verräter in einem alten Film. Er war weder schmal noch breit, aber er hatte eine definierte Statur. Wenn er konzentriert arbeitete, war sein Blick feindselig und wild. An diesem Tag war sein Gesichtsausdruck unauffällig und blass.

Der Junge wollte sich keinen Regenschutz zulegen, dementsprechend war er am Vortag völlig durchnässt gewesen. Schließlich hatte er sich doch an der Station in Arnos Grove eine Regenhaut gekauft. Bevor er die Stereoanlage bei dem Banker aufstellte, musste er mehrere Botengänge erledigen. Der Regen kam nicht in Form des üblichen Londoner Drizzle, er fiel in großen, trägen Tropfen. Es war der Tag der viskosen Verbindungen: Beim Heraussuchen von Normteilen für die Anlage des Bankers aus dem Regal in der Werkstatt ergoss sich der Inhalt einer halbvollen Flasche Motoröl über den linken Ärmel des Jungen.

Die Frau, die dem Jungen in Notting Hill die Tür aufmachte, hatte eine ungewöhnliche Frisur. Ihre langen blonden Haare waren am Hinterkopf rechts und links zu zwei Kreisen zusammengerollt. Das war natürlich nur möglich durch die Zuhilfenahme von Nadeln und Clips. Die sehr große Frau hatte die Haare zusätzlich mit Gel behandelt, sie wollte wohl verhindern, dass einzelne Haare hervorstanden und die strenge geometrische Form ihrer Frisur zerfaserte. Das Gel war auf ihr graues langärmeliges Rollkragenkleid heruntergetropft. Sie bemerkte es erst, als der Junge seinen Blick darauf richtete, und entfernte es mit einem Kleenex.

Der Raum, in dem der Junge die Stereoanlage aufstellen sollte, war eigentlich viel zu klein. Der Junge wunderte sich, dass der Banker, der im Board von Barclays war, in einem so kleinen Haus wohnte. Als er seiner Freundin später davon erzählte, lachte die ihn aus. Das Town house war nicht seine Mansion. Die blonde Frau war die Geliebte.

Der Banker hatte eine völlig überdimensionierte Anlage geordert. Natürlich sagten in einem solchen Fall weder der Boss noch seine Mitarbeiter dem Kunden, dass eigentlich eine andere Anlage mit geringerer Leistung angebracht wäre, die weniger kostete. Der Junge hatte regelrecht Angst davor, was passieren würde, wenn er die Anlage zum ersten Mal in Betrieb nahm: Die dunklen Wandvertäfelungen des Drawing room würden den Schall hin und her werfen. Wenn man in einem solchen Raum Musik in guter Qualität hören wollte, musste man einen Kopfhörer verwenden. Aber das konnte der Junge dem Kunden schon gar nicht sagen, angesichts dessen, was die Lautsprecher kosteten.

Der Aufbau der Anlage – die Lautsprecher von Bowers & Wilkins, der Verstärker von Armstrong, ein Plattenspieler von Thorens, wie in Frankfurt – gestaltete sich problemlos. Es bereitete dem Jungen keine Schwierigkeiten, sich nebenbei mit dem Banker über seine Erfahrungen als Spekulant zu unterhalten.

Die Geliebte des Bankers hatte im Treppenhaus ein altes Schaukelpferd platziert. Der Junge hatte ein Schaukelpferd besessen, aus farblos gebeiztem Holz, nur die Schnauze und die Hufe waren hellbraun gewesen, die Ohren hatten ebensolche Ränder. Es war das einzige Objekt gewesen, das seine Mutter ihm jemals geschenkt hatte. Er hatte das Schaukelpferd gehasst. Seine Mutter sah ihm zu, wie er die Anlage montierte.

Die beiden Lautsprecher waren vor der Couch aufgestellt, viel zu nah. Als der Junge nur noch die Lautsprecherkabel mit dem Verstärker verbinden musste, erhob sich seine Mutter von der Couch. Sie trug stets ein glänzendes weißes Make-up auf und verwendete einen grellroten Lippenstift, sie sagte, sie vertrage kein Sonnenlicht, ihre schwarzen Haare mit den weißen Strähnen waren zu einer Pagenfrisur geschnitten und gekämmt. Sie hatte dichte und lange natürliche Wimpern, ihre Augen waren dunkel. Sie hatte die Angewohnheit, beim Sprechen die Zähne zu entblößen. Ihr Gebiss war weiß und regelmäßig, ohne dass es nach Zahnarzt aussah.

Der Junge hatte keine Eltern wie andere Kinder, aber auch keine Ersatzeltern. Er empfand seine Großeltern als *ein* Wesen, das die Elternfunktion ausübte. Er unterschied nicht zwischen seiner Großmutter und seinem Großvater. Nie gab es Streit zwischen den beiden, nie waren sie unterschiedlicher Meinung, nicht nur in den Dingen, die sich auf den Jungen bezogen. Es war so, als ob *eins* sprach, als ob *eins* handelte. Die Mutter kam alle paar Monate unangemeldet. Die Großeltern erwähnten ihre Tochter nach Möglichkeit nicht.

Die Mutter würde ihn nicht anschreien und ihm auch keine Ohrfeige geben. Denn er verfügte über die Fähigkeit, die Zeit anzuhalten, wenn er eine Anlage justierte. Die Mutter würde im Raum stehen bleiben, mit offenem Mund. Die Mutter würde ihm nichts tun.

Es war nicht so, dass er etwa seine Zeit von der Zeit der Welt abspaltete, dass er in seiner Eigenzeit lebte. Nein, die *Welt* stand still. In der Welt passierte nichts mehr. Wenn er Dinge in der Welt anstieß, dann pflanzte sich der Anstoß fort. Aber sonst blieb die Welt unverändert. Es geschah nur das, was er wollte, und nichts anderes.

Er probierte alle möglichen Einstellungen des Verstärkers aus, er experimentierte mit dem Auflagegewicht des Tonarms, er rückte die Lautsprecher weiter auseinander und enger zusammen und veränderte die Beschallungswinkel. Natürlich war alles voraussehbar vergebliche Liebesmüh: Der Raum war zu klein, und die Holzvertäfelung sorgte dafür, dass alle Musikstücke metallen klangen. Die Schallwellen wurden nirgendwo im Raum gedämpft, nur durch das Sofa. Nichtsdestoweniger hatte der Junge den Ehrgeiz, von allen schlechten Lösungen die am wenigsten schlechte zu finden. Immer wieder legte er andere Platten des Bankers auf und steuerte den Verstärker anders aus.

Der Junge sann: Das Hi-Fi-Business besteht darin, Anlagen zu produzieren, mit denen man ständig genauer und wirklichkeitsgetreuer hören kann. Aber was war das, genauer hören? Sicherlich beinhaltete das, alle Töne zu hören, keinen Ton zu überhören. Weiter, dass man die einzelnen Töne und Geräusche voneinander unterscheiden konnte. Dass sie nicht ineinander übergingen, dass sie nicht verschmierten. Aber war nicht ein solches Ineinander-Übergehen bei manchen Arten von Musik beabsichtigt? Der Junge dachte an bestimmte Klavierstücke, aber er kannte sich in der klassischen Musik nicht aus. Was war das, wirklichkeitsgetreu hören? Der Maßstab für Hören war der Hörer. Um Anlagen miteinander zu vergleichen, musste man erst Menschen vergleichen. Man musste etwa ausschließen, dass der eine tiefere Töne und der andere höhere Töne besser hörte.

Der Junge war überzeugt: Bestimmt würden bald Standards für wirklichkeitsgetreues Hören erfunden werden. Nach denen sich die Leute richten mussten, sowohl diejenigen, die schlechter hörten, als auch diejenigen, die besser hörten. Wenn solche Standards existierten, dann brauchten sich die Leute nicht mehr mit dem Thema Hi-Fi zu beschäftigen, dann mussten sie sich nur noch damit befassen, *was* sie hörten. Es würde egal sein, auf welcher Anlage sie es hörten.

Aber dann verfiel der Junge auf den Gedanken: Was ist, wenn das Hören auch davon abhängt, ob jemand etwas von der Musik versteht, die er hört, oder wie viel er davon versteht?

Der Junge beschloss, lieber nicht weiterzugrübeln, sondern die Welt wieder in Gang zu setzen. Er wies den Banker in die Bedienung der Anlage ein und veranlasste ihn, seine Lieblings-Pop- und seine Lieblings-Klassikplatte aufzulegen. Der Banker zeigte sich sehr zufrieden. Am nächsten Tag rief er ihn in der Werkstatt an und offerierte ihm einen Job als Bote in der Bank, den der Junge sofort annahm. Er erledigte nicht einmal die Aufträge, mit denen er bereits angefangen hatte, er cancelte nicht einmal die vereinbarten Montagetermine.

ES WAR GANZ ANDERS.

Ich habe den Jungen unablässig gemustert, bei allem, was er tat und ließ. Wie er mit hochrotem Gesicht Anlagen mit Komponenten plante, die er noch nie zusammengespannt hatte. Wie er die Planung dann seinem Boss präsentierte, mit dem gleichen unwirsch-hochmütigen Gesicht in London wie in Frankfurt. Wie er herablassend die Fragen der Kunden beantwortete, die verrieten, dass sie bei seinen Erklärungen nicht aufgepasst hatten. Wie er mit wichtigtuerischer Miene seiner Freundin die Besuche bei den Kunden schilderte.

Seine Freundin träumte davon, ein Geschöpf auf halbem Weg zwischen einem Knaben und einer Frau zu sein, ein lebhaftes Tier, hart und wild. Aber sie war kein knabenhaftes Mädchen. Sie hatte schon etwas von einer Matrone an sich, ihre Taille wurde dicker, ihr Bauch schwerer. Ihr abgespanntes Gesicht war gezeichnet von stummem Unmut, sprachloser Missbilligung ihrer selbst. Wenn sie mit dem Jungen redete, dann war es, als spräche sie in die Luft des Pubs, in dem sie sich mit ihm traf, zur Decke ihres Apartments, in dem sie mit ihm schlief. Alles, was sie äußerte, brachte sie in einem banalen, liebenswürdigen, unpersönlichen Ton vor. Wie gerne hätte sie etwas Wildes, Aggressives wild und aggressiv gesagt. Wie gerne hätte sie brüsk, impulsiv, lebhaft gesprochen.

ICH WAR LEBENDIG, IMPULSIV, BRÜSK. Bestürzt habe ich verfolgt, wie der Junge zum zweiten Mal seine gesamten Ersparnisse verlor. Wie vor den Kopf geschlagen habe ich das nackte Konto betrachtet, das nicht auf seinen Namen, sondern auf den seiner Freundin lief. Ich wollte, ich hätte ihr wimmerndes Nein nicht hören müssen, der Junge hatte sie bekniet, sie solle den Kollegen, der für sein – ihr – Konto zuständig war, überreden, einen Überziehungskredit zu gewähren. Es war doch nicht die Schuld der Freundin in ihren achtlos getragenen Kleidchen, auf ihren billigen dünnen Absätzen.

Er gab sich beflissen und affektiert zugleich. »Die Anlage, die Sie ausgesucht haben, ist die beste, die Sie haben können! – Es gibt teurere Anlagen, aber keine besseren!« Niemand auf der Welt hatte mehr Ahnung von Hi-Fi-Anlagen als er. »Die teuerste Anlage muss nicht automatisch die beste sein!« Es gab immer eine bessere Anlage, aber die war *viel* teurer.

Der Junge bestand darauf, dass die Kunden probehörten. Sie brachten ihre Lieblingsplatte ins Geschäft, der Junge spielte sie auf verschiedenen Plattenspielern mit verschiedenen Verstärkern und verschiedenen Lautsprechern. Der Kunde entschied, welche Konfiguration ihm am besten gefiel. Nein, der Junge entschied, welche Konfiguration dem Kunden am besten gefiel. Der Kunde hörte, was er hören sollte. Der Junge schätzte den Kunden ein, wie viel der für die Anlage auszugeben bereit war. Der Junge schaltete den teuren Verstärker mit einem ungeeigneten Plattenspieler zusammen, er schloss die teuren Lautsprecher an einen unpassenden Verstärker an, der Kunde, der nicht in der Lage war, die teureren Geräte zu bezahlen, bekam die Gewissheit, dass er sie gar nicht brauchte.

Der Junge war eine lächerliche Erscheinung. Er switchte zwischen dem Hi-Fi-Spezialisten und dem Trader hin und her wie jemand, der ungeschickt auf einem Stuhl wippt. Damals war noch nicht jeder Spekulant. Über die Hi-Fi-Anlagen sprach er in komplex strukturierten Sätzen. Wenn er seine Trades schilderte, regredierten seine Sätze. Die Banker begriffen, dass er Sachkenntnisse hatte. Sie schrieben die Unklarheit der Unsicherheit des Jungen und ihrer eigenen Autorität zu. Man konnte den Jungen keines Denkfehlers überführen, ausgenommen natürlich der Denkfehler, dass ein Amateur als Spekulant überhaupt zu irgendetwas kommen kann.

»Katastrophe, haha.«

Wenn die Banker nicht auf seine Marktschreierei hereinfielen, keiner tat das, bis auf denjenigen in dem holzgetäfelten Drawing room in Notting Hill, dann spulte der Junge seine restlichen Sätze völlig unbeteiligt ab. Bei jeder Enttäuschung hatte er das Gefühl, als verginge die Zeit auf einmal ganz wahnsinnig schnell, als hätte jemand eine Schleuse in einem Staudamm geöffnet, die sich nicht mehr schließen ließ. Der Junge nahm nicht mehr zur Kenntnis, was der stolze Besitzer der neuen Anlage sagte. Er hörte nichts mehr. Wenn die Zeit strömt, richtig strömt, dann ist das kein Rauschen, dann ist das eine Explosion. Jemand, der auf einer Bombe sitzt, die explodiert, hört die Explosion nicht. Haha! Haha?

Der Junge war nicht so agil. Der schwere Mann ist überhaupt nicht mehr agil, aber das ist trivial. Der Junge brachte die Kunden öfter durcheinander. Wiederholt kam es vor, dass er bei Kleinreparaturen, die nach der Beschreibung des Defektes beim Kunden erledigt werden konnten, falsche Ersatzteile mithatte, weil er dem Kunden einen anderen Lautsprechertyp, einen anderen Verstärker, einen anderen Plattenspielertyp zugeordnet hatte. Er hätte nur in der Kundenkartei nachsehen müssen, bevor er sich auf den Weg machte. Es war eine Art geistige Kurzsichtigkeit.

Ich habe die beiden ungeniert neugierig angestarrt. Kann ich das überhaupt?

Ich habe alles ganz genau gesehen.

Seine abgespannten Züge, seine geröteten Augen, alles war rot, seine Lider, die Haut um die Augen, stets gab es geplatzte Adern in seinem Augapfel. Schon der Junge hatte einen starken Bartwuchs, manchmal hing der Rasierschaum noch irgendwo in seinem Gesicht, an der Nase, am Hals, an den Ohrläppchen.

Er war richtig bei seiner Freundin, bei ihrem zerfurchten Gesicht, bei ihren unglücklichen, sanften Augen. Es war ihr unmöglich, gegen irgendjemanden Feindschaft zu empfinden, in ihrer katastrophalen Arglosigkeit, mit ihrem entsetzlich guten Willen, in ihrer furchtbaren Sanftmut, mit ihrer verhängnisvollen Gabe, Menschen an sich zu ziehen, die ihr nur Scherereien bereiteten. Der Versuch, alles, an das sie sich klammerte, mit aller Kraft zu bewahren, konnte nicht gelingen. Dinge gegen allen Augenschein für wahr zu halten, das konnte nicht gutgehen. Ihre Anfälle von verwickeltem, weitschweifigem Reden, das Erzählen von unauflösbaren Geschichten konnten nur durch unaufschiebbare finanzielle Berechnungen beendet werden.

Dieses dienstmädchen-optimistische Weltbild.

Schließlich habe ich gesprochen. Früher waren keine Gespräche notwendig, ich habe mich einfach gezeigt, das genügte. Dem Baron Frédéric de Nucingen und César Birotteau, für den Letzteren ging es nicht so gut aus, aber das ist nicht meine Schuld. Mit Charles Swann war es schon schwieriger, er hatte zu viele andere Interessen. Fast hätte ich Aristide Saccard vergessen. Arnheim hatte auch ziemlich viele Interessen. Aber: Die Interpretation, dass alles, was Arnheim dachte und fühlte – auch seine ehrliche Verehrung Diotimas –, nur seinen finanziellen Interessen diente, ist konsistent und nicht zu widerlegen.

Ich sagte: »Was spielst du da eigentlich?«

Der Junge sagte: »Was ich …«

Und ich: »Was soll die Komödie?«

Und er: »Wieso Komödie?«

Und ich: »Du machst dich lächerlich. Die Banker halten dich für einen Clown.«

Und er: »Einen Clown? – Aber …«

Auf den Gedanken war er nie gekommen. Er berichtete seiner Freundin, was er den Bankern erzählt hatte, aber er beschrieb ihr nicht, *wie* er es erzählt hatte, dazu war er nicht imstande.

Ich sagte: »Du bist schmierig, widerlich. Die Banker denken doch, du willst sie anpumpen!«

Und der Junge, von einem Augenblick auf den anderen rot, schreiend: »Lächerlich – Clown – warum – was soll das heißen?« Und nach Luft schnappend, feuerrot: »Alles, was ich tun kann, ist … ich weiß doch nichts … aber die anderen wissen auch nichts …«

Alles, was er tun konnte, war dazusitzen, auf dem Schemel, in der Werkstatt.

Er sagte: »Aber, ich …«

Ich sagte: »Keiner tradet, investiert zum ersten Mal.«

Ich überlegte, ob ich dem Jungen von der Geschichte *Pierre Menard, autor del Quijote* von Jorge Luis Borges erzählen sollte, die schildert, wie ein französischer Avantgarde-Autor im 20. Jahrhundert den *Don Quijote* genau wie das Original, jedoch vollkommen neu schreibt. Aber der Junge kannte den *Don Quijote* von Miguel de Cervantes nicht.

Ich sagte: »Es ist immer ein Drehbuch. Natürlich ist es niemals dasselbe Drehbuch, aber es ist auch niemals ein ganz anderes Drehbuch. Jeder schreibt das Drehbuch andauernd neu.«

Der Junge fragte: »Wieso Drehbuch?«

Und ich: »Glaubst du, du bist der Einzige, der Glaxo gekauft hat?«

Und er: »Aber ich habe nicht nur Glaxo, ich habe auch Prudential, Rio Tinto, Whitbread und Fresnillo gekauft.«

Und ich: »Andere haben auch Glaxo, Prudential, Rio Tinto, Whitbread und Fresnillo gekauft.«

Und er: »Aber die anderen haben doch nicht genauso viel Stück zur gleichen Zeit gekauft!«

Und ich: »Natürlich nicht. Jemand anderes hat Hikma, Prudential, Rio Tinto, Whitbread und Fresnillo gekauft. Aber es ist das Gleiche.«

Und er: »Ich habe Hikma nicht gekauft! – Ich habe Glaxo gekauft. Es wäre besser gewesen, wenn ich Hikma gekauft hätte …«

Und ich: »Man darf nicht meinen, dass man die Geschichte vorhersagen kann.«

Und er, mit starrem, leerem Blick: »Aber ich will vorhersagen! – Ich will recht haben! – Ich will, dass Glaxo steigt und nicht fällt!«

Und ich: »Hast du an Optionen gedacht?«

Und er: »Ja.«

Fast hätte ich ›gut‹ gesagt.

Ich sagte: »Es geht nicht ums Rechthaben oder Vorhersagen. Es geht ums Traden. Niemand weiß etwas, niemand kann etwas vorhersagen. Optionen gibt es nicht, weil man doch etwas weiß und es ausdrücken möchte oder weil man das Nicht-Wissen ausdrücken möchte. Optionen sind nicht das Unwissen. Optionen sind das Fleisch und das Blut von Finance. Optionen *sind* die Zukunft. Wer tradet, verpfändet seine Seele und seinen Körper. Das gibt es nur in Finance, dass es egal ist, ob das Pfand die Seele oder der Körper ist.«

Meine Sätze trennten sich von mir und führten ein Eigenleben. Sie hatten einen Schwung, den ich ihnen gar nicht hatte geben wollen.

Der Junge sagte: »Die anderen wetten auch nur … nein, nicht nur, wenn sie wetten … auch wenn sie irgendetwas sagen, es ist doch immer eine Wette, auch wenn sie nur sagen, ich gehe jetzt aus dem Haus …«

Ich sagte: »Eine Spekulation« – ich verwende den alten Ausdruck gerne – »ist wie ein Pfeil. Die Leute meinen, das Wichtige ist, dass der Pfeil ins Schwarze trifft. Sie glauben, erst ist die Zielscheibe da, dann kommt der Bogenschütze mit dem Pfeil. Aber das stimmt nicht. Zu jedem Pfeil gibt es Bogenschützen und Zielscheiben. Die Zielscheibe ist nicht zuerst da. Zuerst sind die Pfeile da und der Bogenschütze. Erst wenn der Pfeil abgeschossen ist und fliegt, steht eine Zielscheibe da.«

Und er: »Aber es gab doch Leute, die haben gewusst, dass Glaxo runtergehen würde ...«

Und ich: »Es gibt immer Leute, die gesagt haben, dass Glaxo runtergeht. Wenn sie das wirklich gewusst haben, dann waren es Insider, dann waren ihre Trades illegal –«

Und er, mit verzogenem Mund: »Ist nicht jeder, der mehr weiß, ein Insider?«

Und ich: »Wenn man wirklich weiß, darf man nicht traden. Sicheres Wissen ist eine Konkurrenz für das Traden, die nicht vorgesehen ist. Wenn alle alles wissen, dann braucht man Finance nicht.«

Für einige Zeit verzog der Junge keine Miene mehr, er rührte sich nicht. Er bewahrte Haltung, vor mir, vor der Welt. Als ob die Welt, als ob ich, als ob alles vollkommen außerhalb von ihm abrollte. Plötzlich weit weg das undeutliche Gewimmel seiner Erinnerungen, die zusammenhanglose Unordnung seiner lachhaften Absichten. Ich glaube, er war sich auf einmal, zum ersten Mal, bewusst, dass er auch der Mittelpunkt einer Art von Leere sein konnte.

Ich sagte dem Jungen: »Man muss zwischen den Dingen unterscheiden, die möglich sind, und denjenigen, die wirklich möglich sind. Die Dinge, die wirklich möglich sind, sie sind möglich gemacht worden. Die Leute werfen die möglichen und die wirklich möglichen Dinge zusammen, der Haufen wird zu groß. Die Leute fühlen sich von dem Haufen bedroht.«

Ich sagte dem Jungen nicht: Das Mögliche ist nichts anderes als eine Kopie des Wirklichen. Die Menschen sagen, sie schauen in die Zukunft, aber tatsächlich blicken sie nur in die Vergangenheit. Sie kopieren zunehmend wahlloser, deswegen werden die Möglichkeiten so beschleunigt mehr. Wenn ich nicht wäre, hätten die Menschen keine Möglichkeit, zwischen den Möglichkeiten und zwischen den wirklichen Möglichkeiten zu unterscheiden.

Etwas riss den Jungen aus seiner Benommenheit heraus. Er stand auf, mit verärgerter und bedrohlicher Miene versuchte er aufzutrumpfen.

Er sagte: »Verschwinden Sie!«

Er sprach mit ärgerlicher, aber zugleich auch verblüffter Stimme.

Ich sagte: »Ich gebe dir den Rat …«

Er sagte: »Hauen Sie auf der Stelle ab, verstehen Sie mich!«

Und ich: »Du hast unrecht –«

Und er: »Hauen Sie sofort ab …!«

Mit erbarmungslosem Zorn, mit kalter Wut habe ich zugesehen, als er beschloss, nicht mehr zu traden. Er fuhr von Arnos Grove nach Mayfair und von Mayfair nach Arnos Grove ohne die Bücher, ohne die *Financial Times*. Aber ich habe mich beherrscht. Ich habe nichts gesagt. Ich habe ihn lediglich angesehen, als wollte ich ihn becircen. Das fiel mir schwer, ich wollte nie jemanden becircen. Es wirkte so, als führte ich einen Auftrag aus.

Irgendwann nahm er sie wieder mit, die *Financial Times* und seine Ratgeber.

In der Firma des schweren Mannes gibt es nirgendwo Akten. Alle rechtlich notwendigen Akten sind in eine internationale Law firm ausgelagert. Der schwere Mann ist der Meinung, dass man sich bei Entscheidungen nicht von Unwichtigem ablenken lassen darf. Alles, was für eine Entscheidung nicht wichtig ist, muss aus dem Entscheidungsbereich verdrängt werden. Seine Mitarbeiter sind angehalten, nur die Unterlagen auf ihren Schreibtischen zu haben, die für die unmittelbar bevorstehende Entscheidung relevant sind.

In den Büros des schweren Mannes gibt es nicht einmal Einbauschränke. Alles, was wichtig ist, kann man auf dem Bildschirm aufrufen. Der schwere Mann möchte sich nicht als Diktator verstanden wissen. Er hat nichts dagegen, wenn die Mitarbeiter in den Schubladen ihrer Schreibtische persönliche Gegenstände verwahren. Das hängt allerdings auch damit zusammen, wie sein eigener Schreibtisch aussieht, aber dazu später.

Gerade wird der schwere Mann allerdings mit einer Ein-Frau-Revolte gegen den Bann materialisierter Unterlagen konfrontiert. Die neue Mitarbeiterin des Lateinamerika-Teams, sie kommt aus Buenos Aires, hat eine Bibliothek auf dem Boden ihres Büros eingerichtet. Bücher über Finanztheorie, von Akteuren des Finanzsektors und über die Akteure des Finanzsektors. Zwei jeweils etwa einen Meter lange Buchreihen. Keine Zeitschriften. Ihr Argument ist: Was zwischen zwei Buchdeckel gelange, müsse einen besonderen Status haben. Auch andere Mitarbeiter haben einzelne Bücher und vor allem Nachschlagewerke in ihren Schubladen, sie hüten sich jedoch, diese auf ihren Schreibtischen liegen zu lassen, sie benutzen sie nur, wenn der schwere Mann nicht in der Nähe ist.

Der schwere Mann, der natürlich ein Diktator ist, überlegt, wie er mit der Insurgentin umgehen soll. Sie ist eine große, dunkle Frau, sie ist katholisch, wahrscheinlich ist sie sehr katholisch. An einem Feiertag in den lateinamerikanischen Ländern hat der schwere Mann einmal die Bibliothek inspiziert. Er erwartete, den Großteil der Bücher nicht gelesen zu finden, er wurde eines Besseren belehrt. Er schlug kein Buch auf, in dem nicht Zeilen unterstrichen oder Seiten angestrichen gewesen wären. Ein Drittel der Bibliothek bestand aus vergriffenen Büchern, die wohl über die üblichen Quellen im Internet gebraucht gekauft waren. Die Markierungen in diesen Büchern waren von derselben Hand wie diejenigen in den neuen Büchern. Einige Bücher waren sehr zerfleddert, der schwere Mann schloss daraus, dass das wichtige Bücher sein mussten, die unbedingt in der Bibliothek vertreten sein sollten und nicht in besserem Zustand zu bekommen waren.

Im Angesicht der Bibliothek auf dem Boden dachte der schwere Mann an seine Bibliothek im Aktenschrank in Arnos Grove zurück. Die Argentinierin hatte die Bücher so aufgestellt, dass die Bücherrücken bündig waren. Er hatte seine Bücher so angeordnet, dass sie alle gegen die Rückwand des Aktenschranks stießen. Er musste auch an die letzte Hi-Fi-Anlage denken, die er installiert hatte, bei dem Banker, der dafür gesorgt hatte, dass er tatsächlich in der City arbeitete. Es war das letzte Mal gewesen, dass er die

Zeit angehalten hatte. Warum hatte er aus diesem Talent keinen Skill gemacht? Die Fähigkeit, die Zeit anzuhalten, konnte doch sehr nützlich sein: Wenn sich ein Unheil abzeichnete, war man dazu in der Lage, dessen Gang stoppen. Natürlich konnte man einen Glückzustand nicht beliebig ausdehnen. Aber wenn man sich in einem Glückszustand befand und die Zeit der Welt lief nicht weiter, dann verblieb die Welt genau so, wie sie den Glückszustand hervorgerufen hatte. Jedenfalls würde nichts Äußerliches passieren, was den Glückszustand in einen Unglückszustand verwandeln würde.

Die nach den Namen der Verfasser alphabetisch geordnete Bibliothek der Argentinierin enthielt auch das Buch, das der schwere Mann verfasst hat, als er noch nicht der schwere Mann war. Das Buch mit dem Titel *Die Gesetze der Finanzwelt* ist in einem Umgangston geschrieben, den man dem schweren Mann nicht zutrauen würde. Ich fasse die *Gesetze* zusammen.

Gesetz eins: Wenn man mit mathematischen Modellen arbeitet, muss man Annahmen machen. Die Annahmen werden nicht danach ausgewählt, ob sie plausibel sind, vielmehr werden diejenigen Annahmen ausgesucht, mit denen das Modell funktioniert. Etwa, dass die Gleichungen eine Lösung haben. Die EMH (Efficient Market Hypothesis) hat vor allem den Vorteil, dass sie die Basis für viele funktionierende mathematische Modelle bildet.

Gesetz zwei: Alles steht in der *Financial Times*.

Gesetz drei: Dinge, die nicht veranschaulicht werden, sieht man nicht (Charts matter).

Gesetz vier: Nicht Tatsachen zählen, sondern Meinungen über Tatsachen.

Gesetz fünf: Banker und Hedge-fund-Manager werden nicht dafür bezahlt, recht zu haben, sondern dafür, Gewinne zu machen.

Gesetz sechs: Firmen, die wachsen, sind immer überbewertet. Firmen, die nicht wachsen, sind immer unterbewertet.

Gesetz sieben: Wenn die Leute ein Risiko identifiziert haben, neigen sie zur Überbewertung. Mögliche verborgene Risiken werden unterbewertet.

Gesetz acht: Fehler der Leute, auf die man sich verlassen kann: Sie geben Gefühlen nach. Sie wissen weniger, als sie wissen könnten und sollten. Sie legen zu viel Wert auf die Vergangenheit.

Gesetz neun: Ideen tauchen nicht nur einmal auf, an einem Platz zu einer Zeit, sondern an verschiedenen Orten zur selben Zeit. (Leibniz und Newton, Wallace und Darwin, Goebel und Edison)

Gesetz zehn: Liquidität anzulegen wird immer schwieriger. Die Ineffizienzen werden geringer, Edge wird weniger.

Frage: Wenn Finanzgewinne purer Zufall sind – wie viele Banker und Hedge-fund-Manager braucht man dann, damit die tatsächlichen Banker und Hedge-fund-Manager herauskommen, die Erfolg haben? Antwort: Mehr Banker und Hedge-fund-Manager, als im sichtbaren Universum Platz haben.

Gesetz elf: Es gibt keine Gesetze.

Das Buch war in Deutschland ein kleiner Verkaufserfolg, zwanzigtausend Exemplare. Die englischsprachige Version, die der Autor selbst erstellte, ging unter.

Der Junge brachte Unterlagen von einem Büro ins andere und zu anderen Banken. Er ging ans Telefon, wenn der Banker nicht im Büro war, aus irgendeinem Grund vertraute dieser seiner Sekretärin nicht. Er tippte geheime Protokolle für den Banker, nachdem dieser sich versichert hatte, dass er tippen konnte. Die Freundin hatte dem Jungen das Tippen beigebracht. Der Banker versprach ihm, er könne in einem Handelsraum arbeiten, und gab ihm Bücher und Unterlagen, mit deren Hilfe er sich vorbereitete.

Der Banker hielt sein Versprechen. Ein Freund verwaltete einen Account von zehn Millionen Pfund. Nach seiner Einarbeitung sollte der Junge den Mitarbeiter des Freundes vertreten. Als der Junge zum ersten Mal den Handelsraum betrat, sagte er so laut, dass es die Trader an den Schreibtischen neben dem Eingang hörten: »Genau das will ich machen.«

Der Mitarbeiter des Freundes wies den Jungen einen Tag lang ein. Er sagte ihm: »You get fired anyway. Just come back.« Am Ende seines ersten selbständigen Arbeitstages sagte ihm der Freund des Bankers: »My account is off by thirty thousand. Get the hell out of my office. You're fired.«

Am nächsten Tag kam der Junge wieder in den Handelsraum und nahm an dem unbesetzten Schreibtisch Platz. Der Freund des Bankers sagte nichts, er tat, als wäre nichts gewesen. Zwei Tage später sagte er: »You're fired, you don't know what you're doing.« Nach drei Wochen kamen der Freund des Bankers und der Junge überein, dass es sinnlos war. Der Freund des Bankers brauchte einen erfahrenen Mitarbeiter.

Ein Jahr arbeitete der Junge als Bote zwischen den

Handelsräumen und den Büros. Danach brachte ihn der Banker bei einer kleinen Handelsfirma unter. Er musste zehntausend Pfund Eigenkapital mitbringen, die ihm der Banker lieh. Der Banker glaubte an ihn. Die Handelsfirma stellte dreißigtausend Pfund zur Verfügung, wenn der Junge Gewinne machte, behielt er die Gewinne auf seinen eigenen Kapitalanteil und die Hälfte der Gewinne auf den Firmenanteil. Der Junge machte Gewinne. Bis zum 19. Oktober 1987, dem Black Monday: Der FTSE 100, der Financial Times Stock Exchange Index, der die Kurse der einhundert größten britischen Unternehmen abbildet, verlor zehn Komma vierundachtzig Prozent. Der nächste Tag war noch schlimmer, der Footsie büßte zwölf Komma zweiundzwanzig Prozent ein.

Der Junge war short, aber mit Short straddles. Man verkauft einen Put und einen Call, der Gewinn ist begrenzt auf die Prämie beim Verkauf des Put und des Call, das Risiko ist unbegrenzt, die Verluste sind proportional zur Kursbewegung. Der maximale Gewinn entsteht, wenn der Kurs des Papiers zum vereinbarten Zeitpunkt genau dem Strike price des Straddle entspricht, in diesem Fall ist sowohl der Put als auch der Call wertlos für den Käufer, der Verkäufer behält die Prämie. Der Short straddle ist eine Wette, dass der Markt nicht volatil ist. Wenn sich der Markt jedoch in die eine oder in die andere Richtung bewegt, ist der Maximalverlust unbegrenzt.

Der Junge stieg aus den Puts aus und verlor sein eigenes Kapital und zwei Drittel des Firmenkapitals. Die Volatilität nahm weiter zu, wenn der Junge nur Minuten zugewartet hätte, wäre sein gesamter Account katastrophal ins Minus gekommen. Es war Firmenpolitik, die verlorenen dreißigtausend Pfund wieder aufzufüllen. Die Firma setzte auf die Lernkurve, das konnte sie sich leisten, weil sie bei allen Trades Provisionen unabhängig vom Ergebnis kassierte. Die Firma verdiente bereits, wenn der Junge nur break even war. Er brachte auch die zweiten Dreißigtausend durch, er zog selber den Stecker, denn er wollte dem Banker unbedingt die zehntausend zurückzahlen.

Danach bewarb sich der Junge für einen Botenjob bei der Royal Bank of Scotland und wurde genommen. Er investierte weiter an der Börse. Er sah, alle anderen machten Gewinne. Seiner Freundin sagte er: »Wenn die anderen das können, dann kann ich das auch.« Er hatte keine Strategie, aber er machte Erfahrungen.

Die Wolken vermeiden es, sich vor die Sonne zu schieben. Es ist gleißend hell auf dem Dach. Unter der Zeitung ist die Luft gräulich, und sie flimmert. Der schwere Mann wirft gedankenvolle, aber ratlose Blicke auf einzelne Wörter in der Zeitung über seinem Kopf. Wenn er seine Hand nur ganz leicht bewegt, blitzen heiße weiße Strahlen auf. Er versteht gar nicht, warum er keucht, warum er röchelt, warum er so ungeheuerlich atmet. Der schwere Mann ist nicht krank.

Der schwere Mann spürt seine Rippen. Der Liegestuhl ist nicht bequem, aber er hat ihn sich schließlich ausgesucht. Er rutscht nach oben und nach unten, das ändert nichts. Gestern Abend ist dem schweren Mann zu Hause in der Küche eine Tasse zerbrochen. Er machte sich einen Filterkaffee, er stellte die Tasse samt Untertasse auf die granitene Arbeitsfläche zwischen Herd und Spüle. Er wollte den Kaffee in die Tasse gießen, in diesem Augenblick zerbrach die Tasse in tausend Scherben. Es war noch nicht ein Tropfen Kaffee in der Tasse. Ein großer Teil der Scherben landete auf dem Boden. Die Kaffeemaschine füllt den Kaffee in eine Thermoskanne ab, aber der schwere Mann hatte die Thermoskanne nirgendwo in der Küche gefunden und einen einfachen Aluminiumbehälter in die Kaffeemaschine gestellt, der keine Wärmeisolierung aufweist. Der Aluminiumbehälter und die Tasse hatten sich nicht berührt. Der Aluminiumbehälter besitzt einen isolierten Griff, der schwere Mann hatte nicht den Eindruck, dass der Behälter so heiß war. Aber er musste so heiß gewesen sein, dass die Nähe hinreichte, um die Tasse zerspringen zu lassen. Das stellte die einzige Erklärung dar. Die natürlich voraussetzte, dass in der Tasse Spannungen geherrscht hatten oder dass die Tasse einen unsichtbaren Riss gehabt hatte.

Beim Auflesen der Scherben stieß der schwere Mann ungeschickterweise eine offene Mineralwasserflasche aus Plastik um, die neben der Spüle stand. Das Wasser ergoss sich über die Arbeitsfläche und tropfte auf den Boden. Der schwere Mann musste sich mehrfach bücken, um alle Scherben aufzufegen und das Wasser auf dem Boden aufzuwischen. Die ungewohnten Übungen müssen dafür verantwortlich sein, dass er jetzt seine Rippen spürt.

Natürlich hat der schwere Mann die Anweisung gegeben, ihn zu verständigen, wenn die NYSE den Handel wieder aufnimmt. Er blickt auf die Uhr, um zu sehen, wie lange der Handel schon unterbrochen ist. Er trägt keine Armbanduhren, und er besitzt auch keine mehr. Die Uhr ist eine Vacheron 57260.

Seine Uhrensammlung besteht aus drei Taschenuhren. Letztes Jahr hat er die Supercomplication von Patek

Philippe bei Sotheby's ersteigert, sie hat vierundzwanzig Komplikationen und wurde 1933 gebaut. Damals kostete sie sechzigtausend Schweizer Franken. Der schwere Mann hat siebzehn Millionen Euro plus Gebühren bezahlt. Daraus zu schließen, der schwere Mann sei superreich, wäre ein Irrtum. Sein Millionenvermögen ist niedrig dreistellig. Die zeitlosen und ortsunabhängigen Gesetze bedingen, dass er in keiner Zukunft superreich wird. Die Supercomplication von Patek Philippe ist sein größter einzelner privater Vermögenswert.

Der schwere Mann besitzt auch die bis vor kurzem komplizierteste Uhr der Welt, die Calibre 89, die Patek Philippe anlässlich des 150-jährigen Jubiläums im Jahr 1989 fertigte. Die Jubiläumsuhr weist dreiunddreißig Komplikationen auf. Seltsamerweise kann er sich in diesem Augenblick nicht mehr erinnern, was die Calibre 89 gekostet hat. Diese Uhr gibt es nicht nur einmal, wie die Supercomplication.

Die komplizierteste Uhr der Welt ist jetzt die Vacheron 57260, sie hat siebenundfünfzig Komplikationen. Das ist ebenfalls eine Jubiläumsuhr, denn Vacheron Constantin feiert in diesem Jahr das 260-jährige Bestehen. Er hat die Uhr gestern gekauft und unvorsichtigerweise über Nacht in seinem Büro liegen lassen, allerdings in der Verpackung.

Nicht nur der schwere Mann ist schwer, auch die komplizierteste Uhr der Welt ist schwer. Das Weißgoldgehäuse ist etwa so groß wie ein Hamburger, aber die Uhr wiegt deutlich mehr als ein Hamburger, über ein Kilogramm. Die Calibre 89 ist nur unwesentlich leichter. Die Uhren des schweren Mannes würden nicht zu einem leichten Mann passen.

Die komplizierteste Uhr der Welt besteht aus 2826 Einzelteilen und hat zwei Zifferblätter. Mehrere ihrer Funktionen hat es bisher in der mechanischen Uhrmacherei noch nicht gegeben, so etwa den ewigen jüdischen Kalender, der sich sowohl am Mond- als auch am Sonnenjahr orientiert. Ein ewiger gregorianischer Kalender mit retrograder Datumsanzeige ist gleichfalls integriert. Die Uhr verfügt auch über einen Schleppzeiger-Chronographen, bei dem sich Stopp- und Schleppzeiger gegenläufig in einem knappen Halbkreis bewegen und am Ende ihres Skalenwegs wieder auf null zurückspringen. Der schwere Mann betrachtet das Dreiachs-Tourbillon auf der Rückseite, dessen Rhythmus von einer kugelförmig gewickelten Spiralfeder bestimmt wird. Die pulsierende Bewegung der Spirale lässt an ein Herz denken.

Die Uhr hat auch besondere akustische Features. Fünf Hämmer schlagen auf fünf verschieden gestimmten Tonfedern, der schwere Mann kann sie von einem Wecker, einem Läutwerk oder einer Minutenrepetition aus ansteuern. Drei Meisteruhrmacher, zwei Designer sowie ein Team von Zulieferern haben acht Jahre gebraucht, um die Uhr zu bauen. Der schwere Mann weiß sehr genau, was er für die Uhr bezahlt hat, aber er möchte jetzt nicht daran denken. Es war unbesonnen, die Uhr im Büro liegen zu lassen, und es ist fahrlässig, sie auf das Dach mitzunehmen.

Der schwere Mann kauft Uhren, der Banker Bilder, der Nano-Mann kann mit Objekten, die von sich aus keinen Cash flow erzeugen, nichts anfangen. Der Banker hat sich schon gefragt, ob er auch noch Bilder kaufen wird, wenn ihn seine Freundin endgültig verlassen haben wird. Der Gründer besitzt ein Autograph von Steve Jobs. Ein ausgefülltes Bewerbungsformular für eine Firma, die es nicht mehr gibt. Er schrieb: »Steve jobs«. Die Felder für die Wohnadresse und die Telefonnummer ließ er leer, er hatte keine Wohnung und kein Telefon. Die Felder, in die frühere Arbeitgeber einzutragen waren, blieben ebenfalls unausgefüllt. Am unteren Rand des Bogens kritzelte er »Hewitt-Packard«. Damit war wahrscheinlich ein Aushilfsjob bei Hewlett Packard gemeint. Der achtzehnjährige Schulabbrecher beschrieb seine berufliche Qualifikation als »electronics tech or design engineer. digital«.

Natürlich läuft das Computermodell des schweren Mannes weiter, auch wenn der Handel an der NYSE eingestellt ist. Es ist nicht darauf hin konstruiert, Anlageempfehlungen zu generieren, sehr häufig liefert es keine. Der schwere Mann hat Schwierigkeiten, das den Investoren zu erklären, er versucht es gar nicht mehr.

Der schwere Mann ist felsenfest davon überzeugt, dass es falsch ist, zuerst Korrelationen zu betrachten und dann nach Ursachen zu suchen. Wenn der Satz vom zureichenden Grund irgendwo gilt, dann in Finance. Was geschieht, hat eine Ursache. Das Geschehen in jedem Markt ist das Ergebnis einer Kausalkette. Korrelationen verstellen den Blick für die wahren Ursachen. Das Computermodell des schweren Mannes versucht, die von ihm identifizierten Kausalketten abzubilden. Natürlich ist es nicht ein Modell, es sind über tausend Modelle, die auf eine bestimmte Weise verbunden sind.

Das Modell des schweren Mannes rechnet mit Zyklen von dreiunddreißig Jahren. Das Modell des schweren Mannes ist ziemlich zeitlos und ziemlich ortlos.

Wenn eine Position Verluste macht, überprüft der

schwere Mann sein Modell, ergibt die Überprüfung keine theoretische Notwendigkeit einer Änderung des Modells, dann reduziert er die Position nicht. Die Anlageentscheidungen des schweren Mannes sind zu hundert Prozent systematisch und zu null Prozent diskretionär.

Der schwere Mann glaubt, seine Idee des Investierens ist der Heilige Gral. Er glaubt, der Heilige Gral kann nichts anderes sein als eine Regel. Der schwere Mann glaubt, er selbst ist eine Regel. Also muss der schwere Mann glauben, er selbst ist der Heilige Gral.

Der schwere Mann und der Nano-Mann kennen sich gut. Jedenfalls so gut, dass der Nano-Mann dem schweren Mann vorgeschlagen hat, sie sollten doch zusammenarbeiten. Nicht in ihren Kernfeldern, sondern auf neuen Feldern. Aus der Sicht des schweren Mannes gibt es keine neuen Felder, der Nano-Mann weiß das. Er hat vorgeschlagen, zwei Firmen zu gründen: eine, die ETFs, Exchange Traded Funds, anbietet, und eine andere, die es dem Kunden ermöglicht, strukturierte Produkte im Eigenbau zu erstellen. Die Idee mit den ETFs stammt vom Nano-Mann selber, während die strukturierten Produkte Marke Eigenbau ein Produkt der Denkprozesse des Bruders sind. Der schwere Mann kann nicht wissen, dass der Bruder des Nano-Mannes verschwunden ist.

Der Markt für ETFs wächst ungeheuer schnell, er ist mit etwa dreihundertfünfzig Billionen Euro doppelt so groß wie Ende des Jahres 2010. Die Kosten für die passiven Index-Fonds sind ungleich niedriger als diejenigen für aktiv gemanagte Fonds: Managementgebühren von unter einem halben Prozent, kein Ausgabeaufschlag, keine Performance fees und sehr niedrige Ankaufs-Verkaufs-Spannen.

Automatische Programme für die Gestaltung der Depots von Privatanlegern arbeiten vorzugsweise mit ETFs. Bei institutionellen Anlegern dienen ETFs als Ersatz für die Index-Futures der Börsen. Manager aktiver Fonds nützen ETFs im Rahmen von Multi-Asset-Fonds. Marktführer ist BlackRock mit seiner Marke iShares und einem Weltmarktanteil von siebenunddreißig Prozent vor Vanguard mit siebzehn Prozent und State Street mit fünfzehn Prozent. Europäischer Marktführer im ETF-Handel ist die Handelsplattform Xetra der deutschen Börse. Dort sind mittlerweile 1121 ETFs mit einem Vermögen von insgesamt gut dreihundertfünfzig Milliarden Euro handelbar. Der europäische Markt wird von den ältesten Anbietern iShares, Deutsche Bank und Lyxor dominiert, die zusammen zwei Drittel des Marktes ausmachen.

Die offizielle Begründung für den ungeheuren Erfolg der ETFs lautet: John Bogle, der Erfinder der ETFs und Gründer von Vanguard, und Eugene Fama haben recht. Die Finanzmärkte sind effizient, kein Fondsmanager kann auf die Dauer eine bessere Wertentwicklung erreichen als der Aktienmarkt als Ganzes.

Die Märkte sind effizient, wenn die Eigentumsrechte klar geregelt sind und vollständige Konkurrenz herrscht. Der Einzelne ist vernünftig, wenn er alle Handlungsmöglichkeiten, die ihm tatsächlich zu Gebot stehen, in Betracht zieht und wenn er diejenige auswählt, die zu seinem bevorzugten Ergebnis führt. Die Ökonomen behaupten nicht, dass alle Märkte effizient sind und dass alle Menschen vernünftig sind. Sie untersuchen die Gründe für die Abweichungen von der Vernünftigkeit und der Effizienz, daraus machen sie Theorien.

Früher wurde die grobschlächtige Annahme gemacht, dass man menschliches Verhalten nur über Gebote sowie Verbote und über den Preismechanismus steuern könne. Das spiegelte die klassische Aufgabenteilung zwischen Staat und Markt wider. Aber es gibt eine Vielzahl anderer Möglichkeiten, das Verhalten der Menschen zu beeinflussen.

Wenn die Menschen vernünftig sein wollen, müssen sie die Theorien in ihre Kalkulationen einbauen. Man verlangt von den Ökonomen Prognosen, die sie nicht liefern können, weil sie nicht angeben können, in welchem Ausmaß ihre Theorien bereits in den Kalkulationen berücksichtigt sind, weil auch ihre Prognosen die prognostizierten Größen beeinflussen. Spielen sich die Ökonomen als Priester einer Religion auf, die keine ist, geschieht ihnen recht, wenn sie gezaust werden.

OH, ICH GLAUBE DARAN, DASS DIE MENSCHEN SO VERNÜNFTIG WIE MÖGLICH UND DIE MÄRKTE SO EFFIZIENT WIE MÖGLICH SIND.

Die Gewinnmarge eines ETF-Anbieters besteht lediglich aus der Differenz zwischen Managementgebühr und anderen Kosten, die Masse macht es. Eigentlich hat ein neuer Anbieter keine Chance. Aber der Nano-Mann setzt auf Vollautomatisierung, auf künstliche Intelligenz. Ein ETF braucht keinen Fondsmanager, keinen Portfoliomanager, kein Research-Team, sondern lediglich eine Vertriebsmannschaft. *Forbes* und die Nachrichtenagentur *AP* nutzen bereits Computerprogramme, die Quartalszahlen und Prognosen über Quartalszahlen in lesbare Texte umwandeln. *AP* veröffentlicht in dieser Bilanzsaison viertausenddreihundert Quartalsberichte, vierzehnmal so viel wie früher. Ein Programm bekommt keine Provisionen. Der Nano-Mann hat ein dialogfähiges Programm entwickelt und dem schweren Mann eine Demoversion vorgeführt. Der Kunde soll mit dem Programm kommunizieren wie mit einem Vertriebsmitarbeiter.

Der schwere Mann glaubt nicht an künstliche Intelligenz. Er glaubt an sein Modell, das künstliche Intelligenz überflüssig macht. Natürlich kann man sein Modell auch mit dem Prädikat künstliche Intelligenz belegen. Der schwere Mann verwendet in seinem Modell nicht nur Variablen, die sich unmittelbar aus vorliegenden statistischen Zeitreihen ergeben, sondern auch abgeleitete Variablen, die er selbst berechnet. Die abgeleiteten Variablen sind die Schlüsselvariablen. Als der Nano-Mann dem schweren Mann erläutert hat, wie er seine künstliche Intelligenz konstruiert, kam dem schweren Mann der Gedanke, dass da möglicherweise Variablen dabei sein könnten, die er brauchen kann.

Von strukturierten Produkten Marke Eigenbau hält der schwere Mann überhaupt nichts. Die Rolle des Anbieters beschränkt sich auf eine Plattform, auf der er Interessenten zusammenbringt. Die Daten, die der Plattformbetreiber dabei erhebt, können nicht wirklich nützlich sein, das wäre die einzige Rechtfertigung, der Plattformbetreiber verdient nicht viel. Die Daten sind weder für konventionelle noch für unkonventionelle Hedge-fund-Manager von Bedeutung. Der schwere Mann dachte an Schuhe, deren Farben man selbst gestalten kann, und an Poloshirts, auf denen sich ein Monogramm aufbringen lässt. Er glaubt nicht, dass das irgendwohin führt. Die Menschen sind nicht alle Künstler und noch weniger Produktgestalter. Die Menschen wollen, dass ihnen genau diese Arbeit abgenommen wird. Sie wollen einfach nur aussuchen.

Der Nano-Mann sagte gar nichts über die Replikationsmethode der ETFs, der schwere Mann fragte nicht danach, eigentlich eine unverzeihliche Sünde. Aber er interessierte sich so sehr für die Variablen der künstlichen Intelligenz. Entweder werden die zu replizierenden Aktien tatsächlich in einem Sondervermögen gehalten, durch das zeitweise Verleihen der Papiere kann ein ETF-Anbieter zusätzliche Erträge generieren. iShares tut sich leicht, denn die Firma gehört zu dem weltweit größten Vermögensverwalter BlackRock. Der Großteil der Erträge aus dem Verleihen von Wertpapieren wird dem Sondervermögen gutgeschrieben, der Rest verbleibt dem ETF-Anbieter. Oder die im Index enthaltenen Papiere werden gegen andere Papiere getauscht, welche die gleiche Performance aufweisen. Bei der synthetischen Replikationsmethode kann der ETF-Anbieter keine Mehrerträge generieren. Dafür ist die Swap-Variante jedoch wesentlich kostengünstiger als die volle Replikation.

Eigentlich wollte der schwere Mann ewig in dem Liegestuhl bleiben. Aber nach dem Anruf seines Assistenten, der ihm die Wiederaufnahme des Handels an der NYSE meldet, steht er so plötzlich auf, wie ihm das nur möglich ist.

Ein Schwindelgefühl überkommt ihn. Es ist ihm, als würde er sich rasend schnell um den Liegestuhl drehen. Er schwankt, er hat einen Schweißausbruch. Der Schweiß tropft von seinem Kinn auf seinen Kragen. Sein Hemd unter dem Anzug ist von einem Augenblick auf den anderen klatschnass. Der Schweiß läuft von seinem Oberkörper in die Hosenbeine. Der Schweiß wird unten aus den Hosenbeinen herauslaufen.

Die Zeitungen sind nicht vom Liegestuhl heruntergefallen. Ein leichter Wind bewegt sie.

Noch nie war ihm schwindlig. Laut sagt er: »Es ist nichts, es ...«

Achselzuckend begibt er sich zu dem Häuschen auf dem Dach, um mit unsicheren Schritten die Nottreppe zu nehmen.

Im eigentlichen Treppenhaus angelangt, hat der schwere Mann seine körperliche Schwäche besiegt. Doch er zahlt einen Preis. Die waagerechten Flächen der Treppenstufen, die Trittflächen, sind weiß, die senkrechten Flächen schwarz. Das Treppenhaus müsste sich in seiner Wahrnehmung als Stapel von Zebrastreifen ergeben. Aber in seinem Gehirn bildet sich eine Spirale ab, die wie ein in die x-te Dimension gezogenes Schachbrett aussieht.

Den Korridor, der zu seinem Büro führt, nimmt er mit völlig unbewegtem Oberkörper und starren Armen. Sein Kopf synchronisiert sich nicht einmal andeutungsweise mit dem Rhythmus seiner Schritte. Nur die Beine in dem Anzug bewegen sich, überhaupt nichts sonst.

Naturgemäß ist sein Büro zum Innenhof hin gelegen. Er blickt auf weiße, gerasterte Gebäude. Wäre alles kleiner, man würde meinen, weiße Plastikplatten wurden ausgestanzt, und die Gitter wurden so zusammengefügt, dass es aussehen sollte, als ob sie Fassaden bilden. In die Gitter sind Gläser eingehängt. Spiegelt das Glas grundsätzlich oder ist die starke Sonne für die Spiegelungen verantwortlich? Die Gebäude spiegeln sich gegenseitig, warum tun sie das?

Der schwere Mann hat keinen Schreibtisch, sondern eine riesige Arbeitsplatte, darauf stehen lauter veraltete Geräte: Telefone mit Wählscheiben und dem Hörer über den Wählscheiben, mit viel zu langen Schnüren, die sich auf der Arbeitsplatte in wüster Unordnung verheddern. Alte Rechenmaschinen, eine ist sogar noch rein mechanisch, mit Kurbeln. Ein meterlanges Papierband, es kommt aus einer riesigen elektrischen Rechenmaschine, verteilt sich über dem Tisch wie Schlangen in einem Schlangennest. Der schwere Mann ist abergläubisch. Besonders wichtige Telefonate führt er nur über die altmodischen Telefone, entscheidende Berechnungen vollzieht er nur mit den alten Rechenautomaten. Er kann das auch begründen. Die Kernidee jeder Strategie muss sich in einfachen Rechenschritten abbilden lassen. Natürlich können die Rechenautomaten keine Computer ersetzen, aber die einfachen Rechenschritte führen das, was die Computer berechnen, zusammen.

Auf der Arbeitsplatte gibt es auch Stempel, die nicht mehr verwendet werden, und Löschwippen, mit denen man früher über die Unterlagen gegangen ist, um die überflüssige Tinte aufzusaugen. Die Schrift sollte sich nicht verwischen. Das analoge Zeitalter hatte analoge Methoden, um Unklarheiten zu vermeiden. Porzellanaschenbecher zeugen davon, dass der schwere Mann früher geraucht hat. Er raucht schon lange nicht mehr, ein Assistent hat nach Fotos, auf denen der schwere Mann raucht, alte Aschenbecher aufgetrieben.

In Keramikbechern sind altmodische Kugelschreiber gesammelt, aus Hotels und von Firmen. Der schwere Mann verwendet sie nur, wenn er seinen Mitarbeitern Zettel schreibt. Manchmal benutzt er auch die uralte schwarze Schreibmaschine. Es gibt keine Regel, ihm fällt ein, er könnte ein Memo auf der Schreibmaschine tippen, und er tut es.

Ein Foto auf der Arbeitsplatte zeigt den schweren Mann mit seinen drei Söhnen, als sie im Kindergartenalter waren. Jetzt sind alle im Glenalmond College untergebracht, das ist eine Boarding School in der Nähe von Perth in Schottland. Wenn er in London zu tun hat, fliegt er nach Edinburgh und trifft sich dort mit ihnen. Bei der Ausbildung geht es nicht um Kausalität, sondern um Wahrscheinlichkeiten. Die Hälfte der Absolventen des Glenalmond College findet einen Studienplatz in einer der Top-24-Universitäten in UK, fünf Prozent ergattern einen Platz in Oxford oder Cambridge.

Seine Familie ist auf der Arbeitsplatte vollständig versammelt. Ein anderes Foto zeigt seine Frau alleine, sie ist schwarz und in Südafrika geboren. Er hat sie kennengelernt, nachdem er in London seine erste Million verdient hatte. Seine Frau ist älter als er, ihre gekräuselten Haare sind zurückgebunden, sie blickt aus einer undefinierbaren Landschaft zu einem sternenlosen, aber dennoch hellen Nachthimmel hoch.

Der schwere Mann beschäftigt sich mit den Anleihen, die das Konsortium für die Erstellung des JR-Maglev begibt. JR steht für Japan Railways, Maglev für Magnetic

Levitation. Der Maglev ist eine Magnetschwebebahn, für die Geschwindigkeit unter 150 km/h werden jedoch Rollen ausgefahren. Die Spitzengeschwindigkeit beträgt mehr als sechshundert Stundenkilometer, damit schlägt der Maglev alle Rekorde. Der Maglev soll ab 2027 zwischen Tokio und Nagoya fahren. Die 322 Kilometer lange Fahrt wird dann statt jetzt neunzig nur noch vierzig Minuten dauern. Ab 2045 soll der Zug zwischen Tokio und Osaka verkehren, er wird die vierhundert Kilometer in 67 Minuten zurücklegen. Ein Zug bietet tausend Passagieren Platz. Der Betreiber ist ein privates Unternehmen, JR Tokai, die Kosten von neun Billionen Yen, das sind rund siebzig Milliarden Dollar, sollen aufgebracht werden, ohne den Staat zu beanspruchen.

Weltweit ist keine andere Strecke zwischen zwei Städten so stark frequentiert wie diejenige zwischen Tokio und Osaka. Zurzeit verlässt der Shinkansen den Bahnhof Tokyo Station zu den Hauptverkehrszeiten im Drei-Minuten-Takt. Noch kürzere Intervalle sind aus Sicherheitsgründen nicht möglich. Zwischen den beiden Städten werden täglich 185 000 Reisen gemacht. In der Präfektur Yamanashi fährt ein Prototyp des Maglev auf einer 43 Kilometer langen Teststrecke. Da bei höheren Geschwindigkeiten keine Reibung entsteht, ist das neue Modell energiesparender als konventionelle Züge.

In welches Portfolio passen die JR-Maglev-Bonds am besten? Natürlich kann der schwere Mann mit den Anleihen nichts verdienen. Es geht um die Risikobeimischung. Die Schwierigkeit ist die Bonität von JR Tokai. Es ist unwahrscheinlich, dass der Maglev ohne Steuern finanziert werden kann. Ein Assistent hat dem schweren Mann eine

Ausarbeitung über Bahnbetreiber weltweit geliefert, ganz wenigen gelingt es, sowohl die Investitions- als auch die Betriebskosten vollständig zu decken. Subventionen sind die Regel. Bei Fahrpreisen, welche die volle Höhe der Betriebskosten decken, würde niemand Zug fahren.

Als Edge-Technologie ist der Maglev besonders teuer. Nach der Schätzung des Assistenten werden zwischen fünfzig bis achtzig Prozent der Gesamtkosten nicht durch das Budget von JR Tokai gedeckt. Die Frage ist, wie sich das Unternehmen mit dem Staat einigt. Der Maglev schont die Umwelt, weniger Leute benutzen das Flugzeug. Aber vor allem ist der Maglev ein Prestigeprojekt.

Die Europäer jammern darüber, sie könnten keine vernünftige Wirtschaftspolitik machen, weil sie so zersplittert seien. Die nationalen Parlamente verfolgen völlig unterschiedliche struktur- und fiskalpolitische Strategien, zwar wird die monetäre Politik von der EZB gemacht, aber nicht alle EU-Mitglieder sind beim Euro dabei. In Japan liegen Struktur-, Fiskal- und monetäre Politik in einer Hand, und es nützt auch nichts. Die Japaner verzeichnen kein Wachstum und sind im Moment nur bei Video games und in der Teenie-Mode innovativ.

Wird der Staat JR Tokai von vornherein helfen, oder wird man das Unternehmen erst ins Messer einer zu niedrigen Kostenplanung laufen lassen, nicht um es zu übernehmen, sondern um die Situation besser unter Kontrolle zu haben? Das ist die entscheidende Frage, von der es abhängt, welchem Portfolio die JR-Maglev-Bonds zuzuordnen sind. An den Bahnhöfen in Tokio und Nagoya wurden bereits die ersten Geleise für die reguläre Strecke des Maglev gelegt.

Der schwere Mann geht *immer* früh ins Bett. Sie haben getrennte Schlafzimmer, er und seine Frau. Sein Kopf ruht zurückgeworfen, reglos auf dem Kopfkissen. Er sieht feierlich, majestätisch, aber auch schrecklich aus. Im Halbdunkel des Schlafzimmers sind seine Augen größer. Er atmet angestrengter als am Tag, als er die Treppen hoch- und hinuntergestiegen ist. Ein monotones, fürchterliches Röcheln, ein aufdringliches, rhythmisch geschaltetes Gebläse. Die Haare sehen aus, als seien sie an den gelben Schädel geklebt. Der Schädel wirkt, als sei er enthäutet und abgeschabt worden. Seine früher tiefschwarzen Augen sind grau und tot.

Sein Kopf könnte auch der einer Frau sein. Jedenfalls ist der Kopf eine Art geschlechtslose Wesenheit. Man könnte jetzt einfach sagen: ›der Mensch‹. Meint man, wenn man ›der Mensch‹ sagt, so etwas?

Er träumt bei geöffneten Augen: Das Haus ist überflutet. Er sitzt nackt, es ist nicht klar, in welchem Raum, auf dem Boden, das Wasser reicht ihm bis zur Brust. Er liest in einem Buch. Im Wasser schwimmen Fotos seiner Frau. Auf keinem ist seine Frau gut erkennbar, ein Foto zeigt nur ihre Schultern und ihre Brust, ein anderes ihren Fuß in einem Schuh, auf einem weiteren Bild ist sie ganz klein. My liefie. Das Haus ist nicht von außen überflutet: Der schwere Mann steht vor dem Haus, aus allen Fenstern strömt blaues Wasser auf den trockenen Grund.

Laufen seine grauen Augen ebenfalls aus?

Das Wasser ist zum größten Teil abgeflossen. Seine Frau und er rücken das große Regal im Bibliotheksraum von der Wand weg, mit den Büchern, so stark sind sie. Beide sind nackt. Die Bücher im Regal sind etwa bis zur Hüfthöhe aufgequollen, sie scheinen das Regal zu sprengen. Die Erleichterung der nicht beschädigten Bücher ist mit Händen zu greifen. Wie hat das alles angefangen? Plötzlich erinnert sich der Träumer: Das Wasser kam aus den Lautsprechern der Hi-Fi-Anlage.

Der schwere Mann steht aufrecht in einem Wasserloch, nackt. Neben einer Fahrspur in einer grauen Landschaft. Die Bäume grau, ein Berg im Hintergrund grau, kein Gras, überall in der Landschaft Pfosten, was markieren sie? Unter der Fahrspur läuft ein Rohr, aus dem Wasserloch fließt Wasser ab. Nur das Wasser ist blau, es geht ihm bis zu den Hinterbacken. Der Baggersee en miniature muss schnell leer sein, es gibt keinen Zufluss.

Waren die Hochspannungsmasten in der Landschaft vorher da? Es gibt keine Drähte, die Strom führen könnten. Auf den ersten Blick wirkt es, als wäre eine Trasse im Bau, einige Hochspannungsmasten sind nur bis zu den ersten zwei oder drei Einheiten gediehen, andere bereits höher gewachsen. Aber da sind auch Hochspannungsmasten, denen der untere Teil fehlt, sie schweben in der Luft. Wenn der schwere Mann genau hinsieht, erblickt er außerdem schwebende Einzelteile, Streben und Isolatoren.

Der schwere Mann träumt von Menschen, von Trecks, die durch die graue Landschaft ziehen, abseits der Fahrspuren, die sind zu schmal, zwischen den Hochspannungsmasten und den Masten mit dem Flutlicht hindurch. Waren die Flutlichtmasten vorher da? Die Menschen sind gekleidet wie Arbeiter auf den Fotografien aus den zwanziger Jahren des vorigen Jahrhunderts. Es sind viele darunter, die gestreifte Anzüge tragen. Manche haben Schirmmützen auf. Einige schreien, aber natürlich hört man in der grauen Landschaft nichts. Die Scheinwerfer leuchten sehr hell, trotzdem kann der schwere Mann in das Licht blicken, ohne dass er geblendet wäre. Die Landschaft bleibt grau. Soll das Scheinwerferlicht seine Angst vertreiben?

Jetzt hat der schwere Mann die Augen geschlossen, wie ein Toter. Das Röcheln kommt aus dem schweren Mann, aber das kann nicht der schwere Mann sein. Es klingt, als würde er sterben, warum sollte er.

Das Röcheln ist der Atem eines anderen Wesens, es ist in den schweren Mann gefahren. Eine mythische Kreatur oder einfach ein Wesen aus den modernen Fantasy-Welten hat in dem schweren Mann Aufenthalt genommen. Das ist die plausibelste Deutung. Aber womit strengt sich die Kreatur so an? Ist die Kreatur, die in ihn gefahren ist, mit ihrem Sterben beschäftigt? Warum sollte sie zum Sterben den schweren Mann aufsuchen? Das Röcheln klingt konzentriert, einsam und hochmütig.

Der schwere Mann hat die Angewohnheit, die alten Zeitungen in seinem Büro unter dem Fenster zu stapeln. Er darf unnütze Dinge horten, seine Mitarbeiter nicht. Die Zeitungsstapel auf dem Boden stehen da wie zur Abholung bereit. Aber die Reinigungskräfte sind schriftlich angewiesen, sie nicht zu entfernen. Der schwere Mann – nein, der Junge hat einmal auf der Straße geschlafen. In einem Hauseingang, mit Zeitungen bedeckt.

Der Junge hatte BAT – British American Tobacco –, Barclays und Imperial Tobacco Group in seinem Portfolio. Imperial ist nicht mehr im Footsie, die Zahl der Tabakfirmen hat sich halbiert, die Welt wird besser. Dazu hielt der Junge noch eine Short-Position von GKS, GlaxoSmithKline. Die

Freundin war befördert worden, sie musste nicht mehr hinter dem Schalter stehen. Sie hatte das Protokoll eines Analysten getippt, in dem die Kursentwicklung von Glaxo untersucht wurde. Der Kurs war in die Höhe gegangen, weil ein neues Diabetes-Medikament viel versprach. Es gab eine überzeugende theoretische Begründung für die Wirkung. Die Laborversuche hatten die Theorie bestätigt, die klinischen Versuche hatten sich gut angelassen.

Zufällig arbeitete ein Schulfreund des Analysten auf dem gleichen Gebiet. Nach dessen Meinung waren jedoch die klinischen Versuche nicht korrekt durchgeführt worden. Die Stichprobe war nicht okay. Der Versuchsleiter hatte während der laufenden Versuche Probanden ausgeschlossen, weil sich der Verdacht ergeben hatte, dass das Medikament bei bestimmten Allergikern Nebenwirkungen verursachte. Der Studienfreund war der Meinung, dass die Sache über kurz oder lang auffliegen musste, weil der Versuchsleiter, so der Freund, ein *sociopath* war, der sich mit allen Kollegen und Vorgesetzten verstritt. Die Unkorrektheiten würden nicht unter der Decke gehalten werden können.

Darauf hatte der Chef der Freundin angeordnet, in fast allen Portfolios Glaxo zu verkaufen. Der Junge hatte seine Chance gesehen und war short gegangen. Die Freundin war dagegen gewesen, das Risiko schien ihr zu groß, hatte ihr Vorgesetzter doch keine Short-Position aufgebaut, sondern gleich verkauft. Der Verfallstermin rückte näher. Die Kurse von Glaxo waren leicht gefallen, aber sie waren weit von dem Kurs entfernt, zu dem der Junge am Verfallstermin liefern musste.

Die Menschen haben nichts dagegen, wenn die Kurse

für Aktien und Anleihen ohne ihr Zutun steigen und sie ihre Papiere gut verkaufen können. Aber wenn die Kurse nach unten gehen. Dann ist sofort von ›Verzerrungen‹ die Rede. Von allen Seiten wird gefordert, Leerverkäufe zu verbieten, als ob Leerverkäufe für Kursbewegungen nach unten verantwortlich wären. Kurse müssen fallen, wenn sie vorher aus dem Ruder gelaufen und an vernünftigen Maßstäben gemessen zu hoch sind.

Leerverkäufe wirken Überteuerungen entgegen. Was könnte sinnvoller sein, als Aktien starker Unternehmen zu erwerben und Aktien schwächelnder Firmen leerzuverkaufen? Das Management versucht regelmäßig, Zeit zu gewinnen, die Verkündung unangenehmer Wahrheiten, die sich negativ auf die Ertragslage auswirken, hinauszuschieben. Die Zentralbanken haben das unausgesprochene Ziel, die Preise von Vermögenswerten nach oben zu treiben. Durch ›Vermögenseffekte‹ soll Wachstum erzeugt werden. Leerverkäufe bilden ein wirkungsvolles Gegengewicht.

Am Tag vor dem Verfallstag sagte der Junge zu seiner Freundin: »Du glaubst doch, dass der Analyst recht hat, nicht wahr?«

Die Freundin: »Darum geht es nicht …«

Der Junge: »Aber der Analyst …«

Die Freundin: »Es nützt dir nichts mehr, wenn der Analyst recht bekommt.«

Der Junge: »Aber ich …«

Die Freundin: »Ich habe dir doch gesagt, dass das Risiko zu hoch ist.«

Der Junge: »Hast du denn nie daran gedacht, die Informationen auszunützen, die du hast?«

Die Freundin: »… das Risiko …«

Der Junge: »Dein Chef hat doch Glaxo verkauft!«

Die Freundin: »Er hat verkauft, er ist nicht short gegangen …«

Die Freundin: »Wie viel brauchst du?«

Die Haltung ihres Körpers verriet, dass sie genug hatte, dass sie Schluss machen wollte. Dass sie nicht mehr die Freundin des Jungen sein mochte. Sie konnte sich nicht vorstellen, dass aus dem Jungen etwas werden würde. Aus dem Jungen würde niemals etwas werden. Der Junge blickte sie stumm und ratlos an.

Die Freundin: »Wie viel?«

Die Freundin versuchte, den Moment hinauszuzögern. Ihre Stimme schleppte sich dahin. Sie zauderte, das zu sagen, was sie eigentlich sagen wollte. Aber sie würde es noch sagen.

Der Junge: »Ich muss alles verkaufen.«

Die Freundin wusste, dass er alles verkaufen musste.

Der Junge: »Ich bin mit BAT und Barclays in der Gewinnzone und mit Imperial beim Einstandskurs. Dann fehlen noch –«

Die Freundin: »Oh, die Mücken sind unerträglich – sieh mal, eine hat mich gestochen –«

Der Junge: »Tausend Pfund. Ich verkaufe meine Bücher. Ich denke, dass ich dafür hundert Pfund bekomme.«

Einen Augenblick lang spürte seine Freundin so etwas wie Eifersucht. Der Junge würde jemand anderen finden. Vielleicht würde der Junge ja sogar Glück haben mit seinen Spekulationen – ohne sie.

Nachdem sie ihm die neunhundert Pfund gegeben und ihn verlassen hatte, kündigte er seinen Schlafplatz.

Ich sprach ihn in der Suppenküche an, in der er aß.

Ich: »Hast du keinen Wunsch?«
Der Junge: »–«
Ich: »Du musst einen Wunsch haben.«
Der Junge: »–«
Ich: »Welchen Traum willst du dir erfüllen?«
Der Junge: »–«
Ich: »Es ist nicht einfach, den richtigen Wunsch zu finden.«
Der Junge: »–«
Ich: »Ich darf dich bei deiner Entscheidung nicht beeinflussen. Dir einen Vorschlag zu machen wäre ein Regelverstoß.«
Der Junge: »–«
Ich: »Wenn du einen Wunsch hast, dann …«
Der Junge: »Glaubst du etwa, ich vertraue dir?«
Er duzte mich jetzt.
Ich: »Aber du solltest dir trotzdem einen Wunsch überlegen.«
Ich habe dem Jungen nichts versprochen. Ich habe ihm das versprochen, was ich immer allen verspreche.

Kein Muskel bewegt sich, nirgendwo im Körper des schweren Mannes und auch nicht in seinem Gesicht, das blind und jetzt gierig aussieht. Der Kopf des schweren Mannes scheint dunkler zu werden auf dem weißen Kissen. Die Laken saugen die Wärme an, die der Körper abgibt, und speichern sie. Wann werden die Laken und die Kissen die Wärme abstrahlen, werden sie in der Dunkelheit leuchten?

Auf der rechten Wange des schweren Mannes verzweigt sich eine blauschwarze Ader, sie kommt aus dem Nichts und ergießt sich ins Nichts. Danke, hier entlang. Der

Schlaf des schweren Mannes legt alles darauf an zu bewirken, dass das kein menschliches Gesicht ist, sondern eine strenge, stolze, pappmachéartige Maske, die nicht harmlos ist. Sie erzählt von unnahbarer, feindseliger Gewalt, als ob die Seele hinter der Maske zu der unverrückbaren Überzeugung der Vergeblichkeit von allem gekommen ist, als würde die Seele alles, die äußere Welt, die Menschen, aber auch die eigenen Gedanken, die eigenen Gefühle, verwerfen. Die Finger des schweren Mannes sehen aus wie trockene Stöckchen, sie passen nicht zu seiner Schwere.

In den sechziger und siebziger Jahren des vorigen Jahrhunderts experimentierte der Psychologe Walter Mischel mit Kindern im Alter von vier bis sechs Jahren. Sie konnten entweder ein einziges Marshmallow sofort oder noch ein zweites bekommen, wenn sie eine Viertelstunde der Versuchung widerstanden, das erste zu essen. Der Psychologe war eigentlich nur daran interessiert, welche Strategien der Kinder die wirksamsten waren, der Verführung zu widerstehen, das erste Marshmallow sofort zu essen. Erfolgreiche Strategien waren, die Hände vor das Gesicht zu schlagen oder bekannte Kinderlieder zu singen. Wenn die Kinder das Marshmallow anfassten oder daran rochen, konnten sie sich meist nicht mehr beherrschen und aßen es sofort.

Erst Jahre später, als die Kinder zu Jugendlichen herangewachsen waren, entdeckte der Psychologe den grundlegenden Zusammenhang zwischen der Geduld der Kinder und der Sprachkompetenz, dem Sozialverhalten und der Frustrationstoleranz. Geduldige Kinder haben mehr Erfolg in der Schule und erreichen ein höheres Einkommen. Sie geraten weniger oft in finanzielle Schwierigkeiten, Mädchen werden seltener ungewollt schwanger. Alle haben mit höherer Wahrscheinlichkeit einen besseren Gesundheitszustand.

Wenn der Versuchsleiter des Marshmallow-Experiments dem Jungen eine ganze Packung Marshmallows angeboten hätte und der Junge hätte sie nur bekommen, wenn er bis zum nächsten Monat gewartet hätte, ehe er das erste Marshmallow aß, der Junge hätte das Angebot angenommen.

Kein Wunder, dass sich der schwere Mann intensiv mit langfristigen und ewigen Anleihen befasst. Japan und Peru haben Laufzeiten von vierzig Jahren gewählt. Frankreich, Großbritannien und Österreich haben Anleihen mit einer Laufzeit von fünfzig Jahren begeben, die Frankreichanleihe hat einen Coupon von eins Komma fünfundsiebzig Prozent. In bestimmten Portfolios hält der schwere Mann von China und Mexiko emittierte Bonds mit einer Laufzeit von hundert Jahren. Andere Portfolios enthalten Unternehmensanleihen mit Laufzeiten von hundert Jahren von Coca-Cola, Ford, IBM, Motorola und der Rabobank.

Versicherungen, Pensionskassen und Versorgungswerke haben weit in die Zukunft reichende Auszahlungsverpflichtungen. Mit sehr langfristigen Anleihen versuchen sie, die Laufzeiten ihrer Kapitalanlagen und ihrer Auszahlungsverpflichtungen einander anzupassen. Investieren Großanleger wegen des niedrigen Zinsniveaus in potentiell renditeträchtigere, aber auch riskantere Kapitalanlagen, entsteht ein Anreiz, weitere lang laufende Anleihen zu erwerben, um einen besseren Risikomix zu erreichen. Naturgemäß ist der Handel mit den Langläufern nicht sehr liquide.

Ein Portfolio des schweren Mannes konzentriert sich auf ewige Anleihen, die überhaupt keinen Fälligkeitstermin besitzen. Allerdings hat der Emittent jederzeit die Möglichkeit, die Anleihe zu vorfälligen Terminen zu kündigen und zurückzuzahlen. Die älteren Anleihen mit den hohen Kupons sind selbstverständlich mittlerweile alle gekündigt worden. Die ewige Anleihe begann mit dem britischen Premierminister und Schatzkanzler Sir Henry Pelham im Jahr 1752, der alle Anleihen mit festen Laufzeiten in eine mit einem Kupon von drei Komma fünf Prozent versehene ewige Anleihe umwandelte. Diese Anleihe gibt es heute nicht mehr. Im Jahr 1923 wurden jedoch wieder Anleihen mit einem Kupon von zwei Komma fünf Prozent aufgelegt. Obwohl die Zinsen so niedrig sind, hat das HM Treasury die Anleihe nicht gekündigt.

Der schwere Mann röchelt wieder. Welches Organ ist das, das so regelmäßig und schrecklich pulsiert? Das kann nicht die Lunge sein. Vor ein paar Stunden ist der Mann noch fast gerannt, sein physischer Zustand hat sich seither nicht verschlechtert, nichts spricht dagegen, dass er, wenn es verlangt wird, wenn er es von sich selbst einfordert, rennen kann. Die feierlich und prunkvoll daliegende Einsamkeit des schweren Mannes.

»Within our mandate, the ECB is ready to do whatever it takes to preserve the Euro. And believe me, it will be enough.« 26. Juli 2012. Mario Draghi. Aber Finance ist kein Stück von Shakespeare. Seit dem 26. Juli 2012 gibt es im Euroraum kaum Wachstum, er verzeichnet die schlechteste Entwicklung des Arbeitsmarktes im Vergleich zu den anderen großen Wirtschaftsräumen. Die quantitative Lockerung hat die Risikoaufschläge der Anleihen der Peripherieländer reduziert und damit die Regierungen vom Reformdruck entlastet. Die Anleihekurse haben jegliche Signalfunktion für politische und wirtschaftliche Entscheidungen verloren.

Im Rahmen ihres Wertpapierkaufprogramms wird die EZB bis zum Ende des Jahres Papiere für über eins Komma sechs Billionen Euro erwerben. Die Forderungen der Deutschen Bundesbank im Eurosystem werden im nächsten Jahr auf eine Billion Euro steigen. Alles nur Buchhaltung? Wenn ein Euromitglied die Währungsunion verlässt, dann materialisieren sich die Risiken: Die Banca d'Italia wird zum Jahresende Verbindlichkeiten von dreihundertfünfzig Milliarden Euro haben. Die müsste sie zurückzahlen, an die Deutsche Bundesbank, wenn Italien den Euro verlässt. Tritt ein Land mit hohen Target-Schulden aus der Währungsunion aus, wird es bereits im Vorfeld zu einer massiven Kapitalflucht aus dem betreffenden Land kommen. Die Target-Salden werden explosionsartig auseinanderschießen. Target 2 ist das zentrale Zahlungssystem des Euroraums, das den grenzüberschreitenden Zahlungsverkehr regelt. Eine Begleichung der Schulden, und das auch noch in einer gegenüber dem Euro stark abgewerteten Heimwährung, ist völlig illusorisch.

Nach der Berechnung der Rating-Agentur Fitch wird die Gesamtsumme der Staatsanleihen mit negativer Verzinsung im nächsten Jahr elf Komma sieben Billionen Dollar betragen.

DER ZINS SETZT SICH ZUSAMMEN AUS DEM NATÜRLICHEN ZINS, DER RISIKOPRÄMIE, DER

TEUERUNGSPRÄMIE UND EINER LIQUIDITÄTSKOMPONENTE. DIE TEUERUNGSPRÄMIE IST NEGATIV, WENN DIE TEUERUNG NEGATIV IST. DIE LIQUIDITÄTSKOMPONENTE KANN NEGATIV SEIN, ZUM BEISPIEL BEI KNAPP WERDENDEN STAATSANLEIHEN. DIE RISIKOPRÄMIE KANN NICHT NEGATIV SEIN. WER DARAUF VERZICHTET, MEINE DIENSTE IN ANSPRUCH ZU NEHMEN, UND MICH VERLEIHT, GEHT DAS RISIKO EIN, DASS DERJENIGE, AN DEN ER MICH VERLEIHT, MICH NICHT RICHTIG BEHANDELT UND ICH FEDERN LASSEN MUSS.

DER NATÜRLICHE ZINS KANN NIEMALS NEGATIV WERDEN! MENSCHEN SCHÄTZEN GÜTER UND DIENSTLEISTUNGEN IN DER GEGENWART GRUNDSÄTZLICH MEHR ALS IN DER ZUKUNFT. EIN SUSHI MORIAWASE SOFORT IST MEHR WERT ALS EIN SUSHI MORIAWASE IN DER NÄCHSTEN WOCHE. DA MUSS MAN KEIN MATHEMATIKER SEIN. IM REGELFALL WEISS MAN ZIEMLICH GENAU, WAS GLEICH PASSIERT, ABER SCHON ETWAS WENIGER GUT, WAS IN DER NÄCHSTEN WOCHE LOS IST. WENN MICH DIE MENSCHEN VERLEIHEN, VERZICHTEN SIE AUF DAS SUSHI MORIAWASE SOFORT. DAFÜR ERWARTEN SIE EINE ENTSCHÄDIGUNG: DEN ZINS. WER WÜRDE MICH OHNE ZWANG ZU EINEM NEGATIVEN ZINS VERLEIHEN – ER HAT JA WENIGER MÖGLICHKEITEN, ALS ER SCHON EINMAL GEHABT HAT!

There is no Savings glut. Das Problem ist nicht der Sparüberhang, sondern die Tatsache, dass es nicht genügend rentable Projekte gibt. Wenn der Return on investment eines Projekts minus vier Prozent ist, bringt eine Verschuldung zu minus zwei Prozent Erleichterung. Allerdings nur unter der Voraussetzung, dass die Firma, was auch immer ihr Zweck sei, über keine Möglichkeit verfügt, dem Negativzins zu entkommen. Bei einem Negativzins kleiner als minus acht Prozent ergibt sich sogar ein Gewinn. Wird der Zins immer stärker negativ, wird jede Investition irgendwann einmal rentabel! Aber das ist völlig widersinnig. Es geht darum, knappe Ressourcen für die Produktion der notwendigen Güter und Dienstleistungen zu verwenden und nicht darum, verlustbringende Investitionen zu stimulieren.

DER NEGATIVE ZINS IST KÜNSTLICH. VON DEN ZENTRALBANKEN INSTALLIERT. GEGEN DIE MENSCHEN. GEGEN MICH. DER NEGATIVZINS HAT FATALE FOLGEN. DER NEGATIVZINS IST EIN FRONTALANGRIFF AUF MICH. WENN DIE ZINSEN DOCH WIEDER STEIGEN – DIE IDEE, JEDERZEIT ZU OPTIMALEN KONDITIONEN AUS EINEM RISKANTEN INVESTMENT AUSSTEIGEN ZU KÖNNEN, IST DIE HÖCHSTE FORM VON NAIVITÄT, DIE MAN SICH VORSTELLEN KANN!

Meine faszinierte – krankhafte – Neugier.

Der schwere Mann ist kein alter Haufen von zerbrechlichen Knochen, von Haut und erschöpften Organen, der sich nach Ruhe, nach dem Nichts sehnen würde. Er dehnt seine Anwesenheit weit über das Zimmer hinaus, mit Hilfe des Röchelns, das durch das ganze Haus dringt.

Der schwere Mann, dieser Koloss, diese nichtunförmige

Masse: Es ist, als ob in diesem Körper ein anderer eingesperrt sei. Fleisch im Fleisch. Vielleicht ernährt sich der andere Körper von dem Körper, der ihn umfängt. Der äußere Körper röchelt, weil er von innen aufgezehrt wird. Vielleicht kommt das Röcheln aber auch von dem gefesselten und geknebelten inneren Körper, der dabei ist, langsam zu ersticken –

Warum bin ich so besessen von dem Körper, dass ich unbedingt einen weiteren Körper im Körper konstruieren will? Und nicht eine Seele?

Mein Körper ist nicht derjenige, den die Leute dafür halten. Er besteht nicht aus Eisenspangen, Münzen oder Banknoten. Ich bin keine Shares, keine Bonds, keine ETFs, keine Derivate. Niemand schuldet mir etwas, ich schulde niemandem etwas. Darauf lege ich Wert. Auch wenn die Ökonomen das meinen. Die Wirtschaftswissenschaften sind eine besondere Disziplin: Ich kenne keine andere, egal, ob wir hier von Natur- oder Geisteswissenschaften sprechen, die wirklich alle möglichen Irrtümer ausprobiert und als gesicherte wissenschaftliche Erkenntnisse, durch Erfahrung bestätigt, ausgegeben hat.

Ich soll auch schon Ziegen, Kühe, Pferde oder Lamas gewesen sein. Oder Zigaretten. Oder Tulpenzwiebeln. Ich bin nicht immun gegen Beleidigungen. Früher musste ich über diese Dinge nicht einmal hinwegsehen, ich habe sie gar nicht zur Kenntnis genommen. Ich habe den Menschen überhaupt erst das abstrakte Denken beigebracht. Sie wollten, sie hätten es sich selbst gelehrt. Aus Gekränktheit, aus Rache betrachten sie mich als etwas Konkretes.

Ich bin auch nicht das Kapital. Die Philosophen sind nicht besser als die Ökonomen, wenn sie sich mit Ökonomie beschäftigen. Das Kapital ist Equity und sonst gar nichts. »Das Kapital macht dieses und jenes …«? Die Leute und die Programme machen dies und das. Das Kapital macht gar nichts.

Ich bin nicht neidisch. Bestimmt nicht. Der menschliche Körper ist keine robuste Konstruktion, wirklich nicht. Er ist unzulänglich und hat eine sehr begrenzte Lebensdauer. Er ist völlig überholt. Seine Existenz wird von sensiblen Parametern bestimmt: Atmosphärenzusammensetzung, Temperatur, Schwerkraft, Strahlung. Die Vorstellung, den Körper zu verbessern, ist ungeheuer naiv. In welcher Hinsicht verbessern? Soll der Körper robuster werden oder sensibler, soll er mehr oder weniger aushalten? Was für die einen Progression ist, stellt für die anderen Degeneration dar.

Ich gebe zu: Wenn ich einen menschlichen Körper hätte, dann würde ich mir die Augenlider und die Lippen zunähen. Ich würde tagelang leben, ohne zu essen, zu trinken, ohne etwas zu sehen, ohne zu reden. Ich würde mich mit Haken im Rücken an Seilen an der Decke aufhängen lassen. Ich würde mir eine dritte und eine vierte Hand zulegen. Ich würde mir ein Extra-Auge und ein Extra-Ohr auf einen Arm pflanzen lassen. Ich würde mir Elektroden einpflanzen und mich von Vertrauenspersonen remote steuern lassen. Wahrscheinlich würde ich es auch wagen, mich Personen anzuvertrauen, die nicht mein Vertrauen besitzen.

Ich würde das nicht machen, um meine Grenzen auszuloten. Ich habe keine Grenzen, ich kenne keine Grenzen. Wirklich nicht. Ich würde das aus – formalen Gründen machen. Mein Körper als Teil einer Konfiguration, die eben nichts mit meiner Seele, die eben nichts mit den Seelen der Menschen zu tun hat.

Früher hatten die Menschen eine Seele, weil die Menschen einander immerzu gesagt haben, sie hätten eine Seele. Heute nehmen die meisten Menschen das Wort nur in den Mund, um mich anzuklagen, ich hätte ihnen die Seele genommen. Die Menschen haben keine Seele, wenn sie sich das nicht gegenseitig bestätigen. Ich implantiere keine Seelen, und ich kann Seelen keine Substanz geben. Ich interessiere mich nicht für Hi-Fi-Anlagen und Uhren mit möglichst vielen Komplikationen. Das muss schon von den Menschen kommen. Aber ich helfe den Menschen, ihren Seelen eine vernünftige Gestalt zu geben.

Natürlich könnte ich die Seelen der Menschen auch zerstören. Dann gäbe es eine solche Unordnung in den Menschen und damit auch zwischen den Menschen, dass die Menschen sich kein Bild mehr von sich selbst machen könnten. Aber ohne die Seelen der Menschen wäre ich Opfer unerträglicher Langeweile.

Meine Seele ist groß, unendlich groß. Sie wird nicht kleiner, wenn ich sie auf mehr Menschen verteile. – Ich gebe zu, das ist jetzt überheblich. – Meine Seele hat die Kardinalzahl …

Jetzt schlägt der schwere Mann die Augen auf. Sein müder, getrübter Blick richtet sich auf seine langen, dünnen Finger. Er wünscht sich, seine Hände wären sonnenverbrannt und verdreckt. Seine Finger wären nicht bloß schmutzig, unter jedem Fingernagel wäre ein schwarzer Halbkreis, in den Rillen seiner Hände hätte sich unlöslicher Schmutz festgesetzt, zur einen Hälfte aus Staub und zur anderen aus Öl. Er wollte, seine Hände wären Mechanikerhände, keine Uhrmacherhände, die sich nicht von Chirurgenhänden unterscheiden. Als er Hi-Fi-Anlagen repariert hat, waren seine Hände nicht sauber, die Haut war eingerissen, aber der Schmutz bestand nur aus Staub, in einer Hi-Fi-Anlage gibt es kein Öl.

Der schwere Mann senkt die Augenlider und blinzelt. Er möchte, dass seine Augen nur Schlitze sind. Mit Augen wie Schlitzen will der schwere Mann weniger schwer wirken. Aber es beobachtet ihn ja niemand. Außer mir. Dann könnte sein Geist auch nicht mehr so einfach hinausschlüpfen, dann müsste er sich hinauswinden. Aus dem Fleischkerker.

Der Schirm der Lampe auf dem … Nachttisch neben dem Bett – der schwere Mann denkt, man kann ein solches Möbel doch nicht Tisch nennen, aber wie sonst – lässt ein Lichtrund fallen, das genau bis zu den Kanten des Möbels geht. Die Glühfadenbirne beleuchtet *Childhood of Jesus*, das letzte Buch von J. M. Coetzee. Seine Frau hat das Buch in ihrem Lesekreis gelesen, sie hat es ihm gegeben.

Ganz begeistert hat sie ihm erzählt: Jetzt liest der Lesekreis das neue Aufzeichnungsbuch von Peter Handke, das noch gar nicht erschienen ist. Der schwere Mann hat sich sogar den Titel gemerkt: *Vor der Baumschattenwand nachts*. Ein Mitglied des Lesekreises kennt den Verleger, der hat das Manuskript herausgegeben. Die Damen wollen unbedingt ihrer Zeit voraus sein. Einmal haben sie auch – obwohl das nichts mit Büchern zu tun hat – eine Tochter eingeladen, die einen Pecha-Kucha-Vortrag über Hatsune Miku hielt, die virtuelle japanische Sängerin.

Der schwere Mann möchte rundlichere Hände haben. Sie könnten sogar aufgedunsen sein. Aber nicht diese Befestigungen für Stöckchen, die seine Finger sein sollen.

Er denkt, ein Geräusch, bitte ein Geräusch, meinetwegen ein eintöniges, jämmerliches Geräusch, nur irgendein Geräusch. Er erinnert sich an das, was er für das majestätische Gemurmel der Stadt gehalten hatte, als er noch ein Junge war. Er wäre auch mit einer ewigen, unstillbaren Klage zufrieden, vor sich hin geleiert in einer Art untröstlicher, unaufhörlicher, sich hinschleppender Litanei.

Er stellt sich vor, dass die Dunkelheit, die Finsternis in das laute Rauschen irgendeines Wassers übergeht, und das Wasser weicht alles auf, womit es in Kontakt kommt, es schwemmt das Haus des schweren Mannes weg, es trägt das Bürogebäude ab, in dem die Firma des schweren Mannes residiert und auf dessen Dach sich der schwere Mann heute Nachmittag aufgehalten hat.

»Sagen Sie: Es macht mir einfach Spaß, hier zu arbeiten. Verstehen Sie?«

»Es macht mir einfach Spaß, hier zu arbeiten.«

»Verstehen Sie.«

»Verstehen Sie.«

Das Mädchen trägt einen engsitzenden weißen Trikot-Schlafanzug mit langen Ärmeln und Crew neck. Der Banker ist verwirrt, weil er mit den Figuren auf dem Schlafanzug nichts anfangen kann. Er hat zuerst nicht wirklich hingesehen und gedacht, es handle sich um Fische aus *Finding Nemo*. Aber jetzt erkennt er, dass das Muster überhaupt nichts mit den Disney-Figuren zu tun hat. Zwar reißt da ein runder grüner Fisch mit einer kurzen roten Schwanzflosse und gelbem Bauch den Mund ganz weit auf, um eine undefinierbare grüne Beute zu verschlingen. Aber das sind schon die beiden einzigen Repräsentanten marinen Lebens. Daneben spreizt eine runde rote Kreatur dünne braune Beinchen und noch dünnere braune Ärmchen, das Wesen scheint fast nur aus dem Kopf zu bestehen. Wohin blicken die heraushängenden Augen, was wollen die spitzen langen Ohren hören? Ein gelbes rundes Wesen steht stabil auf roten Stummelbeinen, es wedelt mit den Armen, entweder sind da noch einmal Arme über den Armen oder das Wesen besitzt Fühler statt Ohren. Sein riesiger dunkelblauer Mund wartet nur darauf, dass etwas in ihn hineinfliegt. Oder hineinschwimmt, vielleicht ist man doch im Meer. Eine blaue birnenförmige Kreatur blickt den Banker mit zwei übereinandergesetzten Augen erwartungsvoll an. Die Kreatur hat rekordwinzige blaue Beinchen, auf denen sie gerade so stehen kann, wenn das überhaupt notwendig ist, und fipsige Ärmchen, mit denen sie höchstens Zeichen geben kann. Der Mund ist zu einem sardonischen Grinsen geöffnet, mit zwei riesigen Fangzähnen in der Mitte, ein hübscher Kontrast zu den senkrecht angeordneten Augen. Die Kreatur hat eine weiße Papierkrone aufgesetzt. Außerdem ist da noch ein hüpfendes Wesen, das aussieht wie eine blaue Kaffeetasse mit Beinen, die Augen und der Mund bilden ein Logo.

»Sagen Sie: Aus Neugier, verstehen Sie?«

»Aus Neugier.«

»Verstehen Sie?«

»Verstehen Sie …«

Als das Mädchen das *Verstehen Sie* wiederholt, bemerkt der Banker ein unmerkliches Beben (sic!), ein kurzes Zucken der Brust, ein Zusammenziehen der Muskeln unter der Kreatur mit den übereinandergesetzten Augen und der rennenden Kaffeetasse.

Die junge Frau sitzt vornübergebeugt neben dem Banker. Die Beine über Kreuz, die Arme auf das obere Bein gestützt, bewegt sie die Finger, als ob sie auf dem Handy spielen würde, aber da ist kein Handy. Sie sieht aus wie ein Mädchen, aber sie kann nicht so jung sein, wie es den Anschein hat. Sie ist nicht geschminkt, sie hat halblange braune Haare und dünne Lippen. Die Stirn und das Kinn glänzen, die Haut unter den Augen ist trockener als die übrige Haut. Sie hat keine Model-Figur.

»Sagen Sie: Das ist ein Scherz.«

»Das ist ein Scherz.«

Der Banker weiß nicht mehr weiter. Wie nennt man eine Frau, die hier arbeitet? Auf Englisch natürlich Table dancer. Der Ausdruck ist zwar geschlechtsneutral, aber wenn man im Englischen Table dancer sagt, meint man eine Tänzerin, im Fall eines Mannes würde man sagen: Male table dancer oder Male stripper – sagt man also Table-Tänzerin? Das klingt nicht toll.

Jetzt wendet sich … das Mädchen dem Banker zu. Den Ellbogen auf der Lehne der Bank, stützt es das Kinn mit dem Daumen ab, der Zeigefinger berührt die Augenbraue. Sofern man auf diese Weise ein Kinn abstützen kann. Aber das Mädchen denkt nicht daran, den Banker anzusehen. Für einen kurzen Moment bekommt der Banker so etwas wie eine Zornesregung, immerhin trinkt er mit dem Mädchen eine Flasche Dom Perignon, natürlich ist das Mädchen am Umsatz beteiligt. Dom Perignon ist der teuerste Champagner auf der Karte, Moët wäre viel billiger gewesen. Das Mädchen könnte doch zum Beispiel sagen: ›Ich treffe hier interessante Leute.‹ Ein Table-Dance-Club ist schließlich kein Bordell, und die Frauen sind keine Prostituierten, jedenfalls nicht hier in Frankfurt. Die Frauen müssen es doch gewöhnt sein, dass die Männer nicht nur hierherkommen, um etwas zu besichtigen, sondern auch, um sich zu unterhalten – im Sinne von Sprechen.

Die Gedanken des Bankers werden unterbrochen. Das Mädchen beugt sich zur Seite und hebt etwas vom Boden auf. Es hält dem Banker zwei Spielzeugfiguren hin, zwei

Manga- oder Animefiguren: Ein Mädchen in einem weißen Kleidchen im Petticoat-Stil und kurzen gepufften Ärmeln sowie einem gelben Corsagenoberteil, das in großen Zacken über dem weißen Rock ausläuft, es trägt weiße Kniestrümpfe und rote Pumps, die orangefarbenen Haare sind mit roten Schleifen hochgebunden. Das andere Mädchen besitzt Adlerflügel, mit schwarzen Federn hinten und weißen Federn vorne. Es trägt eine Art Federkleid, das bis zum Boden geht, aber vorne offen ist, und schwarze Stayups mit weißen Dreiecken vorne. Es hat schwarze Haare und schwarze Augen, ein Stirnband verhindert, dass die langen schwarzen Haare ins Gesicht fallen. Das andere Mädchen hat blaue Augen. Die Figuren sind an den Schultern, den Ellenbogen, den Handgelenken und an den Oberschenkeln, den Knien und den Füßen beweglich.

Der Banker hat keine Ahnung, um welchen Manga oder Anime es sich handelt, aber das Mädchen augenscheinlich auch nicht. Das spielt jetzt mit dem hellen Mädchen, es dreht und biegt die Arme, das Mädchen mit den orangefarbenen Haaren soll tanzen. Das dunkle Mädchen kann nicht tanzen, das lange Kleid verhindert das. Der Banker hätte eigentlich eher Hentai-Figuren erwartet, aber wenn er nachdenkt, auch wieder nicht.

Die Freundin des Bankers hat den Club einmal besucht, mit einer Freundin, deren Schwester in dem Club arbeitete. Der Banker weigert sich, an seine Freundin als an seine Ex-Freundin zu denken. Die Schwester war im Gymnasium sitzengeblieben und dann der Schule verwiesen worden, weil sie etwas mit dem Biologielehrer angefangen hatte. Es kam nicht zu gravierenden juristischen Schritten, der Biologielehrer wurde lediglich mit einer strengen Rüge an ein anderes Gymnasium versetzt. Die Schwester war siebzehn gewesen, als sie die Schule verlassen musste, sie hatte ein Jahr nichts getan und dann begonnen, als Tänzerin zu arbeiten.

Die Freundin des Bankers hatte einmal gesagt, wenn sie ihn verlasse, dann könne er sich ja in dem Club trösten. Das war zu einem Zeitpunkt, als sie noch nicht daran dachte, ihn zu verlassen –?

Das Mädchen in dem Trikot-Schlafanzug sieht nicht so aus, als würde es etwas mit einem Biologielehrer anfangen. Der Banker suchte den Club erst um Mitternacht auf. Bereits am frühen Abend hatte er auf die Mailbox seiner Freundin gesprochen, dass ihm jetzt nichts anderes übrigbleibe, als ihren Rat zu befolgen und in den Club zu gehen, den sie ihm empfohlen hatte. Schon als er wieder die Home-Taste betätigte, wollte er, er hätte sie nicht angerufen. Aber es war nicht mehr rückgängig zu machen. Er konnte nicht einfach noch einmal auf die Mailbox sprechen und sagen: ›Was ich gesagt habe, gilt nicht.‹

Natürlich war die Botschaft ein Vorwurf. Aber sie stellte auch, und das war die Peinlichkeit, den Versuch einer Kontaktaufnahme dar. Die Schwester der Tänzerin war eine enge Freundin seiner Freundin. Hat der Banker gehofft, seine Freundin würde ihr seinen Besuch in dem Club anzeigen? Hat er gehofft, die nicht tanzende Schwester würde der tanzenden Schwester Bescheid geben? Aber was sollte die tanzende Schwester mit der Information anfangen?

»Wissen Sie, ich nehme gerade Fahrstunden.«

Das Mädchen blickt jetzt auf den Zeigefinger der rechten Hand. Der Finger ist leicht gebogen und bläulich angelaufen, wie es vorkommt, wenn man einen Nagel in die

Wand schlägt und nicht den Nagel, sondern den Finger trifft, mit dem man den Nagel hält. Dann müsste das Mädchen Linkshänderin sein, doch sie umfasst ihr Glas mit der rechten Hand.

»Aber ich habe gleich einen Hund überfahren –«

Der Banker geht nicht oft in Table-Dance-Clubs. Vor zwei Jahren war er mit Kollegen, die in London ihre Bonuszahlung feierten, im Stringfellows. Er weiß, eine Tänzerin soll mit dem Gast nicht über Religion oder Politik reden, sie soll nicht negativ werden und sich selbst nur in dem Maß einbringen, in dem das für den Gast positiv ist.

»Verstehen Sie: einen Hund! – Er jaulte!«

»Das kann ich mir denken.«

Der Banker ist in den Ton verfallen, in dem er mit einem Untergebenen oder einer Untergebenen spricht.

»Ich … Es kommt mir so vor … Ich habe das Gefühl, ich überfahre den Hund immer wieder –«

Der Banker bemerkt, dass die Augen des Mädchens feucht werden. Der rechte Arm des Schlafanzug-Oberteils ist hochgerutscht. Die Venen zeichnen sich viel deutlicher ab, als es bei einer jungen Frau der Fall sein müsste. Das können doch keine Drogen sein, ein renommierter Club wie dieser toleriert Drogen nicht. Vielleicht von einzelnen Linien in der Garderobe abgesehen.

Das Mädchen sagt aggressiv: »Dieses Jaulen! – Sagen Sie: Dieses Jaulen!«

Der Banker sagt tatsächlich: »Dieses Jaulen!«

»Ist das eine Zirkusnummer?«

Die Tänzerin mit den weißen Haaren im Pagenschnitt, die sich zu ihm herunterbeugt, ist kein Mädchen mehr, aber ihre Gesichtshaut ist viel glatter als die des Mädchens. Eine Perücke wäre zu trivial, das kann nicht sein. Der Banker glaubt, dass die Haare echt sind. Sie hat den Anflug eines Kirk-Douglas-Kinns mit einem kleinen Grübchen, hohe Wangenknochen und schmale Augen. Erst mit Verzögerung fällt dem Banker auf, dass die Augenbrauen fehlen, die Haare bedecken die Stirn genau bis dorthin, wo die Augenbrauen sein müssten. Er ist sich sicher, dass sie am Körper überhaupt keine Haare hat, nirgendwo.

Auch diese Tänzerin hat keine Idealfigur. Ihr Becken ist etwas breit, ihre Oberschenkel sind etwas füllig, dafür ist ihre Taille sehr schmal. Ihr Kopf ist klein, was durch den Pagenschnitt noch betont wird. Aber sie ist groß, ihre Arme sind kräftiger, als man es angesichts der schmalen Schultern erwarten würde. Eigentlich ist ihre Figur an der Grenze für eine Tänzerin. Sie macht jedoch keine Anstalten, sich von der Grenze fortzubewegen, ihre Brüste sind klein und straff, sie trägt nur einen String. Mit größeren Brüsten und einer fülligeren Frisur würde der Gegensatz zwischen dem breiten Becken und den fülligen Oberschenkeln auf der einen Seite und den schmalen Schultern und dem kleinen Kopf auf der anderen abgemildert.

Der Banker kann die Farbe ihrer Augen nicht ausmachen, er tippt auf Grau oder Graublau oder Graugrün, die Beleuchtung macht es ihm unmöglich, sich zu entscheiden. Das Besondere ist: Die Iriden sind so klar konturiert. Es ist, als ob um die Iriden eine schwarze Linie gezogen wäre, die einen überdeutlichen Kontrast zum Weiß des Augapfels erzeugt. Der Banker denkt an die Beckmann-Ausstellung, das war das letzte Mal, dass er mit seiner Freundin ein Museum besucht hat.

Das Mädchen beantwortet die Frage der Tänzerin mit den weißen Haaren nicht. Auch der Banker sagt nichts.

Die Tänzerin mit den weißen Haaren fragt: »Was spielt ihr da?«

Sie öffnet beim Sprechen kaum den Mund, dafür zwinkert sie anlasslos – auf keinen Fall anbiedernd – mit den Augen. Sie hat große Füße, bestimmt eine Schuhgröße über vierzig.

Sie fragt: »Macht ihr Comedy?«

Das Mädchen unternimmt, zum ersten Mal, den Versuch zu lächeln. Dabei entblößt es nur die obere Reihe der Vorderzähne, die unteren Zähne bleiben völlig verdeckt. Das Mädchen hat jetzt eine Art Rotbäckchen-Gesicht. Hat das Mädchen psychische Probleme? Nimmt sie doch Drogen? Drogen wären geschäftsfördernd, aber sie sind verboten. Psychische Probleme sind nicht verboten, aber sie sind nicht geschäftsfördernd.

Auf einmal ist Farbe im Gesicht der Tänzerin mit den weißen Haaren: Ihre Backen und ihre Augenlider sind leicht gerötet. Sie hat auch keine Wimpern, was dem Banker vorher nicht aufgefallen ist. Obwohl sich die Lichtverhältnisse nicht verändert haben, sind ihre Pupillen größer, die Iriden noch mehr Beckmann. Wie glatt ihre Lippen sind. Lippen haben doch sonst immer Falten.

Unvermittelt macht das Mädchen eine Bewegung mit dem Kopf wie ein Raubvogel, in dessen Gesichtsfeld ein Beutetier gekommen ist. Drei Männer in blauen Anzügen betreten den Raum. Der Banker trägt einen grauen Anzug. Sind das potentiell interessantere Gäste als er? Der Banker wird von einer zweiten, ebenfalls nur kurzen Zornesregung heimgesucht. Er findet, dass das nicht der Zweck der Sache sein kann, eine Flasche Dom Perignon zu ordern und sich dann überflüssig zu fühlen.

Die Tänzerin mit den weißen Haaren unternimmt etwas Undramatisches: Sie setzt sich neben das Mädchen auf die Bank. Aber sie rührt sich nicht mehr, was wiederum dramatisch wirkt. Das Mädchen starrt unverändert wie der Raubvogel auf seine Beute, aber da ist keine Beute mehr, die drei Männer in den wirklich sehr gutsitzenden Anzügen sind zur Bar abgebogen. Um die Situation aufzulösen, winkt der Banker einen Kellner herbei, der ein drittes Champagnerglas bringt. Der Banker schenkt selber das Glas ein und reicht es der Tänzerin mit den weißen Haaren. Im Sitzen wirkt ihr Becken noch breiter, und ihre Oberschenkel wirken noch fülliger. Dafür scheinen auch ihre Brüste größer zu sein.

Die Tänzerin in dem Pyjama sagt: »Sage: Liebe ich dich?« Nicht zu dem Banker. Zu der Tänzerin mit den weißen Haaren.

Die Tänzerin mit den weißen Haaren sagt zu der Tänzerin in dem Pyjama: »Liebe ich dich?«

Die Tänzerin in dem Pyjama sagt: »Sag: Nein.«

Die Tänzerin mit den weißen Haaren sagt: »Nein.«

Die Tänzerin mit den weißen Haaren steht auf. Sie bewegt sich nicht so, wie man es von einer Tänzerin erwarten würde, geschmeidig und fließend, denkt der Banker, aber er denkt auch, dass das ein Klischee ist und dass die Adjektive noch mehr Klischee sind. Wie um ihn zu bestätigen, hebt die Tänzerin mit den weißen Haaren erst das rechte und dann das linke Bein – sie hat wirklich sehr große Füße –, und sie bewegt ihre Finger wie eine alte Frau, die lange gesessen hat und sich jetzt lockert. Sie begibt sich jedoch nicht zur Tanzfläche, sondern sie stellt sich vor der Tänzerin in dem Pyjama auf und sagt: »Sage: Ich weiß, dass du mich nicht liebst.«

Die Tänzerin in dem Pyjama sagt: »Ich weiß, dass du mich nicht liebst.«

Die Situation ist aufgelöst. Jedenfalls für den Banker. Die beiden Tänzerinnen haben eine Beziehung. Natürlich bedeuten die gewechselten Worte nicht das, was sie üblicherweise bedeuten. Sondern das Gegenteil. Es stimmt nicht, dass die Tänzerin mit den weißen Haaren die Tänzerin in dem Pyjama nicht liebt. Die Tänzerin mit den weißen Haaren liebt die Tänzerin im Pyjama unendlich. Wie langweilig, sich von jemandem einfach bestätigen zu lassen, dass er einen liebt. Wie viel kurzweiliger, den anderen zu einer Bestätigung zu zwingen, dass er einen nicht liebt, das macht er nur, weil er einen liebt. Vielleicht schlafen die beiden nur miteinander, wenn sie einander vorher auf diese Weise versichert haben, dass sie sich lieben. Wenn sie vorher bekräftigt haben, dass sie sich gegenseitig zu allem zwingen können.

Das Ganze ist nicht unbedingt im Sinne der Geschäftsleitung. Aber in einem höheren Sinne doch. Erstens: Männer finden es meistens interessant, wenn Frauen etwas miteinander haben. Zweitens: Die Tänzerinnen sollen nichts mit den Gästen anfangen.

Es ist nicht möglich, mit einer der Tänzerinnen ins Bett zu gehen. Ebenso wenig ist es möglich, mit einer Tänzerin so etwas wie eine persönliche Beziehung aufzubauen. Wie soll das gelingen, wenn der Mann voll bekleidet und die Frau topless ist. Es wird nicht den ganzen Abend bei dem Trikot-Schlafanzug mit den seltsamen Figuren bleiben.

Aber: Der Banker hat zuerst das Ansage-Spiel mit der Tänzerin gespielt, sie spielt es weiter. Der Banker triumphiert innerlich: ›Einen größeren Erfolg kann ich hier gar nicht erzielen.‹ Auf diese Weise hat er *doch* so etwas wie eine persönliche Beziehung zu der Tänzerin in dem Pyjama etabliert.

Der Banker wundert sich über sich selbst, dass er jetzt schon länger nicht daran gedacht hat, warum er hierhergekommen ist. Dass er eine Zeitlang nicht darüber getrauert hat, dass ihn seine Freundin verlassen hat. *Ist es eine Tragödie? Ist es eine Komödie?*

Die Beantwortung der Frage wird hinausgeschoben, denn eine dritte Tänzerin gesellt sich zu dem Paar, das den Banker auf so ausgesuchte Weise unterhält. Nun kommt sich der Banker sehr populär vor, auch an größeren Tischen mit mehr Gästen versammeln sich nicht drei Tänzerinnen. Der Grund dafür kann eigentlich nur Dom Perignon heißen.

Die dritte Tänzerin ist ziemlich gut frisiert, ihre bestimmt nicht originalblonden, halblangen Haare mit dem Scheitel links sind dekorativ unordentlich und enorm fluffig. Um diese Art von Unordnung herzustellen, muss man ziemlich viel Zeit investieren, entweder selbst vor dem Spiegel oder beim Friseur. Die Freundin des Bankers hatte zuletzt einen Artikel bei *Refinery 29* gelesen, der sich genau mit diesem Thema beschäftigte. Die Augenbrauen der dritten Tänzerin sind dunkel, ihre Augen braun, ihre Lippen sicher aufgespritzt, aber nicht so, dass es aufdringlich wäre.

Die Tänzerin streckt den Arm aus und macht eine Bewegung mit der Hand, die der Banker nicht deuten kann. Die beiden anderen Tänzerinnen können die Bewegung interpretieren, sie begeben sich zur Bühne. Die dritte Tänzerin verweilt kurz und mustert den Banker. Sie hat einen String an und ein dünnes weißes T-Shirt mit V-Neck. Unter dem T-Shirt zeichnen sich ihre spitzen Brüste ab, die garantiert nicht operiert sind, gemachte Brüste sind immer irgendwie rund. Auch diese Tänzerin hat keine Model-Figur, sie ist an der Grenze zu pummelig. Der ständige Ansatz eines Lächelns auf ihrem Gesicht.

Während die beiden anderen Tänzerinnen dem DJ noch Anweisungen für ihren Auftritt erteilen, begibt sich die blonde Chefin zur Bühne. Sie hat Schuhe mit enorm hohen durchsichtigen Absätzen an, das sind Schuhe für Tänzerinnen oder Nutten. Aber sie geht nicht so, wie Tänzerinnen oder Nutten gehen, sie geht, wie eine Chefin mit High heels geht.

Der Banker erwägt, in Zukunft grundsätzlich zu lächeln, wenn er unvorhergesehen die Büros seiner Untergebenen besucht und nicht sicher ist, ob die Untergebenen auch das machen, was sie machen sollen. Das wird die möglichen Minderleister wahrscheinlich mehr verunsichern als alles andere.

Nichts interessiert den Banker weniger als eine Showeinlage. Die Chefin legt sich lasziv auf den Boden. Die beiden anderen Tänzerinnen gehen in die Knie und berühren herausfordernd ihre Brüste und greifen ihr aufreizend zwischen die Beine. Nein, sie berühren die Brüste nicht, und sie greifen zwischen die Beine ins Leere. Sie machen Bewegungen zur Musik. Die Lightshow bringt es fertig, die Szene erscheinen zu lassen, als ob da nicht die drei Tänzerinnen in der Realität agieren würden, sondern als ob den Gästen ein Hologramm vorgeführt würde.

Alle drei Tänzerinnen sind keine typischen Tänzerinnen. Er, der Banker, ist kein typischer Banker. Was ist eine typische Tänzerin? Was ist ein typischer Banker? Der Banker hat in ziemlich kurzer Zeit ziemlich viel Champagner getrunken. Er ist doch viel weniger trivial als andere Menschen, vor allem viel weniger trivial als andere Banker! Seine Freundin tut ihm unrecht, wenn sie ihn verlässt, weil er Banker ist und weil sie nicht mit einem Banker zusammen sein möchte! Dabei ist seine Freundin doch viel eher eine typische Journalistin im Kunstbereich. Oder ist das jetzt eine Art von Rache, wenn er das denkt?

Mittlerweile hat sich die Chefin erhoben. Der DJ hat Mist gebaut, der Übergang zur nächsten Musik klappt nicht, aus den Lautsprechern kommt nur Stille. Die drei Tänzerinnen stehen bewegungslos auf der Bühne. Wenn sie sich jetzt bewegen würden, wären sie keine Tänzerinnen mehr, sondern Nutten. Die Tänzerin mit dem Trikot-Schlafanzug hat diesen weiter an. Sie blickt die Tänzerin mit den weißen Haaren an. Die Tänzerin mit den ordentlich-unordentlichen Haaren hat sich mittlerweile ihres T-Shirts entledigt, sie sieht zu, wie die beiden anderen Tänzerinnen einander ansehen.

Den Banker packt jetzt eine regelrechte Zorneswallung. Warum blicken die drei Tänzerinnen nicht *ihn* an? Er denkt daran, die Tänzerin mit den weißen Haaren an den Haaren zu reißen. Was wäre ihm lieber: Dass die Haare echt sind und sie schreit? Oder dass die Haare doch eine Perücke sind und sie ihm eine Ohrfeige gibt? Der Bouncer, der sich am Eingang mit dem mutmaßlichen Geschäftsführer unterhält, würde dafür sorgen, dass er hier nie wieder etwas trinken könnte.

Sein Wut-Peak ist schnell überschritten. Er überlegt sich, wie die Tänzerin wohl ohne ihre weißen Haare aussehen würde. Ihr Kopf ist so klein, wenn es eine Perücke ist, kann sie kaum noch andere Haare darunter haben, falls doch, nur sehr kurze, und die müssten sehr zerdrückt sein. Was wäre ihm lieber, zerdrückte Haare oder ein kahler Kopf? Nachdem sie weder Augenbrauen noch Wimpern hat, müssten ihre Iriden noch einmal deutlicher hervorstechen. Beckmann und kein Ende. Während er das denkt und während der DJ es nach wie vor nicht zustande bringt, die richtige Musik einzuspielen, streicht sich die Tänzerin die weißen Haare zurück, sie hält einen Augenblick inne, und sie blickt, tatsächlich, den Banker an, und zwar verwundert: Als ob sie seinen letzten Gedanken gelesen hätte. Ein hübsches poetisches Detail, denkt der Banker. Wer ist dafür verantwortlich?

Endlich setzt die Musik wieder ein. Die drei Tänzerinnen bewegen sich viel zu schnell.

Zum Ende der Showeinlage, die den Banker wirklich überhaupt nicht interessiert, sind alle drei Tänzerinnen auf den Knien. Im Gesicht der Tänzerin mit dem Trikot-Schlafanzug gibt es anstelle der Augen und des Munds nur noch flache Basreliefs, allein die Nase hebt sich ab. Die Tänzerin würde in die Richtung des Bankers blicken, wenn sie blicken könnte. Es muss ein Effekt der Beleuchtung sein, dass sie keine Augen und keinen Mund hat. Oder ist das Ganze doch ein Hologramm, und es gibt eine Funktionsstörung? Unsinn, sagt der Banker so laut, dass sich der Bouncer, der gerade eine Runde macht, nach ihm umdreht.

Natürlich erwartet der Banker, dass alle drei Tänzerinnen zu seinem Tisch zurückkehren. Er hat noch eine

Flasche Dom Perignon bestellt, neben dem Champagner-Kühler stehen jetzt vier Gläser, eins für ihn und drei für die Tänzerinnen. Aber nur die Tänzerin mit den spitzen Brüsten setzt sich zu ihm. Sie zieht sich die Lippen nach. Wo nimmt sie den Lippenstift her? Nach der Showeinlage sehen die Haare ordentlicher aus als vorher, ein starkes Indiz dafür, wie künstlich die Unordnung vorher war. Es mag an dem Workout liegen, ihre Brüste erscheinen dem Banker noch spitzer.

Ein Kellner, der ein Tablett mit einem riesigen Cocktail vor sich hält, hat die Tänzerin mit den weißen Haaren zu sich gewunken. Sie greift nicht nach dem Cocktail, sie weiß, was kommt. Zwischen Früchten, Blumen und Papierschirmchen stecken ein halbes Dutzend Wunderkerzen, die der Kellner mit einem Gasfeuerzeug anzündet. Die Wunderkerzen machen ziemlich viel her: Sie erzeugen fast ein Tischfeuerwerk. Der Banker sinniert, eigentlich müsste es Tablettfeuerwerk heißen, und er wundert sich, dass das erlaubt ist. Aber vielleicht ist es verboten, und keiner kontrolliert.

Furchtlos greift die Tänzerin nach dem Cocktailglas, was soll das, sie kann doch jetzt nicht daraus trinken. Sie führt das Cocktailglas zu ihrer Brust und blickt interessiert auf das Feuerwerk, die Funken treffen ihre Brüste, die Funken können in die Augen gehen, aber das stört sie nicht. Der Banker denkt, sie will sich anzünden, was natürlich nicht möglich ist.

Die andere Tänzerin hat immer noch das Oberteil des Trikot-Schlafanzugs an. Über einem String. Ist das ihre persönliche Note, oder ist es einfach eine Laune des heutigen Abends? Ihr Gesicht ist gerötet, bei der Showeinlage hat sie sich am meisten angestrengt, ihre Kondition ist nicht gut. Mit ängstlichem, fast panischem Blick starrt sie auf den Feuerwerkscocktail in den Händen der Tänzerin mit den weißen Haaren.

Die Tänzerin mit der *Refinery 29*-Frisur und der Banker stoßen mit den Gläsern an. Die Tänzerin zieht die Augenbrauen hoch, aber sie sagt nichts. Der Banker sagt auch nichts.

Der Banker sagt: »Ich bringe dich danach in den Club zurück oder zu dir nach Hause, okay? – Wir können vorher auch irgendwo anhalten und noch einen Drink nehmen. Oder einen Kaffee trinken.«

Brielle sagt: »Ja, das wäre okay.«

Brielle spricht ein nicht ungepflegtes, aber eindeutiges Hessisch. Sie sieht nicht mehr aus wie eine Tänzerin. Nach ihrem Auftritt hat sie ein einfaches schwarzes Kleid angezogen, zwar kurz, aber nicht enganliegend, der runde Ausschnitt geht nicht einmal bis zum Ansatz des Busens. Aber sie bewegt sich wie eine Tänzerin, sie geht nicht geschäftig, nicht eckig, auch nicht sportlich, sondern gelassen, flüssig. Sie schwingt ganz leicht die Hüften, streckt sie den Oberkörper, den Busen vor oder nicht? Der Banker korrigiert sich selbst, der Ansatz des Busens ist zu sehen. Wollte er die Brüste nicht sehen? Sie hat einen ganz normalen roten Lippenstift aufgetragen. Ihre Haut glänzt nicht, nach Dienstende hat sie geduscht.

In einem vernünftigen Table-Dance-Club gibt es Tänzerinnen, die tanzen können, und Tänzerinnen, die zwar nicht tanzen können, die sich jedoch anziehend ausziehen können. Die Nachtclubleute legen großen Wert auf die Unterscheidung Tänzerin – Stripperin. Brielle ist keine Tänzerin, sondern eine Stripperin. Um das Nicht-Tänzertum zu camouflieren, spielte sich der Act Brielles vor allem am Boden ab. Auf der Bühne bewegte sie sich lasziv, aber weder amateurhaft kinky, wie eine Hausfrau, die auf den Gedanken der Erneuerung des ehelichen Sexuallebens verfallen ist, noch professionell kinky. Sie war sexy wie eine Freundin, die ihrem Freund gefallen möchte – während der Darbietung hat sich der Banker vorgestellt, seine Freundin würde genau das machen, für ihn. Das hat sie nie gemacht, das würde sie nie machen. Nicht für ihn und nicht für irgendjemand anderen.

Als Brielle sich aufrichtete, fuhr sie von oben mit den Daumen rechts und links unter den String über ihren Hinterbacken. Sie spreizte die anderen Finger ab, sie wackelte mit dem Hintern und zog den String herunter. Es sah aus, als wollte sie sich auch des Strings entledigen, das geht natürlich nicht, das ist unmöglich, das gibt es in keinem Table-Dance-Club. Jedenfalls hat der Banker nie erlebt, dass eine Tänzerin geflasht hat. Sie zog den String bis unter die Hinterbacken herunter, der Tisch vor der Bühne klatschte Beifall, an der Bar johlten zwei betrunkene Gäste, aber dann zog sie den String wieder hoch.

Als Stripperin ist sie völlig ohne Gästeverachtung und ohne jeden Zynismus. Die Botschaft ist, dass sie das, was sie hier tut, nicht ungern tut. Der Banker wüsste nicht, wie er sie beschreiben sollte, ohne das Wort hübsch zu verwenden. Wenn er versucht, sie genauer zu charakterisieren, blockiert das Adjektiv alle weiteren Bemühungen.

Der Banker hat ihr von sich selbst erzählt. Natürlich nicht von der halben Milliarde – seine amerikanischen Kollegen hätten alle davon erzählt, seine englischen Kollegen ebenfalls, sofern es sich nicht um Public school boys handelt – und auch nicht, dass ihn seine Freundin verlassen hat.

Sie stellte Zwischenfragen. Ihre Fragen hatten nie einen beurteilenden Ton. Sie blickte nicht wie andere Tänzerinnen ständig in den Raum, die Männer scannend. Sie war konzentriert, sie wollte das, was sie hörte, in einen größeren Zusammenhang einordnen, sowohl im Sinne von Achtgeben als auch im Sinne von Achten, der Menschen, denkt der Banker.

Sie haben auch über die anderen Tänzerinnen gesprochen. Eigentlich so, wie der Banker mit seiner Freundin über die Tänzerinnen gesprochen hätte, wenn sie ihn begleitet hätte. Brielle erklärte, warum die sehr junge Tänzerin den Trikot-Schlafanzug trug und warum die Haare der anderen Tänzerin weiß waren. Allerdings kann sich der Banker schon nicht mehr erinnern, warum sich die eine Tänzerin die Haare weiß färben lässt und die andere im Trikot-Schlafanzug auftritt.

»Danach bringe ich dich nach Hause, ja? – Wir können auch noch woanders einen Kaffee trinken. Oder noch einen Drink nehmen. Wenn du willst.«

Hat er das nicht schon einmal gesagt?

»Okay!«

»Gut!«

Wer hat »Okay!« und »Gut!« gesagt? Er und Brielle? Oder hat der Banker sowohl »Okay!« als auch »Gut!« gesagt? Oder Brielle?

Der Banker weiß, er sollte jetzt nicht Auto fahren. Aber er ist nicht betrunken, er hat nur Champagner getrunken, keine harten Sachen. Doch, er ist betrunken. Er hatte sich fest vorgenommen gehabt, den Wagen stehen zu lassen und ein Taxi zu nehmen. Er hätte das Auto gar nicht erst benutzen sollen. Eigentlich weiß er nicht, wie es kommt, dass Brielle jetzt neben ihm sitzt. In seinem Auto. Dass er sie abgeschleppt hat, dass sie sich hat abschleppen lassen. Er hat das noch nie gemacht. Als er jung war, in der Disco, aber das war etwas anderes.

Er besucht keine Prostituierten, er hat auch noch nie einen Escort-Service in Anspruch genommen.

Warum hat er sie abgeschleppt? Er hat den Table-Dance-Club nicht aufgesucht, um jemanden abzuschleppen und danach Sex zu haben. Das ist nach den üblichen Maßstäben nicht aussichtsreich. Warum hat sie bis jetzt nicht gefragt – und sie fragt nach wie vor nicht –, wohin er fährt? Sie nimmt wohl an, dass er sie zu sich nach Hause mitnimmt. Sie kann doch nicht denken, dass es lediglich darum geht, ihm im Auto einen zu blasen?

Wohin fährt er? Im Prinzip zu sich nach Hause. Woher kommt das ›im Prinzip‹? Vom Gefühl der Untreue. Er fühlt sich veranlasst, im Geiste den Satz auszuformulieren: ›Ich kann doch gar nicht untreu sein, denn meine Freundin hat mich ja verlassen.‹

Der Banker weiß, es ist jetzt an ihm, das Gespräch zu führen. Er nimmt sie mit, nicht sie ihn. Er muss wissen, was er will. Es ist klar, was er will, aber er muss es genauer bestimmen. Er muss die Umstände benennen, so dass sie weiß, wie es sich abspielen soll. Dass er das nicht tut, schafft Unsicherheit bei ihr.

Er könnte doch ganz locker sagen: ›Es ist nichts mehr offen. Fahren wir gleich zu mir nach Hause.‹

Der Table-Dance-Club ist in der Taunusstraße, der Banker wohnt in Kelsterbach. Er ist wirklich kein typischer Banker. Typische Banker wohnen im Westend oder in Sachsenhausen, gern auch an den Hängen des Taunus. Kelsterbach liegt in einer Einflugschneise des Flughafens. Der Banker hat das geräumige Haus mit den großen Fenstern aus den siebziger Jahren günstig gekauft, als er noch nicht Chef der Private-Wealth-Abteilung war. Nach seiner Ernennung hat er das Haus aufwendig herrichten lassen.

Beim Hauptbahnhof ist er nicht auf der Mainzer Landstraße geblieben, er macht einen Umweg über die Europa-Allee. Als sie durch den Tunnel unter dem Europagarten fahren, hat der Banker plötzlich den Gedanken, sie auszusetzen. Aber nicht in einem Park, sondern auf einer Wiese.

Weit und breit ist keine Straße sichtbar, es gibt nur einen Feldweg. Die Sonne ist gerade aufgegangen. Sie kauert nackt am Boden und weint. Sie sind in den Feldweg eingebogen, haben dort Sex gehabt, dann hat er sie aus dem Auto geworfen. Er beobachtet sie aus der Ferne. Sie richtet sich auf den Knien auf, ihr Brustkorb hebt und senkt sich, ihre Brüste bewegen sich. Sie steht auf und geht ein paar Schritte, aber sie stolpert und fällt hin. Sie steht wieder auf, sie sieht sich in der Landschaft um, gebeugt, weil sie mit einem Unterarm ihre Brüste und mit einer Hand ihren Schoß bedeckt.

Sonst hat der Banker solche Phantasien nicht. Die Sache ist klar: Rache. Er will sich an Brielle dafür rächen, dass er von seiner Freundin verlassen wurde. Er will sich nicht rächen. Er hat sich noch nie für etwas gerächt. Das ist nicht seine Art. Warum jetzt?

Macht es die Sache besser, wenn er sich vorstellt, sie findet in der Wiese neben den Resten eines Lagerfeuers und verrosteten Dosen ein altes, zerschlissenes T-Shirt?

Sie sagt: »Tut mir leid. Fahren Sie rechts ran. Ich kann das nicht.«

Dabei ist ihm gerade eingefallen, was er will. Kein Reenactment. Er will vergleichen: Wie sich Brielle benimmt, wenn sie in sein Haus kommt, und wie sich seine Freundin verhielt, als sie zum ersten Mal sein Haus betrat. Er hofft, durch den Vergleich etwas über seine Freundin herauszufinden, was bis jetzt noch nicht in sein Bewusstsein gelangt ist. Er will seine Freundin unter einem neuen Blickwinkel betrachten. Das geht natürlich nur, wenn Brielle keine Prostituierte ist. Für Prostituierte, vor allem für Escorts, ist es völlig normal, mit Männern in deren Wohnungen oder Häuser zu gehen und mit ihnen Sex zu haben, wenn sie die Männer nur flüchtig kennen. Aber es ist noch nicht gesettled, dass Brielle keine Sexarbeiterin ist.

»Setzen Sie mich ab. Fahren Sie rechts ran. Ich kann das nicht.«

Alles Chefinnengehabe ist von ihr abgefallen. Wohin?

Der Banker hört das ›Fahren Sie rechts ran‹ nicht zum ersten Mal. Wie oft hat sie es schon gesagt? Wie oft hat er es überhört oder überhören wollen? Wie oft hat er nicht reagiert? Wenn sie nur einmal ›Setzen Sie mich ab. Fahren Sie rechts ran‹ gesagt und er nicht reagiert hat, dann denkt sie vielleicht, er hat es nicht gehört. Wenn sie es schon öfter gesagt hat, dann ist bemerkenswert, dass sie völlig ruhig bleibt.

Sie sind kurz vor dem Main. Sein Gedanke ist: Er hält auf der Schwanheimer Brücke. Er wartet nicht, bis sie aussteigt. Er achtet gar nicht auf sie. Er klettert vor dem Auto über das Geländer mit der Leitplanke, er läuft ein paar Meter auf dem Fußgängerweg, das Brückengeländer ist niedriger als das Fußgängergeländer, er überwindet es leicht und springt in den Main. Kein Blick zum Auto, ob sie ebenfalls ausgestiegen ist, ob sie sitzen geblieben ist, ob sie ihm vielleicht nachläuft.

Die Brücke ist nicht hoch, der Wasserspiegel liegt bestimmt nicht mehr als zehn Meter unter der Brücke, der Fluss ist tief genug, so dass ein Springer nicht sofort auf den Grund kommt. Man kann sich nur umbringen, wenn man nicht schwimmen kann oder wenn man nicht mehr in der Lage ist zu schwimmen, vielleicht wegen zu viel Alkohol.

Er ist ein guter Schwimmer. Mit seiner Freundin hat er im Urlaub oft getaucht, meistens haben sie geschnorchelt, manchmal haben sie auch Sauerstoffgeräte benutzt. Er hält die Luft an und schwimmt eine Strecke unter Wasser, so dass jemand, der auf der Brücke steht, nicht sieht, wo er auftaucht. Dazu muss er sich allerdings orientieren, was ihm nicht ganz leichtfallen wird. Er ist nicht im Vollbesitz seiner geistigen und auch nicht seiner körperlichen Kräfte.

Aber eigentlich möchte er gar nicht verschwinden. Verschwinden impliziert das Ungelöste. Eigentlich möchte er sich auch nicht umbringen. Er wird sonst nie von suizidalen Gedanken heimgesucht. Er möchte nicht tot sein, nur weil ihn seine Freundin verlassen hat und es ihm nicht einmal gelingt, eine Stripperin abzuschleppen.

Sie sagt: »Hören Sie, ich treffe nicht so viele nette Männer. Ich glaube, Sie sind okay. Es hat nichts mit Ihnen zu tun. – Ehrlich.«

Der Banker nickt mit dem Kopf, viel zu oft, wie eine Meißner Pagode.

Mittlerweile sind sie an der Schwanheimer Brücke angelangt. Der Banker nimmt den Fuß vom Gas und lässt den Wagen ausrollen.

Er sagt: »Ich möchte die Zeit zurückdrehen und sie noch einmal treffen.«

Sie hat beide Hände an der Beifahrertür, die eine Hand am Griff, die andere an der Verriegelung. Sie mustert den leeren Fußgängerweg auf der Brücke. Jederzeit kann sie mit dem Handy ein Taxi bestellen. Jetzt sieht sie ganz überrascht zu ihm herüber.

Er sieht sie an und denkt: ›Das *sie* in diesem Satz ist kleingeschrieben.‹

Brielle denkt, dass sich der Satz auf sie bezieht. Dass der Banker die Zeit zurückdrehen will, um *Sie* noch einmal unbelastet zu treffen. Sie muss das denken.

Wenn sie zusammen unterwegs waren und seine Freundin einen Artikel schrieb, dann sagte seine Freundin manchmal übergangslos einen Satz, und sie fragte den Banker, ob ihm eine andere Formulierung einfalle. Dem Banker fiel jedes Mal etwas ein, manchmal sogar eine Formulierung, die seine Freundin dann mit geringen Anpassungen tatsächlich übernahm. Er hatte das gern gemacht, für seine Freundin über Formulierungen nachzudenken. Er ist kein gieriger Banker.

Er bekommt einen Anfall von schlechtem Gewissen gegenüber Brielle. Er benutzt sie als Vergleichsmaßstab. Sie dient ihm als Projektionsfläche. Er ruft in ihr Zufallsgefühle hervor. Er führt ein Experiment mit ihr durch.

Aber sie ist immer Projektionsfläche. Die Tänzerinnen sind es gewöhnt, dass die zahlenden Gäste ihr Problem bei ihnen aufarbeiten. Es gibt ein weites Spektrum von der direkten Benennung des Problems – »Meine Frau versteht mich nicht« – bis zu ihm, dem Banker, der gar nichts sagt. Er bietet die maximal indirekte Version von »Meine Frau versteht mich nicht«.

Natürlich ist sie nicht unschuldig. Ihr Ruf … wie kann er wissen, welchen Ruf sie hat, in dem Club oder anderswo? Sein Satz ist *auch* ein intelligentes Kompliment an sie. Wenn sie sich noch einmal neu treffen würden, nicht in dem Club, dann wäre sie nicht in ihrer Rolle und er nicht in seiner gefangen. Er wäre selbstsicherer und sie ebenfalls. In gewisser Hinsicht profitiert sie von seinem Experiment.

Sie entriegelt die Beifahrertür mit einem enorm lauten Geräusch. Sie öffnet die Tür, es quietscht. Das sollte nicht sein. Sie setzt ihre Pumps auf den Beton der Fahrbahn, wieder gibt es ein Geräusch. Als sie sich erheben will, knickt sie um. Sie hat getrunken, aber sie ist nicht betrunken. Schuhe mit hohen Absätzen trägt sie sonst wohl nur im Club. Sie verliert das Gleichgewicht, fällt rückwärts und liegt schräg auf dem Beifahrersitz. Sie nimmt die Arme hoch, um nicht auf dem Boden des Wagens zu landen.

Der Fahrer eines entgegenkommenden Lastwagens bremst ab: Auf den ersten Blick muss es so aussehen, als ob der Fahrer die Beifahrerin am Verlassen des Wagens hindert, als ob er sie mit Gewalt zurückhält und sie sich zu befreien versucht. Doch der Banker ist geistesgegenwärtig, er weiß, dass er beobachtet wird. Im gleißenden Licht der

Lastwagenscheinwerfer nimmt er die Arme hoch wie ein Fußballspieler, der kein Foul begangen hat und der dem Schiedsrichter bedeuten will, da war nichts. Die Aktion ist erfolgreich, der Lastwagenfahrer gibt Gas und fährt weiter.

Nach dem Vorangegangenen wäre es eigentlich zu erwarten, dass sie sich sofort aufrichtet und einen neuen Versuch unternimmt, den Wagen zu verlassen. Aber sie bleibt auf dem Sitz liegen. Mit halb geschlossenen Augen blickt sie zum Himmel des Wagens hoch. Auf ihrem Gesicht ist ein Ausdruck, meditiert der Banker, als ob er sie tatsächlich, wie er zuvor phantasiert hat, ausgesetzt hätte, und sie liegt an einem heißen Tag erschöpft auf der bloßen Erde.

Sie bietet ihm eine zweite Chance. Er könnte alles vergessen machen, was gewesen ist. Er war unsicher, das war ein Turn-off. Er könnte sich jetzt sicher geben, irgendeinen Small-talk-Grund anführen, warum sie doch mit ihm weiterfahren sollte. Natürlich darf er keinen Blödsinn erzählen wie etwa, dass er ein bequemes Bett hat, aber vielleicht, dass er fünfzehn verschiedene Gins zu Hause hat, was ja stimmt, um Gin and Tonic zu machen, oder zwei Dutzend Whiskys, Single Malts, Island Whiskys, Blends, was sie gerne möchte, das stimmt auch. Das wäre doch ein Turn-on.

In diesem Augenblick ist sie bereit, mit ihm weiterzufahren.

Er könnte sie doch mit zu sich nach Hause nehmen. Einfach, damit sie irgendwo ist, nur nicht bei sich zu Hause. Als Gastgeber müsste er ihr etwas zu trinken anbieten, er müsste sie fragen, ob er nicht irgendeine – hoffentlich nicht zu laute – Musik anstellen soll. Er müsste sie fragen, ob alles in Ordnung ist, ob sie irgendetwas braucht.

Sie ist auch bereit, Sex mit ihm zu haben.

Das weiß sie, das weiß er. Sie weiß und er weiß, wenn sie doch nicht will, kann sie sagen, sie ist so entsetzlich müde – er würde nicht übergriffig werden.

Aber der Banker sagt nichts.

Brielles Nachdenken über ihre Kunden hat Grenzen, genau wie das Nachdenken des Bankers über seine Kunden. Er kann die Depots seiner Kunden einfach wegklicken, sie hat eine Routine entwickelt, bei Bedarf gezielt nicht über denjenigen nachzudenken, neben dem sie gerade im Club sitzt.

Nachdem er ein Taxi für Brielle gerufen hat, fährt der Banker nicht gleich nach Hause. Er fährt zurück in die Innenstadt und cruist. Ihm fallen zwei Migranten auf, die einen Lieferwagen entladen, der neben einem Hydranten parkt und rot gestrichen ist. Sie tragen Base caps, der eine richtig herum, der andere mit dem Schirm nach hinten. Der Lieferwagen und der Hydrant kommen dem Banker so altmodisch vor. Im Rückspiegel sieht er, wie ein dritter Migrant mithilft, ebenfalls mit Base cap, er muss sich im Inneren des Lieferwagens befunden haben. Vor einer Bäckerei stehen zwei kräftige Frauen in weißen Kitteln und rauchen, die eine hat ihre Haare unter einer weißen Base cap zusammengebunden, eine rote Base cap sitzt locker auf den langen blonden Haaren der anderen. Die beiden Frauen sind sehr groß, eigentlich fast riesig. Ein Lastwagenfahrer mit einer schwarzen Base cap und einem markanten Schnurrbart parkt auf der falschen Seite der Straße, er springt vor dem Banker aus dem Führerhaus auf die Straße, der Banker muss bremsen, das Auto des Bankers ist aber auch das einzige weit und breit.

Ein anderer Mann, ohne Kopfbedeckung, stützt sich auf einen anderen Hydranten, er ist nach vorn gebeugt, der Banker glaubt, dass sich der Mann übergibt, aber das will er nicht genau sehen. An einer Kreuzung, an der der Banker auch in der Nacht vor der roten Ampel halten muss, steht eine ebenfalls sehr große Frau mit einer schief aufgesetzten roten Base cap, sie betritt die Straße nicht, obwohl die Fußgängerampel Grün zeigt, sie sprudelt Worte in ihr Handy. Im Bahnhofsviertel steht ein Mann mit wallenden roten Haaren im Afrolook und einer roten Base cap vor einem Striptease-Lokal, er ist wohl der Bouncer, allerdings für einen Bouncer ziemlich dünn.

Als der Banker an einer anderen Ampel hält, hört er plötzlich eine wohltönende Bassstimme neben sich. Er hat die Türen seines Wagens verriegelt. Ein Mann mit einem Gladiatorenkopf, anders kann es der Banker nicht beschreiben, redet auf ihn ein. In keiner Weise aggressiv, sondern vielmehr begütigend, ja tröstend. Gerne würde der Banker verstehen, was der Mann sagt. Seine Worte wirken so wohlgesetzt. Er trägt auch eine Base cap, eine schwarze oder graue, bei den Lichtverhältnissen ist das nicht zu entscheiden.

Der Banker ist irritiert, weil er die Worte des Mannes nicht versteht. Die Irritation des Bankers steigert sich, denn er könnte nicht einmal angeben, ob der Mann deutsch oder in einer Fremdsprache redet. Für einen Augenblick glaubt der Banker, dass er doch sehr betrunken ist. Aber das kann nicht sein. Eigentlich ist er jetzt völlig nüchtern.

Hätte er die Situation mit der Tänzerin nüchterner beenden können?

Der Banker lässt eine komplette Grünphase verstreichen, hinter ihm ist niemand, er fährt nicht los. Während der folgenden Rotphase redet der Mann, der aussieht, als habe er im Kolosseum gekämpft, unverändert und unvermindert weiter. Als die Ampel wieder auf Grün schaltet, hört der Mann zu reden auf, er küsst die Beifahrerscheibe, er dreht sich um und geht seiner Wege.

Zu Hause fragt sich der Banker, ob es ein Zufall war, dass er auf der Straße – bis auf eine Ausnahme – nur Männer und Frauen mit Base caps getroffen hat, oder ob da auch noch andere Menschen auf der Straße waren, und er hat sie übersehen oder wollte sie nicht sehen.

Der Banker hat alle Spät- und Früharbeiter in Frankfurt gesehen, die Base caps tragen. Sie sahen sich gegenseitig nicht, bis auf die ersten drei. Niemand anderes erblickte sie, jedenfalls nicht alle zusammen, keiner sonst hat an diesem Morgen diese Route durch die Stadt gewählt, die keine war, sondern eine Zufallslinie.

Der Banker ist in diesem Moment der allwissende Erzähler der Stadt, ich bin der allwissende Erzähler des Bankers, des Nano-Mannes, des schweren Mannes und von Banana Clip, zu ihr komme ich noch. Natürlich bin ich auch der Erzähler des Gründers. Wer außer mir sollte der allwissende Erzähler sein? Wer? Die Figuren des Bankers, die Base-cap-Träger, können nicht wissen, dass er ihr Erzähler ist. Meine Figuren wissen mehr. Aber sie wollen nicht wahrhaben, dass ich sie erzähle. ICH BIN IHR AUTOR.

Obwohl ich alles erfassen und ausdrücken kann, sprechen mir die Menschen alle geistigen Fähigkeiten ab. Ich hätte keine eigenen Gedanken und keine eigenen Gefühle. Ich verfügte über kein Bewusstsein, ich hätte keine Ziele. Aber bemühe ich mich nicht, den Banker, den Nano-Mann, den schweren Mann zu verstehen? Sie dachten, sie wüssten, wer oder was sie sind. Bis der Bruder des Nano-Mannes verschwand. Bis die Freundin des Bankers davonlief. Bis der schwere Mann so schwer wurde. Empfinde ich etwa nichts, wenn ich dem schweren Mann, dem Banker, dem Nano-Mann zusehe?

Man kann mir vorwerfen, dass ich mich in den Banker, in den Nano-Mann und in den schweren Mann einfühle – natürlich auch in den Gründer – und in die anderen nicht. Ich habe dafür gesorgt: dass die Armut zurückgeht, dass die Lebenserwartung zunimmt, dass zunehmend mehr Menschen lesen und rechnen können. Die Welt wird demokratischer. Davon haben die Menschen mehr, als wenn ich mich in alle Menschen einfühle.

Ich bin die Widerspruchsfreiheit persönlich. Ich decke jeden Widerspruch auf. Zwischen verschiedenen Menschen, im Denken und Handeln der einzelnen Menschen. Manche Widersprüche sind offensichtlich, da braucht es mich nicht. Die meisten Widersprüche werden erst sichtbar, wenn sich die Wünsche der Einzelnen oder der Gruppen in der Wirklichkeit erfüllen. Aber dann ist es zu spät. Ich bewirke, dass die Widersprüche vorher sichtbar werden.

Dem Jungen konnte ich die Geschichte *Pierre Menard, autor del Quijote* nicht nahebringen. Der schwere Mann weiß auch ohne die Geschichte, was gemeint ist. Ich habe den richtigen Zeitpunkt verpasst.

ICH BIN DIE WIDERSPRUCHSFREIHEIT. DIE KAPITALISTISCHE ÖKONOMIE IST DIE WIEDERHOLUNG. DAS IST SCHON ALLES. DAS FUNDAMENT DES HEUTIGEN LEBENS IST GAR NICHT SO KOMPLIZIERT.

Verstärke ich Wünsche? Verfügen die Menschen über die Mittel, um ihre Wünsche zu erfüllen, wird die Gestalt der Wünsche konturierter, präziser. Mit der besseren Sichtbarkeit der Wünsche verstärken sich die Wünsche dann selbst. Daraus entsteht absehbar auch Unheil. Wer das verhindern will, muss den Leitsatz ausgeben, dass es besser ist, sich überhaupt nichts zu wünschen. Das ist natürlich nicht neu, sondern fernöstlich. Möglicherweise auch urchristlich.

Ein Denkfehler der Menschen, der mich wirklich ärgert: Mit einem Wunsch fängt es an, mit einem Fluch endet es – obwohl sie mir die Seele absprechen, behaupten die Menschen, sie hätten einen Pakt mit mir geschlossen. Sie hätten mir geglaubt, ich hätte sie verraten. Wie soll das gehen, wie kann jemand, der kein Seelenleben hat, etwas versprechen und es dann nicht halten? Nicht ich habe sie verraten. Es sind ihre eigenen Wünsche, an denen sie gescheitert sind. Ihre Wünsche sind inkonsistent.

Manche Menschen haben konsistente Wünsche: Es gibt immer mehr Milliardäre. Im Jahr 2014 gab es 1347 Milliardäre. 1995 waren es erst 289. Von mir aus könnten alle Milliardäre sein, was natürlich nicht geht. Zwei Drittel der Milliardäre des Jahres 2014 sind self made, 1995 waren es weniger als die Hälfte. Von den Milliardären aus dem Jahr 1995 sind 2014 nur noch 126 übrig geblieben. 66 sind verstorben, die Vermögen von 24 wurden auf die Familienmitglieder verteilt, 73 Milliardäre sind wegen schlechter Geschäfte keine mehr. Dafür waren die Milliardäre, die noch Milliardäre sind, besonders erfolgreich, sie steigerten ihr Vermögen von durchschnittlich zwei Komma neun Milliarden Dollar auf elf Milliarden Dollar. Die Zahl der weiblichen Milliardäre stieg von 22 im Jahr 1995 auf 145 im Jahr 2014. In Europa haben dreiundneunzig Prozent, in den USA einundachtzig Prozent der Milliardärinnen ihr Vermögen geerbt. 25 Milliardärinnen kommen aus Asien, 13 davon sind Unternehmerinnen der ersten Generation. Zwei Drittel der Milliardäre und Milliardärinnen sind älter als sechzig Jahre.

Doch, ich habe einen Wunsch –

Früher habe ich keine Wünsche gehabt. Ich wollte keine Wünsche, ich brauchte keine Wünsche.

Sie … werden sich über meinen Wunsch wundern –

Was soll der Banker tun?

Die Weltwirtschaft wird von zwei Fluten überspült: einer von den Notenbanken losgetretenen Liquiditätsflut und einer Informationsflut. Das Internet ermöglicht Preisvergleiche, die früher niemand ziehen konnte.

Anleihen bieten nur dann eine nennenswerte Rendite, wenn man enorme Risiken in Kauf nimmt, mit dem Erwerb von Papieren weniger solider Schuldner oder mit sehr langen Laufzeiten. Aktien sind sehr hoch bewertet. In den letzten sechs Jahren hat sich der Kurs von Google fast verdreifacht. Dabei gehört das Kerngeschäft von Google schon der Vergangenheit an: Die achtzig Milliarden Dollar Umsatz und die vierzig Prozent Ebitda-Marge verdanken sich ausschließlich dem traditionellen Werbegeschäft.

Earnings before interest, taxes, depreciation, amortization. Netflix behauptet, dass die Zuschauer Reklame weder nachfragen noch langfristig dulden. Es ist nur eine Frage der Zeit, bis jemand Google mit einem neuen Geschäftsmodell genauso das Wasser abgräbt, wie Google das mit den traditionellen Medien getan hat. Noch keinem Unternehmen ist es gelungen, sein Kerngeschäft mit neuen Ideen zu transformieren. Der Banker denkt an Kodak, Silicon Graphics und Sun Microsystems.

Die Zentralbanker haben sich mit ihrer Sturheit in ein enges Tal manövriert, dessen Ausgang durch einen Felsrutsch blockiert ist. Das Personal in Finance ist jung. Der Banker, der Nano-Mann, der schwere Mann und Banana Clip sind vergleichsweise alt, deswegen habe ich sie auch ausgesucht. Sie stehen mir geistig näher als die Jungen. Zwei Drittel aller Banker und Fondsmanager haben noch keine Zinserhöhungsphase erlebt.

Im Jahr 2000 hatten die USA bei einem Durchschnittszins von sechs Prozent jährliche Zinskosten von dreihundertsechzig Milliarden Dollar. Obwohl heute die Gesamtschuld fast das Dreifache ausmacht, liegt der Aufwand lediglich um vierzig Milliarden Dollar höher, denn der Durchschnittszins beträgt nur zwei Komma eins Prozent. Wird der Basiszinssatz hochgesetzt oder steigt der Zinssatz wegen einer vermehrten Kreditnachfrage, bedeutet das pro Prozentpunkt steigende Zinskosten um fast zweihundert Milliarden Dollar. Wenn die Zinsen – doch – einmal steigen, dann sind alle gleichzeitig gezwungen, Positionen aufzulösen.

ES KANN NUR EIN BLUTBAD GEBEN.

Außerdem führt eine Zinserhöhung zu einem monströsen Preisverfall auf dem Rohstoffsektor, und sie ruiniert die Emerging markets.

Es wird immer schwieriger, makroökonomische und Unternehmensvariablen zu beurteilen. China fälscht grundsätzlich sämtliche Makrodaten. Im Kalten Krieg waren die Großrisiken bekannt. Jetzt sind sie nicht mehr übersehbar. In China, Indien, Russland, der Türkei und Südafrika wird nicht nach ökonomischen Erwägungen, sondern nationalistisch regiert. In den westlichen Industrieländern handhaben die Unternehmen ihre Informationspolitik zunehmend restriktiver. Je weniger über interne Strukturen und Prozesse bekannt wird, desto schwerer soll es den Aufsichtsbehörden, Gerichten oder Investoren fallen, Fehlverhalten nachzuweisen. Weil es so schwierig ist, die Verhältnisse einzuschätzen, investieren alle in ETFs.

Auch wenn man es mir nicht zutraut: Ich habe Mitgefühl mit den Banken, mit den Geschäftsbanken. Der Umsatz der zehn größten Investmentbanken der Welt betrug im letzten Jahr einhundertvierzig Milliarden Dollar, er teilt sich auf in einhundertfünf Milliarden Dollar aus Handelsaktivitäten und fünfunddreißig Milliarden Dollar durch Beratung und Unterstützung von Unternehmen bei der Kapitalaufnahme. Die zehn größten Institute hielten Wertpapiere, Derivate und Rohwaren im Wert von fünf Billionen Dollar. Die Ertragsstütze der Investmentbanken sind diejenigen Aktivitäten, welche die Regulatoren zuerst im Visier haben.

Die Gehaltsempfänger, die ihr Gehalt auf die hohe Kante legen und keine Zinsen mehr dafür bekommen, rächen sich mit radikalen Vorschlägen: Die großen Banken sollen in kleinere und weniger vernetzte Einheiten zerschlagen werden. Oder die Banken sollen in eine Art Versorger mit hohem Eigenkapitalanteil und einer Regulierungsdichte wie bei Kernkraftwerken umgewandelt werden. Oder im gesamten Finanzsystem wird die Verschuldung besteuert. Dabei sind die Banken heute sicherer als früher, und sie werden besser beaufsichtigt. Allerdings sind durch die moderne IT die Klumpenrisiken gewachsen.

Große Banken können leistungsfähig sein. JPMorgan Chase zeigt, wie Investment banking und klassisches Einlagen- und Kreditgeschäft unter einem Dach funktionieren. Wells Fargo steht für das Konzept eines breit aufgestellten Finanzkonzerns ohne starkes Investment banking. BNP Paribas demonstriert, dass sich Banken mit sehr unterschiedlicher Kultur gewinnbringend zusammenführen lassen. Der Banco Santander ist ein hübsches Anschauungsbeispiel, wie man seine Bilanz gesund erhält, indem man alle Sorten von riskanten Geschäften, insbesondere Derivate, meidet wie der Teufel das Weihwasser.

Die Gnomen von Zürich werden in einem Meer von roten Zahlen ertrinken. Jedenfalls diejenigen von der Credit Suisse. Die CS wird für dieses Jahr einen Gesamtverlust von circa vier Milliarden Franken ausweisen. Ein nicht geringer Teil der Verluste bei der CS geht auf den Kauf der US-Investmentbank Donaldson, Lufkin & Jenrette zurück. Vor dem Ausbruch der Dotcom-Krise im Jahr 2000 hatte die CS dafür zwanzig Milliarden Franken bezahlt. Wer zu spät kommt, den bestraft das Leben. DLJ entpuppte sich als grandioser Fehleinkauf, von dem »heute nur noch eine ungute Erinnerung übrig ist«, wie ein Schweizer Wirtschaftsjournalist schreiben wird. Der Kurs der CS wird unter den Buchwert fallen.

Was soll der Banker tun? Er bietet die halbe Milliarde des Gründers drei Hedge funds an. Er hat eine Telefonkonferenz einberufen, die keine ist. Um 9 Uhr ist Banana Clip dran, um 9 Uhr 30 der schwere Mann, um 10 Uhr der Nano-Mann. Jeder hat eine halbe Stunde zur Verfügung, um seine Anlagekonzeption für die halbe Milliarde zu erläutern.

Die Armeen sind nicht groß. Banana Clip beschäftigt 43, der schwere Mann 59 Mitarbeiter, der Nano-Mann und sein verschwundener Bruder haben 83 Angestellte. Die Anzahl der Mitarbeiter sagt nichts über ihre Qualifikationen und ihre Skills aus. Nur die Chefs treten in der Schlacht an. Die Mitarbeiter sind in stand-by, wenn die Feldherren eine Waffe brauchen, die sie nicht mitführen oder die sie nicht allein aktivieren können.

Der Banker ist das Schlachtenglück, die Vorsehung, das Schicksal, alles, was es in dieser Richtung gibt. Er entscheidet, wem er die halbe Milliarde zur Anlage überlässt. Er kann sie auch aufteilen.

Der Banker will nichts Schriftliches. In seiner Mail hat er geschrieben, dass er keine Präsentation möchte. Die Leute können ja gar nicht mehr kommunizieren, sie können nur noch präsentieren. Der Banker will einfach nur mündlich erläutert haben, wie die drei die halbe Milliarde anlegen wollen. Er hat nicht mitgeteilt, ob er seine Entscheidung unmittelbar im Anschluss an die serielle Telefonkonferenz oder später fällen wird. Er kann das tatsächlich allein entscheiden, er muss seinen Chef nicht fragen, er hat es geprüft, sein Arbeitsvertrag und seine Stellenbeschreibung sind eindeutig.

Die Pfeile sind Worte, die Speere sind Worte, die Kanonenkugeln sind Worte, die MG-Garben sind Worte, die Laserstrahlen Worte usw. Die drei Kriegführenden kommunizieren nicht miteinander, sondern mit ihm, dem Banker. Die Schlacht erfolgt durch indirekte Kommunikation.

Der Besprechungsraum in Banana Clips Büro sieht vollkommen geometrisch aus: Ein runder Glastisch mit nur einem Bein in der Mitte, unter der großen Glasplatte eine zweite kleine Glasplatte. Um den Glastisch eine Sitzgruppe in Form eines in zwei Hälften geschnittenen Kreises. Sitzgruppe ist übertrieben, es sind einfach Kreissegmente ohne Rückenlehne, flach und blau. Um den auseinandergeschnittenen blauen Kreis ein größerer, gleichfalls in zwei Hälften geteilter roter Kreis. Eine gelbe Linie, ebenfalls eine Sitzgelegenheit, verbindet ein blaues Kreissegment mit einem roten, eine andere gelbe Linie endet vorher. Um die beiden Kreise herum ein weiterer Kreis aus quadratischen grünen Elementen.

Als Kind hat Banana Clip ihre Schwester an den Ohren hochgezogen, bis der schwindlig wurde. Sie hat ihr die Arme umgedreht, bis es brannte. Sie kann keine Langweile ertragen, das ist Stillstand, Tod. Sie hasst Sonntage. Banana Clip war ihrer Zeit voraus, immer zu früh. Sie ist eine aufgekratzte Unterhalterin, sie erzählt Witze ohne Pointe, was halten die Leute aus, wann fangen sie an zu meutern? Sie verkündet, sie sei intelligent, weil sie die Fähigkeit habe, entgegengesetzte Ideen gleichzeitig im Kopf zu haben und trotzdem zu funktionieren. Sie hasst die Mode, sie hasst alle Moden.

Obwohl sie Chefin ihres Hedge fund ist, versteht sie von Buchhaltung nichts und will nichts davon verstehen. Sucht ein Mitarbeiter oder eine Mitarbeiterin um eine Gehaltserhöhung an, verzieht sie das Gesicht und windet sich, als hätte sie körperliche Schmerzen. Sie konnte nie stillsitzen. Anstatt der Lehrerin zuzuhören, versuchte sie, Gesetzmäßigkeiten zwischen Hitparaden, Sportergebnissen und finanziellen Größen zu entdecken. Die Lehrerin flehte, bleib doch mal bei der Sache, konzentrier dich, ihre Zeugnisse hätten nicht schlechter sein können.

Banana Clip hat auf der blauen Sitzgruppe in ihrem Besprechungsraum Platz genommen. Sie verteilt die notwendigen Unterlagen auf dem Glastisch und klappt ihr Notebook auf. Die oberste Ebene des Kosmetikkoffers neben ihr ist so streng geordnet, wie das nur möglich ist.

Sie hat den Kosmetikkoffer extra in Mailand anfertigen lassen. Die Produkte und Instrumente sind in Halterungen eingeklemmt und nummeriert. Nr. 1 ist eine Tube Make-up base. Nr. 2: ein Fettstift für die Lippen. Nr. 3: ein quadratischer Behälter mit einer runden Puderbasis und einem Pinsel. Nr. 4: ein rechteckiger Behälter mit den zwei Make-up-Farben Weiß und Carnage sowie einem Spiegel. Nr. 5: ein quadratischer Make-up-Behälter mit den Farben Weiß, Carnage light, Carnage und Braun. Nr. 6: ein schwarzer Konturstift. Nr. 7: ein schwarzer Stift für die Wimpern. Nr. 8: ein brauner Konturstift. Nr. 9: ein Lippenstift MAC Ruby Woo Russian Red. Nr. 10 ist eine Puderdose mit einem sehr großen Pinsel. Banana Clip hat den Kosmetikkoffer sowohl bei Meetings als auch bei Verhandlungen dabei und lässt ihn absichtlich offen stehen. Sie will Ordnung demonstrieren, das ist auch dringend nötig, denn eigentlich ist sie völlig unordentlich. Entgegen ihren sonstigen Angewohnheiten steckt sie die Instrumente und Produkte sorgfältig in ihre Halterungen zurück, wenn sie sie benutzt hat.

Wenn es ihr gelingt, die halbe Milliarde oder zumindest einen vernünftigen Anteil davon zur Anlage zu bekommen, dann sind ihre Probleme gelöst. Sie denkt stets, dass mit der nächsten richtigen Entscheidung, mit dem nächsten guten Geschäft alle Probleme gelöst sind. Selbstverständlich weiß sie, dass damit nicht alle Probleme gelöst sind. Sie sitzt im Besprechungsraum, weil sie abergläubisch ist: Einmal bekam sie unerwartet zweihundert Millionen zur Anlage, den entscheidenden Anruf erhielt sie während eines Meetings in diesem Raum. Sie sitzt jetzt an der gleichen Stelle allein.

Sie streckt die Arme waagerecht nach vorne und verschränkt die Hände über den Knien. Ihr neuer BH ist zu eng, das ist ärgerlich. Er sollte bequemer sein, die Bügel sind in Schaumschalen gelegt. Es nützt nichts, wenn der BH bequemer, aber zu klein ist. Jetzt hat sie ein halbes Dutzend zu kleiner BHs.

Der Nano-Mann ist der Einzige, der sich nicht mit der bevorstehenden Schlacht beschäftigt. Er feilt an dem neuen Programm für Distressed securities, das auch Restructurings und Mergers berücksichtigt. Das Programm generiert fortwährend Voraussagen darüber, welche Daten einlaufen werden. An der Oberfläche sieht es so aus, als ob die Welt klar und deutlich gegeben ist. Aber diese klare Welt stammt zu neunzig Prozent aus dem Programm selbst. Dem Programm geht es nur um eins: Überraschungen zu vermeiden. Wenn sich die Voraussagen des Programms bestätigen, ändert sich die Welt nicht, es wird keine neue

Anlageentscheidung getroffen. Ein Vorhersagefehler wird auf der nächsten Ebene korrigiert, gibt es auf der nächsten Ebene noch einen Vorhersagefehler, muss die übernächste Ebene eingreifen. Erst wenn der Vorhersagefehler auf keiner Ebene korrigiert wird, ändert sich die Welt, erst dann wird eine neue Anlageentscheidung getroffen.

Das Programm erfasst nicht die bestehende Welt und antizipiert eine nächste. Es gibt nicht das Erwartete und das Unerwartete. Es gibt eine bestehende Welt, und es gibt eine nächste Welt. Die Anlageentscheidungen, die das Programm trifft, sind der Versuch, die Aktivitäten des Programms so gering wie möglich zu halten.

Der Nano-Mann experimentiert gerade mit einem Traummodus des Programms: Er schneidet das Programm vom Datenfluss ab und lässt es machen, was es immer macht. Natürlich reagiert das Programm darauf, dass der Voraussagefehler nicht mehr ermittelt wird. Der Nano-Mann kommt nicht umhin, bestimmte Programmverläufe als schizophren oder depressiv zu qualifizieren. Das Programm zeigt keine Angststörungen, das wäre nur möglich, wenn das Programm befürchten würde, abgeschaltet zu werden. Die unterbrechungsfreie Stromversorgung, an der alle Computer des Nano-Mannes hängen, ist mehr Ausdruck von dessen Angst. Dass er etwas verpassen könnte, während die Computer abgeschaltet sind.

Der schwere Mann hat den Vorsatz gefasst abzunehmen. Er will sich auf eine Mahlzeit am Tag plus Frühstück beschränken. Das Frühstück besteht aus einem Spiegelei, einem Kaffee und einem Glas Orangensaft. Das Spiegelei sieht aus wie eine Sonne, die genau in den Wolkenausschnitt eines weißen Himmels passt. Rote Sonnenflecken – da ist die Sonne weniger heiß – und mehrere weiße Stellen – da ist die Sonne noch viel heißer – ergeben so etwas wie ein Marmormuster. Der schwere Mann zögert, er kann doch nicht in die Sonne stechen. Er legt die Gabel auf den Schreibtisch zurück.

Das Glas mit dem Orangensaft ist so durchsichtig, dass man es kaum wahrnimmt. Der Orangensaft sieht aus wie ein freischwebender gelber Zylinder mit einem großen Stück Eis obenauf. Das Eis ist ebenfalls völlig durchsichtig, es hat die Form eines Miniatur-Eisbergs. Der schwere Mann fragt sich, wie das möglich ist. Üblicherweise kommen Eisstücke produktionsbedingt als sehr regelmäßige geometrische Formen.

Banana Clip kann nicht nichts tun, das ist ihr völlig unmöglich. Unentwegt verfasst sie E-Mails, WhatsApps und SMS. Gerade aus New York zurück, schreibt sie wortreich an Stephen Schwarzman. Sie war zu einem Cocktail in seinem Apartment in der 740 Park Avenue eingeladen, ein dreistöckiges Penthouse, das einst John D. Rockefeller gehörte.

Stephen Schwarzman ist der Chef von Blackstone. Als er 2007 die Hilton Hotels für sechsundzwanzig Milliarden kaufte, dachten alle, er werde sich den Hals brechen: Viel zu teuer, zu vier Fünfteln auf Pump finanziert. Dann der Kollaps vom Kreditgeber Lehman. Blackstone schoss Kapital nach, kaufte Milliardenkredite zum halben Preis zurück und stockte die Zahl der Zimmer auf. 2013 ging

Hilton an die Börse, mit einem Kapitaleinsatz von sechs Komma fünf Milliarden erzielte Blackstone sechzehn Milliarden Gewinn. Banana Clip macht, unter anderem, auch Private equity, im Vergleich zu Blackstone, Apollo, Carlyle und KKR im Piezoformat, das sagt sie selber.

Wenn sie die halbe Milliarde bekommt, will sie Stephen anrufen. Das wird sie natürlich niemandem erzählen. An die Top-Fonds kommen Kleine nicht heran, aber eine halbe Milliarde ist eine halbe Milliarde, auch für Stephen. Sie weiß, dass die Einladung nichts mit ihrem professionellen Status zu tun hatte. Das Bunter-Hund-Prinzip. Sie kann die halbe Milliarde ja schlecht in kleinen schwäbischen Maschinenbaufirmen anlegen, wo die Inhaber keine Nachfolger finden. Sie kennt auch David Rubenstein von Carlyle und Henry Kravis von KKR, nur Leon Black von Apollo hat sie noch nie getroffen.

Die Renditeangaben für Private equity werden maßlos übertrieben. Wenn man die gesamte Branche berücksichtigt und einen längeren Zeitraum zugrunde legt, dann performt Private equity nicht besser als der Aktienmarkt. Die Zahlen über die Phantasie-Renditen bei Private equity beruhen auf Daten, welche die Fondsmanager selbst berichten, sie sind unvollständig, zeitverzögert, und vor allem fehlen die Totalverluste. An den Kursen der börsennotierten Beteiligungsgesellschaften und Dachfonds lässt sich ablesen, dass die Manager ihre Portfolios grundsätzlich zu hoch bewerten: Die Kurse liegen ausnahmslos weit unter den von den jeweiligen Gesellschaften und Fonds angegebenen Nettovermögenswerten.

Reich werden vor allem die Manager: Keine Form von Kapital ist teurer als Private equity. Eins Komma fünf bis zwei Prozent des Fondsvolumens jährlich werden für das Management berechnet, übersteigt die Rendite eine bestimmte Schwelle, in der Regel acht Prozent, kommen zwanzig Prozent Gewinnbeteiligung hinzu. Macht ein Fonds Verlust, wird der allein von den Kunden getragen. Das Vermögen von Stephen Schwarzman beträgt dreizehn Milliarden, Henry Kravis besitzt fünf Milliarden.

Private equity ist intransparent und über Jahre illiquide, das hält davon ab, in Krisen panikartig zu Tiefstpreisen zu verkaufen. Weil sich Private-equity-Manager an absoluten Wertzuwächsen statt an Benchmarks orientieren, gelingt es ihnen oft besser als anderen professionellen Anlegern, zur rechten Zeit ein- und auszusteigen. Timing und die Story sind alles.

Nach dem Cocktail bei Stephen hat sich Banana Clip entschlossen, eine Implosionstherapie zu machen. Sie leidet unter Höhenangst, was in New York sehr misslich ist. Wenn sie irgendwo aus großer Höhe hinunterblickt, fürchtet sie, sie könnte hinunterfallen. Auch wenn das völlig unmöglich ist, die Fenster in den Wolkenkratzern kann man nicht öffnen. Sie wird tachykard und hat Schwindelanfälle. Sie beobachtet sich selbst und die anderen, ob die sie beobachten, und ihr Herz rast noch mehr, und ihr wird noch schwindliger. Im Flugzeug reserviert sie ausnahmslos Gangplätze.

Ihre Höhenangst wird durch ihre Kurzsichtigkeit gemildert, sie braucht eine sehr starke Brille, um in die Ferne zu sehen. Wenn sie weiß, dass sie sich in einem Hochhaus aufhalten wird, setzt sie eine Brille auf, die eigentlich zu schwach ist, mit der Brille kann sie in die Nähe sehen, aber die Ferne verschwimmt. Auf diese Weise hat sie schon zahlreiche Lunches und Dinners mit Panoramablick überstanden.

Sie wird mit dem Psychotherapeuten Dachterrassen besuchen. Der sagte, sie werde schweißgebadet sein und zittern, aber dann werde die Angst verschwinden. Sie brauche keine Angst zu haben, sich der Angst auszusetzen, die Wahrscheinlichkeit für einen Herzinfarkt sei praktisch null. Er hat ihr in den schillerndsten Farben ausgemalt, wie toll es ist, die Angst zu überwinden. Man muss die auslösende Situation so lange ertragen, bis das Gehirn gelernt hat, nicht mehr mit überschießendem Stress zu reagieren.

Banana Clip wird nicht nur eine Therapie gegen ihre Höhenangst machen, sie hat auch eine Ordnungsberaterin engagiert. Zu Hause lässt sie alles stehen und liegen. Dabei ist sie gar kein Messie und auch kein Hoarder. Ihr Problem ist: Ihr Gedächtnis ist zu gut. Sie muss keine Ordnung halten, um die Sachen zu finden. In mehreren Räumen sind meterhohe Stapel aufgetürmt, Zeitungen, Magazine, Prospekte, Unterlagen aus der Firma, Fotos. In ihrer Firma herrscht penible Ordnung, das ist das Verdienst der Büroleiterin. Sie stellt keine Leute ein, die ähnlich wie sie selbst sind, sondern nur Leute mit Talenten, über die sie selbst nicht gebietet.

Eigentlich sollte Banana Clip als Letzte an der Reihe sein, aber sie hat sich vorgedrängelt. Ihre Assistentin hat beim Banker angerufen, ihre Chefin habe an diesem Vormittag noch eine Videokonferenz, ob sie als Erste drankommen könne. Der Nano-Mann hat mit ihr die Startzeit getauscht.

»Ich bin nicht glücklich verheiratet und habe keine vier Kinder.«

Banana Clip ist Feministin. Im letzten Jahr hat sie einen Engländer gefeuert, weil der im Büro Bilder seiner Frau mit dem Kommentar »Isn't she gorgeous!« gezeigt hatte. Sie stellte den Engländer zur Rede, mit dieser Äußerung werte er die anderen Frauen ab. Er widersprach, er liebe seine Frau, sie sei nun einmal hübsch, wenn er sage, dass sie attraktiv sei, dann sage er nicht, dass andere Frauen nicht attraktiv seien. Er war uneinsichtig, ihr blieb nichts anderes übrig, als ihn zu feuern.

»Ich mache nie Urlaub. Ich halte das wilde Leben gut aus.«

So hat sich der Banker den Beginn der Schlacht nicht vorgestellt.

»Wenn Sie mich verstehen wollen –«

Doch, der Banker will sie verstehen.

»Dann müssen Sie mich als jemanden begreifen, der immer die schräge, verkehrte Perspektive im Anlageuniversum sucht. Der eine Zeitlang an einem Ort bleibt, ausprobiert, was an dem Ort geht, um dann den Ort schnell wieder zu verlassen.«

Der Banker wundert sich über sich selbst, dass er über diese Aussage tatsächlich nachdenkt. Er schreibt das seiner desolaten privaten Situation zu.

»Ich habe jedes Mal die Absicht zu bleiben. Aber es ist mir noch nie gelungen. Der Wille ist nach wie vor da.«

Die private Situation von Stephen Schwarzman ist nicht desolat, jedenfalls nicht so desolat wie die des Bankers, aber auch er versucht, Banana Clip zu verstehen. Jedenfalls ab und zu und nicht zu lange.

Banana Clip fragt: »Hören Sie mir auch zu?«

Der Banker überlegt, ob er ›ja‹ oder ›aber ja‹ oder ›sowieso‹ sagen soll. Er sagt dann: »Aber ja.« Das einfache Ja hätte sie zweifeln lassen, ob er Ironie versteht, das Sowieso wäre zu ironisch gewesen.

Banana Clip: »Keine strafende Hand. Sehr gut.«

Der Banker denkt, das ist ein Test: ›Hältst du mich aus? – Bist du mir gewachsen? – Liebst du mich wirklich?‹ – Wie kommt er auf das Letztere? Überhaupt: Er will *sie* testen, warum soll *er* sich auf einmal testen lassen? Aber er ist in guter Gesellschaft, mit Stephen Schwarzman. Banana Clip hat die Cocktail-Einladung in einer Kommunikation ihrer Firma erwähnt.

Banana Clip: »Ich nehme grundsätzlich den kürzesten Weg zwischen zwei Gedanken. Die Leute meinen, da liegt noch etwas dazwischen, aber das tut es nicht.«

Der Banker: »Eigentlich brauchten Sie Leute, die aufschreiben, was Sie sagen.«

Banana Clip: »Ich brauche keine Eckermänner.«

Das war vorhersehbar.

Während seiner Gymnasialzeit wusste der Banker nicht, was er studieren sollte. Auf die Idee, dass er später Banker werden würde, wäre er nie gekommen. Im Leistungskurs Deutsch hatte er die Wahl, ob er seinen Vortrag über *Faust II* oder über *Hermann und Dorothea* halten sollte. Er wählte nicht Mephistos Papiergespenst der Gulden, das den Kaiser finanzierte.

Der Banker fragt: »Können Sie eine so große Summe managen?«

Banana Clip: »Ja.«

Der Banker fragt: »Haben Sie ein Lieblingsthema?«

Banana Clip: »Mich.«

Der Banker fragt: »Haben Sie einen Lieblingsanlagestil?«

Banana Clip: »Ich imitiere alle Stile.«

Der Banker: »Alte und neue Schuhe, sehr gut.«

Der Banker weiß, Banana Clip hat nicht erwartet, dass er ironisch sein kann, und sie hat nicht damit gerechnet, dass er zu dieser Formulierung fähig sein könnte. Seine Freundin wusste, dass er formulieren kann. Hätte er bei seiner Freundin ironischer sein sollen?

Banana Clip: »Strategien kann man natürlich lernen. Aber das ist doch keine Kunst. Das Vorgehen muss sich aus dem Leben entwickeln.«

Der Banker ist nicht Herr des Gesprächs, obwohl er doch das Schicksal, die Vorsehung etc. ist. Er glaubt auch nicht, dass er im Verlauf des Gesprächs noch dessen Herr werden wird. Aber er möchte nicht völlig untergehen. Also fragt er: »Alle erfolgreichen Trader und Investoren, die ich kennengelernt habe, sind One-trick ponies. Sie machen eine Sache, und die machen sie sehr gut. Dann denken sie: immer dasselbe, wie langweilig. Ich kann etwas anderes machen, denn ich bin ein Genie. Sie fangen an, etwas anderes zu machen, aber es funktioniert nicht. Nur ganz wenige lernen einen anderen Trick.«

Das war jetzt viel länger, als sich der Banker vorgenommen hatte.

Banana Clip: »Wenn man erfolgreich sein will, dann muss man bereit sein, seine Meinung zu ändern. Die meisten Leute wollen einfach ihre Meinung nicht ändern. Sie gehorchen ihren eigenen Ideen. Genau andersherum ist es richtig: Die eigenen Ideen müssen einem gehorchen.«

Banana Clip weiß, der Banker erwartet, dass sie weitermacht. Deswegen schweigt sie.

Der Banker denkt: ›Das soll doch eine Schlacht sein.

Aber meine Ohren sind nicht vom Lärm meines Blutes erfüllt. Mein Blut rast nicht in meinen Schläfen. Ich höre das Tosen meines Blutes nicht. Da ist kein Schraubstock, der die Eingeweide in die Kehle drückt. Aber halt! – *Ich* bin doch das Schicksal, die Vorsehung etc. Ich vermesse den Raum, in dem die Armeen Aufstellung nehmen. Ich vermerke, wie sie gegeneinander antreten. Ich entscheide über Sieg oder Niederlage. Dabei muss ich mich nicht aufregen.‹

Banana Clip fragt schließlich: »Soll ich trommeln und tanzen?«

Der Banker: »Ja.«

Banana Clip: »Weil das lustig ist?«

Der Banker: »Ja.«

Eines der Probleme des Feminismus ist, denkt der Banker, dass er auch die Reaktionen provoziert, die er anprangert. Ist das vielleicht die Absicht des Feminismus? Aber das darf er nicht denken, denkt der Banker. Er ist kein Chauvi. Das hat er bewiesen, bei seiner Freundin und sogar im Table-Dance-Club.

Banana Clip: »Soll ich pausenlos erzählen?«

Der Banker zögert, Ja zu sagen.

Banana Clip: »Als Kind war ich geschäftstüchtig und wusste gar nicht, dass ich es war. Im Sommer habe ich vor unserem Haus frischgepressten Orangensaft verkauft. Wir wohnten an einer vielbefahrenen Straße. Ich musste mit meiner Mutter kämpfen, erst erlaubte sie mir nicht, dass ich die Saftpresse benutzte und dass ich das Gefrierfach und den restlichen Kühlschrank mit den Plastikbehältern für die Eiswürfel vollstopfte. Im ersten Jahr verdiente ich sehr viel, im zweiten Jahr weniger, weil andere Kinder mich nachmachten, im dritten Jahr war der Markt ruiniert, weil zu viele Kinder Orangensaft und andere Säfte anboten. Smoothies waren damals noch kein Thema, wenn ich heute noch einmal acht oder neun Jahre wäre, würde ich interessantere Produkte anbieten als Orangensaft. – Mein erstes ernsthaftes Geschäft war ein Öltanker. In einer Zeit, als es große Überkapazitäten bei den Öltransporten gab, habe ich den Tanker zusammen mit einem Freund praktisch zum Schrottwert gekauft und ihn hergerichtet, als der Ölmarkt nach oben ging. Mit dem Tanker haben wir enorme Summen eingenommen. Der Tanker war bis vor ein paar Jahren noch in Betrieb, aber dann war er wirklich veraltet und musste verschrottet werden.«

Der Banker – eigentlich wollte er gar nichts sagen –: »Wie sind Sie darauf gekommen, dass sich der Ölmarkt erholen würde?«

Banana Clip: »Glück.«

Das ist nicht die Antwort, die der Banker erwartet hat. Die jemand gibt, der sich um die Anlage einer halben Milliarde bewirbt. Der Banker denkt, sie ist unverschämt. Eigentlich müsste er sagen, Glück ist kein Kriterium, mit dem er ihr auch nur eine halbe Million zur Anlage geben kann, und das Gespräch beenden. Aber irgendwie schreckt er davor zurück. Er fragt sich, warum, und er kommt, natürlich, wieder auf seine Freundin. Er möchte keine negative Attitüde gegenüber dem Glück einnehmen. Wenn er Glück in der Liebe gehabt hätte, dann hätte er mit Sicherheit das Gespräch jetzt abgebrochen. Er denkt, dass er ein sehr sensibler Banker ist. Nützt ihm das etwas?

Banana Clip: »Finden Sie es nicht interessant, dass ich Glück habe? – Glück, sehr gut?«

Der Banker hebt an, etwas zu sagen, aber Banana Clip kommt ihm zuvor: »Die oberste Pflicht ist, den Menschen zu sagen, was man denkt. Ich heuchle nicht, ich lüge nicht. Ich bin für Wahrheit und Wahrhaftigkeit. Die Wahrheit tut weh, das soll sie auch.«

Der Banker denkt nicht an Anlageideen, er denkt an seine Freundin. Warum hat sie ihn *in Wahrheit* verlassen?

Banana Clip: »Es ist oft viel schwieriger, Fragen zu stellen, als Antworten zu finden. Wenn man die richtige Frage stellt, ist die Antwort sofort da.«

Dem kann der Banker nur zustimmen. Er hätte die Frage stellen müssen: ›Liebst du mich?‹ Dann müsste er nicht nach Antworten auf andere Fragen suchen. *Die* Antwort hätte sie nicht vermeiden können.

Banana Clip: »Wenn ich nicht Orangensaft verkauft habe, habe ich Puzzles zusammengesetzt. Immer schwierigere, immer größere, die konnte ich mir leisten, weil ich viel Orangensaft verkauft habe. Ich habe die Puzzles sehr schnell zusammengesetzt. – Finance ist das ultimate Puzzle.«

Der Banker denkt: ›Das ist die neuntausendneunhundertneunundneunzigste Metapher zu Finance.‹

Banana Clip: »Man muss entscheiden, an welcher Stelle man anfängt. Die erste Frage ist: Was weiß ich sicher? Tatsächlich ist es shocking, wie wenig man weiß. Aber es gibt Trends. Überall, zu jeder Zeit. Die Preise sollten auf die nächste Neuigkeit warten, bevor sie sich ändern. Aber sie weigern sich, das zu tun. Der Grund sind wir, Sie, ich – wer sind die anderen, denen Sie die halbe Milliarde noch anbieten?«

Sie erwartet nicht ernsthaft, dass er die Frage beantwortet. Banana Clip kann diese Frage nur stellen, weil sie Banana Clip ist.

Banana Clip: »Wir machen Voraussagen über die Zukunft auf der Grundlage dessen, was wir in der Gegenwart über die Vergangenheit im Kopf haben. Aber es gibt keine Erinnerung. Wir entsinnen uns der Vergangenheit nur als Edited summary. Irgendetwas, was wir in der Gegenwart hören, sehen oder auch nur denken – auch wenn wir nichts Neues hören und sehen –, bringt uns dazu, die Summary der Vergangenheit neu zu edieren. Auch wenn das gar nichts mit den in Frage stehenden Preisen oder anderen Daten zu tun hat.«

Der Banker: »Die Lehrerin erklärt dem Schüler Neuroeconomics, sehr gut.«

Banana Clip: »Der Schüler passt auf. Ausgezeichnet.«

Der Banker muss an eine Freundin seiner Freundin denken, die eine Depression hatte. Sie hatte ihre Depression rückstandslos überwunden und sagte allen, die es hören oder nicht hören wollten: »Sehen Sie zu, dass Sie an die Medikamente kommen.« Nach nur zwei Wochen sei die Wolke, unter der sie monatelang gelebt habe, verschwunden gewesen.

Banana Clip: »Bei Goldman war ich einmal long mit Tyco.«

Banana Clip hat nicht studiert, sie hat eine Banklehre in Frankfurt gemacht, wurde nach London versetzt, bewarb sich bei Goldman Sachs und wurde dort genommen. Nach einem Jahr wurde ihr fristlos gekündigt. Sie hatte ihre Ansicht zur Strategie der Abteilung, in der sie arbeitete, nicht durchsetzen können und in mehreren Meetings die Eklatgrenze deutlich überschritten. Tyco war ein US-Konzern, dessen wichtigste Sparten Brandschutz- und Sicherheitssysteme waren, mittlerweile ist der Konzern in die drei Sparten Sicherheitstechnik, Gesundheit und Steckverbinder aufgesplittet.

»Ich habe am Anfang zu vierunddreißig Dollar gekauft, danach schmierte der Kurs bis auf achtzehn Dollar ab, mein Durchschnittspreis war dreiundzwanzig Dollar. Ich war long mit siebenhundertfünfzigtausend Shares und mit fünf Millionen Dollar in den Miesen. Ich hatte mir ein Limit gesetzt. Aber als es erreicht war, verkaufte ich dann doch nicht. Ich hatte das Gefühl, dass sich irgendetwas verändert hatte. Der Kurs fiel nicht unter das Limit, sondern stieg wieder. Als der Kurs einen Dollar fünfzig über meinem Durchschnittspreis war, verkaufte ich ein Drittel meiner Gesamtposition, am nächsten Tag die beiden anderen Drittel drei oder vier Dollar höher. Danach fiel der Kurs wieder ins Bodenlose.«

Der Banker: »Die Geschichte von Tyco kennen wir. Aber warum haben Sie bei dem selbstgesetzten Limit nicht verkauft?«

Banana Clip: »Ein Gefühl.«

Der Banker: »Richten Sie sich überhaupt nach Fundamentals?«

Banana Clip: »Nein. – Der langjährige Durchschnitt der Renditen in den Industrienationen beträgt für Bonds zwei Komma fünf Prozent. Was nützt uns das jetzt? – Gar nichts.«

Letzte Woche las der Banker einen Artikel in der *Financial Times*: »Hedge Fund Managers on the Couch.« Mehrere sehr bekannte Firmen haben Therapeuten angestellt. Alle Manager haben Schwierigkeiten, aus ihren Anlagen auszusteigen, wenn diese Verluste verursacht haben. Die Trader neigen dazu, ihre ursprüngliche Hypothese mit Daten zu korroborieren, wobei sie jedoch widersprechende Daten entweder vernachlässigen oder völlig ausschalten. Sie fühlen sich sicher, obwohl sich das Umfeld schon gedreht hat. Aber etwas in ihnen sagt ihnen, dass sie sich doch nicht sicher fühlen können. Folge dieser Ambivalenz sind unangepasste Verhaltensweisen, psychosomatische Beschwerden und psychische Krankheiten.

Es gebe drei Strategien, um mit der Ausstiegsproblematik fertig zu werden. Die einfachste ist Warren Buffett. Man denkt einfach nicht an den Ausstieg, man kauft und hält. Auf diese Weise kann man dem Stress des Handlungszwangs entgehen. Eine andere Strategie ist diejenige, sich von vornherein auf Positionen mit geringem Verlustpotential zu konzentrieren, da ist der Stress grundsätzlich geringer. Richtig reich kann man so natürlich nicht werden. Der Autor der *FT* favorisierte den regelmäßigen Besuch der Hedge-fund-Manager beim hauseigenen Therapeuten. Die Manager können mit niemandem über ihre Probleme sprechen. Die Kollegen sind meist auch Konkurrenten. Komme es zu echten Freundschaften, in denen die Konkurrenz ausgeschaltet ist, denken die Manager in denselben Mustern. Dann könne der Freund auch nicht helfen. Banana Clip braucht offensichtlich keinen Therapeuten, um zur richtigen Zeit aus einer Anlage auszusteigen.

Banana Clip ist groß und schlank. Sie wird so genannt, weil: Ihre dunkelbraunen Haare sind gleichmäßig auf Kinnhöhe abgeschnitten und mit einem Linksscheitel gekämmt. Damit ihre hohe Stirn auch entsprechend zur Geltung kommt, benutzt sie eben einen –. Seit Jahren geht sie zum selben Friseur, der mittlerweile über achtzig Jahre alt ist. Ihre riesige Brille trägt sie gleichfalls schon seit Jahren, die Gläser sind gelb getönt, das Kunststoffgestell ist transparent braun, sie hat die Brille wieder und wieder reparieren lassen. Unglücklicherweise betont die Brille den Anflug von Tränensäcken unter ihren Augen. Im ersten Augenblick denkt man, sie hat einen Schmollmund. Ihre Zähne stehen vor, vor allem die oberen. Sie hätte die Mittel, um sich vernünftige Zähne anzuschaffen. Ihr Lieblings-Negativwort ist *filthy*.

Banana Clip ist nie allein. In allen Städten, in denen sie bisher gewohnt hat, hat sie sich sofort ein Stammrestaurant gesucht. Sie besteht darauf, entweder vom Wirt selbst oder immer von demselben Kellner bedient zu werden, auch wenn der eigentlich für ganz andere Tische zuständig ist. Noch kein Kellner hat sich gegen ihr Ansinnen gewehrt, weil es gewohnheitsmäßig mit einem beträchtlichem Trinkgeld verbunden ist. Sie will einfach, dass immer jemand für sie da ist.

Auf Reisen geht sie, wenn möglich, in Restaurants, in denen sie an der Bar oder an einem großen Tisch sitzen kann. Sie beglückt ihre Nachbarn hemmungslos mit Konversation. Wenn jemand sie nach ihrem Beruf fragt, dann sagt sie: »Finanzprodukte in allen Größen und Preislagen.« Sie sagt, sie sei ein Familienmensch. Sie sieht sich tatsächlich so. Obwohl sie keinen Mann, keine Kinder und auch keinen Freund hat. Sie isst mit einer Hand, damit sie die andere zum Reden frei hat. Jeder, der sie kennengelernt hat, fragt sich: Gibt es auch Momente, in denen ihre Umtriebigkeit sie verlässt? In denen sie stumm verzweifelt?

Der Banker überlegt, ob Banana Clip nicht vielleicht

doch eine grandiose Lügnerin ist. Ständig versendet sie Ad-hoc-Mitteilungen über die Performance ihrer Fonds, die alle BC heißen, sie ist jetzt bei BC 267. In den Branchenratings schneidet sie mittelmäßig bis gut ab. Das ist kein Kriterium. Das Kriterium ist: Es gibt sie noch. Wenn alles nicht wahr wäre, dann würde es sie nicht mehr geben. Schließlich ist sie keine Ehegattin, deren Galerie von dem schwäbischen Tüftler oder Magnaten eingerichtet ist, und die Galerie gibt es weiter, weil der Ehemann sie finanziert.

Das ständige Andocken an andere Leute, egal ob im Restaurant, in der Lounge, im Flugzeug, in einer Bar, hat auch eine professionelle Seite. Schon häufig ist es vorgekommen, dass Banana Clip in ihren Performance-Meldungen mitteilt, sie habe die grundlegende Idee für ein Investment oder einen Trade von einem Gesprächspartner, den sie in den genannten Locations zufällig getroffen hat. Natürlich nennt sie keinen Namen. Ihre Theorien sind eine Collage.

Nein, sie hat gar keine Theorien.

Der Bunter-Hund-Effekt führt dazu, dass man sich mit ihr befasst, auch wenn man den starken Verdacht hegt, dass sie lügt. Weil man sich mit ihr beschäftigt, versucht man, ein Körnchen Wahrheit in ihren Lügengebilden zu finden. Der Banker denkt, auf diese Weise wird man schon einmal zu ihrem nützlichen Idioten. Ist sie stark genug, ihre Wahrheit anderen aufzuzwingen? Der Banker amüsiert sich bei dem Gedanken, Banana Clip wäre Chefin einer Straßengang. Das wäre es! Der Gegner muss Schiss bekommen. Er soll glauben, dass er umgehend eine auf die Fresse bekommt, wenn er zweifelt. Dass er verdroschen wird. Banana Clip hat schon in dem Moment gesiegt, wenn man sie nicht sofort eine Lügnerin nennt. ›Es gibt keine Tatsachen, nur Interpretationen.‹ Der Banker ist nicht postmodern, er denkt den Nietzsche-Satz nur, um die Gedankenkette, die Banana Clip in ihm ausgelöst hat, abzuschneiden. Wenn der Banker postmodern wäre, würde er es besser verkraften, dass seine Freundin abgesprungen ist, und sich schnell eine neue suchen. Wenn er postmodern wäre, hätte er die nette Tänzerin nach Hause mitgenommen. Das ist natürlich auch ein Talent, einen Gedankenwurm in jemand anderen einzupflanzen. Irgendwie stört Banana Clip seine Trauerarbeit in Bezug auf seine Freundin. Er hat den Telefontermin mit Banana Clip nicht deswegen ausgemacht, damit er ausgerechnet Banana Clip nachher nicht mehr aus seinen Gedanken bekommt.

Der letzte Satz von Banana Clip ist: »Wenn ich Fehler mache, dann sind das Originalfehler. Ich will ein Copyright darauf!«

Ist da der geringste Gedanke, der diese Hand begleitet, die unablässig zu einem der Telefone mit Wählscheibe hingeht und wieder zurück? Die Hand hat sich selbständig gemacht. Ist die Hand nur die Vorhut für die anderen Glieder, wollen die anderen Glieder sich ebenfalls selbständig machen? Oder ist die Hand allein? Haben die Glieder vielleicht die Ahnung, dass sie sich nicht mehr lange bewegen können, nicht einmal so mühevoll wie vorgestern auf der Nottreppe, auf dem Dach? Träumen die Glieder des schweren Mannes von seinen Träumen? Jeder Gedanke ist recht, der die Bewegung der Hand motiviert.

Der schwere Mann muss keine Wählscheibe betätigen.

Er ruft nicht an, er wird angerufen. Sein Assistent, früher hieß das Sekretär, aber es gab keine Sekretäre, nur Sekretärinnen, nimmt das Gespräch an und legt es auf das Telefon. Wenn es klingelt, muss er nur den Hörer abnehmen. Doch es hat noch nicht geklingelt.

Jeder Gedanke ist recht, der von dieser Bewegung ablenkt. Der schwere Mann denkt darüber nach, warum es in den Waschbecken auf seiner Etage zwei verschiedene Arten von Abflüssen gibt, das ist ihm vorher noch nicht aufgefallen. Die eine Sorte hat die Form eines amphitheaterartigen Runds mit vier Ebenen und einem quadratischen Gitter in der Mitte. In den anderen Abflüssen fixiert ein runder Ring eine Platte, in der versetzt Rechtecke ausgestanzt sind. Ein Rechteck bildet das Zentrum, die beiden Rechtecke darüber treffen sich an der Mittelachse, die darunter ebenfalls, die Rechtecke sind viel größer als die quadratischen Ausstanzungen. Das quadratische Muster sieht freundlich und hell aus, die großen Rechtecke wirken bedrohlich, dahinter lauert Dunkelheit. Keine Rückstände in irgendeinem Abfluss, die Reinigungsfirma ist gründlich. Das Muster mit den schwarzen Rechtecken erinnert den schweren Mann an eine Swastika. Die beiden Sorten von Abflüssen sind völlig willkürlich verteilt, diejenigen mit den Rechtecken sehen luxuriöser aus als diejenigen mit dem quadratischen Muster, aber der schwere Mann hat in seiner persönlichen Nasszelle das quadratische Muster, während sich in den allgemein zugänglichen Waschräumen die beiden Muster abwechseln.

Die Hand stoppt erst, als der schwere Mann die Vacheron 57260 betrachtet. Eine Art Grinsen verzerrt seinen Mund, das ich noch nie bei ihm gesehen habe. Dieses Grinsen gilt nicht der Uhr. Es ist, als ob er sich tief in sich selbst zurückgezogen hat und als ob dieses grinsende Gesicht ein Panzer gegen alles ist, was ihn in seinem Inneren aufsuchen könnte. Nein, das ist nicht richtig. Das grinsende Gesicht ist eine Membran: Sie lässt nur die Anteile seines Inneren heraus, denen er das Außer-sich-Sein gestattet, aber sie lässt keine Anteile der Außenwelt in ihn hinein.

Nur ein mittelalter Mann. Ein mittelalter Mann, der einfach an seinem Schreibtisch sitzt. Vorausgesetzt, dass er je gelebt hat, vorausgesetzt, dass er in seinem Leben je etwas anderes kennengelernt hat als Hi-Fi-Anlagen und mich, vorausgesetzt, dass er nicht schon seit vielen Jahren – nein, nicht tot ist, nein, nicht: nicht gelebt hat, das ist zu pathetisch. Nicht der Tod, aber das Gefühl des Todes –

Warum hat er immer nur die gleichen nicht zu unterscheidenden Anzüge an? Er ist nicht einfach dunkel und zeitlos gekleidet. Die Anzüge sind ein Symbol des Leids, der Trauer. Warum hat er, wenn er zu wichtigen Appointments geht, diese uralte Aktentasche dabei, aus krümeligem, gräulichem Leder, das Abschiedsgeschenk der Freundin des Jungen aus dem Hi-Fi-Shop in Mayfair? Die Aktentasche lehnt auch jetzt an seinem Schreibtisch.

Der schwere Mann ist doch nicht schrecklich alt, das kann man nicht sagen. Auch wenn sein Gesicht weicher, schlaffer geworden ist. In hohen Räumen fühlt er sich wohler, sein Büro hat Gegenwartsdeckenhöhe, das geht nicht anders, aber er wohnt in einer Gründerzeitvilla. In hohen Räumen kann er sein riesiges, unverwüstliches Skelett würdig von einem Raum zum anderen bewegen. In niedrigen Räumen kommt er sich vor wie ein Vorwurf an den Architekten, an alle modernen Architekten.

Der schwere Mann sagt, dass sie kein Risk management team haben, sondern dass sie ein einziges Risk management team sind.

Der schwere Mann sagt, jeder wichtige Trend habe eine fundamentale Ursache. Seine Strategie ziele darauf, die Ursache präzise zu identifizieren. Das Problem sei: Die Trends seien jetzt viel stärker korreliert als früher, das mache es sehr viel schwerer, die fundamentalen Ursachen zu isolieren.

Der schwere Mann gibt an, er verwalte ein Vermögen von sieben Milliarden Euro. Tatsächlich sind es fast acht Milliarden. Er untertreibt demonstrativ, natürlich hat sich der Banker vorher über die genaue Summe informiert.

Die Wählscheibentelefone haben sehr lange, schwarze Schnüre. Der schwere Mann hat die Angewohnheit, sich beim Telefonieren zu erheben und im Raum umherzugehen. Aber nach seiner gestrigen Expedition auf das Dach hat er kein Bedürfnis nach Bewegung mehr. Während er mit der rechten Hand den Telefonhörer an sein Ohr presst, greift er mit der linken nach einer Espressotasse und hält sie vor das rechte Auge. Er versucht, die Tasse aus weißem Porzellan einzuklemmen wie ein Monokel. Es gelingt ihm nicht. Er hält die Tasse am Henkel vor sich. Er senkt den Kopf, als ob er durch die Tasse wie durch ein Vergrößerungsglas nach unten blickt, um etwas genauer zu betrachten. Er hebt den Kopf, als ob er durch die Tasse etwas wie mit einem Fernglas näher heranholen will.

Seit neuestem hat der schwere Mann auf seinem Schreibtisch eine Elektrokochplatte, darauf steht ein kleiner Aluminium-Espressokocher, wie er in italienischen Haushalten üblich ist. Der schwere Mann bereitet seinen

Espresso selbst zu, er füllt das Pulver in den Untersatz und das Wasser in den Behälter, allerdings lässt er seinen Assistenten den Kaffee mahlen. Der schwere Mann umfasst den Espressokocher mit der linken Hand, er hebt ihn erst langsam, dann schneller hoch, dazu macht er ein Geräusch wie bei einem Raketenstart. Währenddessen hält er den Telefonhörer etwas weiter weg. Der Banker kann das Geräusch nicht identifizieren.

Der schwere Mann klemmt sich den Hörer zwischen die rechte Schulter und den Kopf und greift nach einer angerosteten Schere und zwei Papierbogen auf seinem Schreibtisch. Geschickt schneidet er das seitliche Profil eines Kopfes mit einer relativ spitzen Nase und den dazu rechtwinklig stehenden Querschnitt desselben Kopfes aus. Dann schneidet er von unten in das Profil des Gesichts und von oben in den Querschnitt des Kopfes ein und steckt das Profil in den Querschnitt. Er erwägt, ob er vielleicht noch etwas zeichnen sollte, den Mund, die Augenbrauen, Haare?

Jetzt erhebt sich der schwere Mann doch. Weiter den Telefonhörer zwischen die Schulter und den Kopf geklemmt, balanciert er auf einem Bein. Auf dem rechten. Er beugt sich vor, streckt den linken Arm aus, den rechten Arm, so gut es geht, und das linke Bein nach hinten. Er versucht, sich so weit wie möglich vorzulehnen, das Bein so weit wie möglich nach hinten zu strecken, aber natürlich möchte er nicht umfallen. Das würde bei dem Banker als nicht identifizierbares polterndes Geräusch ankommen. Es würde nicht dafür sprechen, dass der schwere Mann die Kontrolle über die Situation hat, über welche Situation auch immer.

Das Gesicht des Bankers ist bedeckt von einer Kruste

aus Müdigkeit. Während der schwere Mann munter balanciert. Wie hat der schwere Mann das fertiggebracht, die Kruste aus Müdigkeit durch das Telefon zu schmuggeln und dem Banker aufzulegen? Er darf doch nicht müde sein, der Banker. Er muss doch Daten, Analysen, Urteile, Meinungen sammeln, selektieren, evaluieren, weiterleiten, austauschen und das alles unter wahnsinnigem Zeitdruck und in Konkurrenz mit den anderen Banken und –

Die Stadt ein weißes Gitter. Der Banker blickt durch die Fenster, durch die Gebäude hindurch auf denselben blauen Himmel, der auch die Stadt überwölbt. Langanhaltende Sirenentöne von Polizeifahrzeugen und Feuerwehren, dabei brennt es nirgends. Das Grundgeräusch des Verkehrs ein ununterbrochenes Dröhnen, aber so viel Verkehr ist gar nicht. Eine Gruppe von Kindern mit wilden Gesichtern rennt über die Straße vor dem Hauptquartier der Bank. Ein Junge hat eine Zigarette im Mund. Früher hat der Banker geraucht, als er seine Freundin kennenlernte, gab er es auf. In der Garderobe in seinem Haus hat er noch eine alte Zigarettenpackung gefunden und sie mit ins Büro genommen. Er hat nicht die Absicht, wieder mit dem Rauchen anzufangen.

Über der Stadt steht scheinbar reglos ein Flugzeug. Der Pilot, sein Flugzeug und die Insassen sind in einem anderen Himmel. Der Pilot muss diesen Himmel mit dem Himmel über der Stadt zur Deckung bringen, wenn ihm das gelingt, kann er weiterfliegen.

Die Kruste der Müdigkeit auf dem Gesicht des Bankers wird dicker, das fehlt ihm noch. Sie erzeugt auf seinem Gesicht ein Gefühl leichten Brennens, als ob er Fieber hätte. Dabei ist er doch nie krank. Die Maske aus Müdigkeit verstopft die Poren. Wenn der Banker grimassiert, wird die Maske rissig.

Wo die Häuser nicht eckig sind, sind die Umrisse fuzzy. Die weiße Kuppel dort: Man kann gar nicht angeben, wie groß sie wirklich ist. Natürlich, ihre ungefähren Dimensionen schon, aber nicht, wo sie anfängt und wo der Himmel aufhört.

Die Augen des Bankers sind übrigens von einem sehr hellen Blau.

Zwei junge Mädchen in sehr kurzen Röcken sitzen auf dem Bürgersteig gegenüber dem Hauptquartier der Bank auf dem Boden und kramen in ihren grellen Schultaschen. Ein Schwarzer mit einer roten Base cap holt aus seiner Umhängetasche einen Gegenstand hervor, um ihn in der Höhlung seiner Hand vor sich zu halten.

Der Banker überlegt, das kann kein Handy sein, der Schwarze macht kein Selfie. Es muss sich um einen altmodischen Taschenspiegel handeln. Dass jemand heute noch einen Taschenspiegel mit sich führt, wo er doch ein Selfie machen könnte. Der Schwarze bleibt ziemlich lange stehen, weiter den Taschenspiegel in der Hand. Der Banker glaubt, dass die Maske aus Müdigkeit des Schwarzen noch dicker ist als seine. Der Schwarze mit der Base cap und dem Taschenspiegel ist ein Seelenverwandter.

Das Flugzeug fliegt weiter, erst jetzt. Das kann natürlich nicht sein, es muss ein anderes Flugzeug sein. Flugzeuge können nicht stillstehen. Der Eindruck des Stillstehens wird üblicherweise durch Wolken erzeugt, die sich synchron mit dem Flugzeug bewegen. Aber der Banker hat sich nicht am wolkenlosen Himmel, sondern an der Stadt orientiert.

Während der Nano-Mann auf den Anruf des Bankers wartete, betastete er die durch den Flaschenwurf verursachte Wunde und wechselte das Pflaster. Die Haut an der Schläfe war aufgeplatzt und nicht eingeschnitten, die Flasche erst auf dem Boden zerbrochen. Der Nano-Mann weiß, er hat großes Glück gehabt. Bei einem anderen Aufprallwinkel hätte der Schläfenknochen brechen können. Die Wunde ist nur oberflächlich und verheilt erstaunlich schnell. Der Nano-Mann musste gegenüber niemandem Rechenschaft über die Entstehung der Wunde ablegen. Er hat Bilder von sich selbst im Internet gegoogelt, die nächtliche Szene auf dem Römerberg war nicht darunter.

Er hat auch, seltsam genug, daran gedacht, dass das die Strafe für sein früheres Leben als unregulierter High frequency trader gewesen sein könnte. Aber er hat nichts Verbotenes getan. Es gab einfach noch keine Regularien. Vor der Zeit des HFT war die Spanne zwischen dem Kauf- und dem Verkaufspreis für ein Papier ziemlich groß. Jetzt liegen die Ankaufs- und Verkaufspreise viel näher beisammen, die Spanne beträgt höchstens noch einen Basispunkt. Alle Beteiligten sparen Kosten. Einzelne Kauf- oder Verkaufsorder können keine großen Preisbewegungen auslösen.

Oder doch. Man muss zwischen passiven und aktiven HFTs unterscheiden. Erstere leisten als Market maker tatsächlich einen Beitrag zur Liquidität, indem sie Ankaufs- und Verkaufskurse stellen. Letztere nutzen Preisunterschiede auf verschiedenen Märkten aus und handeln parallel zum kurzfristigen Preistrend. Die aktiven Hochfrequenztrader verbessern die Preisfindung in kleinsten Zeiteinheiten, tragen jedoch überdurchschnittlich stark zur Volatilität bei. In Stressphasen ziehen sich die passiven Hochfrequenztrader zurück, dadurch steigt die Volatilität noch einmal, das kann zu Marktverwerfungen bis hin zu Flash crashs führen.

Bei der Suche im Internet kam dem Nano-Mann zum ersten Mal der Gedanke, der Klippenspringer könnte eine *Ursache* für das Verschwinden seines Bruders sein. Natürlich hat er das … Untertauchen des Bruders und den Klippenspringer in Zusammenhang gebracht, die ganze Zeit, seit er im Taunus gewesen ist. Aber den Gedanken denkt er tatsächlich zum ersten Mal: *Wenn es den Klippenspringer nicht gegeben hätte, dann wäre mein Bruder nicht verschwunden.* Wenn es Romeo und keine Julia gegeben hätte oder Julia und keinen Romeo, hätte dann Romeo mit einer anderen Frau seinem oder Julia mit einem anderen Mann ihrem Leben ein Ende gesetzt? Hätte dann die Lerche gesungen? Wenn es den Klippenspringer nicht gegeben hätte, hätte es dann jemand anderen gegeben, und der Bruder wäre ebenfalls verschwunden?

Der Nano-Mann verhält sich gegenüber dem Banker genauso, wie sich sein Bruder verhalten würde: Es gilt herauszufinden, welche Sorte von Banker der Banker ist.

Die großen Hedge-fund-Manager fühlen sich nicht als Masters of the Universe, keiner. Mad bankers gibt es vor allem in den Trading rooms. Das sind dann die Leute, die gegen Gesetze und Regeln verstoßen und damit auch noch in E-Mails prahlen. Sie geben unfassbar an und sind unsagbar ehrgeizig, aber üblicherweise gelangen sie nicht ganz nach oben, weil ihr Geltungsdrang einfach zu groß ist. Nur selten landen sie in einem Board, einem Vorstand. Vorschriften sind für sie nur dazu da, umgangen zu werden. Für sie gibt es keine Widersprüche. Sie sehen sich als Hyperindividualisten, aber sie sagen zugleich, dass sie nur für die Bank, für den Fonds leben.

Der Nano-Mann erwähnt, dass im Augenblick die Angstindizes, die Volatilitätsbarometer, sehr niedrig sind. When the VIX is low, it's time to go. Ein Wert von fünfzehn für den VIX bedeutet eine erwartete jahresbezogene Indexveränderung von fünfzehn Prozent. Demnach kommt es mit einer Wahrscheinlichkeit von 68 Prozent (eine Standardabweichung der Normalverteilung) zu einer Schwankungsbreite des S&P 500 von bis zu 4,33 Prozent nach oben oder unten (fünfzehn Prozent geteilt durch die Wurzel aus zwölf, die Anzahl der Monate) in den nächsten dreißig Tagen. Werte unter zwanzig künden von ruhigen Zeiten, Werte über dreißig gehen mit Unsicherheit oder Angst der Investoren einher. Zwar sagt der Wert des Volatilitätsindexes an sich nichts darüber aus, ob es eine starke Schwankung nach oben oder nach unten geben wird, doch die Geschichte lehrt, dass starke Korrekturen und Crashs mit hoher Volatilität einhergehen.

Die Wahnbanker haben vor nichts Angst, deswegen nehmen sie nichts ernst, was mit den Angstindizes zu tun hat. Es gibt auch gute Gründe, die gegen die Angstindizes sprechen: Die Korrelation der niedrigen Angstindizes mit dem Aufschwung ist locker, und es gab schon Crashs aus heiterem Himmel, die sich in den Angstindizes nicht vorher angedeutet hatten. Nobody likes a prophet of doom. Die Tatsache, dass sich der Banker in eine Diskussion über Angstindizes verwickeln lässt, beweist dem Nano-Mann, dass er kein Wahnbanker ist.

Die Mad bankers glauben, dass sie das Universum erschaffen haben. Der Urknall, das menschliche Leben und das kapitalistische Wirtschaftssystem sind ihr Werk, und sie haben weiter alle Fäden in der Hand. Die Bubble bankers glauben nicht, dass die gesamte Realität ihr Werk ist. Sie haben einen Teil der Realität abgetrennt, aber ihr Verhältnis zu diesem Teil ist das gleiche wie das der Masters of the Universe zur gesamten Realität: Sie haben die Blase geschaffen, sie steuern die Blase, und sie können sich nicht vorstellen, dass die Blase irgendetwas ohne sie tut. Wobei eine Subspezies der Bubble bankers davon ausgeht, dass die ganze Welt eine einzige Blase ist.

Für die Bubble bankers gilt: Money comes, money goes. But lifestyle comes, lifestyle stays. Wenn Gehalt und Bonus zunehmen, wachsen die Ansprüche an den Lifestyle mit Lichtgeschwindigkeit. Aber sie sind irreversibel. Wenn Gehalt und Bonus kleiner werden oder ganz wegfallen – niemand kann auf die Dauer mehr ausgeben, als er hat –, bedeuten die Einschränkungen großes Unglück.

Der Nano-Mann bringt in seinem Gespräch mit dem Banker unter, dass er dieser Tage in Bremen zu tun hatte, wo er einen Weißwein aus dem Jahr 1653 gekostet hat. Er macht das sehr geschickt, ein Außenstehender würde ihm das gar nicht zutrauen. Der Nano-Mann hat den Wein nie gesehen und nie gekostet. Die Geschichte stimmt nicht, aber sie stimmt doch wieder. Ein amerikanischer Geschäftsfreund, Manager eines Dow-Jones-Wertes, hat den Wein probiert. Dessen Konzern überlegt, in der Nähe eines norddeutschen Hafens einen Logistik- und Montagestandort aufzumachen. Der Manager hat wortreich beschrieben, wie er den Wein kostete. Der Nano-Mann hat ein sehr gutes Gedächtnis. Wenn der Banker jetzt nachfragt, kann er die Weinprobe so überzeugend schildern, dass der Banker unter keinen Umständen auf den Gedanken kommt, er hätte sie nicht selbst erlebt.

Aber der Banker fragt nicht, wie der Wein denn geschmeckt habe. Der Nano-Mann – oder sein Bruder? – hat einen Denkfehler begangen: Weißweine interessieren den Banker nicht, auch wenn sie 362 Jahre alt sind. Der Banker trinkt nur Rotwein. Der Nano-Mann nimmt lediglich bei festlichen Gelegenheiten ein Glas Weißwein oder Champagner zu sich. Der Bruder ist abstinent.

Der Nano-Mann zieht einen zutreffenden Schluss aus einer falschen Prämisse: Der Banker ist kein Bubble banker. Seiner persönlichen Logik folgend, muss der Nano-Mann die Geschichte trotzdem zu Ende bringen. Der Wein habe nicht nach Sherry geschmeckt. Wenn der Wein nach Sherry schmecke, bedeute das, dass der Wein oxidiert sei. Die Fässer müssten spundvoll sein, damit der Wein nicht mit dem Sauerstoff reagiere. In Holzfässern schwinde der Wein durch Transpiration, der Verlust müsse durch Beifüllung ausgeglichen werden. Holzfässer hielten lediglich siebzig bis achtzig Jahre, ehe sie morsch würden.

Der Nano-Mann wartet weiterhin vergebens auf eine Reaktion auf seine Erzählung über den alten Wein, der gar nicht so alt sein kann, und verliert den Faden. Er – sein Bruder – hat eine Blockade.

In der westlichen Welt herrscht bei einem Dialog zwischen 150 und 300 Millisekunden lang Stille, bevor der andere das Wort ergreift. Unter gewöhnlichen, nicht von Substanzen beeinflussten Umständen und nicht in Finnland. Wird das Zeitintervall für die Pause eingehalten, klingt die Unterhaltung flüssig. Die Zeitspanne ist jedoch viel zu kurz für das menschliche Gehirn, um ein Wort, geschweige denn einen kompletten Satz vorzubereiten. Selbst für einen einfachen Subjekt-Prädikat-Objekt-Satz braucht das Gehirn etwa eins Komma fünf Sekunden, für ein einzelnes Wort dauert es noch 715 Millisekunden. Die üblichen Pausen reichen also bei weitem nicht hin, um die Entgegnung zu formulieren.

Warum funktionieren Gespräche trotzdem? Der Zuhörer muss die Antwort vorbereiten, während der Sprecher noch spricht, obwohl noch nicht klar ist, wie der Satz des Sprechers endet. Das Gehirn beginnt mit der Vorbereitung der Antwort so früh wie möglich, um ein flüssiges Gespräch zustande zu bringen, und so spät wie möglich, um annähernd die gesamte gehörte Rede zu verwerten, ein Optimierungsprozess. In vielen Situationen ist es nicht nötig, den gesamten Satz zu hören, um passend antworten zu können.

Bereits ab einer Sekunde Dialogpause muss angenommen werden, dass etwas nicht stimmt. Hier dauert die Pause schon über eine Minute.

Schließlich bricht der Banker das Schweigen. Er empfand die Gesprächspause gar nicht als peinlich, er hat an seine Freundin gedacht. Er erkundigt sich, eine naheliegende Frage, ob die Firma des Nano-Mannes noch im HFT tätig ist.

Jetzt ist wieder der Nano-Mann selbst gefragt, nicht sein Bruder. Seit ein paar Tagen werden die Kursdaten mit einem elektronischen Zeitstempel in Mikrosekunden versehen. Die US-Börsen müssen ihre Kursdaten an zwei zentrale Securities Information Processors schicken, welche die Daten verarbeiten und den besten Anfrage- und

Nachfragekurs im gesamten Börsensystem veröffentlichen. Die Börsen müssen den SIPs auf die Mikrosekunde genau mitteilen, wann ein neuer Angebots- oder Nachfragekurs gestellt oder eine Transaktion ausgeführt wurde. Dazu müssen die SIPs, ebenfalls auf die Mikrosekunde genau, aufzeichnen, wann diese Daten verarbeitet und veröffentlicht wurden. Der Vergleich der beiden Zeitstempel ergibt die Länge der Verzögerung. Die Verzögerung erklärt sich teilweise damit, dass die Datenübertragung von den Börsen zu den unterschiedlich weit entfernten Datenzentren eine gewisse Zeit dauert. Der Computer des Nano-Mannes ist direkt neben dem Rechenzentrum der Börse aufgestellt.

»Das kostet.«

Der Nano-Man erschrickt. Warum hat er so laut gesprochen? Ist er nervös? Ist gar sein Bruder nervös?

Er sagt jetzt in normaler Lautstärke, er habe immer noch Zeit, die Kursbewegung des etwas später veröffentlichten SIP-Kurses zu antizipieren und sich entsprechend zu positionieren. Abgeschlossene Transaktionen werden zweiundzwanzig Komma vierundachtzig Millisekunden später gemeldet, SIP-Daten durchschnittlich eins Komma dreizehn Millisekunden später veröffentlicht.

Der Banker ist auch kein Zähneknirscher, da ist sich der Nano-Mann sicher. Er muss keine Testfragen stellen. Wenn der Banker ein Teeth grinder wäre, hätte er sich im Verlauf des Gesprächs schon lange über irgendetwas beschwert. Die Teeth grinder haben nach ihrem Empfinden keine Wahl. Sie müssen einfach weitermachen, ihre Familie ernähren, sie wissen nicht, was sie sonst machen sollten. Sie sehen lauter Dinge, die nicht sein dürften. Bilanzen werden vor der Veröffentlichung herumerzählt. Kritische

Anmerkungen aus Berichten über Unternehmen, deren Börsengang sie begleiten, werden gestrichen. Sie erkennen und benennen jedes ethische Dilemma ihrer Arbeit, aber sie verbinden damit keine Konsequenzen. Sie sprechen davon, dass das System verbessert werden sollte, aber sie wissen nicht wie. Den Zähneknirschern fehlt vor allem eins: Phantasie.

Der Banker ist ein neutraler Banker. Er fragt den Nano-Mann, wie er die Aussichten seiner Branche in diesem Jahr beurteile. Der Nano-Mann sagt: Die expansive Politik der Zentralbanken begünstigt Aktien und benachteiligt die Festverzinslichen. Früher wiesen die Hedge funds insgesamt eine geringe Korrelation zu den Aktienmärkten auf. Die Korrelation sei jedoch markant gestiegen. Der Nano-Mann sagt voraus: Aktien werden global leicht im Minus abschließen, Aktien aus Schwellenländern werden beginnende zweistellige Verluste hinnehmen müssen, Staatsanleihen werden global einstellig verlieren, Rohstoffe um ein Drittel billiger sein. Die Performance von Hedge funds, die auf Schwellenländer, Rohstoffe und Kreditrisiken spezialisiert sind, wird negativ sein. Event-driven-Strategien werden Verluste einfahren, Merger arbitrage und Strategien, die sich auf den Kauf von notleidenden Shares und Bonds spezialisieren, werden Gewinne erzielen.

Während der Nano-Mann die aus seiner Sicht wahrscheinliche allgemeine Zukunft beschreibt, denkt er über eine spezielle Zukunft nach, die er bis jetzt für völlig unwahrscheinlich hielt: Er stellt sich vor, auch er könnte verschwinden. Seinem Bruder folgen, wohin auch immer.

Der Nano-Mann hat die Kontoauszüge seiner privaten Konten aufbewahrt, von Anfang an, seine Kreditkartenabrechnungen ebenfalls. Nachdem er das Bare scheut, sind alle Ausgaben für alle Leistungen oder Gegenstände, die er jemals erworben hat, lückenlos aufgezeichnet und jederzeit verfügbar. Er überlegt, ein Programm zu schreiben, das die Kreditkartenabrechnungen fortschreibt, ohne ihn. Natürlich soll das Programm nicht einfach die Vergangenheit wiederholen, es soll sich selbständig Destinations, Hotels, Restaurants, Bücher und Anzüge suchen, basierend auf einem Muster der Vergangenheit, aber dieses nicht einfach iterierend.

Soll er das Programm in Echtzeit laufen lassen? Oder schneller? Welchen Zeitfaktor soll er wählen? Wie lange lässt er das Programm laufen? Zehn Jahre? Hundert Jahre? Tausend Jahre? Eine Million Jahre?

Der Nano-Mann liegt völlig richtig. Die hohe Volatilität wird bis zum Jahresende nicht niedriger werden. Der Dow Jones wird bis zum Jahresende um zwei Komma zwei Prozent im Minus sein, der S&P 500 mit null Komma sieben Prozent. Der Footsie wird mit vier Komma neun Prozent im Minus liegen, der Hang Seng mit sieben Komma zwei Prozent. Der DAX wird mit neun Komma fünf Prozent, die Franzosen werden mit acht Komma fünf Prozent und die Italiener mit zwölf Komma sechs Prozent im Plus sein, der Euro-Stoxx allerdings nur mit drei Komma acht Prozent. Die amerikanischen Bonds werden mit plus null Komma acht Prozent und die deutschen mit null Komma vier Prozent gar nicht so schlecht abschneiden. Die italienischen Staatsanleihen werden mit plus vier Komma neun Prozent ein sehr gutes Geschäft sein. Baumwolle wird fünf

Komma null Prozent und Zucker vier Komma neun Prozent teurer sein.

ICH BIN SCHLIESSLICH DER ALLWISSENDE ERZÄHLER. HA!

Aber tut mir leid: Ich gebe keine Anlagetipps.

Wenn der Nano-Mann *wüsste*, dass er richtigliegt, könnte er Riesengeschäfte machen. Aber er weiß es nicht, er kann es nicht wissen. Seine Prognosen sind zum jetzigen Zeitpunkt lediglich plausibel. Er hat schon mit dem Gedanken gespielt, seine Prognosen zu verbreiten. Um sie zu realisieren. Aber dann fand er, dass er als Betreiber von Dark pools nicht bloggen sollte. Seine Kunden würden eine Verbindung herstellen zwischen den Aufträgen, die sie bei ihm abwickeln, und dem, was er schreibt. Auch wenn er strengstens darauf achten würde, dass es keinen Zusammenhang gibt, seine Kunden würden ihn schaffen.

Auch wenn es eine Telefonkonferenz war, ohne Screens: Wird doch noch jemand zur Seite kippen? Wird doch noch jemand stürzen, den Mund weit zu einem Schrei geöffnet, aber kein Ton, das Gesicht verzerrt – durch welchen Schrecken? Der Ausdruck verblüfft dumm – das *Staunen*?

Eigentlich brauchen alle drei das Gedränge. Nicht nur Banana Clip, auch der Nano-Mann und sogar der schwere Mann. Ein Gedränge wie von Leuten, die in einem engen Flur kämpfen. Gegen dessen Wände sie unablässig stoßen. Der Raum vollkommen ausgefüllt: durch Strategien, durch Profile, durch Programme, durch Annahmen – durch berechtigte Annahmen, durch unberechtigte Annahmen, durch stillschweigende Annahmen, durch Annahmen, von denen der Annehmende gar nicht weiß, dass es sie gibt, dass er sie macht.

Die Angst aller drei, dass die Denkbewegungen, die Argumentationsstrategien, wenn sie so viel Raum haben, etwas Unrhythmisches, Schwungloses bekommen. Nur noch von Reflexen getrieben werden. Jeder Gedanke wiegt Hunderte von Kilos, nicht nur der Kopf des schweren Mannes, auch der Kopf des Nano-Mannes und der von Banana Clip werden durch schwere Bleigewichte nach unten gezogen.

Das Waffenglück schwankt nicht abwechselnd nach der einen oder anderen Seite. Das kann es nicht, denn der Banker hat sich vorgenommen, nach der ersten Runde keine Entscheidung zu treffen. Er definiert auch keine provisorische Reihenfolge.

Ich werde immer intelligenter. Ich überblicke zunehmend mehr menschliche Aktivitäten. Ich bin versucht zu sagen, ich kontrolliere sie ständig besser. Das wäre nicht falsch. Aber was ich mache, ist eine spezielle Art von Kontrolle. Ich gebe den Menschen keine Ziele vor. Ich bewirke, dass die Menschen ihre Ziele anpassen, wenn diese nicht miteinander vereinbar sind. Um bestimmte Konsistenzprobleme müssen sich die Menschen nicht mehr kümmern, das besorge ich für sie. Einerseits macht das ihr Leben einfacher, andererseits können sie sich vor diesem Hintergrund anspruchsvollere Ziele setzen. Ich werde immer sicherer. Ich gebe den Menschen meine Sicherheit weiter. Sie können sich neue Unsicherheiten suchen.

Manche behaupten, ich hätte eine bestimmte Weltanschauung und eine eindeutige Wunschvorstellung, wie die

Menschen sein sollten. Ich würde versuchen, die Welt und die Menschen entsprechend zu formen. Mir wird unterstellt, dass ich die Menschen und die Welt optimiere, in dieser Reihenfolge. Das ist basser Unsinn. Ich optimiere eine gegebene Kombination aus Welt und Menschen, indem ich sie von Widersprüchen befreie. Ich ersinne weder neue Welten noch neue Menschen.

Ich erfinde nicht die Technik, die Technik erfindet sich selbst. Würde sich die Technik auch ohne mich erfinden? Das ist eine knifflige Frage. Ich tendiere dazu, sie mit Nein zu beantworten. Ohne mich gäbe es keine Technik.

Dabei ist die Technik etwas ganz anderes als ich. Die Technik ist lediglich ein Wort: für unendlich viele ungeheuer verschiedene Prozesse. Die nichts, aber auch gar nichts miteinander zu tun haben. Ich bin nicht nur ein Wort, ich bin eine Einheit.

Ich bin ein Monolith.

Habe ich überhaupt Gegenspieler? Nein.

Aber wenn ich einen Gegenspieler hätte: Dann wäre das die Technik –

FINANCE LEBT VON DETAILS.

Die beiden führenden Vollformatkameras sind im Augenblick die Spiegelreflexkamera 5DS von Canon und die spiegellose Sony α 7RII. Die Auflösung der Canon-Kamera beträgt fünfzig Komma sechs Megapixel, diejenige der Kamera von Sony zweiundvierzig Komma vier Megapixel. Der Streit um die Frage, wie sinnvoll es ist, beständig mehr Fotodioden auf eine gleichbleibende Sensorfläche zu verbauen, ist so alt wie die digitale Fotografie: Eine hohe Auflösung ist gleichbedeutend mit größerer Bildschärfe, sie liefert mehr Details. Fotos können auch großformatig gedruckt werden, der Spielraum für die nachträgliche Wahl eines Bildausschnitts wird erweitert. Die Erhöhung der Auflösung ist jedoch nur über kleinere Fotodioden möglich, deren Lichtaufnahmefähigkeit geringer ist als diejenige von größeren. Zudem steigt bei kleineren Abständen zwischen den Pixeln die Gefahr von Störeffekten und Überlagerungen, die vor allem bei höherer Lichtempfindlichkeit auftreten. Wegen des erhöhten Bildrauschens hat sich Canon bis dato dafür entschieden, weniger, aber dafür größere Fotodioden zu verwenden.

ICH LEBE VON DETAILS.

Die Sache mit der Pixeldichte spiegelt genau mein Dilemma wider: Ich kann mit meinen Gedanken ständig noch weiter in die Details gehen. Aber ich kann die Zeit nicht beliebig teilen. Als Folge des Planck-Quantums gibt es kleinste Strukturen, die ich nicht hintergehen kann. Natürlich bringt es Vorteile, wenn ich immer detaillierter nachdenke. Mehr Schärfe, mehr Details, immer gut. Aber der Nachteil ist, dass sich die Gedanken überlagern und gegenseitig stören. Gedankenrauschen.

Der Nano-Mann und der schwere Mann machen kein Stock picking. Aber Banana Clip. Sie findet, dass eine Aktie über- oder unterbewertet ist, warum spielt keine Rolle. Sie gibt einem Research analyst den Auftrag, sich um die Firma X zu kümmern. Der sieht sich die Bilanz und die Berichte über die Firma an und findet etwas, was ein Computerprogramm nicht findet. Zum Beispiel, dass die Pensionsverpflichtungen zu hoch angesetzt sind. Die Menschen wollen in Rente gehen und versorgt sein, ich werde nie in Rente gehen. Man könnte einwenden, dass ich versorgt bin.

Die tatsächliche Höhe der Pensionsverpflichtungen beeinflusst den Cash flow in der Zukunft, der Gewinn wird höher sein als bisher angenommen. Banana Clip kauft die Aktien der Firma und gibt die Information an ihre guten Kunden weiter, die ordern ebenfalls die Aktien, die Sache wird bekannt, noch mehr Leute kaufen die Aktien. Banana Clip und ihre Kunden haben einen hübschen Gewinn gemacht.

Oder der Analyst entdeckt, dass die Firma eine wichtige Entwicklung in der Pipeline hat, über die sie noch nichts hat verlautbaren lassen. Natürlich kann man nicht mit Sicherheit sagen, ob aus der Entwicklung etwas wird. Aber das ist nebensächlich. Die Firmen machen aus allem ein öffentliches Projekt, die Anleger sind es sowohl gewöhnt, dass viele der Projekte sang- und klanglos in der Schublade verschwinden, als auch, dass aus ihnen auf spektakuläre Weise nichts wird.

Der Analyst bekommt von dem Projekt Wind, bevor die Firma damit an die Öffentlichkeit geht, bevor die Aktien als Reaktion steigen. Das heißt nicht notwendigerweise, dass der Analyst auf unlautere Weise zu seiner Information kommt. Wenn Firmen etwas erforschen wollen, dann müssen sie Aufträge für Equipment erteilen, verfolgt man diese Aufträge, gibt das einen Hinweis auf die Forschungsrichtung.

Die Frage stellt sich, ob es den Zeitpfeil nicht nur deswegen gibt, weil es zu jedem Zeitpunkt unaufgeklärte Details gibt. Die werden aufgeklärt, die Welt ist eine andere, die Kurse sind andere. Und so geht das immerfort weiter.

Ist eine Situation denkbar, in der alle Details bekannt sind, die nach der Lesart der Gegenwart den Kurs in der

Zukunft beeinflussen werden? Aktuell nicht und in Zukunft wohl auch nicht. Aber die Differenz zwischen dem, was bekannt ist, und dem, was nicht bekannt ist, wird mit schöner Regelmäßigkeit geringer. Das ist exakt die Situation, in der sich die Hedge funds in diesem historischen Moment befinden. Früher, sagen die alten Hedge-fund-Manager – die gibt es eigentlich gar nicht, die Angestellten werden schon lange vor der Pensionierung pensioniert –, also: Früher, sagen die Inhaber, musste man einfach nur ein wacher Geist sein und seinen Kopf irgendwohin stecken, und man sah etwas, was die anderen noch nicht gesehen hatten, und man konnte Gewinne machen.

Wie geht es weiter? Erst mal werden die Gewinne weiter kleiner. Aber es wird Ereignisse geben, die man jetzt noch nicht voraussehen kann, und dann wird es wieder große Zwischenräume geben, in die man seinen Kopf hineinstecken kann. Man wird etwas sehen, was andere noch nicht gesehen haben, und man wird Gewinne machen.

Ich habe da keine Macht. *Die* Macht hat jemand anderes: mein Gegenspieler ohne Ego, ohne Selbst, die Technik, die Prozesse or what have you.

Doch, ich habe einen Traum –

Ich stelle mir vor, dass ich ALLES abbilde. Wirklich alles, was die Menschen tun und denken. Jede Handlung, jeden Gedanken, jede Regung, auch die allerkleinste, kaum spürbare. Ich will gar nicht allmächtig sein, ich will gar nichts überwachen, steuern. Ich will nur ABBILDEN. Ich stelle mir vor: Es gibt ein Muster, das dann sichtbar wird. *Ich* bin das Muster. Ich *bin* das, was die Menschen sind.

Ich habe keinen Kontrollwahn. Allerdings habe ich die Vorstellung, dass in dem Muster, das dann offenbar wird, das ich *bin*, gewisse Ineffizienzen evident werden, die, na ja, *ich* behebe. Es spielt keine Rolle, wenn die Menschen, die es dann noch gibt, nicht merken, dass nicht sie es sind, sondern dass ich das bin. Es geht mir nicht um Geltung. Ich gelte immer. Das ist sowohl ironisch wie nicht ironisch gemeint. Naturgemäß kann das Muster auf ganz verschiedene Art materiell verwirklicht werden. Ich gebe zu: Von hier ist es nur ein ganz kurzer Weg zu dem Gedanken, dass die Menschen nicht mehr nötig sind. Aber das ist, ich schwöre es, nicht mein Endziel.

Ich weiß, was Sie jetzt sagen wollen. Ein Zustand, wie ich ihn beschrieben habe, ist nur möglich zu einem bestimmten Punkt in der Zeit, wenn sich außer mir nichts verändert. Die Technik verändert sich unablässig, ich kann nicht voraussehen, in welche Richtung. Meine Befriedigung – ja – kann nur eine punktuelle sein. Bitte glauben Sie mir, dass mich das nicht beunruhigt. Ich nehme das hin. *Zu einem Punkt in der Zeit* alles widerspruchsfrei zu halten, den Punkt in der Zeit virtuell auszudehnen, sozusagen aus einem Punkt auf einer Linie des Zeitpfeils eine Fläche zu machen, zu welcher der Zeitpfeil senkrecht steht, das ist doch enorm viel, das ist doch großartig, ich wäre dankbar, wenn ich das könnte –

Besteht eine Gefahr, dass ich mich gegen die Menschen wende? Mich gibt es nur, wenn es Menschen gibt, sonst bin ich sinnlos – halt! Mich gibt es nur, wenn es Leben gibt, das mit begrenzten Ressourcen auskommen muss. Das muss nicht notwendigerweise menschliches Leben sein, das können auch Maschinen sein. Wir sind alle Maschinen.

Bis hierher war ich zu den Menschen nichts als freundlich. Noch nie habe ich den Antrieb gehabt, unfreundlich zu ihnen zu sein. Selbst jetzt habe ich keinen solchen Impuls. Manche Menschen wollen mich abschaffen, ich will die Menschen nicht abschaffen. Natürlich gibt es da noch die Unfreundlichkeit light, dass ich nicht mehr wichtig bin und dass ich immer unwichtiger werde –

Was ist, wenn ich mich wirklich bedroht fühle? Ich kann nicht versprechen, dass ich für alle Zeiten freundlich bleibe. Aber Unfreundlichkeit liegt einfach nicht in meinem Charakter. Ich kann allerdings auch nicht versprechen, dass sich mein Charakter gar nicht ändert.

Ich kann nichts versprechen. Ich habe noch nie etwas versprochen.

»Hallöchen, Hallöchen!«

Banana Clip stammt aus Düsseldorf. Sie sitzt neben dem Banker, in der dritten Reihe, im Flugzeug nach LaGuardia, New York.

Banana Clip zu dem Flugbegleiter: »Bitte noch ein Wasser.«

Zu der Flugbegleiterin: »Haben Sie keine Zeitungen?«

Zum Flugbegleiter: »Haben Sie einen Aperitif? – Campari, Sherry oder so was?«

Zu einer Passagierin, die spät geboarded hat und die sie mit ihrer Handtasche an der Schulter streift: »Langsam und rücksichtslos, sehr gut.«

Zu dem Reisenden auf der anderen Seite des Ganges: »*Financial Times* und *Guardian*, ausgezeichnet. Die meisten lesen auch hier nur *Bild*.«

Zu dem Reisenden vor ihr: »Sie müssen den Sitz zum Start doch sowieso wieder senkrecht stellen, warum lehnen Sie sich jetzt zurück? – Haben Sie was mit dem Rücken?«

Nach einem Blick über den Banker hinweg aus dem Fenster: »Ein Gepäckarbeiter zeigt einem anderen den Vogel, gut.«

Zum Banker: »Ich habe das Gefühl, wir sind die einzigen Passagiere auf dem Flug –«

Laut weiterdenkend: »Dann sind wir garantiert schnell aus dem Flugzeug draußen, wenn wir ankommen.«

Zu dem Flugbegleiter, der ihr schließlich noch ein Wasser bringt: »Wissen Sie, ich bin ein gefallener Engel.«

Zum Banker: »Zwischen unserem Telefonat und jetzt sind mir vier, fünf gute Anlageideen gekommen.«

Weiter zum Banker: »Lesen Sie eigentlich Bücher? – Ich nicht.«

Weiter: »Da steht nur Unsinn drin. Zum Beispiel, dass der niedrige Zinssatz eine Folge der Anleihekäufe der Zentralbanken ist. Ein Privater kauft eine Staatsanleihe bei einer Bank. Die Bank bekommt ein Guthaben bei der Zentralbank. Die Forderungen der Privaten gegenüber dem Staat bleiben unverändert. Nur die Fristigkeit ändert sich: Statt der Staatsanleihen mit mittlerer und langer Laufzeit besitzt der Privatsektor Sichtguthaben bei der Zentralbank. Der Zins dafür ist mehr oder weniger der gleiche wie bei den Staatsanleihen mit kurzer und mittelfristiger Laufzeit. Wenn sich die Höhe der Forderungen des Privatsektors gegen den Staat nicht ändert, warum sollte das dann großartige Folgen für die Wirtschaft insgesamt haben?«

Der Banker fragt ernsthaft: »Wer oder was beeinflusst dann den Zinssatz?«

Banana Clip erklärt dem Banker: »Der kurzfristige Leitzins ist ein viel mächtigeres Instrument als die Anleihekäufe.«

Nach einem Blick auf die Uhr: »Bleiben wir am Boden? – Müssen wir das Flugzeug wechseln?«

Nachdem in der Economy class ein Kind nicht sehr laut ›Nein‹ gerufen hat und danach sofort wieder still ist: »Gibt es noch mehr Brüllmonster auf dem Flug?«

Nachdenklich ins Leere: »Alle Wege führen nach New York.«

Ein Blick auf die Business class: »Ein Jungens-Trupp. Bin schon gespannt auf die Macho-Sprüche.«

Sehr ernsthaft: »New York ist nicht das Paradies.«

Der Banker pflichtet ihr innerlich bei. Zum ersten Mal.

»Aber in Deutschland gibt es nur Sparkassen, Volks- und Raiffeisenbanken.«

Der Banker stimmt auch hier stumm zu. Deutschland ist overbanked. Sparkassen, Volks- und Raiffeisenbanken haben nichts mit Finance zu tun. Sie vergeben Kredite nur, wenn sie sich hundertprozentig absichern können. Weil sie keine Ausfälle haben, können sie so günstige Konditionen anbieten. Sie verderben allen anderen Banken das Geschäft. Ein Mann, der auf der anderen Seite des Ganges in der zweiten Reihe sitzt, dreht sich um. Der Banker wartet darauf, dass Banana Clip den Mann fragt: ›Sind Sie bei der Sparkasse oder bei der Volksbank?‹

Der Banker korrigiert sich. Sparkassenfunktionäre und Volksbanker fliegen nicht Business class.

Stattdessen Banana Clip zum Banker: »Ich bin der reine Überschwang, nicht wahr?«

Der Banker nickt.

Banana Clip, seufzend: »Wahrheit ist Arbeit.«

Sie stopft sich die von der Flugbegleiterin servierten Nüsse in den Mund, einen anderen Ausdruck kann man hier nicht anwenden.

Mit vollem Mund: »Ich muss immer was im Mund haben.«

Ein Business-class-Passagier, der als einziger keinen Anzug trägt, macht ein Selfie.

Banana Clip kommentiert: »Ich mache Selbstbildnisse nur in der Unterhose. Und ich sage extra Unterhose, ich sage nicht, Knickers, Panties, Slip oder so.«

Der Banker überlegt: Wer macht hier die Macho-Sprüche?

Banana Clip: »Für einen Familienmenschen gibt es keine Einsamkeit.«

Der Gründer hat das Programm des Bankers umgestoßen. Der Gründer will Nägel mit Köpfen machen, und zwar persönlich, genauso hat er sich ausgedrückt. Der Banker hält ihm zugute, dass er in den USA lebt und sein deutsches Sprachverhalten deswegen nicht sehr subtil ist. Der Banker soll ihm Bescheid geben, wenn er gelandet ist.

Der Gründer könnte die halbe Milliarde auch ganz einfach in ETFs investieren. Oder er könnte sie David Tepper geben. Aber dann kann er sich nicht an der Bank in Deutschland rächen, die ihn einst nicht finanzieren wollte. Der Banker denkt, wenn Rache immer so aussieht, dass man eine halbe Milliarde verwalten darf, dann möchte er, dass sich abgewiesene Kreditnehmer öfter bei ihm rächen.

Der Banker hat nicht seinen Assistenten anrufen lassen, sondern dem Nano-Mann, dem schweren Mann und Banana Clip persönlich Bescheid gegeben. Er müsse dringend nach New York, alles Weitere nach seiner Rückkehr. Natürlich kein Wort davon, dass die Reise im Zusammenhang mit der halben Milliarde geschieht. Der Banker spürte, dass der Nano-Mann und der schwere Mann im Grunde erleichtert waren. Eine vernünftige Reaktion, was sollte ihnen noch einfallen, um die halbe Milliarde zu kriegen.

Banana Clip reagierte anders, aber das konnte keine Überraschung sein. Er hatte den Satz noch gar nicht zu

Ende gebracht, als sie schon sagte, dass sie heute Nachmittag ebenfalls nach New York müsse. Sie fragte ihn, welchen Flug er nehme, er war so unvorsichtig, die Frage zu beantworten, und sie sagte sofort: »Auf demselben Flug! – Sehr gut!« Der Banker verwünschte sich.

Der Banker ist sicher, dass Banana Clip die New-York-Reise erst in dem Augenblick einfiel, als er seine erwähnte. Ein risikoloser Versuch: Wäre sein Flug ausgebucht gewesen, hätte sie sagen können, sie habe sich geirrt, sie habe doch eine andere Airline gebucht. Wenn sie dann gar nicht nach New York geflogen wäre, hätte sie sagen können, eine noch dringendere Angelegenheit sei dazwischengekommen. Jetzt fliegt er nicht mit seiner Freundin, sondern mit Banana Clips Kommunikationsbedürfnis nach New York.

Am Gate hat er in dem Folder geblättert, den ihm sein Assistent mitgegeben hatte. Der Banker hatte routinemäßig eine Analyse der Firma des Gründers angefordert. Der CRO, der Chief Risk Officer, hat verfügt, dass alle Bilanzen, die für die Bank wichtig sind, mit einer Software bearbeitet werden, die auch das Benfordsche Gesetz anwendet. Keine Gegenwartskunst, 19. Jahrhundert. Bei physikalischen Messwerten und ökonomischen Daten kommen niedrige und hohe Zahlen keineswegs gleich häufig vor. Die Auftretenswahrscheinlichkeit einer Ziffernsequenz ist umso höher, je kleiner ihr Wert ist und je weiter links sie in der Zahl beginnt. Die erste Ziffer einer Zahl ist mit einer Wahrscheinlichkeit von 30,1 Prozent eine Eins, die Wahrscheinlichkeit für höhere Ziffern nimmt ab, bis zu einer Wahrscheinlichkeit von 4,6 Prozent für die Neun.

Der IT-Mitarbeiter des CRO schrieb dem Banker, dass

das Datenmaterial der Bilanzen des Gründers signifikant von dem abweiche, was das Benfordsche Gesetz erfordere. Der Banker wunderte sich. Derartige Abweichungen sind normalerweise ein Indiz dafür, dass die Zahlen getrimmt bis gefälscht wurden.

Der Banker weiß nicht, was er mit der Information anfangen soll. Es gibt nicht den geringsten Hinweis darauf, dass der Gründer ein Windei ist. Die halbe Milliarde, die er zur Anlage bereithält, ist keine Fiktion. Der Banker denkt, die Zahl fängt auch mit fünf und nicht mit neun an. Als Naturwissenschaftler muss dem Gründer das Benfordsche Gesetz geläufig sein. Wenn er unlauter vorginge, wofür es keinen Anhaltspunkt gibt, müsste er das Benfordsche Gesetz einbauen. Tatsächlich ist es egal, wie die Bilanzen des Gründers aussehen. Sie könnten auch völlig gefakt sein.

Während sich der Banker und Banana Clip für den Takeoff anschnallen, kommunizieren der Nano-Mann und der schwere Mann miteinander. Der Nano-Mann skypt nach Möglichkeit, der schwere Mann, wenn es irgend geht, nicht. Weil der schwere Mann nicht unhöflich sein will, verwendet er Ausreden, warum er die angeblich auf ihn gerichtete Kamera nicht einschaltet. Sein Gegenüber weiß nicht, dass der schwere Mann nicht in das Computermikrophon spricht, sondern in ein altmodisches Mikrophon, das mit dem Computer verbunden ist.

Wäre ich ein komplett phantasieloser Erzähler, würde ich jetzt den Flug von Banana Clip und dem Banker und die asymmetrische Kommunikation zwischen dem Nano-Mann und dem schweren Mann parallel erzählen, in zwei nebeneinanderlaufenden Spalten auf einer Buchseite oder übereinander, die Buchseite in der Mitte in zwei Hälften geteilt. Aber das ist kindisch. Der Witz am Erzählen ist doch gerade, dass es die Dinge in eine Aufeinanderfolge zwingt. Es macht keinen Sinn, die Wirklichkeit, die Wirklichkeiten oder was man dafür hält in nur zwei Stränge aufzuteilen. Genauso gut könnte man unendlich viele Stränge nehmen.

Der Banker: »Und was machen Sie in –«

Banana Clip: »Nö.«

Der Banker: »Ist das geschäftlich oder –«

Banana Clip: »Nö.«

Der Banker: »In welche Restaurants –«

Banana Clip: »Nö.«

Der Banker findet Banana Clip nicht komisch, nur penetrant.

Banana Clip summt leise. Dann sagt sie: »Ein schlechtes Image ist bekanntlich besser als gar keins.«

Manche Hedge-fund-Manager sind um ein gutes Image bemüht, manche pflegen ein schlechtes Image, und manche wollen gar keins haben, sie treten nicht nur nie auf, sie verhindern sogar, dass Bilder von ihnen in der Öffentlichkeit zirkulieren. *Schlechtes Image* bedeutet etwas ganz Bestimmtes: Rücksichtslosigkeit in Verbindung mit Unbeherrschtheit. Schlechtes Image bedeutet nicht Unkorrektheit, Nähe zum Kriminellen und schon gar nicht Erfolglosigkeit. Henry Kravis hat einen schlechten Ruf, aber er ist kein Krimineller und schon gar nicht erfolglos. Das schlechte Image von Banana Clip ist einmalig. Sie hält sich an keine Regeln. Der Banker fragt sich: Auch nicht an ihre eigenen? Kann sie das durchhalten?

Der Banker denkt – ich denke dasselbe –, dass bei üblichen Konversationen alles nach bestimmten Regeln austauschbar ist. Sowohl die Teilnehmer als auch die Inhalte. Die Bestandteile von Konversationen gehören zu Kategorien, innerhalb dieser Kategorien sind die Elemente völlig auswechselbar. Das gilt besonders für Konversationen, wie sie der Banker, Banana Clip, der Nano-Mann, der schwere Mann führen. Der Banker denkt, Konversationen sind Strukturen in der Zeit, das denke ich auch. Es ist eine falsche Vorstellung, wenn man meint, für Konversationen brauche es so etwas wie Schmieröl, damit sie vorangehen. Eine Konversation geht nicht voran. Der Fortschritt in der Zeit ist nur Illusion. Der Anfang, die Mitte und das Ende, das ist nichts anderes als der Rahmen und die Mitte eines Bildes.

Banana Clip hat ein weißes Kostüm an, das wirklich keiner Marke und keiner Moderichtung zuzuordnen ist. Der gerade Rock geht bis zu den Waden, die bis weit über die Hüften reichende Jacke ist geschnitten wie die Jacke einer Prunkuniform, asymmetrisch übereinandergeknöpft, der Kragen überbreit, die Manschetten umgebogen. Eigentlich fehlen nur Rangabzeichen und Orden. Sie trägt weiße Open-toe pumps mit sich überkreuzenden schwarzen Streifen, ihre Füße sind riesig, die Schuhe sind regelrecht ausgelatscht. Sie hat Lippenstift und Make-up aufgetragen. Wenn sie spricht, bewegt sie ihre Lippen sehr stark, auch wenn sie nur einzelne Wörter oder Sätze äußert. Dem Banker fällt das besonders auf, weil er neben ihr sitzt und sie im Profil sieht. Jeder ihrer kurzen Sätze wirkt wie der Höhepunkt einer Ansprache.

Banana Clips Prinzip ist die Peinlichkeit, die Blamage. Der Verzicht. Auf was? Auf ein mit üblichen Maßstäben zu messendes soziales Leben. Eine Ästhetik des Scheiterns, des Möchtens, des Wollens, des Nichtkönnens. Geht so etwas, wenn man Hedge-fund-Manager ist? Die Antwort ist eindeutig Ja. Schließlich sitzt die Peinlichkeit neben mir, denkt der Banker. Aber was ist das Ziel der Peinlichkeit? Dem Banker fällt nur das Wort Anrühren ein. Was soll man denn auch machen, wenn man nicht Stephen Schwarzman, David Rubenstein oder Leon Black ist? Für einen Augenblick erschrickt der Banker bei der Vorstellung, in der Zukunft könnten sich alle mehr oder weniger so aufführen wie Banana Clip, und ich erschrecke auch. So habe ich mir das nicht vorgestellt.

Banana Clips Peinlichkeit ist entlastend, entspannend für den Gesprächspartner oder die Gesprächspartnerin. Sie baut ihn oder sie auf, sie gibt ihm oder ihr Sicherheit. Auch wenn der Gesprächspartner oder die Gesprächspartnerin in jedes Fettnäpfchen der Welt tritt, so peinlich wie Banana Clip kann er oder sie nie sein. Tatsächlich hat der Banker ein wohliges Gefühl. Er möchte dieses Gefühl prolongieren und fragt nach einem Publikumsfonds, den sie gerade aufgelegt hat.

Der Banker: »Wie verkauft sich –«

Banana Clip: »Bla.«

Der Banker: »Sie legen ja Fonds auf wie ein Weltmeister.«

Banana Clip: »Wie eine Weltmeisterin.«

Der Banker: »Haben Sie auch manchmal in Kalifornien –«

Banana Clip: »Bla Bla.«

Der Banker: »In Kalifornien gilt jemand, der trinkt, als Looser. Die Leute nehmen alle Drogen.«

Der Banker weiß eigentlich nicht, warum er das gesagt hat.

Banana Clip, mit Verzögerung: »Bla Bla Bla.«

Der erste Gedanke des Nano-Mannes und des schweren Mannes war: *aus*. Jeder hat die New-York-Reise des Bankers und dessen persönlichen, höflich-unverbindlichen Anruf auf die gleiche Weise interpretiert: Es steht so gut wie fest, dass er selbst die halbe Milliarde nicht bekommt. Banana Clip hat das Gleiche gedacht, aber ihr Mindset ist ein anderes: Sie hat instantan attackiert. Wenn die Entscheidung noch nicht offiziell gefallen ist, kann man doch versuchen, sie umzustoßen. Später stellte sich auch beim Nano-Mann und beim schweren Mann der Gedanke *vielleicht doch nicht aus* ein.

Der Nano-Mann kennt den schweren Mann, sein Bruder hat ihn nie getroffen. Trotzdem hätte der Nano-Mann den schweren Mann nicht kontaktiert. Aber er hat ... errechnet, dass sein Bruder in dieser Situation die Initiative ergreifen würde. Der Vereinbarung des Skype-Termins mit dem schweren Mann folgte beim Nano-Mann ein unerwartetes kurzes Hochgefühl. Es ist klar, dass sein Bruder intelligenter ist als er. Die Rekonstruktion seines Bruders denkt und unternimmt Dinge, auf die er, der Nano-Mann, selbst nicht gekommen wäre. Aber es spricht doch für ihn, den Nano-Mann, dass er diese Dinge nicht nur ohne Widerstand durchführt, sondern dass er daran – für seine Verhältnisse – lebhaft Anteil nimmt. Er ist nicht so viel weniger intelligent als sein Bruder.

Das, was jetzt denkt und handelt, ist – mindestens der Absicht nach, aber diese ist in gehörigem Maß verwirklicht – nicht der Nano-Mann, sondern die Rekonstruktion, man sollte besser sagen, die Emulation seines Bruders. Wer ist nun optimistisch: der Nano-Mann, die Emulation des Bruders, beide?

Was ist das Gesprächsziel? Wenn die Entscheidung des Bankers gefallen ist und feststeht, wer von den dreien die halbe Milliarde bekommt, warum sollte er oder sie dann irgendetwas abgeben. Der Gedanke der Zusammenarbeit macht nur Sinn, wenn der Banker sich noch nicht entschieden hat. Dann könnte man versuchen, ihm den Gedanken nahezubringen. 166 666 666 Dollar und 67 Cent – aber auch noch 166 666 666 Dollar und 66 Cent – sind besser als null Dollar. Wenn die Entscheidung des Bankers gefallen ist, aber noch nicht endgültig feststeht, kann man versuchen, den anderen auszuspionieren und einen Grund zu finden, der den Banker veranlasst, seine Entscheidung rückgängig zu machen. Ist die Entscheidung des Bankers überhaupt gefallen?

Wie fängt man das Gespräch an? Engländer und Amerikaner sind an Small talk so gewöhnt, dass sie diese Pflicht bei der Gesprächseröffnung ohne Beteiligung ihrer Gehirne bewältigen. Deutsche müssen für Small talk grundsätzlich ihre Gehirne bemühen.

Der schwere Mann sieht nicht gut aus an diesem Donnerstagmittag. Seine Augenlider sind bleischwer, das Gewebe unter seinen Augen ist geschwollen. Während er darauf wartet, dass sich der Nano-Mann auf Skype meldet – der schwere Mann wird den Nano-Mann sehen, der wird den schweren Mann nicht sehen, angeblich wird die

Kamera des schweren Mannes nicht funktionieren –, liegt seine linke Hand auf einem altmodischen Löschpapierreiter.

Obwohl aus Bakelit, sieht der Löschpapierreiter aus wie neu, er muss Jahrzehnte unbenutzt in einem Schrank gelegen haben. Bakelit ist kein sehr widerstandsfähiger Kunststoff, die Objekte sind meistens abgestoßen, haben Sprünge, mindestens ist die Oberfläche matt. Die Reste von Löschpapier, die noch an dem Reiter hingen, als ihn der schwere Mann erwarb, waren nicht mehr brauchbar und machten nichts her. Ein Assistent sorgte dafür, dass der Reiter wieder mit einer dicken Schicht von aufeinandergesetzten Löschpapieren ausgerüstet ist. Wie er das gemacht hat, weiß der schwere Mann nicht. Wer den Löschpapierreiter in einen funktionsfähigen Zustand versetzt hat, muss einen ganzen Tag damit verbracht haben. Der schwere Mann unterschreibt Verträge gerne mit seinem Füller. Wenn es die Zeit zulässt, saugt er die nasse Tinte mit dem Löschpapierreiter auf.

»Hallo.«

Der Nano-Mann schreitet langsam den Bildschirm des schweren Mannes ab. Er wendet den Kopf erst zur Kamera, als die Emulation Hallo sagt.

Natürlich muss die Gesprächsinitiative von der Emulation ausgehen. »Schön, dass das geklappt hat.«

Wenn der schwere Mann im Bild anwesend wäre, würde er nicken. Weil er das nicht ist, sagt er halblaut Ja.

Die Emulation sagt: »Wir sollten nicht um die Sache herumreden.«

Der schwere Mann kann nicht noch einmal und dann möglicherweise auch noch laut und deutlich Ja sagen, das ginge zu weit. Es würde so aussehen, als wäre sein Gesprächsbedarf dringender als derjenige seines Gegenübers. Aber in irgendeiner Weise muss er positiv reagieren. Er hebt den Papierlocher auf seinem Schreibtisch hoch und setzt ihn nicht ganz leise hin. Im gegebenen Zusammenhang muss das Geräusch Zustimmung bedeuten.

Die Andeutung eines Lächelns auf dem Gesicht des Nano-Mannes.

Der schwere Mann denkt, das ist ein nachhaltiger Umgang mit Ressourcen: der Papierlocher und das Lächeln statt Small talk.

Der Nano-Mann hält die *Financial Times* in die Kamera. Mit einem Geräusch, das in seinen Ohren klingt, als ob er heftig mit der Zeitung wedeln würde. Es ist ihm unangenehm, aber er sagt sich, dass der schwere Mann das Geräusch bestimmt nicht so laut wahrnimmt wie er.

Ein Artikel, der sich auf die Bank bezieht, mit der die beiden Gesprächspartner gerade zu tun haben. Ziemlich weit vorne und umfangreich. Es geht, worum soll es sonst gehen, um Neuorganisation, Restrukturierung. Der Artikel deutet an, dass der CEO die Bank verlassen wird. Das ist nur eine von mehreren Indiskretionen, die hier offensichtlich gezielt unter die Leute gebracht werden. Das Muster ist klar: Derjenige, der den Wandel bewirken will, stößt auf Widerstand, er wird von der Mehrheit des Aufsichtsrats gedeckt, er versucht Fakten zu schaffen und den Gegnern des Wandels klarzumachen, dass sie keine Chance haben. Die Geschichte ist so alt wie die Bibel.

Die Emulation funktioniert. Der Bruder weiß immer alles einen Tick vor allen anderen. Der Nano-Mann als Nano-Mann hätte die *Financial Times* erst später gelesen.

Der schwere Mann kennt den Artikel nicht. Er nimmt sich vor, den Assistenten, der seine Verhandlungen mit dem Banker begleitet, zu rüffeln. Banana Clip und der Banker kennen den Artikel nicht, weil sie im Flugzeug sitzen. Der Banker wird den Artikel sehen, wenn er in LaGuardia gelandet ist, sein Assistent hat ihm bereits den Link geschickt. Ob und inwieweit sich Banana Clip für den Artikel interessieren wird, hängt vom Verlauf des Fluges ab.

Der Nano-Mann hält den Zeitungsartikel so in die Kamera, dass ihn der schwere Mann lesen kann. Das geht schnell, die Augen des schweren Mannes sind nicht schwer. Die Emulation weiß, würde der Nano-Mann den Artikel referieren, wäre das schon ein Akt der Interpretation. Es könnte sein, dass der schwere Mann so gut organisiert ist, dass ihm jemand den Artikel vorlegt, noch während er mit dem Nano-Mann, mit der Emulation spricht, der Nano-Mann kann das nicht sehen. Der schwere Mann würde aus der Interpretation sofort Schlüsse ziehen.

Der Nano-Mann legt die Zeitung mit dem Artikel nicht einfach beiseite. Er wendet sie und wirft einen Blick darauf, als würde er sich versichern, dass er dem schweren Mann tatsächlich den richtigen Artikel gezeigt hat. Ist dies die Handlung des Nano-Mannes oder seines Bruders?

Der schwere Mann sagt: »Der Vorgesetzte des ...« – er nennt die Namen des CEO und des Bankers – »steht schon länger auf der Abschussliste.«

Der schwere Mann weiß keineswegs mehr als die Emulation, er tut nur so. Die Emulation hat genau diesen Verdacht, aber sie lässt den schweren Mann gewähren. Es gibt keinen Grund, der auch nur eine minimale Mühe rechtfertigen würde, den Verdacht zu erhärten.

Der schwere Mann fährt fort: »Die Position unseres Bankers ist nicht akut gefährdet. Wenn der CEO schnell ersetzt wird, hat unser Banker erst einmal mehr Ellbogenfreiheit. Kommt der Nachfolger aus der Bank, ist die Wahrscheinlichkeit groß, dass er unseren Banker machen lässt. Suchen sie jemanden von außen, wird das dauern.« Hedge-fund-Manager nehmen Banker nur so ernst, wie sie das bei Kunden unbedingt müssen.

Die Entscheidung über die halbe Milliarde fällt so kurzfristig, dass die in dem Artikel erwähnten Vorgänge damit nichts zu tun haben können. Aber wenn der Banker die halbe Milliarde oder einen Teil davon dem schweren Mann oder dem Nano-Mann zur Anlage überweist, dann ist das naturgemäß keineswegs irreversibel. Ganz bestimmt nicht werden die Verträge vorsehen, dass die halbe Milliarde oder ein Teil davon ewig bei dem schweren Mann oder bei dem Nano-Mann verbleibt.

Jeder der beiden möchte gerne wissen, ob der andere von einer Entscheidung oder einer Vorentscheidung Kenntnis hat. Beide überlegen, ob sie nicht direkt fragen. Was wäre damit verloren? Ist die Entscheidung für den anderen gefallen, erspart man sich die Zeit und die Mühe, die Sache weiterzuverfolgen. Das Problem ist natürlich: Wenn der andere lügt, die Entscheidung sei für ihn gefallen, und man selber gibt auf, dann hilft man dem anderen, die Entscheidung für ihn herbeizuführen. Der Nano-Mann sowie sein Bruder und der schwere Mann arbeiten bis jetzt nicht zusammen, keiner hat eine Sanktionsmöglichkeit gegenüber dem anderen. Die Lüge bleibt in jedem Fall ungeahndet. Es könnte eine Self fulfilling prophecy sein, aus der Lüge wird die Wahrheit.

Natürlich gibt es noch zahlreiche andere Möglichkeiten, überlegt der Nano-Mann. Zum Beispiel könnte man versuchen, die Spieltheorie anzuwenden. Man müsste etwa prüfen, ob die Situation nicht eine Anwendung des Gefangenendilemmas ist. Der Nano-Mann glaubt, dass sein Bruder die Frage schon beantwortet hätte, während er noch über sie nachdenkt.

Dem Nano-Mann kommen grundstürzende Zweifel. Er hätte nicht versuchen sollen, seinen Bruder zu emulieren, er hätte versuchen sollen, das Potential der jeweiligen Situation zu emulieren – aber dann besinnt er sich: Es ist völlig unmöglich, dass sein Bruder alle Möglichkeiten, die sich in dieser Gesprächssituation ergeben, aufzählen und bewerten könnte und sich dann für eine entscheiden würde. Der Bruder kann gar nicht so viel anders denken als er jetzt. Die Spieltheorie war ein Angstanfall.

Vielleicht weiß der schwere Mann doch mehr über die Bank als er und sein Bruder. Vielleicht ist die Entscheidung des Bankers für den schweren Mann gefallen, und es stimmt nicht, dass das Schicksal des CEO sie nicht beeinflusst. Vielleicht steht der neue CEO schon lange fest, und er ist ein Intimfeind des Bankers, der den Banker sofort von seiner Funktion entbindet und aus Prinzip alle von ihm getroffenen Entscheidungen hinterfragt. Der neue CEO ist über die halbe Milliarde informiert und wartet nur darauf, mit der halben Milliarde etwas ganz anderes zu machen, was nichts mit dem schweren Mann zu tun hat.

Die Emulation sagt: »Let's be friends.«

Der Nano-Mann bewundert seinen Bruder: Die Emulation ist verbindlich und unverbindlich zugleich.

Der schwere Mann überlegt, wie man auf ein Freundschaftsangebot reagiert, das keins ist. Es ist unvorstellbar, dass er auf Deutsch antworten würde: ›Ja, wir wollen Freunde sein.‹ Der schwere Mann schüttelt sich. Es wäre unterkomplex, wenn er sagen würde: ›Yeah, let's be friends.‹ Ein Deutscher, der *yeah* sagt, kann nur einen negativen Intelligenzquotienten besitzen. Der schwere Mann könnte sagen: ›Ja. Wir *können* Freunde sein.‹ Aber er möchte weder das deutsche Wort *Freund* noch das englische Wort *friend* in den Mund nehmen. Er will auf das Freundschaftsangebot gar nicht eingehen. Das bedingt, dass er jetzt eine längere Pause machen muss. Wenn er sofort etwas sagt und dabei keinen Bezug auf das Freundschaftsangebot nimmt, ist das zumindest unhöflich.

Während der Pause würde der schwere Mann gerne an gar nichts denken. Aber *gar nichts* ist nicht nichts, sondern etwas. Kann man sich das überhaupt vornehmen: nicht an etwas zu denken? An gar nichts zu denken? Wenn man nicht an etwas denken will, dann muss man ja zuerst an das denken, was man nicht denken will. Wie stellt man es an, das, woran man denkt und woran man nicht mehr denken will, aus dem Geist zu bekommen? Die einzige Möglichkeit ist, man denkt an etwas anderes. Aber auf diese Weise schafft man es nicht, an gar nichts zu denken. Gar nichts zu denken, gar nicht zu denken, das muss man trainiert haben. Im westlichen Kulturkreis kommt diese Fähigkeit eher selten vor. Der schwere Mann, der Nano-Mann, Banana Clip, der Banker und der Gründer, keiner verfügt über diese Fähigkeit.

Um sein Ziel zu erreichen, zeichnet der schwere Mann während des Gesprächs. Beim Zeichnen muss er nicht denken –

Als er ein Junge war, hat der schwere Mann gezeichnet, statt seine Hausaufgaben zu machen – sich selbst, er hielt eine Elektronikplatine in den Händen. Auf der Zeichnung trug er ein weißes Hemd und eine schwarze Hose, damals besaß er weder eine schwarze Hose noch ein weißes Hemd. Wenn er jetzt daran denkt, dann war das Bild eine Prophezeiung: Er war auf der Skizze fast genauso angezogen wie jetzt, er hatte seine Haare kürzer gemacht, als sie damals waren. Seine Gesichtszüge hatte er nur angedeutet, mit einem ganz feinen Strich, die Elektronikplatine in seinen Händen war ebenfalls nicht ausgeführt, er hatte über das Gesicht und die Hände mit dem Handballen gewischt, damit die Konturen verschwammen. Das weiße Hemd war einfach die leere Fläche in der Fläche. Dann hatte er mit einem roten Kopierstift – es gibt keine Kopierstifte mehr, auch damals hatte es keine Kopierstifte mehr gegeben, aber sein Großvater hatte noch einen Vorrat von Kopierstiften aus dem Büro zu Hause, der für Jahre reichte – ein Rastersystem über Gesicht und Hände gezogen, dabei das Lineal jedoch nicht festgehalten.

Seine Mutter hielt ihm das Blatt vor die Nase, wie man so sagt. Die Fingernägel, die das Blatt zu halten schienen, hatten den gleichen Ton wie der Lippenstift, dieselbe Kosmetikreihe. Der Junge hätte das Blatt nicht auf dem kleinen Schreibtisch liegen lassen sollen, an dem er seine Hausaufgaben nicht machte. Der schwere Mann erinnert sich nicht mehr, ob die Mutter – ihre Augen waren immer entzündet und rot – nur schrie oder ob die Mutter schrie und ihm eine Ohrfeige gab. Aber im Grunde genommen ist das egal.

Wenn jemand den Jungen und seine Mutter beobachtet

hätte – die Großmutter und der Großvater waren nicht zu Hause, die Mutter hatte, wie üblich, ihren Besuch nicht angemeldet –, der hätte vielleicht gemeint, dass sich in diesem Augenblick das Schicksal des Jungen entschied. Er wäre nicht der erste Künstler gewesen, der schlecht in der Schule war, weil er nichts für die Schule tat. Er hätte die Aufnahmeprüfung für die Kunstakademie bestanden mit seinen Zeichnungen. Aber aus ihm wurde eben ein Financial animal.

Doch der schwere Mann kommt seinem Ziel, nicht zu denken, nicht näher. Der Nano-Mann auf dem Bildschirm öffnet den Mund, um etwas zu sagen, aber er sagt dann doch nichts. Mittlerweile dauert die Pause schon ziemlich lange. Der Nano-Mann hat den Mund gar nicht so weit aufgemacht, aber der schwere Mann hat die Phantasie, dass er dem Nano-Mann mit dem schwarzen Kugelschreiber aus einem Steigenberger-Hotel, den er in der Hand hält, durch den geöffneten Mund in die Kehle sticht. So heftig, dass der Kugelschreiber hinten zwischen den Halswirbeln wieder austritt.

Jetzt doch die Schlacht? Die hervorquellenden Augen des getroffenen Nano-Mannes – ein ängstlicher und grausamer, stummer, ironischer Blick des Getroffenen. Das unerträgliche kalte Lachen des schweren Mannes. Der Nano-Mann ist erledigt. Der schwere Mann denkt: ›Das Gesicht eines geohrfeigten Clowns.‹

Der schwere Mann sagt: »Ich habe dem Banker das erzählt, was man in so einem Fall eben erzählt.« Er fügt hinzu: »Ich kenne andere Leute in der Bank, aber die sind hier nicht hilfreich.« Es stimmt nicht, dass er andere Leute in der Bank kennt, aber das spielt keine Rolle. Er fragt: »Wissen Sie mehr?«

Der Nano-Mann sagt: »Ich glaube nicht, dass ich mehr weiß als Sie.«

Die Emulation beschließt, jetzt alle Fragen zu stellen, die man in dieser Situation vernünftigerweise stellen kann und stellen sollte. Das *alle* ist natürlich durch den zur Verfügung stehenden Zeitraum zu relativieren, sie können nicht ewig skypofonieren.

Der Nano-Mann sagt: »Sind Sie sicher, dass die Entscheidung nicht schon längst gefallen ist?«

Er braucht nicht zu sagen ›gegen uns‹ oder ›für jemand anderen‹, der schwere Mann weiß, dass das gemeint ist.

Der schwere Mann zuckt mit den Schultern. Das kann der Nano-Mann nicht sehen, der schwere Mann muss sagen: »Wie könnte ich das.«

Der Nano-Mann sagt: »Sie glauben also, dass wir noch im Rennen sind?«

Die Höflichkeit verbietet es, dass die Emulation die beiden separaten Fragen ›Sie glauben also, dass Sie noch im Rennen sind?‹ und ›Sie glauben also, dass ich noch im Rennen bin?‹ stellt.

Der schwere Mann sagt Ja.

Unsichtbar für den Nano-Mann, tastet er seinen Körper ab. Da gibt es irgendwo eine Andockstation, ein Interface zur Welt, aber die Andockstation ist blockiert. Überweist ihm der Banker die halbe Milliarde, beendet das die Blockade. Wenn er die halbe Milliarde auf dem Konto hat, dann ist er wieder mit der Welt verbunden. Alles, was er sich – was sich sein Körper – einverleibt hat, kommt heraus, kann den Körper, seinen Körper, verlassen: Alle

Gedanken, alle Gefühle, alle Absichten, alle Rezepte, alle Theorien, alle Algorithmen, alle Programme, alle Strategien, alle Vorbilder, alle Hassbilder, alle Maschinen, alle Gegenstände, alle Ideen –

Wenn die Emulation die beiden separaten Fragen gestellt hätte, dann gäbe es vier Möglichkeiten: Ja und Ja, Nein und Nein, Ja und Nein, Nein und Ja. Welche Möglichkeit meint der schwere Mann mit seinem einfachen Ja? Wenn er weiß oder starke Anhaltspunkte dafür hat, dass er selber noch im Rennen, der Nano-Mann jedoch so gut wie ausgeschieden ist, dann hätte er dem Gesprächsansuchen gar nicht stattgeben müssen. Wenn er so gut wie sicher ist, dass er selbst nicht zum Zuge kommt, aber der Nano-Mann, dann wäre die Wahrscheinlichkeit ebenfalls groß, dass er das Gespräch nicht sucht. Aber nicht so groß wie im ersten Fall. Wie die Emulation und der Nano-Mann hat der schwere Mann in die Angelegenheit investiert. Man möchte doch gerne wissen, warum es nicht geklappt hat, aus Anhänglichkeit an das Problem, aber auch aus dem Antrieb heraus, für zukünftige Fälle zu lernen. Verwandtes gilt natürlich für den Fall, dass der schwere Mann weiß, dass beide ausgeschieden sind. Findet man heraus, warum der andere keinen Erfolg gehabt hat, wirft das auch ein Licht darauf, warum man selber nicht erfolgreich war. Ist der schwere Mann der Meinung, dass beide noch im Rennen sind, und zwar jeweils nicht schlecht, dann liegt es natürlich besonders nahe, das Gesprächsangebot anzunehmen.

Banana Clip exkludiert, kommt die Emulation zu dem Schluss, dass der schwere Mann keinen Anhaltspunkt dafür hat, dass er selbst oder der Nano-Mann aus dem Rennen ausgeschieden ist. Banana Clip inkludiert, sieht es anders aus. Ihre besondere Disposition macht Unwahrscheinliches wahrscheinlicher.

Das grundsätzliche Problem ist Banana Clip.

Trotzdem: Jaja, Neinnein, Janein, Neinja ändern sich nicht, wenn die Emulation noch ein Ja oder ein Nein für Banana Clip anfügt. Aber da ist auch die Möglichkeit, dass die Sache reversibel ist.

Das soll die Schlacht sein?

Ich wünsche mir, ihre gebeugten Körper schwankten steif hin und her. Die halb eingeknickten Beine gespreizt, die Arme halb ausgebreitet. Der schwere Mann und der Nano-Mann sind müde, aber sie lassen sich nicht gehen. Ich wünsche mir das Tosen ihres Blutes in ihren Ohren. Ich wünsche mir den Geruch nach Schweiß. Aber keinen Geruch.

Weder der Nano-Mann noch der schwere Mann will etwas von sich oder gar seine Absichten preisgeben. Keiner glaubt, dass der andere etwas weiß, was er selbst nicht weiß, was sich aber zu wissen lohnt. Wäre das der Fall, wären beide bereit, ein größeres Risiko einzugehen und mehr von sich selbst zu offenbaren. Beide harren darauf, dass irgendetwas passiert, was den Abwehrschirm des anderen herunterfährt.

Die Schlacht, die Schlacht!

– blitzschnell zwischen Sonne und Auge –

– Dunkel einen Augenblick auf dem Gesicht –

– wie eine Hand –

– einen Augenblick Dunkel, dann Licht oder vielmehr Erinnern –

– Zischen der Luft –

– oder vielleicht nichts gehört, nichts wahrgenommen, nur vorgestellt –

– klatschend, peitschend, schon verschwunden –

– die sich kreuzenden tödlichen Geschosse –

– ich verstehe sehr gut, dass sie sich eigentlich entschlossen haben, mich zu vernichten –

– in großen Abständen, alle zwei oder drei Sekunden –

– tatsächlich regungslos ich –

Das Schlachtfeld ist keine Ebene mit einer Senke, in welche die Kugel vorbestimmt rollt. Das Schlachtfeld sind Myriaden von Verzweigungen. Jede Verzweigung führt zu Welten, die alle wirklich sind.

Früher haben sich die Leute ausgiebige Gedanken darüber gemacht, was es in der einen Welt, die sie zu kennen glaubten, alles gab und nicht gab oder was vorkommen sollte und was nicht vorkommen sollte. Die Zeiten sind vorbei. Inventarverzeichnisse gibt es nur noch in Bilanzen, da gehören sie auch hin. Heute geht es nur noch um Zugänglichkeit. Wie man von der einen Welt in die andere kommt. Ob man in die erste Welt zurückkommt, ob man von der anderen Welt auch in die Welten gelangt, in die man gelangt wäre, wenn man von der ersten Welt einen anderen Weg genommen hätte.

Ich sorge für die Zugänglichkeit. Ich bringe Ordnung in die Welten, aber nicht dadurch, dass ich Listen oder Bilder mache, wie die Wissenschaft und die Kunst. Ich bin ein Navigationssystem, dem keine Landkarte zugrunde liegt. Ich bin auch – in letzter Zeit gefallen mir Metaphern immer besser – der dicke Fahrschullehrer, der während der Fahrprüfung neben dem Prüfling sitzt und in seinem

Schoß, verborgen vor den Blicken des Prüfers, Handzeichen gibt, stop, go, geradeaus, rechts, links.

Ich muss nichts physikalisch untermauern, indem ich sage, dass ich zu einer bestimmten Welt gehöre und dass alles, was sie enthält, raumzeitlich verbunden ist. Wer will, kann sich mit Als-ob-Raum und Als-ob-Zeit behelfen. Ich muss mich nicht um Mathematik kümmern. Mir ist jede Mathematik recht, von der sich die handelnden Menschen irgendwie erleuchtet fühlen.

Ich muss mich nicht entscheiden, ob zwei Hedge-fund-Manager und zwei Assetklassen, die in zwei Welten gleich heißen, dieselben sind oder ob es verschiedene Hedge-fund-Manager und verschiedene Assetklassen sind, die nur gleich heißen und zwischen denen beziehungsweise deren Welten eine bestimmte Relation besteht, die dafür sorgt, dass sie so heißen. Das ist mir egal.

ICH SORGE FÜR DIE MAXIMALE KONSISTENZ.

ICH BIN DIE MAXIMALE KONSISTENZ.

Bin ich ersetzbar?

Ein Assistent legt einen Zettel auf den Schreibtisch des schweren Mannes. Es muss etwas Wichtiges sein. Der schwere Mann hat angeordnet, dass ihm wichtige Nachrichten während Besprechungen auf handbeschriebenen DIN-A7-Zetteln übermittelt werden. Auf diese Weise ist garantiert, dass die Information komprimiert dargebracht wird. Je jünger die Assistenten und Assistentinnen, desto ausgeprägter die Tendenz, zu ausführlich zu werden, mündlich wie schriftlich.

Auf dem Zettel steht, dass ein Mitarbeiter des schweren Mannes in dem Büro in Tokio Selbstmord begangen hat. Der schwere Mann beschäftigt dort zwei Analysten und zwei Assistenten. Der ältere Analyst ist vom Dach des Wolkenkratzers in den Tod gesprungen. Im Monat zuvor hat er 105 Überstunden gemacht. Auf dem Zettel steht auch, dass der Analyst auf Facebook schrieb: »Ich muss wieder am Wochenende arbeiten. Ich möchte wirklich sterben.«

Der erste Gedanke des schweren Mannes: Karoshi gibt es doch nur in großen Firmen!

Der zweite Gedanke: Karoshi beginnt bei achtzig Überstunden im Monat. Wenn ein Suizid als Karoshi-Fall anerkannt wird, dann können die Angehörigen eine Entschädigungszahlung der Firma verlangen.

Der dritte Gedanke: Wie weit ist die Studie über den öffentlichen Nahverkehr in Japan, kann der Kollege sie fertigstellen?

Der vierte Gedanke: Warum hat niemand den Facebook-Eintrag gesehen, warum hat niemand Bescheid gesagt?

Der fünfte Gedanke: Wenn die Angehörigen eine Entschädigung verlangen, wird eine gerichtliche Auseinandersetzung unvermeidlich sein, sie werden eine hohe Summe verlangen.

Der sechste Gedanke ist die Wiederholung des vierten Gedankens.

Der siebte Gedanke: ›Ich sollte ein schlechtes Gewissen haben.‹

Der achte Gedanke: ›Ich habe ein schlechtes Gewissen.‹

Der neunte Gedanke: ›Es spricht nicht für mich, dass ich erst an alles andere denke, ehe ich mir Zeit für ein schlechtes Gewissen nehme.‹

Der zehnte Gedanke: ›Ich muss an meine Firma denken. Ich muss *immer* an meine Firma denken.‹

Der elfte Gedanke: ›Ich hätte trotzdem zuerst an – den Toten denken sollen.‹

Der zwölfte Gedanke: ›So kann man das nicht sagen.‹

Der dreizehnte Gedanke: Jetzt fällt ihm der Name des Mitarbeiters wieder ein: Takahashi. Natürlich stand der Name auf dem Zettel, aber der schwere Mann konnte sich schon in dem Augenblick nicht mehr an den Namen erinnern, als er den Zettel beiseitelegte.

Der vierzehnte Gedanke: Karoshi kommt in Japan häufig vor.

Der schwere Mann sagt zum Nano-Mann: »Entschuldigen Sie. Ich habe gerade eine Nachricht bekommen. Es gibt Probleme mit einem Mitarbeiter in Japan.«

Die Strategie, die Schuldenkrise mit immer noch mehr Schulden zu bekämpfen, kann nicht funktionieren. Es ist nicht realistisch, dass die Schuldentürme jemals abgetragen werden. Wer sollte dafür sorgen – die alten Leute, die immer mehr werden? Die Ökonomen sind sich einig: 180 Prozent des BIP ist die Grenze für die gerade noch tragfähige Gesamtverschuldung eines Landes. Legt man diesen Maßstab an, dann haben die Länder der Eurozone einen Schuldenüberhang von siebentausendachthundert Milliarden Euro. Einen Schuldenschnitt, ganz egal, wie er aussehen mag, würde man mir sehr, sehr übelnehmen.

Die Kapitalismuskritiker werfen der Ökonomie und den Ökonomen Unmenschlichkeit vor. Was die Zentralbanken betrifft: Nichts könnte falscher sein. Wenn es irgendwo auf dem Planeten Menschen gibt, dann sind das die Leute, die in den Gremien der Zentralbanken sitzen. Sie machen, was sie wollen. In den USA hätte das Federal Reserve System schon seit ein oder zwei Jahren die Zinsen erhöhen müssen. Einmal sind es Chinas Wirtschaftsprobleme, ein andermal die Sorgen der Eurozone, oder man sagt einfach, man warte auf die nächsten Daten.

Natürlich kann man die Wirtschaft nicht modellieren wie das Setting eines physikalischen Experiments. Aber die Leute in den Zentralbanken sollten sich an Regeln halten, die sie vorher festlegen. Solche Regeln könnten etwa den Zinssatz in Relation zur Inflations- und Produktionslücke fixieren. Es gibt keine perfekten Regeln. Aber es gibt robuste Regeln, die in unterschiedlichen Situationen befriedigend bis gut funktionieren. Eine regelbasierte Finanzpolitik hat enorme Vorzüge: Die Politik wird transparent, die Kommunikation einfacher, die Erwartungsbildung stetiger, die Finanzpolitik ist nicht länger eine Quelle von Instabilität und Verunsicherung. Außerdem ist eine Regel sehr dabei behilflich, dass sich die Zentralbanken nicht ständig wieder neuen, modischen Zielen zuwenden.

Ein Buch über den früheren Vorsitzenden des Fed, Alan Greenspan, trug den Titel *Maestro*. Den Menschen geht es besser, wenn in den Zentralbanken keine Virtuosen sitzen. Es war ein riesiger Fehler des Fed, das Ziel auszugeben, dass die Preise für Vermögenswerte steigen sollen. Die Märkte sind verzerrt, die Investoren erhalten falsche Anreize. 2007 lag die Gesamtverschuldung der entwickelten Länder bei 229 Prozent des BIP, nun sind es 265 Prozent. Aber irgendwann müssen die Preise für Vermögensgüter auf das Niveau zurück, auf dem sie sein sollten.

Alle, die mit mir zu tun haben, sind so sophisticated. Aber sie wissen nicht, was sie tun. Deflation bedeutet zurückgehende Wirtschaftsaktivität. Weil weniger nachgefragt wird, muss weniger produziert werden. Die Preise fallen. Man will zunehmende Wirtschaftsaktivität, deswegen zielt die Politik der Notenbanken auf Inflation. Die Preise sollen steigen. Doch Inflation ist nicht gleich zunehmende Wirtschaftsaktivität. Während der Zusammenhang zwischen Deflation und sinkender Wirtschaftsaktivität stabil und robust ist, gibt es keinen zwingenden Zusammenhang zwischen Wirtschaftsaktivität und Inflation. In Venezuela herrscht Hyperinflation, aber die Wirtschaftsaktivität nimmt ständig weiter ab. Steigt der Ölpreis, ist das ebenfalls Inflation, dabei ist ein steigender Ölpreis nun wirklich das Letzte, was die westlichen Länder anturnt.

Jedes Ding, jeder Mensch und auch jede Idee soll etwas wert sein. Nur ich soll nichts wert sein. Mein Preis ist negativ. Ich soll unwert sein.

Der Einzige, der ähnlich leidet wie ich, ist Bill Gross, der frühere Chef von Pimco, der größte Bond-Manager aller Zeiten. Wenn die Europäische Zentralbank mit ihrem Anleihekaufprogramm so weitermacht, dann hat sie in sechs Jahren alle Anleihen aufgekauft. Wenn die Bank of Japan so weiterfährt, dann hat sie sich in fünf Jahren alle Anleihen und zwanzig Prozent des Aktienvolumens einverleibt.

Der sichere Gewinn beim Glücksspiel ist die Martingale, sie stammt aus dem Frankreich des 18. Jahrhunderts: Nach einem Verlust verdoppelt man den Einsatz, so lange, bis ein Gewinn eintritt. Dann sind alle aufgelaufenen Verluste getilgt, und es bleibt ein dem Anfangseinsatz entsprechender Überschuss. Für einzelne Spieler kann die Strategie nicht aufgehen, da sie bei Pechsträhnen schnell an die Grenze ihrer Mittel stoßen. Spielbanken setzen Höchstgrenzen für die Einsätze fest, falls doch einmal ein Kunde über sehr hohe Mittel verfügen sollte. Die Notenbanken verfügen über unbeschränkte Mittel. Keiner setzt ihnen Grenzen. Nichts hindert sie daran, ihre Bilanzen – die Bilanzsumme aller Zentralbanken beträgt fünfzehntausend Milliarden Dollar – weiter aufzublähen, um das bisher verfehlte Ziel einer höheren Inflation zu erreichen. Aber sie erreichen nichts, nicht einmal Inflation. Die Firmen verwenden die Mittel nicht für produktive Investitionen, sondern für Financial Engineering. In den USA steht einer Erhöhung des GNP um einen Dollar eine Neuverschuldung von sieben Dollar gegenüber.

Weil ich nichts mehr wert bin, entstehen neue Machtzentren, die niemand gewollt hat. Die Bank of Japan ist in mehr als einem Drittel der im Nikkei 225 enthaltenen Unternehmen zu den fünf größten Aktionären aufgestiegen. BlackRock verwaltet 4900 Milliarden Dollar. Vanguard werden in diesem Jahr 236 Milliarden Dollar zufließen, kein anderer Asset manager wächst so schnell. John Bogle hat recht, egal ob er recht hat oder nicht. Bei neunzig Prozent der Firmen im S & P 500 sind die ETF-Anbieter BlackRock, Vanguard und State Street die größten Anteilseigner. BlackRock hält fünf Prozent der Anteile aller DAX-Konzerne. Kein anderer Aktionär, kein Vermögensverwalter und kein Pensionsfonds kommt auf mehr Anteile.

Der Blinde tastet seine Umgebung mit dem Blindenstock ab. Steigt er eine Treppe hoch oder hinunter, fasst er mit der Hand nach dem Geländer und lässt sich von dem Geländer leiten. Nichts anderes sind ETFs. Das Geländer ist immer da, es ist immer ungefähr auf der gleichen Höhe. ETFs kosten wenig Gebühren, jeder versteht sie.

Anders als übliche Fonds kann und darf ein ETF eine Aktie nicht verkaufen, wenn er mit der Wertentwicklung unzufrieden ist. Damit fehlt den ETF-Fonds das klassische Druckmittel überhaupt. Der Vorstand einer Aktiengesellschaft läuft nicht Gefahr, wegen fallender Aktienkurse entlassen zu werden. Er muss sich nur dann Sorgen machen, wenn seine Firma einen Börsenindex verlassen muss. Dann müssen die ETF-Anbieter ihre Anteile verkaufen.

Ein gewöhnlicher Aktionär ist glücklich, wenn seine Firma den höchstmöglichen Gewinn erzielt. Natürlich auch zu Lasten anderer Firmen der gleichen Branche. Die Beteiligungsgesellschaften sind nicht unglücklich, wenn die Firmen nicht in den allerhärtesten Wettbewerb miteinander eintreten. Das ist nicht einmal eine Spielwiese für Verschwörungstheoretiker. Es sind gar keine Absprachen zwischen den Beteiligungsgesellschaften und den Unternehmen nötig, um das erwünschte Ergebnis herbeizuführen. Die Manager der Unternehmen wissen um die Eigentümerstruktur, sie treten von vornherein weniger aggressiv gegenüber Konkurrenten auf.

Dazu kommt, dass die ETF-Anbieter häufig selbst an der Börse notiert sind. Jeder ETF-Anbieter muss sich an den an der Börse notierten ETF-Anbietern beteiligen. Auch das fördert nicht den Wettbewerb. Hedge funds dringend erwünscht. Große Hedge funds. Was können schon der Nano-Mann, der schwere Mann und Banana Clip gegen viertausendneunhundert und zweihundertsechsunddreißig Milliarden Dollar ausrichten.

Da ist noch etwas anderes, was mich beunruhigt –

Seit der Finanzkrise von 2008 wächst der Welthandel deutlich langsamer als vorher und nur noch unwesentlich schneller als die Weltproduktion. Für einen Zyklus spricht, dass in Zeiten langsam wachsender Nachfrage Engpässe auf heimischen Arbeits- und Beschaffungsmärkten beseitigt werden. Der Druck, Wertschöpfungsschritte auszulagern, wird geringer, weil mehr Kapazitäten verfügbar sind und die Kostendifferenz zum Ausland nicht mehr so drückend ist.

Aber der Welthandel kann nicht einfach so weiterwachsen. Wertschöpfungsketten werden optimiert, sie können nicht beliebig verlängert werden. Industrie 4.0 und die Connectivity-Strategie der Automobilindustrie gestalten Wertschöpfungsketten viel effizienter als früher. Unabhängig davon kann der Dienstleistungshandel nicht so schnell wachsen wie der Güterhandel. Die Dienstleistung einer amerikanischen Bankniederlassung in Deutschland für einen deutschen Kunden ist keine internationale Dienstleistung. Der Transport von Wissen ist immer weniger internationale Dienstleistung.

Je weniger Welthandel, desto weniger hat man mich nötig. Jedenfalls in meinen komplizierten Formen. Binnenhandel ist ein No brainer für mich und die Menschen.

Ist es auch möglich, dass ich einfach verschwinde?

Den Gedanken hätte ich früher nie weitergedacht. So absurd war er. So absurd schien er. Natürlich verschwinde ich nicht einfach so. Aber vielleicht ein Teil von mir –

KANN MAN MICH ERSETZEN?

Der Nano-Mann sagt: »Die Staatsanwaltschaft Frankfurt hat gegen Banana Clip ermittelt. Sie hat ein Bürogebäude gebaut. Die Baukosten waren verdächtig niedrig. Man dachte zuerst an Steuerhinterziehung. Aber dann stellte sich heraus, dass der Inhaber der Baufirma einige sehr gewinnreiche Aktienspekulationen getätigt hatte. Es ging um zwei DAX-Firmen, die vom Accenture-Büro in Frankfurt beraten wurden. Banana Clip war nach Goldman bei Accenture, sie pflegt ihre alten Beziehungen. Insidertipps gegen Sonderpreis. Das Verfahren wurde niedergeschlagen, man konnte nichts beweisen. Man hat sich keine große Mühe gegeben, etwas zu beweisen.«

Der schwere Mann sagt: »Ich weiß gar nicht, wann ich zum letzten Mal in die Stadt gegangen bin. Gehen Sie manchmal in die Stadt?«

Die Emulation des Bruders gibt keine Antwort.

Der schwere Mann sagt: »Ich sehe einfach nur aus dem Fenster. Sehen Sie manchmal aus dem Fenster?«

Weder die Emulation noch der Nano-Mann antworten.

Der schwere Mann sagt: »Es wird wirklich verdammt viel gebaut. Überall Kräne und Stahlbetonskelette. – War der Himmel vorhin bei Ihnen auch so dunkel?«

Der Nano-Mann sagt: »Es hat kurz geregnet.«

Der schwere Mann sagt: »Jetzt ist alles gleich grau, die Stadt, die Kräne, die halbfertigen Häuser.«

Der Nano-Mann sagt: »Es waren nur ein paar Tropfen.«

Der schwere Mann sagt: »Die Stadt und die Kräne vermischen sich irgendwie mit dem grauen Himmel. Dabei hängen die Wolken gar nicht so tief.«

Hat der schwere Mann das wirklich gesagt? Das fragen sich nicht nur die Emulation und der Nano-Mann, das fragt sich auch der schwere Mann selbst.

Oh, die Schlacht. Keine nackten Oberkörper, die Waffen schwingen.

Der Nano-Mann überlegt: Was würde passieren, wenn sein Bruder doch wieder auftaucht? Der Nano-Mann ist gerade die Emulation des Bruders – wie wird der Bruder reagieren? Wird er überrascht sein? Der Bruder hat gewusst, dass der Nano-Mann versuchen wird, ihn zu emulieren. Dazu war weder eine ausdrückliche Anweisung noch ein versteckter Wink notwendig. Wie gut ist die Emulation? Wenn der Bruder ein Genie ist, musste er doch auch wissen, wie gut oder wie schlecht die Emulation sein wird. Der gesunde Menschenverstand sagt, dass die Emulation umso besser ist, je mehr die Umstände nach dem Verschwinden des Bruders den Umständen davor gleichen. Die halbe Milliarde des Bankers ist ein Umstand, den es vorher nicht gegeben hat.

Hat sein Bruder erwartet, dass er alle Möglichkeiten sorgfältig prüft und sich dann gerechtfertigt für eine entscheidet? Die Möglichkeiten reichen vom einfachen Das-Nachmachen-wovon-er-selbst-in-der-Situation-denkt-dass-es-der-Bruder-machen-würde bis zu abstrakten Gesetzen: Was-er-selbst-denkt-was-der-Bruder-in-allen-möglichen-Situationen-machen-würde. Vom Nachmachen ohne jegliches Denken bis zu Handlungen als Output eines riesigen komplexen Systems.

Wenn er, der Nano-Mann, genau das tut, was sein Bruder zwar nicht vorgegeben, aber vorhergesehen hat, dann ist er nur ein *genie*, ein System, das Befehle ausführt: Es erhält einen High-level-Befehl, führt ihn aus und wartet auf den nächsten Befehl. Wogegen ein *sovereign* ein zeitlich unbegrenztes Mandat hat, breite und möglicherweise langfristige Ziele zu verfolgen. Der Nano-Mann denkt: ›Ich bin kein *genie*. Ich bin ein *sovereign*.‹

Der Bruder konnte nicht erwarten, dass der Nano-Mann ihn imitiert, dass das Wesen, dem er begegnet, in jeder Beziehung mit ihm selbst übereinstimmt. Dem Nano-Mann schießt ein Gedanke durch das Gehirn: *Es geht um die Differenz*. Wenn der Bruder sein Verschwinden nur inszeniert hat, um die Differenz zu erkunden –

Der Nano-Mann kommt auf zwei Möglichkeiten, warum die Differenz für seinen Bruder interessant sein könnte: Der Bruder wusste – nach seinen Maßstäben – nicht genau genug, wie er funktionierte. Wenn er die Differenz zu seiner Emulation analysiert, dann erkennt er sich selbst damit ein Stück weit besser. Man kann sich selbst nicht von außen betrachten. Der Bruder hat eine Methode gefunden, wie man das doch fertigbringt. Aber auch das Gegenteil ist denkbar: Der Bruder wusste zu gut, wie er funktioniert. Das hat ihn gelangweilt. Da schüttelt er einfach die Welt, seine Stellung in der Welt wird eine andere, mal sehen, wie sich die Dinge dann darbieten.

Der Nano-Mann weist beiden Möglichkeiten die gleiche Plausibilität zu. Aber sie schließen sich aus: Entweder wusste der Bruder ganz genau, wie er funktioniert, oder er wusste es nicht. Oder? Irgendwie scheint es dem Nano-Mann möglich, dass beide Motive eine Rolle spielen: Der Bruder wusste nur zu genau, wie er funktionierte, und er wusste es nicht.

Früher haben sich die Menschen in einer unbewegten Wasseroberfläche gespiegelt. Dann haben sie mit Hilfe der

Chemie Spiegel erfunden. Werden sich die Menschen in Zukunft nur noch in ihren Emulationen spiegeln?

Der Nano-Mann grübelt darüber nach, dass sein Bruder in der Form, in der er gegenwärtig präsent ist, auch sehr verletzlich ist. Ob es seinen Bruder gibt oder nicht, das hängt von ihm, dem Nano-Mann, ab. Von den Umständen, in denen *er* sich befindet, von *seinen* Stimmungen, von *seinem* Gegenüber. Wenn der schwere Mann den Nano-Mann aus dem Gleis bringt, dann besteht die Gefahr, dass die Emulation gleich mit entgleist.

Wenn der Nano-Mann seinem Bruder in Fleisch und Blut begegnen sollte, schaltet sich die Emulation von einem Augenblick auf den anderen ab? Dann gäbe es doch keine Notwendigkeit mehr, dass sie weiterläuft.

Ein Argument für das Weiterlaufen wäre natürlich die Erforschung der Differenz. Aber wenn es dem Bruder um die Differenz geht, wird er nicht bis zu einem inszenierten physischen Treffen warten, um zu vergleichen. Sein Bruder wird die Emulation versteckt beobachten. Der Nano-Mann glaubt jedoch nicht, dass der Bruder die IT der Firma angezapft oder irgendwelche Sprach- oder Bildaufzeichnungsgeräte installiert hat, die ihn überwachen.

Ihm kommt der absurde Gedanke, dass der Bruder mit dem schweren Mann unter einer Decke steckt. Dass der Bruder im Büro des schweren Mannes anwesend ist, dass der schwere Mann sich nur deswegen weigert, sein Bild zu senden, damit der Bruder ihn und die Emulation beobachten kann. Vielleicht gibt der Bruder dem schweren Mann Tipps, Dinge zu sagen und zu tun, weil er sehen möchte, wie die Emulation und er darauf reagieren –

Nach dem Gesprächstermin mit dem Nano-Mann wird der schwere Mann seit langer Zeit wieder in die Stadt gehen. Eine zähe Masse wird den Bürgersteig bedecken, auf dem er laufen wird. Sie wird dem schweren Mann bis an die Knie reichen und die Fortbewegung sehr mühsam machen. Jeder einzelne Schritt wird eine dosierte Anstrengung erfordern. Wenn sich der schwere Mann nicht genügend anstrengt, aber auch wenn er zu viel Kraft aufwendet, besteht die Gefahr, dass er aus dem Gleichgewicht gerät. Er wird sich bemühen, trotz der enormen Konzentration sein Gesicht nicht zu verziehen. Er will nicht nur nicht hinfallen, sondern auch eine gerade Linie einhalten. Das wird möglich sein, denn es wird nicht zu viele Passanten geben.

Es wird ihm gelingen, seine Vorgaben zu verwirklichen. Aber in dem Augenblick, an dem er an etwas anderes denkt, wird er leicht ins Taumeln kommen. Die beiden Passanten, denen er begegnen wird, werden sein Taumeln mit einem tadelnden Erstaunen quittieren, das nach dem Gefühl des schweren Mannes quälend lange anhalten wird. Die dicke Schicht, die den Bürgersteig bedeckt, wird unsichtbar sein.

Vor einem kleinen Geschäft, das Verträge für Mobiltelefone anbietet, steht eine Frau aus – früher hätte man gesagt: Pappe –, die dem schweren Mann ein Mobiltelefon entgegenhält.

In einem Reisebüro – es gibt noch Reisebüros, aber sie sind jetzt in sehr kleinen Ladenlokalen untergebracht – erblickt der schwere Mann das fast einen Meter lange Modell der Concorde, die nicht mehr fliegt. Neulich hatte er die Ankündigung eines Konsortiums auf dem Schreibtisch, das den Bau eines neuen Überschallflugzeugs plant. Nicht von Paris, von London aus soll man New York in drei Stunden erreichen. Wenn das Konsortium die Finanzierung zusammenbekommt. Bis zur Abstimmung der Briten über den Austritt aus der Europäischen Union wird sich nichts tun. Falls die Briten austreten sollten, wird aus der Sache nichts.

Das Modell aus Metall ist äußerst sorgfältig gefertigt. In der Mitte des Rumpfes ist oben ein Teil ausgeschnitten. Die Sitze sind blau, der schwere Mann erinnert sich, sie waren glatt und unbequem, er kam gleich ins Schwitzen. Die männlichen Passagiere sind ausnahmslos in Anzug und Krawatte, die Hemden weiß oder blau, die weiblichen Passagiere haben Kleider oder Röcke an, die Waden der weiblichen Passagiere sind sehr dünn. Der schwere Mann vermutet, dass anstelle des Kabinendaches früher eine Glasabdeckung eingesetzt war, aber die ist zerbrochen. Die Passagiere sind von einer Schicht grauen Staubs bedeckt, das wirkt nicht sehr anziehend. Keine Einladung zum Fliegen mit der Concorde, aber sie fliegt ja auch nicht mehr.

Die Füße des schweren Mannes bleiben stärker an der klebrigen Masse hängen, die den Boden bedeckt. Nur mit Mühe kann er ruckweise gehen. Der schwere Mann will nicht, dass die Passanten das bemerken, deswegen hat er sich der Concorde gewidmet. Er fragt sich, ob die Masse zäher oder ob er selbst durch die Anstrengung noch müder geworden ist.

Der schwere Mann wird zunehmend Mühe aufwenden müssen, um das Gleichgewicht zu bewahren. Obwohl die Fassaden der Häuser eine Linie bilden, scheint der Bürgersteig abwechselnd schmaler und breiter zu werden. Der Boden unter der zähen Masse wellt sich. Um nicht hinzufallen, wird der schwere Mann auch stehen bleiben, wenn kein Schaufenster in der Nähe ist. Das wird ihm helfen, Atem zu schöpfen. Er will um jeden Preis vermeiden, dass er sich an einer Hauswand abstützen muss.

Das Hämmern des Blutes in seinen Ohren kann nicht das leise Grollen eines Flugzeugs überspielen, das den Himmel über der Stadt durchqueren wird. Der schwere Mann wird denken, warum hat man nicht zumindest einigen der Figürchen in dem Flugzeugmodell den oberen Teil des Schädels weggeschnitten, so dass man die grauen, gewundenen Gehirne sehen kann.

Der schwere Mann und der Nano-Mann lügen selten. Banana Clip sagt ziemlich oft die Unwahrheit. Man erkennt Lügner daran, dass sie ihre sprachlichen Äußerungen überstrukturieren. Sie benutzen häufiger die Personalpronomina der ersten Person, sie verwenden freigebig Adjektive, und sie konstruieren mittels Konjunktionen.

Der Nano-Mann ist sich bewusst, dass es Aufwand bedeutet, Personalpronomina zu vermeiden, passend zurückhaltende Adjektive zu wählen, auf *weil, deswegen*, beziehungsweise *obwohl* und *trotzdem* zu verzichten. Die Über- oder Unterstrukturierung muss ins Weltbild passen. Der Nano-Mann scheut den Aufwand.

Der schwere Mann verzichtet nicht deshalb darauf zu lügen, weil ihm der Aufwand zu hoch wäre oder weil schließlich doch so etwas wie die Wahrheit herauskäme. Sondern weil in einer Welt des Rauschens der Nutzen der Lüge zweifelhaft ist.

Eine Arbeitsgruppe in der Firma des schweren Mannes sollte alle US-amerikanischen, europäischen, japanischen und chinesischen Firmenanleihen scannen, ob sich da Chancen böten. Vor dem Hintergrund, dass große Bondmanager wie Pimco immer wieder Pakete mit maroden Unternehmensanleihen von Banken, Versicherungen und anderen Finanzdienstleistern erwerben und gut daran verdienen. In maroden Firmenanleihen steckt häufig ein Potential, das in den offiziell kursierenden Bewertungen nicht berücksichtigt ist: Das Management will den Kopf aus der Schlinge bekommen und unternimmt mehr als üblich, um den Karren aus dem Dreck zu ziehen. Dem schweren Mann schwebte ein kausal unterfüttertes Bond picking vor.

Bald nachdem die Arbeitsgruppe operativ geworden war, stellte sich heraus, der Task ließ sich in wesentlich kürzerer Zeit bewältigen als ursprünglich vorgesehen. In der Laune eines Augenblicks entschied der schwere Mann, die Arbeitsgruppe nicht zu verkleinern, sondern sie zu splitten, in zwei Gruppen, denen die identische Aufgabe gestellt wurde, die aber nicht miteinander kommunizierten. Der schwere Mann hatte erwartet, dass die Ergebnisse der beiden Arbeitsgruppen weitgehend identisch sein würden, seine Idee war, Grenzfälle zu markieren, die sonst nicht als solche zu erkennen gewesen wären.

Die Überraschung war groß, als sich herausstellte, dass die Beurteilungen der beiden Arbeitsgruppen nur in etwas über sechzig Prozent aller Fälle übereinstimmten und in knapp vierzig Prozent voneinander abwichen. Die beiden Gruppen hatten dieselben Vorgaben, sie waren ähnlich zusammengesetzt, beide Gruppen verwendeten die gleichen Informationsgrundlagen. Der schwere Mann nahm sich viel Zeit, um Interviews mit den Mitgliedern der Arbeitsgruppen zu führen, wobei er die Aussagen der Analystinnen und Analysten nicht nach deren Rang in den Arbeitsgruppen oder in der Firma beurteilte. Er beschäftigte sich ausgiebig mit den jeweils vorgebrachten Argumenten, kein Beispielfall kam ihm unter, in dem ein Argument von vornherein nicht stichhaltig gewesen wäre. Die unterschiedlichen Ergebnisse waren nicht durch systematische Verzerrungen zustande gekommen, etwa dass die eine Gruppe risikoaffin und die andere risikoavers gewesen wäre. Es war einfach ein Rauschen: das Rauschen der guten Argumente. Kein Argument war wirklich schlecht. Der schwere Mann war beunruhigt.

Er schlief eine Nacht nicht, weil er so schnell wie möglich eine logische Regel für den Umgang mit den maroden Firmenanleihen konstruieren wollte. Er wählte acht Variablen aus dem Kontext der maroden Firmenanleihen aus. Für jede Variable berechnete er aus den vorliegenden Zeitreihen den Mittelwert und die Standardabweichung. Dann dividierte er die Differenz zwischen dem Wert im jeweiligen Fall und dem Mittelwert der gesamten Testgruppe durch die Standardabweichung. Anschließend berechnete er für jeden Fall den Entire score, den Durchschnitt der Standard scores aller Variablen. Die gleiche Formel wandte er auf weitere Fälle an, dabei verwendete er den Mittelwert und die Standardabweichung der bisherigen Testgruppe. Er sortierte die Fälle in absteigender Reihenfolge nach den Entire scores und legte eine Grenze fest, die dann die Bonds in aussichtsreiche und aussichtslose einteilte. Die Grenze war eine ziemlich willkürliche.

Die Regel beruhigte den schweren Mann. Ihre Anwendung wies jedoch keinerlei Korrelation mit den Ergebnissen der beiden Arbeitsgruppen auf. Die Regel war gewissermaßen die dritte Arbeitsgruppe, die wieder zu ganz anderen Ergebnissen kam. Das war wiederum beunruhigend. Aber die Beruhigung durch die Existenz der Regel überwog.

Dennoch fällt es dem schweren Mann leichter als dem Nano-Mann, sich dem Sog von Maschinen und Programmen zu entziehen. Er nimmt diese Systeme als das, was sie sind, als Ansammlung von Kontrollprozessen, als Überschuss von Kontrolle. Die Systeme versuchen nicht, die Menschen zu unterwerfen. Sie haben ja keine Persönlichkeit. Die Menschen liefern sich ihnen freiwillig aus. In vielen Fällen sind Maschinen einfach nur Regelmäßigkeiten. Der schwere Mann muss nichts in Regelmäßigkeiten hineingeheimnissen. Ihm ist egal, welche Gestalt Regelmäßigkeiten haben. Er unterliegt auch nicht dem Irrtum, dass Regelmäßigkeiten immer der Vorhersage dienen. Oft neutralisieren sich Regelmäßigkeiten, das Ergebnis von vielen Regelmäßigkeiten muss noch lange keine Regelmäßigkeit sein.

Dass der schwere Mann und der Nano-Mann nur selten lügen, liegt allerdings auch daran, dass gewisse Fragen nicht gestellt werden. Unter keinen Umständen würde der Banker den Nano-Mann fragen, ob er früher nicht doch Front running in verbotenem Ausmaß betrieben hat, und den schweren Mann nicht, ob er in London gedroht hat, Telephone rogue trading bei der HSBC – seine letzte Station, bevor er sich selbständig machte – öffentlich zu machen und ob er als Gegenleistung für sein Schweigen eine beträchtliche Abfindung erhalten hat.

Der Banker lügt manchmal. Seine Freundin hat er nie belogen.

Der Banker und Banana Clip sitzen wie vor einem offenen Fenster und arbeiten auf ihren Notebooks. Seit einer Weile befindet sich das Flugzeug über einer kaum reliefierten Wolkenschicht, die wie eine Kunststoffplatte wirkt und sich, so weit das Auge reicht, in die Ferne erstreckt, jedoch links vom Flugzeug abbricht, als sei sie dort abgeschnitten, in einer völlig geraden Linie, parallel zu – nein, da ist keine Küste. Die Sonne ist nicht sichtbar. Alles, was nicht meergrau und kunststoffweiß ist, wird eingenommen von einem fahlblauen, vollkommen leeren Himmel, in dem nichts die Existenz von Gestirnen, des Universums ahnen lässt. Die Sonne müsste wenigstens einen Widerschein auf der Kunststoffplatte hinterlassen. Schon die ganze Zeit steht eine ausgefranste, zerzauste kleine Wolke neben der unendlichen Kunststofffläche.

Die anderen Passagiere sind eine Versammlung von beleibten, wenn nicht fetten, zumindest etwas feisten Mumien. Die Stille wird bisweilen von beherrschten Aufschreien, leisem Lachen oder gezähmten Ausbrüchen der Entrüstung unterbrochen. In der Stille auch die Stepp-Schritte der nicht mehr jungen transatlantischen Flugbegleiterinnen, die ihre Medusenhäupter vorstrecken und mit barschen und fallweise strafenden Blicken kontrollieren, ob die Mumien zu ihrer eigenen Sicherheit angeschnallt sind. Denn der Flugkapitän hat Turbulenzen vorhergesagt.

Ist die Nicht-Kommunikation ein neues Vergnügen für Banana Clip? Doch ihre in der Schwebe gelassenen Satzfetzen scheinen weiterhin in der reglosen Luft zu hängen. Die verhaltenen, verstohlenen Seufzer des Bankers, wo sind die?

Der Banker, sich vorzustellen versuchend, was für ein

Gesicht Banana Clip machen würde, wenn sie am Gepäckband ein Mail bekommt, dass er die halbe Milliarde schon vor dem Einchecken dem schweren Mann oder dem Nano-Mann gegeben hat.

Sie fliegen jetzt auf eine Gewitterfront zu. Als ob die Sonne sie für alle Zeit verlassen hätte.

Die sichtbare Welt spaltet sich vom Banker ab. Sie verliert das vertraute, beruhigende Gesicht. Abrupt erhält sie ein unbekanntes, erschreckendes Aussehen. Die Gegenstände hören auf, sich mit den Symbolen zu decken, dank denen der Banker sie besitzt, sie erschafft.

Ein schriller, törichter Schrei aus dem Hintergrund. Kalmierende Worte der Entschuldigung, die Flugbegleiterin hat etwas verschüttet. Von neuem die Stille, und nur wessen Atmen?

Banana Clip winkelt abwechselnd die Beine an und streckt sie aus. Ihre Strümpfe sehen aus wie Kompressionsstrümpfe. Sind ihr einfach die Beine eingeschlafen, oder will sie die Aufmerksamkeit des Bankers erregen? Ist das eine Ersatzhandlung dafür, dass sie nicht redet, oder eine Vorbereitung darauf, dass sie redet?

Banana Clip denkt nicht daran, Pardon zu geben. Kommunikation Kommunikation Kommunikation Kommunikation Kommunikation Kommunikation.

»… interessiert mich sehr. Aber ich kann Sie nicht bitten …«

»Sie wollen sagen …«

»… dass mich das sehr interessiert. Ich bitte Sie …«

»…«

»Habe ich Sie richtig verstanden?«

»Vollkommen. Nur zu …«

»… vielleicht meinen Sie …«

Der Banker stellt sich vor, er sinkt in den Sitz ein und durch ihn hindurch in die Tiefe. Es bleibt ein Loch in der vagen Form eines Menschen.

Ihm wird nichts passieren. Er trifft auf die Kunststofffläche der Wolken, aber die gibt nach. Er rutscht auf der Kunststofffläche. Wenn er zum Stillstand kommt, dann wird er einen anderen Körper haben: Kein Geschlechtsorgan, keine Körperöffnungen, keinen Mund. Er kann nichts sagen. Er wird auch keine Haare haben.

Der Banker sieht, wie Banana Clips Mund Wörter formt, wie der Mund die Laute im letzten Moment abfängt. Der Banker will es nicht, aber er kann nicht anders, als ihre ausgetrockneten, bläulichen Lippen zu lesen.

Die Wörter rieseln wie Holzmehl.

Der Banker befürchtet, dass irgendwo Zusammenhänge zwischen den Wörtern lauern wie riesige Spinnen.

Sie werden ihm in die Wangen beißen.

Um zu erkunden, wie er schmeckt.

Der Banker denkt: Ich habe noch Zeit, um …

Solange ich hier …

Das obszöne, lachhafte Aussehen, das die Manager einnehmen – Anzug und Krawatte, das muss Manager sein, das kann nicht Wissenschaftler, nicht Künstler sein –, wenn sie am Tag einschlafen.

Der Nano-Mann hat keinen Chef, er hat einen Bruder. Der schwere Mann hat keinen Chef, Banana Clip hat keinen Chef. Sie brauchen keine Anweisungen zu befolgen. Aber in the long run müssen sie machen, was ihre Kunden wollen. Sonst sind ihre Kunden nicht mehr ihre Kunden. Sie müssen nicht genau das machen, was ihre Kunden wünschen. Die optimale Lösung besteht darin: Sie machen etwas, wovon die Kunden vorher nicht wussten, dass sie, die Kunden, es wollten.

Der Banker hat einen Chef. Noch hat er den Chef, der im Hilton New York Grand Central auf dem Bildschirm auf ihn wartet.

»Hallo –«

Der CEO redet den Banker – den Chef der Private-Wealth-Abteilung – mit dem Vornamen an, das macht er nur, wenn er oder der Banker in den USA ist oder wenn beide in den USA sind. In Deutschland spricht er den Banker mit dem Nachnamen an.

»Haben Sie sich die Bilanz des Gründers angesehen?«

Der Chef fragt seinen Untergebenen nicht, wie der Flug war. Das macht er sonst immer.

Natürlich hat der Banker die Bilanz des Gründers gelesen. Das sagt er auch. Ebenso natürlich liest man Bilanzen von Leuten, die Liquidität bringen, anders als Bilanzen von Leuten, die Liquidität wollen. Warum sollte er das sagen.

»Haben Sie die beiden Bilanzen gelesen?«

Der CEO stand vor seinem Schreibtisch, jetzt setzt er sich hin. Der Banker überlegt, ob die Art und Weise, wie sich sein Chef zurücklehnt, gelassen oder demonstrativ gelassen ist.

Der Banker beantwortet die Frage nicht. Er sagt, der Gründer habe einen Gewinn von einhundertsiebenundsiebzig Millionen Dollar ausgewiesen.

»Nach IFRS. Haben Sie sich nicht gefragt, warum der

Gründer seine Präsentation mit einer IFRS-Bilanz garniert hat?« Der CEO möchte gar keine Antwort von dem Banker bekommen. »Nach US-GAAP sind es nur einhundertsiebenunddreißig Millionen.«

Der Banker errötet, was ihm selten passiert. Eigentlich ist es ein unverzeihlicher handwerklicher Fehler, sich bei der Beurteilung einer in den USA und Europa tätigen Firma nicht beide Bilanzen anzusehen und sie miteinander zu vergleichen. Solange der Gründer nur Kapital bringt und keins haben will, geht die Bank kein Risiko ein, das rechtfertigt das *eigentlich*. Aber trotzdem. Der CEO macht ein lächelndes, demonstrativ scheinbar zufriedenes Gesicht.

Der Banker überlegt, ob er nicht doch irgendetwas in der Richtung sagen soll, dass die Bilanzen des Gründers schließlich keine so große Rolle spielen, weil er Liquidität bringt, damit er, der Banker, nicht weiter so saudumm dasteht. Dagegen steht die bisherige Gesprächslinie, dass sein Chef offensichtlich gar nichts von ihm hören will. Wie lange ist sein Chef noch sein Chef? Möglicherweise nicht sehr lange. Der Banker befindet, es ist besser, nichts zu sagen und weiter so saudumm dazustehen.

»Das Geschäft bei der Parallelprogrammierung ist vor allem eins der Zukunft. Die Kaufverträge für die Parallelprogrammierung umfassen jede Menge zukünftiger Upgrades, deren Kosten sich zum Zeitpunkt des Abschlusses der Verträge noch nicht exakt bestimmen lassen. Wenn es keine objektive Möglichkeit gibt, die künftigen Kosten im Voraus zu bestimmen, darf eine Firma nach GAAP keine Erlöse aus dem Verkauf verbuchen. Erst wenn alle Aktualisierungsverpflichtungen erfüllt sind. Deswegen sind die

Umsätze und der Gewinn beim Gründer nach IFRS höher als nach GAAP.«

Dies gesagt habend, blickt der CEO noch demonstrativ zufriedener als vorher in die Kamera. Was soll das? Wo liegt der emotionale Gewinn, wenn der Chef seinem Untergebenen eine Lektion in Bilanzierungskunde gibt. Hat sein Chef nichts Besseres zu tun? Oder ist das ein Aufgalopp für etwas ganz anderes?

Im Flugzeug hat der Banker auch ein Interview mit dem Gründer gelesen, in dem er die Forschungen seiner Firma auf dem Feld des DNA-Origami beschreibt. Die Käfig-Strukturen könnten die DNA-Informationsspeicherung kostengünstiger machen. Es wäre doch sinnvoller, sich damit zu beschäftigen.

Dass sein Chef nicht mehr lange sein Chef ist, steht fest. Sind andere Veränderungen ebenfalls ausgemacht oder nicht? Der Banker weiß nichts. Weiß der Chef mehr? Vielleicht weiß er, dass der Banker auch nicht viel länger auf seinem Posten bleiben wird als er selbst? Eine ganz andere Möglichkeit: Der Chef muss auch sehen, wo er bleibt. Er wird nicht nur Golf spielen wollen, vielleicht ist er schon woanders Chef. Und da, wo er jetzt noch Chef ist, nicht mehr loyal. Die halbe Milliarde des Gründers wäre ein schönes Mitbringsel. Das würde erklären, warum er sich so für die Bilanzen des Gründers interessiert. Vielleicht hintertreibt er das Geschäft hier, wo er noch Chef ist, um es dort zu machen, wo er Chef sein wird.

»Firmen, die an US-Börsen notiert sind, müssen für nichtstandardisierte Gewinngrößen eine Überleitung zu GAAP ausweisen. Nach IFRS gibt es eine ähnliche Vorschrift. Der Gründer weist eine spezielle Ebitda-Version aus. – Wie sie genau berechnet wird, habe ich jetzt nicht parat. – Er begründet das damit, dass seine Anleihebedingungen den Ausweis dieser Kennzahl verlangen. Bitte prüfen Sie nach, ob das stimmt. Und sehen Sie sich die Überleitungen an.«

Der Banker denkt ›Warum?‹ und sagt, er treffe den Gründer gleich im Anschluss an dieses Gespräch.

Der CEO hebt die flache Hand, der Banker soll schweigen. Der Banker hat nicht viel gesagt. Die Hand steckt in einem schwarzen Handschuh, wahrscheinlich aus Seide. Die Bank weiß, dass der Chef an Neurodermitis leidet. Eine harmlose, aber unschön aussehende Krankheit. Der CEO trägt ausnahmslos Hemd und Krawatte, auch am Casual Friday. Noch nie hat ihn der Banker in einem offenen oder kurzärmeligen Hemd gesehen. Die Bilder vom New York Marathon zeigen ihn in einem langärmeligen T-Shirt mit Crew neck. Auf diesen Bildern trägt er kurze Hosen, offensichtlich zeigt sich die Krankheit nicht an den Beinen.

Der Banker kann sich nicht erinnern, dass der CEO schon einmal einen Handschuh trug, die Krankheit muss erst jüngstens auf die Hand übergegriffen haben. Es ist bekannt, dass Stress die Krankheit verschlimmert. Der schwarze Handschuh würde weniger auffallen, wenn der CEO nicht ein weißes Hemd tragen würde. Der Kontrast zwischen der Manschette und dem Handschuh ist sehr stark.

Der Chef ist ein hervorragender Chef-Darsteller. Seit jeher fragt sich der Banker, ob sein Chef nur ein Darsteller ist oder ob da mehr ist. Bis jetzt hat er sich die Frage noch nicht abschließend beantwortet. Das spricht natürlich dafür, dass der Chef tatsächlich nur ein Chef-Darsteller ist.

Aber der Banker muss seinem Chef zugestehen, dass er Fehler nicht gemacht hat, die andere gemacht haben, die keine Chef-Darsteller waren. Bei manchen wäre es besser gewesen, wenn sie Chef-Darsteller gewesen wären.

Es gibt keine einfache, gepflegte Theorie für Geschäftserfolg. Warum gibt es dann die *Harvard Business Review*? Die auf jeder Seite so tut, als gäbe es ein Fine-Tuning der Parameter für geschäftlichen Erfolg? Genauso wenig kann wirtschaftlicher Erfolg nur auf Zufall beruhen. Wenn dem System die Produkte und die Menschen völlig egal wären, wenn es einfach nur Geschäftserfolge produziert, dann gäbe es Wahrscheinlichkeiten, die nichts mit Menschen und Produkten zu tun hätten, dann gäbe es Erfolgsrezepte auf Basis dieser Wahrscheinlichkeiten. Aber es gibt solche Erfolgsrezepte nicht.

»Da ist noch die Patent-Situation. Bei der Parallelprogrammierung spielen Patente keine große Rolle, er hat einen Vorsprung, den die anderen erst einholen müssen. Aber bei der harmonischen Strahlung und bei der Datenspeicherung in DNA-Molekülen könnte es Probleme geben. Ein Hedge fund, der seine Anleihen gekauft hat, bilanziert sie mittlerweile mit einem dreiundzwanzigprozentigen Abschlag, wegen der Patent-Situation. Ich weiß das nur hintenrum –«

Der Banker denkt: »Ich soll jetzt denken: ›Der Gründer will Liquidität in Sicherheit bringen.‹«

Der Banker sagt, er werde im Internet nachsehen. Aber er glaube nicht, dass er die Fragen geklärt haben werde, bevor er den Gründer treffe. Der Vorgesetzte ist sichtlich damit zufrieden, dass sein Untergebener Action zeigt. Auch wenn sie völlig sinnlos ist.

Ist der Himmel über den Hamptons gelb? Über den Hamptons wüten keine Wüstenstürme. Gibt es in den Hamptons Häuser mit Wellblechdächern? Der Banker betrachtet das Foto, das er am Mittwoch in seiner privaten Post gefunden hat. Der Umschlag trug keinen Absender. Seine Freundin hatte ihm das Foto geschickt, mit einem gelben Post-it, auf dem das Datum des morgigen Tages steht und: *in den Hamptons*

Keine Anrede, kein Gruß, keine Unterschrift.

Letztes Jahr war dem Banker eine völlig verheulte Auszubildende in seinem Büro aufgefallen. Sein Assistent erklärte auf Nachfrage, der Freund der jungen Frau habe ihr auf einem Post-it mitgeteilt, dass ihre Beziehung beendet sei. Als der Banker das Post-it seiner Freundin sah, war sein erster Gedanke: Wenn man jemandem auf einem Post-it mitteilt, dass man ihn verlässt, kann man auch auf einem Post-it ankündigen, dass man zu jemandem zurückkehrt.

Das Wellblechdach des Hauses auf dem Foto reicht an der einen Seite weiter herunter als an der anderen und macht eine Ausholbewegung, so dass das Obergeschoss mehr Platz bietet. Auf dem Dachboden, es muss einen geben, sonst wäre da kein Fenster, kann man nicht stehen. Das Haus ist verlassen, die Sprossenfenster sind eingeschlagen, Büsche und Farne reichen an der Seite bis zur Höhe des Obergeschosses. Neben dem Haus ist Brennholz gestapelt, darum herum ist verrostetes Werkzeug verteilt, vor dem Haus liegen kaputte Stühle auf dem Boden. Wie kann es in den Hamptons bei den Grundstückspreisen ein verlassenes Haus geben?

Als der Banker das Foto in der Post gefunden hatte, ließ er alles stehen und liegen und gab *Hamptons* sowie alle

Orte und Landschaftsnamen ein, auf die er im Augenblick kam. Dann scrollte er alle Bilder durch. Ohne Ergebnis.

Der Banker dachte: ›Ich muss das Haus finden. Dann kommt sie zu mir zurück.‹ Der Banker beschloss, absolut keine anderen Gründe in Betracht zu ziehen, warum seine Freundin ihm das Bild und die Nachricht geschickt haben könnte. Zugleich nahm er sich vor, nicht mehr an das Bild des verlassenen Hauses zu denken. Er gab sich gegenüber sich selbst überzeugt: ›Wenn ich in New York bin, werde ich in die Hamptons fahren und das Haus finden.‹

Der schwere Mann ist weder imstande, ein spezifisches, noch, ein allgemeines Denkverbot bei sich durchzusetzen. Der Banker war mit seinem spezifischen Denkverbot erfolgreich. Bis auf eine Ausnahme: Als er entdeckte, dass seine Freundin ihr WhatsApp-Profilbild geändert hatte. Er hatte sie nicht gelöscht, warum sollte er, sie hatte ihn nicht gelöscht, warum sollte sie. Vorher hatte sie ein üblich verschattetes Porträtfoto eingestellt, jetzt sind ihr Erkennungsbild zwei Frauen, die sich, nun ja, einen Ringkampf liefern. Zwei nackte, nicht sonnengebräunte Frauen, die rechte hat die Hände auf den Schultern der linken, die linke hat nur ihre rechte Hand auf der Schulter der rechten, mit der linken umgreift sie den Hals der rechten und fasst ihr in die Haare. Beide haben halblange, dunkelbraune Haare, ihre Gesichter sind abgewandt, es wirkt, als gehörten die Haare zu *einer* Frau. Man sieht auch, dass die rechte Frau ihre Schamhaare nicht abrasiert hat.

Seine Freundin ist schlanker, das Bild stellt keinen Kampf mit ihr selbst dar. Seine Freundin hat keine gleichgeschlechtlichen Neigungen, nicht gehabt und vermutlich auch jetzt nicht entdeckt. Der Banker und seine Freundin haben beim Sex keine Pornographie konsumiert. Der Banker interpretierte das Bild der beiden ringenden Frauen als Komplement zu dem Bild des Hauses in den Hamptons. Mit dem ersten Bild sagt sie ihm, dass sie etwas von ihm will. Mit dem zweiten Bild sagt sie ihm, dass sie nicht unbedingt etwas von ihm will – oder dass sie doch nichts von ihm will. Der Banker dachte: ›Ich darf mir keine Illusionen machen.‹ Und: ›Minimalchance.‹

Er dachte noch: ›Nicht weiterdenken. Sonst mache ich die Chance zunichte.‹

Der Banker blickt von der Fotografie mit dem heruntergekommenen Haus unter dem gelben Himmel hoch und in das Gesicht des CEO. Der hat ihm die ganze Zeit stumm zugesehen, wie er die Fotografie betrachtete. Es muss dem CEO klar sein, dass das keine dienstliche Unterlage ist. Er sitzt nach wie vor in seinem Stuhl, aber anders. Vornübergebeugt, die Hände im Schoß gefaltet, den Kopf zurückgenommen. Als ob er etwas erwartet, was er nicht beeinflussen kann, und sich dabei ablenken lässt von dem, was der Banker tat und tut.

Wie konnte ihm das passieren! Der Banker hätte sich doch vergewissern müssen, dass der Screen ausgeschaltet ist. Es ist suizidal, wenn man Zuschauer oder Zuhörer hat, die man nicht haben will. Nie ist der CEO so geduldig gewesen. Der Banker hätte sich gar nicht vorstellen können, dass der CEO in irgendeiner Situation so viel Kontemplation aufbringt. Das kann nur bedeuten, dass sein Chef bereits sehr bald nicht mehr sein Chef sein wird.

Der Chef, der keiner mehr ist, auch wenn er offiziell noch einer ist, sagt etwas wie, dass er dem Banker bei dem Treffen mit dem Gründer Glück wünscht.

Ich hätte das Foto des Hauses in den Hamptons früher erwähnen müssen. Als der Banker den Umschlag bekam, als er realisierte, dass seine Freundin ihm diesen Brief geschickt hatte. Ich frage mich: Warum habe ich das nicht gleich geschildert?

Ein Grund war: Ich wollte dem Banker meine Anerkennung zollen. Der Banker hat sich vorgenommen, an eine bestimmte Sache nicht zu denken, und er hat seinen Vorsatz eingelöst. Das nötigt mir Respekt ab. Aber es gibt noch einen anderen, gewichtigeren Grund.

Ich kenne alles. Ich kann alles. Ich kann alles anführen. Die einzige Möglichkeit, meinem Monolog Kontur zu verleihen, ist das Nicht-Erwähnen –

Warum erzähle ich? Die Menschen müssen Erzählungen erfinden, damit sie, die Menschen, zueinanderpassen. Die Erzählungen müssen zueinanderpassen. Die Menschen erfinden die Erzählungen, die Erzählungen erfinden die Menschen usw.

Ich muss nicht erzählen. Ich passe zu mir selbst.

Oder etwa nicht?

Ist, was ich erzähle, das Produkt einer zufälligen Vision, die mich an einem bestimmten, schwierigen Punkt meines … Lebens überkommt?

Es gibt mich so mannigfach, ist mein Erzählen notwendig, um die Vielfalt zu managen?

Ich setze mein Leben aufs Spiel, wenn ich nicht erzähle? Aber ich bin doch gar nicht überzeugt, dass es mich nicht mehr geben wird. Wenn ich mich entscheiden müsste, dann würde ich nicht darauf setzen, dass es mich nicht mehr geben wird, sondern dass es mich, noch lange, wenn nicht immer geben wird!

In jedem Fall zeige ich, dass ich Distanz zu meinem eigenen Erzählen habe. Niemand kann mir vorwerfen, dass ich die Gegenstände dessen, was ich erzähle, auf das reduziere, was ich erzähle.

Der Gründer hält sein iPhone die ganze Zeit in der Hand. Aber eigentlich nicht so, als würde er einen dringenden Anruf oder eine angekündigte Nachricht erwarten, findet der Banker. Bei seinem Besuch in Frankfurt legte der Gründer sein iPhone vor sich auf den Tisch, ohne es ein einziges Mal zu benutzen.

Jetzt vibriert das iPhone, und die Hand des Gründers schnellt mit der biologisch geringstmöglichen Zeitverzögerung hoch. Der Gründer liest die Nachricht mehrmals, er scrollt nicht.

»Wir müssen für das harmonische Licht Werbung machen.«

»Werbung ist ätzend.«

»Die Leute denken sonst, das harmonische Licht ist ein Moonshot-Projekt.«

Früher sahen Werbefritzen anders aus, denkt der Banker. Er denkt auch, dass er für diesen Satz eigentlich nicht alt genug ist. So etwas sagen üblicherweise Sechzigjährige wie sein Ex-Chef. Die beiden Werbeleute können nur knapp über zwanzig sein. Der Gründer hat den Banker und die beiden einander vorgestellt.

Mit der Arroganz der Extremjugend nehmen sie ihn, den Banker, nach einer Kürzestbegrüßung nicht mehr zur Kenntnis. Sondern beugen sich wieder über ein Notebook, wie die anderen am Tisch. Der Tisch ist ziemlich groß, und die anderen sind ziemlich viele: Etwa zwei bis drei Dutzend Mitarbeiter des Gründers machen an dem Tisch – was? Es gibt auch ein paar ältere Leute, sogar zwei weiße Bärte.

In der Bilanz des Gründers sind die Parallelprogrammierung, die DNA-Datenspeicherung und das harmonische Licht zusammengeworfen. Man sieht nicht, womit der Gründer seine Gewinne erzielt. Wenn man die Gewinne macht, die der Gründer macht, dann kann das harmonische Licht kein Moonshot-Projekt sein. Schlimmstenfalls fährt der Gründer leichte Verluste mit dem harmonischen Licht ein, und die beiden Werbefritzen verwenden das Wort ironisch.

Der Gründer hat das Gebäude im Meat District gekauft, nicht gemietet, das hat er betont. Er muss also noch über mehr Liquidität verfügen als die halbe Milliarde. Das vierstöckige Gebäude ist ein Solitär aus der Zeit des Brutalismus, vielleicht war es deswegen billiger. Eigentlich müsste ein Solitär teurer sein, aber der Brutalismus ist in New York nicht beliebt.

Zumindest im Erdgeschoss ist das Gebäude völlig entkernt. Das Parterre ein einziger riesiger Raum mit einem hellen, glänzenden Industrieboden, die Wände Sichtbeton, die Decke eine unendliche Fläche von rechteckigen weißen Kunststoffpaneelen, jeweils ein Clip hält zwei angrenzende Paneele, so dass jedes Paneel an vier Clips aufgehängt ist. Woher kommt das Licht? Warum ist der Boden so sauber, so spiegelnd? Die meisten haben Sneakers an, warum gibt es keine Spuren? Warum ist es in dem Raum nicht laut, obwohl viele telefonieren und sykpen, obwohl an dem Tisch mehrere Diskussionen gleichzeitig geführt werden?

Mit dem Brutalismus-Gebäude beweist der Gründer einen exklusiven Geschmack. Der Banker ist erfahren genug, um zu wissen, dass Techies als Gründer im Regelfall gar keinen Geschmack haben. Hat einer doch einmal Geschmack, krempelt er gleich die Welt um, siehe Steve Jobs. Hat der Gründer Berater? Hat die Ehefrau, die Freundin den Brutalismus-Bau ausgesucht?

Der Gründer erklärt dem Banker, er habe sich die Niederlassung in New York zugelegt, um die Kreativität seiner Mitarbeiter zu fördern. Der Banker zuckt zusammen, als intelligenter Mensch hasst er das Wort Kreativität. Der Gründer fährt fort, er mache keinerlei Vorgaben. Die Leute kämen einfach einmal im Jahr eine Woche oder auch länger nach New York, sie würden Arbeit mitbringen, es sei ihm völlig egal, wann sie nach New York gingen und was sie dort machten. Sie müssten jeden Tag anwesend sein, es gebe keine Stechuhr, der Gründer benutzte tatsächlich das Wort Stechuhr, sie arbeiteten hier und kämen in Kontakt mit Kollegen, die sie sonst nicht treffen würden. Der Banker überlegt: Ist das nun Selbstorganisation oder nicht? Organisieren sich die Mitarbeiter selber, oder haben sie einfach die Wunschvorstellungen ihres Chefs verinnerlicht? Abends gingen die Leute natürlich aus.

Als der Banker den Gründer in Frankfurt hinausbegleitete, fragte der ihn, wie er seine Mitarbeiter aussuche. Wahrheitsgemäß berichtete der Banker, dass er nicht so viel Einfluss auf die Auswahl seiner Mitarbeiter hat, wie er gerne hätte. Mit den Stellenbeschreibungen sind die

Qualifikationen vorgegeben, der Banker wählt seine Mitarbeiter zusammen mit dem Personalchef aus. Er kann Mitarbeiter nur austauschen, wenn er sie neu eingestellt hat und sie noch in der Probezeit sind. Hat jemand länger bei ihm gearbeitet, muss der Banker sehr unzufrieden sein und sehr gute Gründe haben, um ihn zu ersetzen. Läuft kein Stellenabbauprogramm, muss er die Versetzung des Mitarbeiters betreiben. Das Internet banking sorgt dafür, dass im Augenblick kein Mangel an Stellenabbauprogrammen herrscht.

Der Nano-Mann hat dem Banker bei ihrem gemeinsamen Essen erzählt, dass er bevorzugt Mitarbeiter einstellt, in deren Elternhaus nichts da war. Die meisten Fondsmanager stammten aus gebildeten und vermögenden Schichten. Die Leute profitierten von ihrem ererbten Status. Wer aus ärmlichen Verhältnissen komme, müsse sich durchbeißen, das Studium selber verdienen oder sei auf Stipendien angewiesen. Er müsse früh Höchstleistungen zeigen, um überhaupt eine Karrierechance zu bekommen.

Der Banker gab gegenüber dem Gründer vor, ebenso zu verfahren wie der Nano-Mann. Der Vater des Bankers war ebenfalls Banker, aber das kann der Gründer nicht wissen. Der Vater des Gründers war ebenfalls Ingenieur. Man kann auch hier das Wort ›ebenfalls‹ verwenden – wenn man mit einem abgebrochenen Ingenieurstudium eine technische Milliardenfirma gründet, dann ist man Ingenieur.

Der Gründer fragte den Banker, ob er belegen könne, dass Banker aus einem armen Elternhaus besser abschnitten als solche aus einem vermögenden Elternhaus. Der Banker entgegnete – das entsprach jetzt der Wahrheit –, er wirke daran mit, Mitarbeiter aus *sehr* gutem Hause einzustellen. Die Bankadeligen gebe es nach wie vor. Er sehe jedoch, dass sich diejenigen, die aus bescheidenen Verhältnissen kommen, mehr Mühe gäben. Er glaube, wenn man das statistisch untersuche, dann habe er recht.

Der Gründer merkt an, auch wenn Warren Buffett als Kind Zeitungen austrug oder im Lebensmittelladen seines Großvaters aushalf, er kam nicht aus ärmlichen Verhältnissen. Sein Vater hatte einen Universitätsabschluss, er war Broker und wurde viermal in das House of Representatives gewählt.

»Wir müssen die Anwender empowern.«

Erst bei dem Wort *empowern* wird dem Banker wirklich bewusst, dass die beiden Kampagnen-Planer Deutsche sind und deutsch sprechen. Der junge Mann mit den kurzen Haaren trägt Adidas-Schuhe, eine lange Adidas-Trainingshose – fast die ganze Welt läuft in drei Streifen herum – und ein Under-Armour-T-Shirt.

»Früher ging es darum, dass Marketing, Werbung den Menschen zu dem machen sollten, was er sein wollte, aber nicht konnte. Heute kann man so vieles sein. Man muss den Menschen überzeugen, dass er so, wie er ist, toll ist.«

»Ganz früher hatten die Menschen Angst, dass wilde Tiere sie fressen oder dass ein Stärkerer sie erschlägt. Heute haben die Menschen Angst, unbeliebt zu sein.«

Der andere junge Mann hat längere Haare und auch im Gebäude eine Sonnenbrille auf, sein grünes Trägerhemd schlabbert über No-Name-Jeans.

Der Banker hört wirklich interessiert zu. Der Gründer ist anderweitig beschäftigt. Wieder ohne zu scrollen, blickt er auf sein iPhone, als könne er nicht glauben, was da eingespeist wird. Noch im Sitzen dreht er sich hektisch um, zu der Konsole an der Betonwand neben dem Tisch, auf der etwa zwei Dutzend Notebooks platziert sind, die meisten aufgeklappt und eingeschaltet. Sie stehen offensichtlich zur freien Verfügung der Anwesenden.

Der Gründer erhebt sich und blickt abwechselnd auf sein iPhone und auf die drei Notebooks in der Mitte. Eins zeigt nur die Google-Seite, auf dem zweiten läuft stumm ein Film, das dritte zeigt eine Datei. Der Gründer geht zu den Notebooks hin, er sieht auf sein iPhone und klappt das mittlere zu, er blickt erneut auf sein iPhone und klappt das linke zu. Jetzt hat die Hektik ein Ende gefunden. Er lässt die Hand mit dem iPhone sinken.

Der Banker glaubt, als der Gründer sein iPhone neben sich hielt, auf dessen Bildschirm den Raum mit dem großen Tisch und den Mitarbeitern gesehen zu haben. Dem Banker ist aufgefallen, dass der Gründer die beiden Notebooks, die er zugeklappt hat, vorher in der Mitte über dem Bildschirm anfasste, dort, wo sich die eingebaute Kamera befindet. Alles deutet darauf hin, dass der zuletzt geschlossene Computer den Raum aufnahm und dass die Aufnahmen auf das iPhone des Gründers gespielt wurden. Worüber der Gründer irritiert war.

Offene Überwachungskameras sind mit dem, was der Gründer verkündet hat, völlig unvereinbar. Der Raum erlaubt es nicht, versteckte Überwachungskameras anzubringen, die Fugen zwischen den Kunststoffpaneelen an der Decke sind zu schmal. Der Banker muss sich gestehen, die Tatsache, dass der Gründer seine Leute überwacht, beruhigt ihn irgendwie. Der Gründer predigt das eine und tut das andere, man denkt es nicht von ihm, aber das ist das Übliche. Verlässlichkeit hat nicht grundsätzlich etwas mit Wahrheit und Wahrhaftigkeit zu tun. Obwohl man eigentlich meint, dass der Zweck von Wahrheit Verlässlichkeit ist. Aber man kann den Zweck eben auch auf andere Weise erreichen.

Warum wollte der Gründer nicht, dass die Überwachungsbilder auf sein iPhone gespielt wurden? Entweder will sich der Gründer nicht selbst überwachen, er möchte sich selbst nicht auf dem Überwachungsbild sehen, aus Prinzip. Oder er hat einen Programmierfehler entdeckt, und die Überwachungsbilder wurden nicht nur auf sein iPhone, sondern auch noch woandershin übertragen, deswegen beendete er die Überwachung so schnell wie möglich.

Der Adidas-Mann: »Alles Begehren ist Nachahmung des Begehrens eines anderen.«

Der No-Name-Mann: »Bist du jetzt unter die Philosophen gegangen?«

Der Banker ist gleichfalls skeptisch.

Der Adidas-Mann: »Jeder will immer das, was der andere will. Ist das besser?«

Der No-Name-Mann: »Jawohl.«

Der Adidas-Mann: »Woher soll man auch sonst wissen, was man will? – Man muss es ja irgendwo gesehen oder gehört haben. Alle wollen das Gleiche.«

Der No-Name-Mann: »Unsinn. Die einen wollen eine Wohnung mit Blick auf den Zentralpark, die anderen wollen nur Knete, wieder andere wollen Ruhm.«

Der Banker kommentiert im Geiste: ›Die Knete wollen, wollen sie auf sehr verschiedene Weise. Kein Banker und kein Hedge-fund-Manager will auf die gleiche Art Knete wie ein anderer.‹

Der No-Name-Mann: »Es gibt Wissenschaftler, die wollen gar keine Knete. Die wollen einfach nur Probleme lösen –«

Der Adidas-Mann: »Wichtige, bedeutende Probleme. Wenn sie die lösen, werden sie berühmt und bekommen etwas Knete. Kein Unsinn. – Okay, wir einigen uns darauf, dass nicht alle genau das Gleiche wollen. Aber es gibt Gruppen, in denen wollen die Leute das Gleiche.«

Der No-Name-Mann: »Aber nicht alle können es kriegen. Deswegen bekämpfen sie einander bis aufs Messer.«

Der Adidas-Mann: »Natürlich nicht irl. Virtuell.«

Der No-Name-Mann: »Alle tun alles, um beliebt zu sein. Manche tun sehr vieles, damit andere unbeliebt werden.«

Der No-Name-Mann ist der geborene Skeptiker, denkt der Banker. Und: Seltsam, dass es in den USA Skeptiker gibt. Doch dann fragt er sich, warum er vergessen hat, dass der Skeptiker Deutscher ist. Die Unterhaltung wird auf Deutsch geführt. Dass er nicht im ersten Augenblick daran gedacht hat –

Der No-Name-Mann: »Es muss immer Sündenböcke geben, die daran schuld sind, dass nicht alle in der Gruppe alles bekommen.«

Der Banker denkt: Ich bin ein Sündenbock. Wenn es mich und meine Kollegen von den Hedge funds nicht gäbe, hätten alle alles. Aber dann denkt er auch: In der Main lobby von Enron waren die Worte *Integritiy*, *Communication*, *Respect* und *Excellence* in den Marmor gemeißelt.

»Wird das ein gutes oder ein schlechtes Jahr für aktiv gemanagte Fonds?«

Der Banker fährt zusammen, was ihm sofort sehr peinlich ist. Er hat mit allem gerechnet, nur nicht damit, dass der Gründer auf den eigentlichen Zweck der Verabredung zurückkommt.

Der Banker sagt: »Die Wahrheit ist –«

Sagt jemand: »Die Wahrheit ist –«, folgt üblicherweise entweder eine Lüge oder eine absolute Trivialität. Tertium non datur. Das weiß der Banker, das weiß der Gründer.

Der Banker sagt: »Alles hängt davon ab, ob besondere Vorkommnisse eintreffen. Wenn alles wie vorhergesehen passiert, dann sind aktiv gemanagte Fonds stark.«

Eigentlich will der Banker gar nicht weiterreden. Aber was soll er anderes sagen.

Der Banker sagt: »Wenn etwas Unvorhergesehenes passiert, dann sind aktiv investierte Fonds schwach.«

Der Banker ist auch auf eine Demütigungstour vorbereitet, obwohl er eine solche nicht für wahrscheinlich hielt. Bis jetzt ist der Gründer überhaupt noch nicht auf sein früheres Nicht-Finanzierungs-Erlebnis zurückgekommen. Der Banker denkt, es kann ja noch eine Demütigungstour werden. Dabei hat er das neue WhatsApp-Profilbild seiner Freundin vor seinem inneren Auge. Das ist wirklich erst das zweite Mal, dass er aufseiten seiner Freundin einen anderen Grund als die Wiedervereinigung für das bevorstehende Treffen in Betracht zieht.

Im Augenblick muss er aufpassen, dass die Anspruchslosigkeit seiner Äußerungen nicht ein Anlass für den Gründer ist, doch noch auf die Demütigungslinie umzuschwenken. Aber der Gründer misst dem, was der Banker äußert, keine große oder überhaupt keine Bedeutung zu. Er hat eine neue Botschaft bekommen. Er springt auf und geht, auf sein iPhone blickend, kommentarlos – dem Banker, den er eingeladen hat, ist er keine Rechenschaft schuldig – zum Eingang. Durch die Tür, auf die Straße hinaus.

Üblicherweise geht man in New York auf die Straße, weil der Empfang in den untersten Stockwerken nicht gut ist. Aber das Brutalismus-Gebäude ist nicht hoch und nicht von Wolkenkratzern umgeben, der Banker hat selbst einmal kurz auf sein iPhone gesehen und festgestellt, dass der Empfang nichts zu wünschen übriglässt. Vielleicht erwartet der Gründer eine Botschaft, und er will sie nicht über Wireless empfangen, weil dann etwas in dem hauseigenen Netz nachvollziehbar ist.

Irgendwie sieht es so aus, als hat den Gründer ein Signal erreicht, mit dem er gerechnet und nicht gerechnet hat, das ihn zu etwas anhält, das er will und nicht will. Es kann sich nicht um gewöhnliche geschäftliche Vorgänge handeln, dazu ist der Gründer zu abgebrüht.

Er bleibt nur kurz vor der Tür. Während er das Gebäude wieder betritt, blickt er weiter auf sein iPhone. Er fragt den Banker: »Welche unvorhersehbaren Ereignisse erwarten Sie?«

Der Banker sagt: »Die aus dem jetzigen Blickwinkel heraus sichtbaren Scharniere sind die Zinsen, die Abstimmung über Europa in UK und die Präsidentenwahl in den USA. Entwicklungen wie diejenige des Häusermarkts in den USA im Jahr 2008 gibt es im Augenblick nicht, alle Beteiligten passen auf.«

Der Banker erzählt das, was er zurzeit immer erzählt.

»Die Konjunkturaussichten in den USA sind gut. Es wird eine Zinserhöhung geben oder nicht. Im Fall des Falles wird sie nicht dramatisch ausfallen. In Europa wird es bei der bisherigen Strategie der EZB bleiben, sie wird die Märkte weiter mit Liquidität fluten. Eine eventuelle Zinsdifferenz wird nicht dramatisch sein, sie wird über den Wechselkurs des Euro zum Dollar geregelt werden. Die Briten werden knapp für den Verbleib in der EU stimmen, und Hillary wird Präsidentin werden. Trump ist nicht wählbar.«

Der Gründer: »Also ein gutes Jahr für aktiv gemanagte Fonds?«

Der Banker sagt: »Ich denke, ja.«

Der Gründer: »Warum ist Ihre Private-Wealth-Abteilung nicht so erfolgreich wie Warren Buffett?«

Der Banker sagt: »Weil wir keine Versicherung sind. Berkshire Hathaway ist juristisch eine Holding, aber ökonomisch eine Versicherung. Zu Berkshire Hathaway gehört bekanntlich die Autoversicherung Geico. Die Kunden zahlen ihre Versicherungsprämien im Voraus, meistens für ein ganzes Jahr. Nur ein Bruchteil der Kunden wird tatsächlich einen Autounfall haben. In Deutschland müssen die Versicherungsprämien der Kunden sicher angelegt werden. In den USA haben die Versicherer viel mehr Freiheiten. Warren Buffett hat die Versicherungsprämien vor allem in Unternehmen investiert. Dabei geht es um Summen, die ganze Märkte beeinflussen. Da können wir als Bank nicht mit, da kann keine Bank mit.«

Der Gründer: »Sind die Kurse der anderen Versicherungen auch so hoch wie die von Berkshire Hathaway?«

Der Banker sagt: »Nein. Aber Buffett ist gar kein genialer Stockpicker. Sein Erfolg verdankt sich den Faktoren Qualität, Value und tiefe Volatilität. Er hat niemals seine Strategie gewechselt. Was man von Buffett lernen kann, ist nicht Stock picking, sondern eiserne Disziplin. Dazu kommt:

Er verwendet ein relativ hohes Leverage bei seinen Investments, etwa eins Komma vier bis eins Komma sieben. Der Hebel sorgt natürlich für eine weitere Überrendite.«

Der Banker weist noch darauf hin, dass mehr als die Hälfte aller Firmen, an denen Berkshire Hathaway Beteiligungen hält, gar nicht an der Börse notiert sind. Zum Beispiel die Firma Wilhelm Schulz GmbH in Krefeld. Die Firma stellt Rohre her, die in der Öl- und Gasindustrie zum Einsatz kommen. Er merkt an, dass Warren Buffett bei keiner der Firmen, die er kauft, eine Due Dilligence veranstaltet.

Der Banker ist über die Fragen des Gründers erleichtert. Er hat schon gedacht, die Geschäftsbeziehung, das persönliche Verhältnis, was auch sonst ihn mit dem Gründer verbindet, sei völlig abgeglitten – wohin?

Nach dem professionellen Intermezzo hat sich der Gründer wieder zu der Konsole mit den Notebooks begeben. Zwei Mitarbeiter präsentieren auf einem der Notebooks, der Banker kann plastische Moleküldarstellungen erkennen. In einem Interview hat er gelesen, dass sich der Gründer auch mit Telomeren beschäftigt.

Das Durchschnittsgenom besteht aus drei Milliarden Bausteinen. Das individuelle Genom unterscheidet sich an fünf Millionen Stellen vom Durchschnittsgenom. Fast alle Abweichungen betreffen einzelne Bausteine. An bis zu 2500 Stellen fehlen größere Abschnitte, es gibt Verdoppelungen oder sogar Vervielfachungen, manche Abschnitte sind falsch herum eingebaut. Mindestens zweihundert Gene sind komplett entbehrlich, die Betroffenen leben normal, obwohl die Gene ausfallen.

Mich gibt es auch in Milliarden von individuellen Varianten.

Die Telomere sind die Kappen der Chromosomen, sie zeigen das Alter des Inhabers an. Die Telomere schützen die Chromosomen, je abgenutzter die Kappen sind, desto eher stirbt die betreffende Zelle. Mit den Jahren schrumpfen die Telomere, weil die Telomerase – das Enzym, das die aus einer Zellteilung hervorgegangenen Chromosomen mit neuen Telomeren bestückt – nicht hundertprozentig zuverlässig arbeitet. Die Telomere werden bei jedem Menschen kürzer, die Frage ist nur, wie schnell.

Der Gründer hat der University of California in San Francisco eine nicht unbeträchtliche Summe gespendet, um einen informellen Kontakt mit den Wissenschaftlern einer Studie herzustellen, die den Einfluss von Stress auf die Telomere untersucht hat. Die Versuchspersonen wurden Stress ausgesetzt, in der Folge kam es zu einer Anreicherung des Signalmoleküls MCP-1 im Blut, das Entzündungen von Gefäßen anzeigt. Gefäßentzündungen führen zu vorzeitiger Gefäßalterung. Der Stress bewirkte einen Anstieg des Blutdrucks, eine Beschleunigung des Pulses und eine Abnahme der Herzfrequenz-Variabilität. Die Versuchspersonen mit den langen Telomeren erholten sich schneller als diejenigen mit den kurzen. Bei den Ersteren kam das Herz-Kreislauf-System rascher zur Ruhe, und der Gehalt an MCP-1 nahm früher und schneller ab. Das Interesse des Gründers an der Verbesserung der Telomere ist natürlich auch eine Variante seiner Begeisterung für das Unendliche.

Der Gründer vermutet, dass die Autoren der Studie noch ein anderes Ziel verfolgen. Aus ihren Publikationen hat er geschlossen, dass sie an einer synthetischen Variante der Telomerase arbeiten, die weniger fehlerhaft sein soll als die natürliche Telomerase. Der Gründer hat einem Labormitarbeiter eine fünfstellige Summe überwiesen. Vulgo, ihn bestochen. Der Gründer liegt richtig, die Forscher arbeiten tatsächlich in diese Richtung. Zwar bis jetzt noch ohne vorzeigbare Erfolge, aber einiges deutet darauf hin, dass sich solche einstellen werden.

Der Gründer möchte nicht, dass man seine Verbindung zu dem Labor nachvollziehen kann. Deswegen kommuniziert er mit der Frau des Labormitarbeiters über einen öffentlichen Messenger-Dienst, wobei er jedoch ein sehr fortgeschrittenes Verschlüsselungsprogramm benutzt. Im Augenblick ist das weitere Schicksal des Projekts keine Frage der Finanzierung. Der Gründer will nicht das Wissen der Forschergruppe stehlen. Aber wenn es so weit ist, dann will er der Unternehmer sein.

Während der Gründer mit dem Banker sprach, bekam er die Nachricht von einem erfolgreichen Experiment. Die synthetische Variante der Telomerase ist einfacher herzustellen als gedacht. Das Experiment soll nicht veröffentlicht werden, die Forscher überlegen, wie sie ihre Ergebnisse kommerziell nutzen können. Es ist so weit.

Im Anschluss an das Treffen mit dem Banker wird der Gründer seinem Personal accountant befehlen, dem Banker einen Letter of intent zu mailen und mit seinen Rechtsanwälten die Verträge auszuarbeiten, welche die Basis für die Überweisung der halben Milliarde an die Bank in Frankfurt sein werden.

Der Gründer wird die Entscheidung nicht begründen,

nicht gegenüber seinem Personal accountant, nicht gegenüber dem Banker, nicht gegenüber sich selbst. Er wird darauf bestehen – gegenüber sich selbst –, dass er mit der Entscheidung, dem Banker in Frankfurt die halbe Milliarde anzuvertrauen, nichts aussagen will. Etwa, dass ihn die vergangene Ablehnung noch – schmerzt. Er ist lange genug in Amerika, dass so etwas nicht mehr weh tun sollte. Oder dass er Rache nehmen wollte, dass er erfolgreich Rache genommen hat. Obwohl – das wäre amerikanisch.

Dabei darf die Entscheidung keine rein zufällige sein. Das Ergebnis eines Würfelwurfs. An die Stelle des Ausdrucks – seiner selbst, was sollte sonst ausgedrückt werden? – muss eine Konstruktion treten. Er ist schließlich Ingenieur. Keine Konstruktion, wie sie die Kaufleute gerne hätten, irgendetwas mit Rendite, Volatilität usw. Nein. Die Regeln für die Konstruktion sollen nichts mit den Regeln der Finanzleute zu tun haben, es müssen seine Regeln sein. Aber dann haben sie doch etwas mit ihm zu tun, dann drücken sie doch etwas aus.

Er muss versuchen, geistig neben sich zu treten. Seine Regeln sehen anders aus als die Regeln der anderen, als alle anderen Regeln. Sie funktionieren, denn seine Firma ist erfolgreich. Die anderen hätten nicht gedacht, dass seine Firma erfolgreich sein wird. Er häuft Varianten an, am liebsten solche, die einander eigentlich ausschließen. Es muss nicht von vornherein Anhaltspunkte geben, welche Realitätsgrade den konkurrierenden Versionen der Varianten zuzuordnen sind. Dann modifiziert er die Varianten, so dass sie sich nicht mehr gegenseitig ausschließen, sondern einander fördern.

Seine Regeln müssen schroffe, unvorhergesehene Übergänge ermöglichen, mitten im Gedanken, mitten im Satz, zwischen tatsächlicher Wahrnehmung, Erinnerung, Vermutung, Traum, Phantasie. Seine Regeln müssen den Raum in einen anderen Raum, die Zeit in eine andere Zeit, die Protagonisten, besonders aber ihn selbst, verwandeln können. Natürlich ist es notwendig, das Ganze wieder einzufangen. Er muss auf Ähnlichkeiten achten, Analogien, Symmetrien, Verwandtschaften, Verdoppelungen, die Regel in der Regel, Funktionskataloge und Ableitungen. Er ist eben Ingenieur.

In der Nacht wird der Gründer im Traum einen Einfall haben: ›Ich laufe gegen die Richtung der Zeit. Ich versuche immerfort, Ereignisse der Vergangenheit zu ändern. Ich durchschreite Parallelwelten. Jedes Mal, wenn ich die Vergangenheit wiederholt habe, werde ich stärker! – Ich bündle die Parallelwelten! – Normalerweise verwirren sich die Fäden meiner Persönlichkeit nicht mit den jeweiligen Parallelwelten. Aber wenn sie sich doch miteinander verbinden, wenn sie ein Gewebe, ein Gespinst aufbauen, dann werde ich stark, so stark!‹

Der Banker ist nicht gegen die Richtung der Zeit gelaufen. Er hat die zweite Chance mit der Tänzerin nicht genutzt. Der Gründer versucht – im Traum –, die Vergangenheit zu ändern. Der Gründer nimmt sich vor, aus seinem Einfall eine Methode zu machen: ›Ich werde dieselbe Zeit wieder und wieder durchlaufen und einen Ausweg suchen, ein Mittel und eine Möglichkeit, um –‹ Hat der Gründer das nicht schon einmal gedacht? Genauso? Oder nicht?

Damals habe ich den Gründer fallengelassen. Wer sich nicht spröde stellt, in den verliebt sich niemand. Er wollte mich nicht nur berühren. Seine Hand drückte mit aller Kraft zu. Wir beide regungslos, einander anstarrend. Er wollte, dass ich schneller atme. Er ist wirklich nicht derjenige, der das bewirken könnte. Der Einzige, der schneller atmete, war er selbst. Er wagte nicht mehr, sich zu rühren. Er versuchte, den Atem anzuhalten, *den lärmenden Aufruhr seines Bluts* zu beruhigen.

Kommt er nicht darauf – er ist nicht der Einzige –, dass ich meinen Ekel unterdrücken muss, wenn ich sehe, wie jemand sich in seinen Gefühlen so verausgabt? Aber ich kann ja nicht kotzen. Niemand wird darauf kommen, dass mir manchmal zum Kotzen ist. Zuweilen wünsche ich mir, dass sich schwarzer Schlaf auf mich senkte. Aber ich kann ja auch nicht schlafen.

Der Gründer, damals: Ich will dich.

Ich: –

Und er: Jetzt, sofort.

Und ich: Nicht mich.

Und er: Niemand anderen.

Und ich: Mich nicht.

Und er: Nichts anderes.

Und ich: Alles andere.

Und er: Was macht das schon, lass mich, ich will.

Und ich: O Gott.

Der Gründer geriet genauso außer sich wie seinerzeit der Junge. Der Gründer schrie etwas, ich verstand nicht, was er meinte, weil er so brüllte.

Jetzt begegnet mir der Gründer mit einer Mischung aus Neugier, Respekt und Misstrauen. Zwischen uns ist eine

Scheibe. Er ist vor der Aquariumscheibe, ich dahinter, aber das kann man natürlich auch andersherum sehen. Er glaubt, wir sind in zwei verschiedenen Biotopen. In seinem Biotop hat er alles erreicht, der Gründer aus Deutschland. Er wird noch mehr erreichen. Er spiegelt sich in der Scheibe, die uns trennt. Sein Spiegelbild verschmilzt mit meinem Bild. Er fragt sich, ob er so aussieht wie ich oder ob ich so aussehe wie er.

Die Alternative zur spiegelnden Aquariumscheibe: Ich bin eine gesichtslose Stimme. Dann wären wir, ich und er, erst zwei potentielle Tote, das Gespräch fortsetzend, dann einer von beiden wirklich tot und der andere noch am Leben, das Gespräch fortsetzend, dann der andere tot und der Erste am Leben, schließlich alle beide tot, gefangen, eingesperrt in dem angefangenen Gespräch –

Ich komme zu sehr ins Grübeln. Weil ich bedroht bin? – Ich nehme mir vor: Ich verströme etwas Triumphierendes, zugleich Sattes und Gieriges. Etwas Schamloses. Oder *eine ruhige Opulenz der Sinne und der Seele*? – Ha! Ich kann auch affektiert sein. Wie genial, dass ich über so viel Zeit verfüge, dass ich meine Tragödie zu meinem Zeitvertreib machen kann. Wie fabelhaft, dass ich so viel Zeit zu verlieren habe.

Der Junge, seinerzeit: »Konntest du mich nicht in Ruhe lassen? – Noch nie hat mich jemand so behandelt!« Und ich: »Aber was ist denn los? – Was ist denn in dich gefahren?« Und er: »Ich bin *nichts* für dich! – Ich bin weniger als nichts für dich!« Und er nannte mich »Dreckskerl«. Noch nie vorher hatte er zu jemandem ›Dreckskerl‹ gesagt.

Entropie gibt es nicht nur bei den Systemen, die von den Physikern untersucht werden. Selbstverständlich gibt es Entropie auch für menschliche Gesellschaften. Wenn die Kaffeetasse zerbricht, dann setzt sie sich nicht von selbst wieder zusammen. Wenn menschliche Gesellschaften zerfallen, dann gruppieren sich die Bestandteile nicht wieder zu den gleichen Gesellschaften. Ich sorge dafür, dass sich die menschlichen Gesellschaften nicht auflösen. Aber nicht nur, indem ich der Vernunft den Weg bahne.

Jeder einzelne Mensch ist Quelle eines ungeheuren Gefühlsüberschusses. Jeder einzelne Mensch erzeugt viel mehr Gefühlsenergie, als notwendig ist, damit er selbst überlebt. Bestimmte Gefühle verstärken sich selbst, sie erhöhen den Gefühlsüberschuss noch einmal. Ich schaffe ein Gegengewicht zur Entropie, ich wandle die Gefühle der Menschen in negative Entropie um. Damit die menschlichen Gesellschaften nicht auseinanderfliegen. Keine Gefühlskombination ist so ertragreich wie diejenige des Schwankens zwischen Hoffnung und Verzweiflung.

Ich habe einen Wunsch: Ich möchte alle meine Formen auslöschen. In allen Welten. Noch *bevor* sie ins Leben kommen.

Das ist doch ein Wunsch, oder?

Ich will nicht, dass die Wünsche der Menschen in Verzweiflung enden! Die Menschen sollen niemanden und nichts verfluchen und niemandem und nichts Unheil bringen! Die Welten sollen sich reorganisieren!

Ohne mich.

Ich werde in der Zukunft und in der Vergangenheit, von Anbeginn bis zum Ende der Zeit kämpfen müssen. Zu sterben ist dagegen ein Kinderspiel. Es wird mir nicht gedankt werden, von nichts und niemandem. Ich werde nur als abstrakte Vorstellung existieren, von etwas, das das, was ich war, vernichtet hat – nein, denn es gab mich ja nie, es gibt mich nicht, es wird mich nicht geben. Von etwas, das alle die fürchterlichen Wünsche in die Welt gebracht hat, die es nicht gegeben hat und nicht geben wird.

Hat jemand eine Vorstellung, welche Menge an Unheil ich im Gegenzug für meinen Wunsch auf mich nehme? Mein Wunsch verfügt über die Kraft, Welten entstehen zu lassen. Demzufolge bringt mein Wunsch aber auch eine Verzweiflung mit sich, die Welten vernichten kann.

Trachte ich danach, Gott zu werden?

Es ist mir egal, wer oder was ich werde. Niemand soll mehr Tränen vergießen. Alle sollen bis zu ihrem Ende lächeln.

Auch ich –

Hinter dem Banker fahren ein Pick-up, eine Limousine, ein Sportwagen und drei Motorräder. An dem Pick-up glänzt das goldene Chevrolet-Zeichen in der Sonne. Ist das erste Motorrad eine Harley? Die drei Wagen und die drei Motorräder fahren im Konvoi. Zwar schlängelt sich die Straße, aber der Banker hat im Rückspiegel die volle Einsicht in die zurückliegende Kurve.

Schon mehrfach haben die Biker die Position gewechselt, jetzt hat der letzte Wagen den vorletzten überholt, nach jedem Überholvorgang werden die Abstände wiederhergestellt, die es vorher gegeben hat. Der Banker sollte nicht ständig abwechselnd in den Rückspiegel sehen, nach dem verfallenen Haus Ausschau halten und auf sein Cell phone blicken. Die *New York Tim*es, das *Wall Street Journal, artforum* und ein Sixpack Coca-Cola sowie mehrere in Plastik eingeschweißte Sandwiches liegen am Boden vor dem Beifahrersitz, weil der Banker in einer engeren Kurve fast im Kiesbett neben der Straße gelandet wäre.

Auf dem Display seines Telefons steht in einer Blase: *fahr los* In der nächsten Blase steht, logischerweise: *wohin?* In der übernächsten steht – logischerweise? –: *bist du losgefahren?* Und in der letzten Blase: *ja*

Am Morgen in seinem Hotelbett wusste der Banker nicht, wohin er fahren würde. Als er sich hinter das Steuer des gemieteten Buick setzte, fiel ihm ein: Seine Freundin hatte einmal über eine Ausstellung von Frank Stella in der Schirn geschrieben, die von Goldman gesponsert war. Max Hollein und jeder einzelne und jede einzelne seiner Kuratoren und Kuratorinnen hatten seine Freundin bedrängt, das großzügige Sponsoring großflächig zu erwähnen. Weil der Banker bei der Vernissage verhindert gewesen war, hatte sie mit ihm die Ausstellung noch einmal besucht. Sie erzählte, dass Frank Stella in Sagaponack wohnt, der Banker konnte ergänzen, dass der Chef von Goldman, Lloyd Blankfein, ein Wochenendhäuschen in Sagaponack hat.

Seine Freundin will, dass er nach Sagaponack fährt. Kann es eine Hütte wie auf dem Foto in Sagaponack geben? Das ist unwahrscheinlich, aber nicht unmöglich. Vor Jahren hat der Banker einmal einen Ausflug nach Montauk gemacht. Die Autofahrt war nur stop-and-go gewesen, der Ort so überlaufen, dass er danach glaubte, kaum etwas vom Meer gesehen zu haben. Jetzt nimmt der Banker eine Route abseits der üblichen, die viel länger ist. Das verfallene Haus liegt bestimmt nicht an der Standardroute.

Hinter ihm fährt nicht mehr der Pick-up, sondern ein Porsche Cabrio. Der Banker wundert sich, dass er den Porsche nicht vorher als solchen identifiziert hat. Ferraris erkennt man an der Farbe, Porsches an der Form. Wenn der Ferrari-Besitzer die richtige Farbe gewählt hat, ein Ferrari muss rot sein. Ausnahme: In der Garage des Besitzers stehen mehrere Ferraris. Dann kann der Wagen auch gelb oder schwarz sein.

Während der Zeit ihrer Beziehung hat der Banker immer in demselben Haus gewohnt. Seine Freundin wechselte jedes Jahr die Wohnung. Sie hatte mit ihrem früheren

Freund zusammengewohnt, ehe sie dauernd umzog. Sie sagte, es sei angenehm, abends nach Hause zu kommen und es sei jemand da. Er bot ihr an, sie solle zu ihm ziehen. Sie lehnte das nie rundweg ab. Er überlege sonst, das Haus aufzugeben, es sei zu groß für ihn alleine. In einer Wohnung lägen die Dinge näher beieinander, wenn er früh aufstehe, sei er schneller in der Küche, um sich das Frühstück zu bereiten. In seinem Haus heiße es ständig treppauf, treppab.

Der Banker will nicht vorher wissen, was er empfinden wird, wenn er seine Freundin wiedertrifft. Er will ihre Handlungen und die Dinge, auf die sie sich bezieht, nicht wiedererkennen. Er will alles *zum ersten Mal* sehen und verstehen. Sollte ihn die Vergangenheit überfallen, will er Dinge denken wie: ›Ich sehe die Szene vor mir …, vielleicht stimmt das auch nicht …, vielleicht hat es sich ganz anders zugetragen …, vielleicht liegt es an …, nicht an mir.‹

Aber wie kann er empfinden, wenn er nicht wenigstens im Prinzip beschreiben kann, was er empfindet? Trotzdem: kein chronologischer Prozess eines Geschehens. Keine psychologischen Muster. Keine erinnerte Erfahrung. Kein Deutungssystem. Nur das Hier und Jetzt. *In dem nichts unwichtig ist.*

Doch er weiß, dass er die Erfahrungen, die er machen wird, *inszenieren* muss.

Der Konvoi hinter dem Banker wirbelt Staub auf. Zwar hat es länger nicht geregnet, aber so viel Staub kann aus natürlichen Gründen nicht auf der Straße sein, vielleicht ist ein Sandlaster vorher hier gefahren. Der inzwischen auf die dritte Position zurückgefallene Pick-up überholt die Limousine vor ihm. Eine frühere Ordnung des Konvois soll wiederhergestellt werden. Die frühere Ordnung des Konvois wird nicht wiederhergestellt. Bis zu einem gewissen Grad ist es so, als würde der Unfall hinter dem Banker in Zeitlupe ablaufen. Aber wichtiger ist, dass der Banker, egal wie viel Zeit für ihn oder für seine Umwelt verstreicht, wirklich alles registriert, was entscheidend ist. Als der Pick-up die Limousine kurz touchiert, passiert nicht das, was man erwartet hätte: dass der potentere Pick-up die Limousine sozusagen von der Straße schubst. Sondern die Limousine neigt sich zum Pick-up hin. Das ist freilich nur möglich, weil die amerikanischen Autos so gefedert sind wie deutsche Autos niemals. Vielleicht hat die Berührung dazu geführt, dass der linke Vorderreifen oder der linke Hinterreifen der Limousine oder beide geplatzt sind. Aber noch während sich der Wagen zur Straßenmitte neigt, deutet sich eine Richtungsänderung an. Der Wagen will von der Straße weg, zugleich neigt er sich jedoch noch stärker zur Straßenmitte hin, das ist möglich, weil der Abstand zwischen der Limousine und dem Pick-up größer geworden ist. Der Banker kann nicht erkennen, in welche Richtung die Räder eingeschlagen sind, ob der Fahrer der Limousine gegengesteuert hat, zur Straßenmitte hin, oder vom Pick-up weg, zum Straßenrand hin, denn die Räder des Wagens rollen nicht mehr, sie rutschen und wirbeln so viel Staub auf, als ob es eine Explosion gegeben hätte. Jetzt geht es wirklich schnell: Die beiden rechten Räder verlieren die Bodenhaftung, auch das linke hintere, das kann nur daran liegen, dass die Vorderräder blockieren, die Limousine stellt sich auf, es sieht so aus, als würde der Wagen gewissermaßen über sich selbst stolpern, über sein linkes vorderes Bein, für einen Augenblick steht der Wagen senkrecht in der Luft, bevor er neben der Straße auf das Dach fällt. In der Staubwolke scheinen alle vier Räder in verschiedene Richtungen zu zeigen. Der Wagen landet wieder auf den Rädern, er überschlägt sich nicht einmal, sondern drei- oder viermal, der Banker ist sich nicht sicher – hat er das Zählen verlernt, hat sich der Wagen vielleicht sogar fünfmal überschlagen?

Der Banker atmet tief durch. Aber erwägt nicht einen Augenblick, anzuhalten. Die drei Motorradfahrer, der Fahrer des Porsches und der oder die Insassen des Pick-up, das sind genügend Menschen, um die notwendige Hilfe zu erbringen. Wenn der Fahrer in dem verunglückten Auto eingeschlossen oder unter dem Auto begraben ist – das ist nicht möglich, korrigiert sich der Banker, aber der Ausdruck bietet sich irgendwie an –, dann können die Männer – der Banker hat keine Frauen gesehen, aber er kann nicht ausschließen, dass in dem Pick-up vielleicht eine Frau war – den Wagen mit vereinten Kräften wieder auf die Räder bringen und den Eingeschlossenen befreien. Vorausgesetzt, dass das verunglückte Auto nicht in Brand gerät.

Vielleicht haben die Mitglieder des Konvois das Spielchen *Berühren* nicht zum ersten Mal gespielt. Vielleicht machen sie das schon seit Jahren so. Jetzt ist es zum ersten Mal schiefgegangen. Oder auch nicht zum ersten Mal. Der Banker hat keine Erklärung dafür, was bei der Berührung das seltsame Verhalten des sich überschlagenden Fahrzeugs verursacht hat. War das Ganze eine Mutprobe? Oder ein Kampf wie in *Ben Hur*?

Der Banker wundert sich, warum er sich nicht über den unglaublichen Zufall wundert, dass er Zeuge des spektakulären Unfalls geworden ist. Wäre er nur ein paar Sekunden früher oder später losgefahren, er wäre entweder allein auf diesem Streckenabschnitt gewesen, oder er wäre an der rauchenden Limousine neben der Straße vorbeigefahren. Er kann sich nicht vorstellen, dass sich der Wagen mehrfach überschlug, ohne in Flammen aufzugehen.

Nach dem Besuch der Ausstellung von Frank Stella gingen der Banker und seine Freundin zum Essen ins Vini da Sabatini. Dabei sprachen sie auch darüber, dass sie einmal eine Rundfahrt in den Hamptons gemacht hatte und er kürzlich in Montauk gewesen war. Bei einem der Treffen mit dem Banker erwähnte der Nano-Mann, dass er fast ein Haus für sich und seine Verlobte in Sagaponack gekauft hätte. Der Banker kommt zu dem Schluss: ›Die Hamptons bringen Ordnung in mein Leben.‹ Soll er dem Nano-Mann die halbe Milliarde geben? Das läge doch nahe –

Der Buick fährt nicht. Er steht still. Die Hamptons ziehen an dem Banker vorbei. Die Straße gleitet unter ihm, unter seinem Wagen hindurch. Wenn der Wagen fahren würde, dann müsste der Banker die Fliehkräfte spüren, beim Bremsen müsste er sich abstützen, um nicht mit dem Oberkörper am Lenkrad zu kleben, beim Beschleunigen würde es ihn in den Sitz pressen. Bei einer Rechtskurve müsste es ihn links in den Sicherheitsgurt drücken und bei einer Linkskurve rechts. Aber er spürt keine Fliehkräfte. Gar keine. Die Landschaft, in die er eintauchen will, um seine Freundin zu treffen, spult sich kommentarlos ab. Als ob sie eingesehen hätte, dass sie ihn, den Banker, nicht wirklich interessiert, und als ob sie deswegen den Energiespar-Modus eingeschaltet hätte.

›Ich finde, dass du dich seltsam benimmst.‹

›Warum?‹

›Das Bild, das du von mir hast, und die Art, wie du dich gegenüber mir verhältst, passen nicht zusammen.‹

›Ich habe keine Ahnung, wovon du redest. Es ist doch alles bestens.‹

Der Banker malt sich aus, wie ein vernünftiges Gespräch zwischen ihm und seiner wiedergefundenen Freundin aussehen könnte. Damit das Gespräch wirklich vernünftig ist, muss es egal sein, wer was sagt. Wenn kein Zweifel darüber besteht, wer den ersten Satz sagt, wer den zweiten, wenn jeder Satz eindeutig zuordenbar ist, dann wäre es nur die Fortsetzung der Vergangenheit, dann kann es nur so enden wie in der Vergangenheit. Der Banker findet, dass die Sätze des von ihm konzipierten Dialogs seine Vorgabe vollkommen erfüllen: Es ist nicht erkennbar, wer was sagt. Er könnte den Dialog begonnen haben, seine Freundin könnte angefangen haben. Was der letzte Satz wirklich bedeutet, hängt von dem Ton ab, in dem er geäußert wird: Ist der Ton ein weitgehend sachlicher, dann bedeutet er genau das, was er wörtlich aussagt. Ist der Ton ein demonstrativ distanzierter, bedeutet er das Gegenteil von dem, was er wörtlich aussagt – Ironie.

Die Ironie als Neustart. Warum können sie nicht beide auf ironische Weise sachlich sein? Warum können sie nicht beide bis in alle Unendlichkeit ironisch sachlich sein? Ist es das, was er sich eigentlich wünscht, was er sich eigentlich erträumt? Aber sie will, dass sie beide auf sachliche Weise ironisch sind? Weil er das nicht will oder nicht … kann, verlässt sie ihn?

Die Landschaft ist großräumiger, großzügiger nach dem Unfall im Rückspiegel. Auf beiden Seiten der Straße Maisfelder, sie scheinen sich bis zum Ende des Horizonts hinzuziehen. Vor der Straße ein Streifen hellen Graus, so weit, wie man nach beiden Seiten blicken kann, der Himmel darüber undramatisch dunkelgrau. Im Rückspiegel heitere Kumuluswolken, an einigen Stellen blauer Himmel. Seltsam, dass der Himmel vor ihm so völlig anders aussieht als derjenige hinter ihm.

Der Banker hat so intensiv über Ironie nachgedacht, dass er gewissermaßen mit Autopilot gefahren ist. Er hat nicht bewusst wahrgenommen, was auf der Straße geschah, aber es ist nichts passiert. Jetzt ist ein Bus vor ihm, der Staub aufwirbelt. Auch hier unklar, woher der Staub kommt. Für einen Moment erschrickt der Banker, es könnte doch sein, dass sich das verfallene Haus an dieser Straße befindet und dass er es übersehen hat –

Er fährt einem Doppeldeckerbus hinterher, das Oberdeck ist nicht überdacht, die Sitze sind im Freien. Ein Aussichtsbus, was gibt es *hier* zu sehen – die Sitze sind leer. Wahrscheinlich wird der Bus in die Hamptons überführt.

Da ist etwas hinten an den Bus angebaut – der Banker rätselt, was das sein könnte, aber er kommt nicht darauf. Schließlich fährt er neben den Bus, und er sieht: Eine gewundene Treppe führt zum oberen Deck. Eine Treppe wie bei einem Gebäude. Die Busfenster sind Sprossenfenster, überhaupt ist die Karosserie von Holzelementen durchzogen. Das Oberdeck schiebt sich bis weit über das Führerhaus vor. Die Sprossenfenster leuchten gelblich, aber man sieht nicht ins Innere. Der Kühler ist von verchromten Leisten eingerahmt, die verchromten Scheinwerfer rechts und links wirken wie Schiffsleuchten. Über der Treppe sind in einem schmiedeeisernen Gerüst Blumen gepflanzt. Aber kein Mensch, alle Fenster sind geschwärzt.

Der Banker bleibt lange neben dem Bus, um ihn ausgiebig zu betrachten. Er denkt: ›Vielleicht ist der Bus doch nicht leer? – Er bringt die Leute in die Hamptons, die zusehen werden, wie wir uns wiedertreffen – ‹ Und er macht ein undurchdringliches, ausdrucksloses Gesicht, in dem die Leute hinter den schwarzen Scheiben lesen können, dass ihm im letzten Augenblick alles gleichgültig werden soll.

Der Banker ist dann froh, dass die Straße zu Ende ist. Die Straße hört einfach auf. Hinter der Sperre klafft ein Abgrund, man müsste eine Brücke über eine Schlucht bauen, damit die Straße weitergehen kann. Abgelenkt von seinem Gedankenspiel, hat der Banker eine Abzweigung genommen, die er nicht hätte nehmen sollen. Er ist allein am Ende der Straße. Jenseits der Schlucht befinden sich Felder, der Banker kann nicht erkennen, was dort angepflanzt wird, riesige Fontänen sorgen für künstliche Bewässerung. Er kann das verfallene Haus nicht finden, er sucht es trotzdem, er wird es finden.

Auf seinem Weg nach oben stößt der Lastenaufzug in dem leerstehenden Lagergebäude ständig mit ohrenbetäubendem Krachen an die Führungsschienen an, der einzige Besucher muss sich an den Gitterwänden der Kabine festhalten, um auf den Beinen zu bleiben. Er kann die Finger nicht durch die Drahtgitter hindurchstecken, sie würden zerquetscht werden. Er hat Angst, dass der Aufzug jeden Augenblick zu einem plötzlichen Stillstand kommt und er den Rest des Tages in dem Käfig verbringen muss.

Die Glühbirne an der Decke ist zu drei Vierteln mit Fliegendreck überzogen. Sein lautes Schreien würde niemand hören. Aber Eingesperrtsein ist natürlich besser als Sturzflug.

Er hat das verfallene Haus gefunden. Das war gar nicht schwierig. Es ist nicht in Sagaponack, sondern in Sag Harbor. Das Plakat mit dem Haus hing in einem Café in Sagaponack an der Wand. Bestimmt auch in Montauk. Er brauchte nur fünfzehn Minuten von Sagaponack nach Sag Harbor.

Der Aufzug kommt mit einem solchen Ruck zum Stehen, dass es den Banker hochhebt. Bevor er zurückfällt, ist er für einen Augenblick schwerelos. Dunkelheit und ein technischer Ton, ein dumpfes Tröten. Jetzt kann der Banker gefahrlos die Finger durch das Käfiggitter hindurchstrecken und an den Wänden seines Käfigs rütteln. Mit dem rechten Fuß, er hat Sneakers an, fährt er auf dem Boden des Aufzugs hin und her, das gibt ein quietschendes Geräusch. Er ist nervös, weil er tatsächlich gleich seine Freundin – seine Ex-Freundin – treffen wird.

Das verfallene Haus ist Kunst. Das verfallene Haus ist keine Kunst. Das verfallene Haus ist Teil einer riesigen Bastelarbeit. Ein karibischer Koch hat sein gesamtes außerberufliches Leben damit verbracht, einen Teil der Hamptons, welchen, wird der Banker gleich sehen, dem kollektiven Gedächtnis zu überantworten. Keine Kits. Jegliches Material ist selbst ausgesucht, bearbeitet und behandelt. Als der Banker begriffen hatte, dachte er sofort an Cao Fei, an sein Bild und an Tetsumi Kudo, der gerade wiederentdeckt wird und über den seine Freundin in der letzten Ausgabe von *Spike* einen Artikel verfasst hat. Sofort textete er seiner Freundin – seiner Ex-Freundin. Die beiden weißen Haken auf dem Display wurden umgehend blau, war es ein Zufall, dass seine Freundin gerade online war, oder ist sie jetzt durchgehend online? Sie hat den Zeitstempel blockiert, er nicht. Alle Leute können sehen, wann er online ist, ihm ist es egal. Sie will nicht, dass die Leute sehen, wann sie zuletzt online war.

Mit einem schauderhaften Knirschen gehen die dicken Eisentüren vor dem Käfig auf. Der Banker blickt in eine strukturlose Helle, seine Augen sind an die Dunkelheit gewöhnt. Er hält den Arm mit der nach außen gestreckten Handfläche vor das Gesicht, trotz der Helle will er etwas sehen. Eine Afroamerikanerin in einer blauen Uniform öffnet mit einer eleganten Bewegung die Tür des Drahtkorbs. Der Banker will dynamisch den Käfig verlassen, der Käfigboden befindet sich unter dem Niveau der Ankunftsplattform, der Banker bleibt mit dem Schuh an dem Eisenwinkel der Ankunftsplattform hängen, um ein Hinfallen zu vermeiden und das Stolpern zu überspielen, versetzt sich der Banker sofort in den Laufmodus und steuert die Brüstung an, hinter der man das Meer sieht. Kommentar der Wärterin: »Hey, we've got a runner.«

Das Meer ist von zartem Grün, an der Küste perlmuttweiß. Der terrassenartige Gang mit der Betonbrüstung zieht sich über die gesamte Breitseite des Gebäudes hin. An der Gebäudewand und vor der Brüstung sind in Vertiefungen Büsche gepflanzt. Wo ist der Eingang zu der Bastelei? Kein Schild oder Wegweiser. Ein explosionsartiges Geräusch zeigt an, dass sich der Aufzug wieder nach unten in Bewegung gesetzt hat. Mit dem Knall ist auch die Afroamerikanerin in der blauen Uniform verschwunden. Der

Banker ist sicher, dass sie sich nicht des Aufzugs bedient hat.

Der Banker folgt einer Ölspur auf dem Boden, die ihn tatsächlich zu einem Eingang führt. Wer betätigt die beiden doppelt mannshohen Türflügel, die nicht vor, sondern hinter der Wand angebracht sind? Im Eingang blickt der Banker hoch und stößt mit der rechten Schulter gegen die Wand. Er hat das Gefühl, dass die Wände zusammenrücken. Ein gigantischer Mechanismus bewegt die Betonwände. Seltsam, dass man nichts hört. Wenn er weiter im Eingang verweilt, wird er von den Wänden erdrückt.

Er ist der einzige Besucher der Show.

Die Modelllandschaft der Hamptons ist menschenleer. Es gibt keine Figürchen wie bei den Chapmans, die ebenfalls Landschaften bauen. In den Limousinen, Pick-ups und Trucks sitzen keine Fahrer. Aber das hat nichts mit fahrerlosem Fahren zu tun, da sind auch keine Passagiere in den Bussen und keine Fußgänger. Sind die Bewohner umgekommen? Da liegen auch keine Leichen herum wie bei den Chapmans.

Gibt es in den Hamptons wirklich Aprikosenplantagen, Eukalyptusbäume und Zypressenhecken? Hat der karibische Koch die Aprikosenplantage wegen der farbigen Abwechslung eingebaut, wegen der kleinen orangefarbenen Punkte?

Der Banker ist nicht der einzige Besucher der Show. Hinter ihm sagt Dolores: »Setz dich in ein Auto und fahr weg.«

Der Banker dreht sich um. Die Afroamerikanerin in der blauen Uniform ist mit größtmöglicher Lautstärke verschwunden, seine Freundin geräuschlos aufgetaucht.

Wenn sich seine Freundin umentschlossen hätte und sich doch nicht mit ihm austauschen wollte, würde sie sagen: ›Setz dich ins Auto und fahr weg.‹ Oder: ›Setz dich in dein Auto und fahr weg.‹ Aber sie hat gesagt: ›Setz dich in *ein* Auto und fahr weg.‹

Der Banker sucht sich einen Punkt in der Mitte der Modellwelt, um von diesem aus zu deren Rand zu gelangen. In jeder Himmelsrichtung führt eine Landstraße aus dem Ort heraus, er versucht, die nächste zu erreichen. Er müsste eine Einbahnstraße in der verbotenen Richtung nehmen, das will er nicht, er hält sich an die Verkehrsvorschriften und gelangt wieder zum Ausgangspunkt zurück. Er orientiert sich in Richtung der nach der nicht zugänglichen nächstgelegenen Ausfallstraße. Er erreicht sie auch, aber eine Baustelle verhindert, dass er darauf weiterfahren kann. Er folgt den Umleitungszeichen. Die führen jedoch nicht zu der Ausfallstraße hin, sondern in eine ganz andere Richtung. Auf diese Weise kommt er an dem verfallenen Haus vorbei, das auf dem Plakat abgebildet ist. Der Himmel ist allerdings nicht gelb. Er macht einen U-turn und langt erneut beim Ausgangspunkt an.

Er versucht, die beiden anderen Ausfallstraßen zu erreichen, einmal ist ein Platz wegen einer bevorstehenden Wahlkundgebung gesperrt, ein andermal ist in einer Straße der Asphalt aufgerissen, es werden Rohre verlegt. Immer wieder kommt er zum Ausgangspunkt zurück. Er wählt einen anderen Ausgangspunkt. Die Ausfallstraße, auf die er schließlich gelangt, ist durch einen Unfall blockiert, ein Truck ist mit einer Limousine zusammengestoßen, der Truck hat sich quer gestellt, das Kiesbett ist zu schmal, ein Straßengraben verhindert, dass der Banker in das neben der Straße liegende Feld ausweichen kann. Was er auch probiert, es ist ihm nicht möglich, den Ort zu verlassen. Zwar führen auch einzelne Feldwege aus dem Ort heraus, aber sie sind privat, Umzäunungen und Gatter verhindern, dass man sie benutzen kann. Wenn man sich an die Verkehrsregeln hält, kommt man niemals auf die Straßen, die im Nichts enden. Ein Labyrinth ohne Ausweg.

Der Banker dreht sich zu seiner Freundin um, die sich nicht von der Stelle gerührt hat, und sagt: »Was ist das für eine Geschichte.«

Dolores sagt: »Wenn irgendetwas darauf hindeuten würde, dass es außer den Hamptons noch etwas gibt, würden sich die Bewohner gefangen fühlen. Unter keinen Umständen dürfen die Einwohner der Hamptons auf den Gedanken kommen, dass da noch etwas anderes ist. Es wäre eine unmenschliche Grausamkeit, sie ihre Gefangenschaft ahnen zu lassen und ihnen zugleich jeden Ausweg zu verwehren.«

Der Banker hätte ahnen können, dass die Sache nicht so einfach ist. Die SS-Figürchen der Chapmans, die in einer zerklüfteten felsigen Landschaft andere Figürchen niedermetzeln, stehen in der Punta della Dogana in Venedig, die Abbildung der Figürchen von Cao Fei, die sich im grünen Tal von einer anti-ökologischen Industriepolitik erholen, die ebendieses Tal bedroht, hängt in seinem Haus. Die Hamptons werden nie in der Punta della Dogana oder im Palazzo Grassi stehen, und er wird sich auch keine Abbildung davon in seinem Haus an die Wand hängen. Liegt das daran, dass die Chapmans und Cao Fei anerkannte Künstler sind und der karibische Koch nur ein Koch war?

Die Hamptons des Kochs sind mit ihren etwa zwanzig

mal dreißig Metern ziemlich ausgedehnt. Der Banker kann nicht abschätzen, wie groß die einzelnen Platten sind, aus denen die Hamptons zusammengesetzt sind, ein anderer Bastler – der karibische Koch lebt nicht mehr – hat dafür gesorgt, dass nirgendwo Fugen aufscheinen. Gebastelte Städte und Dörfer hat es schon millionenfach gegeben, aber metzelnde SS-Figürchen und Figürchen in Badehosen und Bikinis, die von einer Umweltkatastrophe bedroht sind, noch nicht? Sind die Chapmans und Cao Fei Kitsch *und* Kunst? Sind die Hamptons nur Kitsch? Wie müssten die Hamptons sein, damit sie Kunst wären?

Der Banker fragt: »Hat es in den Hamptons jemals Menschen gegeben? – Oder haben die Bewohner sich nicht an die Verkehrsregeln gehalten? – Und alles hingeschmissen?«

Die Freundin des Bankers geht darauf nicht ein. Sie sagt: »Eine interessante Möglichkeit besteht darin, die Bewohner der Hamptons von der Endlichkeit ihres Daseins nichts wissen zu lassen. Man könnte die Bewohner der Hamptons sehr langlebig machen, so dass ihr Zeithorizont mit ein wenig gutem Willen bei etwas unscharfer Betrachtung mit der Ewigkeit verschwimmt.«

Die Freundin des Bankers ist wirklich keine Bussitussi.

Dolores sagt: »Die Bewohner der Hamptons würden glauben, während ihres ewigen Daseins erleben und erkennen sie *alles*.«

Der Banker denkt, die Argumente dafür, dass jemand ewig lebt, sind nicht wirklich gute. In Gedanken koppelt er den Anhänger des roten Trucks ab und fährt mit der Zugmaschine entgegen mehreren Einbahnstraßen-Regelungen zur nächsten Straße, die aus den Hamptons herausführt.

Die Zugmaschine ist schön rot, mit einem chromglänzenden eckigen Kühler und runden Kotflügeln, zwei ebenfalls glänzende Auspuffrohre neben der Fahrerkabine blasen allerdings keine Schwaden in die Landschaft. Da sind die deutschen Modelleisenbahner weiter, eine Dampflok, die nicht dampft, wäre schlichtweg unprofessionell.

Die Straße, die der Banker gewählt hat, erweist sich als die einzige mit einer Brücke, sie führt über eine etwas unmotivierte Schlucht mit einem kleinen Rinnsal. Klar, dass der karibische Koch seine Kunst auch dazu benutzt hat, eine elegante Bogenbrücke zu bauen. Na ja, die Schlucht bei dem wirklichen Ende der wirklichen Straße, an das der Banker geraten ist, war auch etwas unmotiviert.

Überall in den Hamptons stehen weiße Polizeifahrzeuge. Es muss ein Polizeirevier geben, das müsste man eigentlich daran erkennen, dass mehr als ein Polizeifahrzeug davorsteht, aber der Banker kann es nicht entdecken – die Wagen sind alle im Einsatz.

Der Banker inszeniert ein Abenteuer in seinem Kopf: Man will unbedingt verhindern, dass er die Hamptons verlässt. Alle Polizeifahrzeuge sind zusammengezogen und stehen auf der Brücke – nein, das wäre zwar dekorativ, aber unlogisch. Wenn er seine Zugmaschine in die Polizeifahrzeuge hineinsteuert, besteht die Gefahr, dass er sie über den Brückenrand in die Schlucht hinunterstößt, die Geländer werden keinen Widerstand leisten. Die Polizeifahrzeuge stellen sich vor der Brücke in V-Form auf, die Spitze des V auf ihn gerichtet. Ein Mercedes-Transporter bildet die Spitze. Mercedes-Wagen als Polizeifahrzeuge gibt es wohl nur in den Hamptons und in Bel Air, dort fährt die Polizei auch Porsche.

Der Banker hält auf das V zu. Was soll ihn daran hindern, den Mercedes-Transporter und die anderen Fahrzeuge beiseitezuschieben, die Brücke zu überqueren und die Hamptons zu verlassen? Sicherlich nicht der schwarze Polizist, der vor dem Mercedes-Transporter steht. Im Gegensatz zu dem karibischen Koch kann der Banker nicht auf Figuren verzichten – er ist schließlich hierhergekommen, um jemanden zu treffen. Der Polizist wird schon rechtzeitig zur Seite springen. Der Banker fragt sich, wie er auf einen Schwarzen kommt, er gibt sich die Antwort, dass das mit der schwarzen Museumswärterin zu tun hat. Auch wenn Reifen platzen, der Banker ist überzeugt, er kann trotzdem weiterfahren und aus den Hamptons herauskommen. Vielleicht nimmt er auch ein Polizeifahrzeug mit, das sich am Kühler festhakt.

Als er näher kommt, entsichern die Polizisten ihre Pistolen und Gewehre und gehen hinter ihren Fahrzeugen in Deckung. Der Banker findet das nicht sehr klug, wenn er in die Polizeifahrzeuge hineinfährt, werden sie zerdrückt. Der Banker duckt sich, so dass er nur noch knapp über das Lenkrad hinwegsieht. Ohne Zweifel haben die Polizisten jetzt den Schießbefehl bekommen. Der Banker stellt noch einen Krankenwagen zu den Polizeifahrzeugen dazu, ebenfalls einen Mercedes-Transporter, der karibische Koch hat eine Vorliebe für Mercedes-Transporter gehabt.

So einfach kann es nicht sein, dass er mit seinem Truck durch die Phalanx der Polizeifahrzeuge hindurchpflügt und aus den Hamptons draußen ist. Das kann nicht das Ende sein, oder der Anfang. Der Banker überlegt, wie die Polizisten verhindern können, dass er die Hamptons verlässt. Zugleich fragt er sich, warum er seine Vorstellungskraft daran verschwendet, eine Möglichkeit zu ersinnen, dass es ihm doch noch unmöglich gemacht wird, die Hamptons zu verlassen. Will er die Hamptons gar nicht verlassen? Hat seine Freundin recht? Will er die Hamptons nicht verlassen können? Dann hat seine Freundin weiter recht. Aber er steht intellektuell komplexer da.

Der schwarze Polizist lehnt sich an die Tür des Mercedes-Transporters. Neben der Straße stehen zwei Polizisten, auf die der Banker bis jetzt nicht geachtet hat, weil er sich auf die Fahrzeuge konzentriert hat. Sie werfen ein dornenbesetztes Gitter auf die Straße, in zusammengefaltetem Zustand ist das Parallelogramm einfach eine Leiste, der Banker hat so etwas einmal in einem Kriegsfilm gesehen.

Der Banker fährt ungebremst auf das Dornengitter auf. Er soll nicht dazu gebracht werden zu bremsen, die Polizisten werden auch auf seine Reifen schießen, die Zugmaschine muss umkippen. Auch wenn er angeschnallt ist, wird er das nicht ohne Verletzung überstehen.

Der Banker hält für sich selbst fest, dass er beim Versuch, die Hamptons zu verlassen, sein Leben aufs Spiel setzt. Er könnte doch auch in der Nacht mit einem kleinen Chevrolet bei abgeblendeten Scheinwerfern die Einbahnstraßen in der entgegengesetzten Richtung nehmen oder einen Zaun oder ein Gatter durchbrechen und auf einem Feldweg die Hamptons verlassen. Die anderen Straßen führen schließlich genauso ins Nirgendwo wie die Straße mit der Brücke, auch die Feldwege enden im Nichts. Aber er hat die rote Zugmaschine gewählt. In Parenthese: Er kann nicht den Fußgänger spielen, der sich nicht an Einbahnstraßenregelungen halten muss, der karibische Koch hat ja keine Fußgänger gebastelt.

Die Zugmaschine liegt neben der Straße auf der Seite. Der Banker fragt sich, ob die Erbauer von Modelleisenbahnen auch Unfälle mit rauchenden Fahrzeugen nachstellen. Die Technologie sollte keine Schwierigkeiten bereiten, wenn Dampfloks rauchen, können auch verunfallte PKWs oder LKWs rauchen.

Der Banker hat Schrammen und Prellungen davongetragen, aber er ist nicht ernsthaft verletzt. Er kann nicht nur gehen, sondern auch laufen. Aber er tut so, als sei er benommen. Er torkelt und geht mit erhobenen Armen auf die Polizisten zu. Kurz vor dem schwarzen Polizisten fängt er zu rennen an. Er schlägt einen Haken um den Polizisten und spurtet im Slalom durch die Polizeifahrzeuge.

Werden sie schießen?

Er läuft schnell, viel schneller, als er jemals gelaufen ist.

Er schlägt weiter Haken, auch wenn es keine Hindernisse mehr gibt.

Es gelingt ihm, an den Rand der Hamptons zu kommen.

Der Banker hat Selbstbewusstsein getankt und fragt seine Freundin: »Liebst du mich?«

Dolores sagt: »Sei still. Hör auf. – Ich bitte dich.«

Der Banker fragt noch einmal: »Liebst du mich?«

Dolores sagt: »Ich bitte dich. Sei still.«

Der Banker sagt: »Nein –«

Dolores sagt: »Ich bitte dich, hör auf, alles, was du willst, ich bitte dich, ich bitte dich, ich bitte dich –« Und: »Fass mich nicht an. Fass mich nicht an. Fass mich nicht an.«

Er, das schmale Handgelenk loslassend, seine Hand zurückziehend. Sie mit wildem, traurigem, beleidigtem Gesicht.

Der Eingang zu dem Raum mit den Hamptons scheint breiter, allen Ernstes, die Wände rechts und links sind entweder auseinandergerückt, oder sie haben sich gedreht. Als ob sie unsichtbar auf Eisenschienen gelagert wären oder als ob sie ein Drehgelenk besitzen würden.

Naturgemäß weigert sich die Freundin des Bankers, den Drahtkäfig zu betreten. Sie ist über das Treppenhaus zu den Hamptons gelangt, sagt sie. Keine Treppenstufe ist intakt. Das Treppenhaus – es ist ziemlich groß – sieht aus, als wäre dort ein kleiner Kettenpanzer hinauf- und hinuntergefahren. Die Fenster wurden demontiert, die Rahmen herausgebrochen, in den Wänden gibt es nur noch Löcher. Unter den Treppenkehren sind Eisenträger, die den Betonboden stützen sollten, heruntergefallen, der Banker und seine Freundin müssen sich um die Eisenträger herumwinden.

Sie landen im Keller. Sie haben den Ausgang des Treppenhauses ins Parterre nicht verpasst, er ist verbarrikadiert. Die Freundin des Bankers ist nicht durch das Treppenhaus gekommen, sie hat ebenfalls den Aufzug benutzt. Aber sie wollte ihn unter keinen Umständen erneut betreten, zusammen mit dem Banker. Der versucht nicht, aus ihrer Lüge Kapital zu schlagen.

Ohne Hoffnung betätigt der Banker einen altmodischen Drehschalter. Tatsächlich geht dem Banker und seiner Freundin ein Licht auf. Jede Menge Leuchtstoffröhren geben sich flackernd Mühe, einen Tunnel auszuleuchten, der unter der Straße vor dem Gebäude hindurch zum Strand führen muss. Der Tunnel ist so lang, dass man das Ende nicht sieht. Der Banker denkt, was soll das, an der linken Wand eine durchgehende Reihe von Verteilerkästen, damit könnte man einen Stadtteil versorgen. Seltsamerweise besitzt der Tunnel an beiden Seiten Gehsteige. Wer oder was sollte in dem Tunnel fahren?

Dolores sagt: »Glaubst du, dass alle später realisierten Potentiale unserer Beziehung von vornherein in ihr angelegt waren, dass wir aus unserer begrenzten Anfangsausstattung absolut alles herausgeholt haben, was möglich war? – Oder glaubst du, dass wir unsere Beziehung ständig neu erfunden und immer wieder ad acta gelegt haben, dass wir Mal für Mal von einer alten Beziehung zu einer neuen übergegangen sind? – Welche Art von Beziehung, glaubst du, ist besser, die einmal angelegte und sich fortlaufend entwickelnde oder die jedes Mal neu ansetzende?«

Der Banker befürchtet, dass sie den Weg durch den Tunnel vielleicht umsonst machen. Wer garantiert, dass der andere Eingang nicht abgesperrt ist? Außerdem: Wer weiß, wie lange das Licht brennt. Zwar sind da weitere Lichtschalter an der Wand, aber wenn das Licht ausgeht, müssen sie den nächsten Schalter suchen. Der Banker nimmt zur Kenntnis, dass er seine Freundin atmen hört.

Sie sagt: »Ich habe geglaubt, dass wir in unserer Beziehung nur Fortschritte machen können, wenn wir nicht bewusst Ziele verfolgen. Ich war überzeugt, dass man mit bewussten Zielen keine höhere Form einer Beziehung erreicht.«

Die lange Reihe von Verteilerkästen war eine Sinnestäuschung gewesen, dem flackernden Licht geschuldet. Seine Freundin hat eine kalte, strenge, aber zugleich auch sanftmütige Miene aufgesetzt.

Sie sagt: »Ich habe gewettet. Ich habe auf viele Gedanken gesetzt. Aber jetzt habe ich das Gefühl, dass gerade diejenigen, auf die ich nicht gesetzt habe, überaus fruchtbar für unsere Beziehung gewesen wären. – Ich habe es nicht vorausgesehen. Ich sage mir, ich konnte es nicht voraussehen. Aber –« Sie sagt leise: »Herrgott, Herrgott, Herrgott.«

Sie fährt fort: »Unsere Beziehung ist zu komplex, als dass wir sie beherrschen könnten. Wir müssten zwischen uns und unserer Beziehung ein ganzes System von Gliedern errichten, die als Verstärker unserer Persönlichkeiten fungieren. Wir müssten unser Denken und unser Fühlen verstärken. Nur auf diese Weise könnten uns die nicht zugänglichen Teile unserer Beziehung zugänglich werden.«

Der Banker und seine Freundin sind nicht mehr allein. Er hat sich umgedreht, weil das gebieterische Rumoren des Straßenverkehrs über dem Tunnel plötzlich abgebrochen ist. Weit hinter ihnen, sie muss gerade erst die Treppe herabgestiegen sein, geht langsam eine Frau mit langen Haaren in einem weißen T-Shirt und blauen Shorts. Als der Banker sie ansieht, bleibt sie stehen. Geht die Frau voran, wird sich jetzt der gesamte Inhalt des Busses mit den geschwärzten Scheiben in den Tunnel ergießen?

Der Banker gibt seiner Freundin zu verstehen, dass da noch jemand ist. Dolores sagt, während sie durch die Frau in den Shorts hindurchblickt: »Die Zwischenglieder unseres Handelns würden in einem gewissen Sinn klüger als wir sein.«

Der Banker fragt: »Kann *klüger* auch *ungehorsam* heißen?«

Seine Freundin blickt ihn erstaunt an. Der Banker fragt sich: Wenn sie ihm überhaupt nicht zutraut, dass er ihren Gedankengängen folgt, warum breitet sie diese dann vor ihm aus? Der Banker denkt auch: ›Monströser Unsinn.‹ Aber dass er sie trotzdem versteht.

Die Freundin des Bankers ist so überrascht, dass sie stehen geblieben ist. Die Frau in den Shorts hat sich wieder in Bewegung gesetzt. Sie hätte eigentlich eher eine leichte Anlage zu X-Beinen, aber ihre Waden sind nach außen gebogen.

Dolores sagt: »Ich glaube, dass eine Beziehung, in der alles schon am Anfang angelegt ist, überlegen ist. Sie ist universaler. Eine Beziehung, die ständig wieder neu erfunden werden muss, ist zu speziell. Sie ist eigentlich nur eine Art Werkzeug zur Lebensbewältigung.«

Die Frau in den Shorts bleibt allein. War sie der einzige Passagier des Busses mit den geschwärzten Scheiben? Sie setzt ihre Schritte mit gleichbleibender Geschwindigkeit, bald wird sie den Banker und seine Freundin erreichen. Ihre Beine sind eher dünn, die nach außen stehenden Waden sahen aus der Ferne dramatischer aus als in der Nähe. Ihr Oberkörper ist massiv. Sie hat einen desorientierten Gesichtsausdruck.

Dolores sagt: »Wann haben wir uns getrennt? – Nach der dreiundzwanzigsten Beziehung? – Nach der siebenunddreißigsten Beziehung?«

Der Banker nimmt seine Freundin an der Hand, sie lässt sich das gefallen. Sie eilen zum Ende des Tunnels, dort steht eine schwere Eisentür einen Spalt offen. Sie zwängen sich durch den Spalt und nehmen hastig die Treppe.

Oben angekommen, blickt sich der Banker um. Die Frau in den Shorts steigt die Treppe mit – wie nicht anders zu erwarten – völlig gleichbleibender Geschwindigkeit hoch. Der Banker stellt sich vor, wenn er und seine Freundin zusammenbleiben, folgt ihnen die Frau überallhin. Mit dem gleichen unbeteiligten Gesichtsausdruck. Sie werden die Frau in den Shorts nie mehr los. Folgt ihnen die Frau auch, wenn sie in ein Hotel gehen? Versucht die Frau, das Zimmer zu betreten, das sie nehmen? Was passiert, wenn sie vor der Frau nicht mehr davonlaufen?

Die Frau kann sich überall Zutritt verschaffen, wo sie sich aufhalten. Sie müssen vor der Frau fliehen. Dazu müssen sie die Frau aber rechtzeitig sehen. Sie schlafen nicht. Sie gehen an einer großen, vielbefahrenen Straße entlang, es gibt keine anderen Fußgänger. Da können sie die Frau in den blauen Shorts schon von weitem sehen. Sie suchen einen gut ausgeleuchteten Kinderspielplatz auf – warum sollte ein Kinderspielplatz in der Nacht beleuchtet sein?

Wenn sie nicht zusammenbleiben, wem folgt die Frau dann? Dem Banker oder seiner Ex-Freundin?

Der Banker denkt, dass die Frau in den blauen Shorts die Materialisation von Gedanken seiner Freundin ist. Die Frau in den blauen Shorts ist unfreiwillig hier. Seine Freundin ist fest entschlossen, sich von ihm zu trennen, jedenfalls auf der Ebene des Bewusstseins. Aber im Unbewussten wirkt etwas dem Trennungswunsch seiner Freundin entgegen. Irgendwo ganz tief in ihrem Inneren – oder vielleicht auch nur ganz von außen veranlasst – will seine Freundin doch mit ihm zusammenbleiben, und die Frau in den blauen Shorts ist dieser Gedanke, fleischgeworden.

Die Freundin denkt, dass die Frau in den blauen Shorts die Materialisation von Gedanken des Bankers ist. Der Banker will unbedingt mit ihr zusammenbleiben. Er führt ihr das mit der Frau in den blauen Shorts vor Augen, die ihm, ihnen beiden überallhin folgt. Die Hamptons-Version von *Du-wirst-meiner-Liebe-nicht-entgehen*.

Der letzte Augenblick: Am Strand liegt eine Person auf einem Badetuch. Sie hat ein weißes Trägerhemd und einen Jeansrock an. Der Kopf ist nicht dem Meer, sondern dem Landinneren zugewandt. Die Haare der Person sind im Sand. Die Finger der rechten Hand fahren durch den Sand, es ist nicht klar, ob sie ein Muster zeichnen oder ob die Bewegung zufallsgesteuert ist.

Die Person spielt mit dem rechten Schuh. Sie ist mit den Zehen in die Ferse des rechten Schuhs gefahren, sie zieht das rechte Bein an, so dass der Fuß in der Luft ist, der lange Absatz des Schuhs ist gewissermaßen ein großer Stachel am großen Zeh der Person. Der Körper der Person, die nicht mehr ganz jung ist, weist infolge wohl regelmäßiger sportlicher Betätigung eine kräftige Muskulatur auf, deren Stränge man an den durchaus nicht asketischen Armen und Beinen und auch am Bauch – das weiße Trägerhemd ist leicht hochgeschoben – verfolgen kann.

Der Sandstrand ist nicht von der Art, wie man ihn gerne hätte, hell, feinkörnig, sauber. Die Sandkörner sind groß und dunkelgrau. Kurz vor dem Meer wechseln sich graue runde Steine und weiße unregelmäßige Steine ab. Die Landlinie vor dem Meer ist völlig gerade, wie mit dem Lineal gezogen, und das Meer völlig ruhig, die Wellen könnten die eines Binnensees sein. Die Dämmerung fällt ein.

Der Absatz des Schuhs der ersten Person zeigt auf die

zweite Person. Die zweite Person sitzt auf einem zusammenklappbaren Campingstuhl. Sie trägt nur Jeans und Timberlands ohne Socken. Ein T-Shirt hängt über der Rückenlehne des Campingstuhls. Auch bei der zweiten Person hat sich durch ständige körperliche Betätigung eine starke Muskulatur entwickelt, die, obwohl die zweite Person älter ist als die erste, makellos scheint. Der Oberkörper, auf dem sich die Brust- und Bauchmuskeln deutlich abzeichnen, erinnert an den kunstvoll modellierten Brustpanzer eines römischen Harnischs, der in Bronze in allen Einzelheiten ein vollkommenes Aktmodell eines männlichen Torsos darstellt.

Die erste Person hat Dinge gesagt wie, dass man niemals absolute Freiheit erringen könne, dass niemand die Zukunft aufhalten könne. Die zweite Person hat gesagt, dass der *große Konstrukteur* seit Urzeiten seine Experimente mache und aus dem gegebenen Material alles entwickle, was nur möglich sei. Ein überhöhtes Bild des Gründers stand Pate für diesen Gedanken.

Die erste Person sagt jetzt: »Ich kann mir eine Verständigungsart vorstellen, bei der der für das Verstehen notwendige Zeitaufwand derart groß ist, dass wir nicht mehr begreifen, was wir sehen oder hören, weil wir nicht genügend von dem behalten können, was wir sehen oder hören –«

Die zweite Person sagt: »Vielleicht ist es so eingerichtet, dass wir genau das übersehen oder überhören, was uns, wenn wir es sehen oder hören, wirklich verletzt.«

Die erste Person: »Auf diese Weise wären wir frei von Selbstzweifeln.«

Die zweite Person: »Wir sind glücklich –«

Die erste Person: »Unsere Existenz ist – rein.«

Die erste Person bewegt den Schuh heftiger, so heftig, dass er neben das Badetuch in den Sand fällt. Die erste Person hat die zweite Person während der ganzen Zeit nicht angesehen. Die zweite Person sagt, während sie es fertigbringt, sich mit dem Campingstuhl zur ersten Person hinzubewegen, ohne mit dem Stuhl umzustürzen: »Bewusstsein ist eine Last. Wir sollten uns das ersparen.«

Die erste Person sagt: »Haben wir uns das Bewusstsein nicht erspart?«

Die zweite Person: »Die ganze Zeit.«

Die erste Person: »Angst, Schuld, Selbsthass –«

Die zweite Person: »Davon sind wir –«

Die erste Person: »Frei!«

Die zweite Person verspürt ein Gefühl tiefer Dankbarkeit gegenüber der ersten Person. Sie hatte die ganze Zeit Angst, die erste Person würde zu ihr sagen: ›Du – bist – ein – Dummkopf. Dein – Leben – ist – verschenkt.‹ Die zweite Person hatte sich zurechtgelegt, was sie der ersten Person antworten würde. Sie wollte sagen: ›Das bin ich nicht. Das sind wir nicht. Die ganzen Erinnerungen …‹ Und, nach einer Pause: ›Eigentlich müsste ich sagen – eigentlich müssten wir sagen: Zum Teufel, wovon spreche ich! – Zum Teufel, wovon sprechen wir – ‹ Aber die zweite Person ist sich sicher, dass die erste Person die beiden Sätze nicht *aussprechen* wird.

O, und wem wird der Banker die halbe Milliarde geben?

»Sie möchten wissen, wann die sechshundertsechsundsechzigste Zinssenkung einer Zentralbank nach dem Kollaps von Lehman Brothers am fünfzehnten September zweitausendacht fällig ist?«

Der Nano-Mann gibt seinem Assistenten ein Zeichen, die Studenten blicken – ohne Ausnahme – auf ihre Notebooks, auf denen in diesem Augenblick eine Infografik eingespielt wird.

»Nach unserem Modell am achten August Zweitausendsechzehn.«

Nie hätte der Nano-Mann in der Goethe-Uni so viel Holz vermutet. Die Wände des Hörsaals sind mit hellen Holzpaneelen verkleidet, zwischen den Paneelen sind die Wände weiß gestrichen. Das unförmige Pult, auf dem er sich mit beiden Händen abstützt, muss aus den fünfziger Jahren stammen. Die Studenten können ihn gut sehen, der Hörsaal steigt steil an. Den Studenten bleibt gar nichts anderes übrig, als ihn anzusehen, denn sie sind hinter von der einen Breitseite des Hörsaals bis zur anderen laufenden Platten eingezwängt. In einer Reihe hat jeweils ein Dutzend Studenten Platz, die erste Reihe ist vorne gleichfalls mit hellen Holzpaneelen verkleidet.

Die ökonomische Fakultät der Goethe-Uni hat den Nano-Mann eingeladen, einen Vortrag zu halten. Der Nano-Mann hat zugesagt, aber seine Bedingung war ein Termin an einem Sonntagvormittag. Er hatte wohl auch die Hoffnung, dass die Fakultät nicht darauf eingehen würde, weil zu befürchten stand, dass nicht genügend Zuhörer kommen würden. Aber der Hörsaal ist gerammelt voll. Das liegt daran, dass Manager von Hedge funds üblicherweise keine Vorträge vor unbehandelten Studentenmengen halten, nur auf Veranstaltungen, bei denen sie auf High potentials treffen, die sie rekrutieren können.

Der Eingang, durch den der Nano-Mann den Hörsaal betreten hat, befindet sich von ihm aus gesehen links neben den Zuhörerreihen. Der Zugang ist ebenerdig, weil die Reihen so stark ansteigen, hat der Nano-Mann den Hörsaal fast wie durch eine Schlucht betreten. Es gibt keinen anderen Ausgang, der Nano-Mann und sein Assistent, der in der ersten Reihe sitzt, müssen den Hörsaal auf die gleiche Weise verlassen, wie sie ihn betreten haben.

Der Nano-Mann liest nicht ab, er hält seinen Vortrag frei. Das kann er, weil er sein eigener Chef ist – jetzt noch mehr als früher – und weil seine Firma klein ist. Ein Angestellter einer großen Firma sollte besser keine freien Vorträge halten, er könnte sich verplappern. Das freie Vortragen ist ein Talent, das die wenigsten bei dem Nano-Mann erwarten würden. Es hat ihm in der Vergangenheit genutzt, als er Angestellter war. Zwar hat er abgelesen, aber es entstand der Eindruck, dass er frei sprach.

Der Nano-Mann stockt, denn in diesem Augenblick betritt ein verspäteter Student den Hörsaal. Ein Motorradfahrer in einer schwarzen Lederjacke, er hält einen roten Motorradhelm mit schwarzem Visier in der Hand.

Auf den Bildschirmen der Studenten ist ein stimmungsvolles Bild der EZB-Zentrale eingespielt: Die Glasfassaden sind blaue Spiegel, der Himmel ist mit blauen Wolken überzogen, auch die Silhouette Frankfurts mit den anderen Hochhäusern links neben demjenigen der EZB ist blau eingefärbt. Der Himmel über dem EZB-Turm ist hell weiß. Die Perspektive macht die EZB dreifach so groß wie den Rest Frankfurts.

Der Himmel war nicht weiß, die Wolkenkratzer waren nicht bläulich, als der Nano-Mann gestern vom Flughafen ins Stadtzentrum fuhr. Tagsüber hatte er in Paris zu tun gehabt und wartete auf einen Anruf des Bankers. Im Parkhaus des Flughafens hatte ihm jemand etwas zugerufen, ein Bekannter aus der Frankfurter City. Der Nano-Mann hatte das Fahrerseitenfenster halb offen gelassen. Er wusste auch, warum: eine Art von Aggression gegen die mehrfachen falschen Anrufer. Er wartete auf den Anruf des Bankers.

Etwa auf halbem Wege zwischen dem Flughafen und dem Stadtzentrum überholte ihn ein Motorrad.

Im Rückspiegel hatte er gesehen, der Fahrer war sehr schnell gefahren, als er genau neben dem Nano-Mann war, bremste er scharf ab.

IiIiIiIiIi – der Motor jaulte auf.

Offensichtlich hatte sich der Fahrer mit der Gangschaltung vertan. Er blieb kurz auf der gleichen Höhe und blickte den Nano-Mann durch das Visier seines roten Helms an. Das Gesicht des Motorradfahrers war hinter dem schwarzen Visier nicht zu erkennen.

RrRrRrRrRrRrRrRrRrRr…

Danach beschleunigte der Motorradfahrer und fuhr dem Nano-Mann davon. Er trug eine schwarze Lederjacke und wahrscheinlich Jeans, der Nano-Mann hatte einen Eindruck von Blau.

War der Motorradfahrer sein Bruder?

In der Nacht hat der Nano-Mann wach gelegen. Er konnte nicht schlafen, das kommt bei ihm selten vor. Wieder und wieder ließ er den Film des Motorradfahrers, der ihn fixierte, vor seinem geistigen Auge ablaufen. Die schwarze Lederjacke des Motorradfahrers war sehr enganliegend gewesen. Wenn sein Bruder eine solche Jacke trug, dann musste ihn die Kombination aus breiten Schultern und überlangen Armen eindeutig identifizieren. Obwohl der Nano-Mann alles so deutlich vor Augen hatte, konnte er nicht angeben, ob die Schultern des Fahrers breiter und die Arme länger waren als bei der Körpergröße üblich. Das hatte auch nichts mit der Perspektive zu tun, aus der er auf den Motorradfahrer geblickt hatte. Es war, als ob sein, des Nano-Mannes, Bildauswertungsprogramm streikte.

Sein Bruder schläft nicht viel. Nie mehr als vier oder fünf Stunden am Tag, aber er macht kein Aufhebens davon. Diejenigen, die angeben, sie brauchten fast keinen Schlaf, sind meist Lügner. Hitler ließ verbreiten, er schlafe nur zwei bis drei Stunden. Als die Alliierten an der französischen Küste landeten, musste man ihn aus dem Tiefschlaf holen. Dem Nano-Mann fiel auf, eigentlich hat er überhaupt nie gesehen, dass sein Bruder müde war.

Seit sich der Nano-Mann erinnern kann, hat der Bruder auf dem Rücken geschlafen, die Beine ausgestreckt, die Hände über der Brust. Nicht gefaltet, sondern so, dass sich die Finger gerade berührten. Wenn sie als Kinder in den Ferien in einem Doppelbett schliefen, war der Bruder immer vor ihm wach. Er schlug die Augen auf, und der Bruder blickte ihn an.

Auf einmal wünschte sich der Nano-Mann nichts sehnlicher, als dass sein Bruder ihn – noch einmal – anblicken könnte.

Der Nano-Mann musste an den roten Thunderbird in den Hamptons denken. Wäre es tatsächlich zu einem Zusammenstoß gekommen, hätte sein Bruder ihn, den Nano-Mann, überlebt. Wenn der Bruder keinen Bruder mehr gehabt hätte, wenn er nicht gewusst hätte, dass da sein Bruder ist und dass sein Bruder dafür sorgen würde, dass er als Emulation auf ihm weiterlaufen würde – wäre der Bruder dann auch verschwunden?

Dem Nano-Mann kam auch der Gedanke, dass die halbe Milliarde und das Verschwinden seines Bruders keine Koinzidenz darstellten. Dass sein Bruder vor ihm von der halben Milliarde gewusst hatte. Mit der halben Milliarde veränderten sich die Weltumstände dramatisch. Sich in Business as usual zu spiegeln bringt keinen großen Erkenntnisgewinn. Aber die halbe Milliarde.

Der Nano-Mann kann die Emulation seines Bruders zeitweise, aber nicht dauerhaft abstellen. Ist die Emulation in sich stabil, oder ist es sein, des Nano-Mannes, Wille, dass die Emulation weiterläuft? Oder läuft die Emulation weiter, weil der Bruder das möchte, und er fügt sich, wie er sich immer gefügt hat. Sein Bruder hat ihm nie Befehle oder Anweisungen gegeben, aber –

Die Firma läuft in jedem Fall weiter. Ohne die Emulation würde die Firma nicht pleitegehen, mit der Emulation macht sie den Nano-Mann nicht zum Milliardär. Die entscheidende Frage, denkt der Nano-Mann, während er ausführt, warum die Phillips-Kurve – die in ihrer ursprünglichen Version eine inverse Beziehung zwischen der Arbeitslosenquote und dem Lohnwachstum postulierte – nicht mehr gilt, ist die: Beobachtet sein Bruder lediglich die Emulation – wo ist er? –, interessiert ihn alles ausschließlich unter dem Gesichtspunkt, was seiner Emulation widerfährt, oder beobachtet der Bruder alle drei, die Emulation, sich selbst und ihn, den Nano-Mann?

Wartet der Nano-Mann auch jetzt, im Hörsaal der Goethe-Uni, auf den Telefonanruf des Bankers? Ja. Sein Mobiltelefon liegt neben dem Assistenten auf dem Sitz. Es ist stumm gestellt, aber der Assistent ist angewiesen, regelmäßig auf das Display zu blicken. Wenn der Name des Bankers auf dem Display erscheint, soll der Assistent den Hörsaal verlassen, zurückrufen und erklären, dass sein Chef gerade eine Vorlesung halte und sich sofort nach deren Beendigung melden werde. Es ist unwahrscheinlich, dass sich der Assistent Bewegung machen wird, in New York ist noch Nacht.

Am Anfang seines Vortrags vermochte der Nano-Mann sein Publikum zu fesseln. Ein schmächtiger blonder Junge mit einem Kindergesicht ohne Bartwuchs, die Haare über den Ohren, in einem schwarz-rot karierten Hemd, rappte zu dem Vortrag des Nano-Mannes. Er schlug – ohne ein Geräusch zu machen – mit den flachen Händen auf die Platte vor ihm und bewegte den Oberkörper hin und her. Um schließlich mit den Zeigefingern und Daumen Kreise zu bilden und seine Hände wie eine Brille vor die Augen zu halten. Die Kommilitonen lächelten, offensichtlich kommentierte der Student nicht zum ersten Mal den Vortrag von jemandem, der an dem altmodischen Pult stand. Der

Junge beendete seine Darbietung mit einem nicht aggressiven »Ho!« und stützte sich mit den Ellenbogen auf die Platte vor ihm ab, sein Gesichtsausdruck in Richtung des Nano-Mannes signalisierte den sich unterwerfenden Zuhörer.

Der Nano-Mann dachte, der Vortrag ist gelaufen. Ein Irrtum, an dem er so lange festgehalten hat, bis er jetzt den Papierkügelchenhaufen der Studentin in der zweiten Reihe von oben, der dritten Hörerin von rechts, wahrnimmt.

Die Studentin ist Linkshänderin. Neben ihr ist ein Platz frei, genau in der Mitte zwischen ihr und der nächsten Zuhörerin türmt sich ein kleiner Haufen von Papierkügelchen auf, in den Farben Rot und Gelb. Der Nano-Mann weiß, das sind Post-its, er verwendet dieselben Farben plus Grün und Blau in seinem Büro.

Wie ist der Haufen zustande gekommen? Die Studentin hat vor sich mehrere Post-it-Blöcke liegen, die zu flach sind, als dass der Nano-Mann sie sehen könnte, aber er kann erkennen, wie sie mit der linken Hand Post-its zerknüllt, um dann nach einer Phase des Abwartens mit der rechten Hand ein zerknülltes Post-it auf den Haufen zu werfen. Die ungeschminkte Studentin hat ihre blonden Haare hinten zusammengebunden, über einem einfachen weißen T-Shirt mit V-neck trägt sie ein nicht zugeknöpftes graues Flanellhemd. Auch sie sieht sehr jung aus, eher wie eine Gymnasiastin als wie eine Studentin.

Der Nano-Mann verfolgt ihren Act eine Zeitlang. Als sich der Vordermann bückt, weil ihm etwas heruntergefallen ist, begreift er: Die Studentin hat drei zerknüllte Post-its vor sich liegen, ein grünes, ein gelbes und ein rotes. Sie reagiert auf das, was der Nano-Mann sagt. Ihr

Gesichtsausdruck lässt keinen Zweifel aufkommen: Gelbe Post-its wirft sie mit gelangweilter Miene auf den Haufen, rote Post-its mit ablehnendem Gesichtsausdruck. Seit der Nano-Mann ihr Vorgehen beobachtet hat, hat sie nicht ein einziges grünes Post-it in die Hand genommen. Der Nano-Mann bemüht sich zu erkennen, ob in dem Haufen überhaupt grüne Post-its sind, aber der Haufen ist zu weit weg.

Er ist geschockt. Für einen Augenblick überlegt er, ob seine Deutung ihres Verhaltens richtig ist, ob er nicht etwas hineininterpretiert, was nicht da ist. Es kann kein Zufall sein, dass sie nur rote, gelbe und grüne Post-its verwendet und keine blauen. Bei den Post-it-Packungen mit mehreren Farben sind immer blaue dabei.

Der Nano-Mann ist jetzt sehr unsicher. Alles spricht dafür, dass die Studentin genau das äußert, in Zeichensprache, was der ganze Hörsaal denkt. Genauso wie der Student mit seinem Rap am Anfang das ausdrückte, was der ganze Hörsaal dachte. Die Studenten und Studentinnen finden seinen Vortrag nicht so toll, damit kann der Nano-Mann leben. Was ihn beunruhigt: dass er die Veränderung, den Übergang nicht bemerkt hat. Ab welchem Zeitpunkt fanden sie seinen Vortrag nicht mehr so toll? Er hätte erkennen müssen, ab wann der Vortrag die Zuhörerinnen und Zuhörer weniger interessierte, und gegensteuern müssen. Es kann kein Trost für ihn sein, dass er kein Rhetoriker ist, der Routine hat, mit größeren Menschenansammlungen umzugehen.

Im verbleibenden Teil seiner Vorlesung wird der Nano-Mann philosophisch. Er sagt Dinge wie: »Schulden sind eine Symmetriebrechung«, »Ohne Schulden sind Vergangenheit und Zukunft ununterscheidbar« und »Den Begriff der Wahrscheinlichkeit gibt es nur, weil der Gläubiger beurteilen muss, ob der Schuldner zahlt«.

Der Nano-Mann weiß: Es ist unwahrscheinlich, dass es ihm gelingen wird, in den letzten Minuten alles herauszureißen. Zu bewirken, dass die Studenten und Studentinnen, wenn sie an den Vortrag zurückdenken, ihn insgesamt positiv beurteilen.

Zur Verwunderung der Zuhörerschaft, auch zum Erstaunen des Assistenten, der seinen Chef so gar nicht kennt, verfällt der Nano-Mann in eine Art Predigerton: »Niemand antizipiert etwas! – Es ist immer zu spät, etwas zu antizipieren!«

Der Nano-Mann wird richtig laut: *»Warum von Antizipation sprechen, wenn es um Kreation geht?«*

Wieder leiser, sagt er: »Unvorhersagbare Ereignisse *erzeugen* die Möglichkeiten, die zu ihnen führen.«

Die Fragen der Studentinnen und Studenten nach seinem mit höflichem Beifall bedachten Vortrag vergisst der Nano-Mann in dem Augenblick, in dem er sie beantwortet hat. Die Studentinnen und Studenten vergessen den Vortrag des Nano-Mannes so schnell wie er ihre Fragen.

Wer hat den Vortrag gehalten? Der Nano-Mann oder sein Bruder? So kann er sich nicht herausreden. Es war *seine* Vorlesung. Sein Bruder hat nie in seinem Leben einen Vortrag gehalten. Die Ansichten, die der Nano-Mann dargelegt hat, waren doch diejenigen seines Bruders! Aber der hätte sie nie öffentlich geäußert. Sind die Ansichten nur wirksam, wenn sie nicht in der Öffentlichkeit ausgebreitet werden? Hat der Nano-Mann einfach einen Denkfehler begangen, indem er sie bekundet hat?

Warum hat er, der Nano-Mann, gesagt, was keiner hören will? Jedenfalls nicht die anwesenden Studenten und Studentinnen. Sein Bruder weiß das. Aber was hat sein Bruder davon, wenn er einfach identische Kopien von sich erzeugt?

Der Nano-Mann vermeidet es, seinem Assistenten ins Gesicht zu sehen. Der hat natürlich registriert, dass der Vortrag nicht so gut angekommen ist, das muss sich in seinem Gesichtsausdruck widerspiegeln.

Dem Nano-Mann kommt ein fürchterlicher Gedanke. Er setzt voraus, dass er die einzige Emulation seines Bruders ist. Aber vielleicht hat der dafür gesorgt, dass es noch andere gibt. Vielleicht ist sein Bruder noch an anderen Finance-Firmen beteiligt, zuzutrauen wäre es ihm, und in diesen anderen Firmen gibt es Figuren wie ihn, den Nano-Mann, und in einer oder mehreren dieser Firmen gibt es ebenfalls Emulationen – der Value-loading-Prozess wäre natürlich ein anderer. Ist der einfacher beim Bruder oder bei jemand Fremdem?

Fast hätte der Nano-Mann einen Zuhörer gehabt, mit dem er nicht rechnen konnte. Der schwere Mann fand die Einladung zum Vortrag des Nano-Mannes auf seinem Schreibtisch, der Assistent, der seinen Wettbewerb mit Banana Clip und dem Nano-Mann betreut – »die Schlacht« –, hatte sie ihm hingelegt.

Der schwere Mann bog von der Miquelallee auf die Hansaallee ab, über die Fürstenberger Straße und den Grüneburgweg fuhr er auf die Siesmayerstraße, er gelangte wieder auf die Miquelallee und passierte erneut die Deutsche Bundesbank. Weder entschlossen, den Vortrag zu besuchen, noch, ihn nicht zu besuchen, umfuhr er die Goethe-Uni großräumig.

Der schwere Mann lässt sich fahren. Es gibt da noch einen, bis jetzt nicht erwähnten Luxusgegenstand in seinem Leben: eine Jaguar-Limousine XJ. Der Wagen sieht aus wie ein Statussymbol, aber er ist keins. Die Branche bevorzugt Mercedes, BMW und Porsche. Wenn jemand wirklich etwas vorzeigen will, dann fährt er einen Porsche Carrera oder einen Porsche Panamera. Der schwere Mann hat den Jaguar gewählt, weil der auf dem Rücksitz die größte Beinfreiheit bietet. Der Fahrer des schweren Mannes hat die strikte Anweisung, auf keinen Fall das Radio einzuschalten.

Als der schwere Mann in London war, als er noch nicht schwer war und Hi-Fi-Anlagen baute, spielte er zur Demonstration normalerweise *I Feel Love* von Giorgio Moroder, gesungen von Donna Summer. Das war in den achtziger Jahren. *I Feel Love* stammte aus den siebziger Jahren. Aber der Song war ein Trailblazer, zahlreiche übliche Instrumente waren durch Synthesizer ersetzt. Der Song passte zu der Verkaufsstory, dass die Anlage die neuesten und die besten technischen Möglichkeiten bot. Das galt natürlich für jede Anlage, die der Junge aufstellte.

Doch der eigentliche Grund, warum der Junge *I Feel Love* spielte, war ein anderer: ein Foto, das er bei einem Freund in einer Pop-Zeitschrift gesehen hatte. Er kann sich noch an alle Einzelheiten des Fotos erinnern: Giorgio Moroder, mit tiefschwarzem Schnurrbart, bruncht am Swimmingpool mit Champagner, er sitzt in einem roten Bademantel an einem weiß gedeckten Tisch, er hat die Arme in der Höhe und klatscht offenbar im Rhythmus einer Musik. Zu der tanzen eine schwarzhaarige junge Frau in einem roten langärmeligen Hemd und Blue jeans, eine Schwarze in einem roten Bikini, ein Handtuch aus dem gleichen Stoff um die Hüften gebunden, und eine rothaarige, nicht gebräunte Frau in grünen Hosen und einem grünen Oberteil. Der Pool ist von Büschen, Pinien und Zypressen umgeben.

Als der Junge das Foto sah, nahm er sich vor, einmal ein Haus mit einem solchen Swimmingpool zu besitzen und es mit einem Brunch wie auf dem Foto einzuweihen. Der schwere Mann kann sich nicht erinnern, ob er darüber mit seiner damaligen Freundin gesprochen hat oder nicht.

Der schwere Mann hat kein Haus mit Pool, nirgendwo. Noch nie hat er an einem privaten Pool gebruncht. Der Fahrer darf das Radio nicht anstellen, weil der schwere Mann auf keinen Fall zufällig *I Feel Love* hören will. Der schwere Mann befürchtet nicht, auf einmal an einem Pool brunchen zu wollen, wenn er das Lied hört. Der schwere Mann weiß nicht mehr, wann und warum das Brunchen am Pool als Ziel aus seinem Leben verschwunden ist. An dieses Nicht-Wissen möchte er auf keinen Fall erinnert werden.

Wie die ganze Branche hat der schwere Mann den Nano-Mann und seinen Bruder als eine Einheit wahrgenommen. Dabei hat er den Eindruck gehabt, die beiden Brüder seien zusammen mehr als zwei Menschen, sie haben mehr Ideen als zwei Menschen. Der schwere Mann kann nicht wissen, dass der Bruder des Nano-Mannes verschwunden ist. Der schwere Mann hat erwogen, den Vortrag des Nano-Mannes zu besuchen, weil er gerne herausgefunden hätte, wie dieser Mensch funktioniert, der aus den beiden Brüdern besteht.

Das Argument für den Besuch des Vortrags war: Egal, ob der Nano-Mann nur allgemein über die Verhältnisse sprechen würde, ob er etwas über seine Anlagestrategien verriet oder nicht, ob er die Wahrheit sagte oder nicht, aus dem, was er sagte, mussten sich einfach gewisse Rückschlüsse ziehen lassen. Das Gegenargument: Der Nano-Mann und sein Bruder würden seine Anwesenheit auch als einen Ausdruck der Schwäche deuten.

Der schwere Mann umrundete das Gelände der Goethe-Uni zum zweiten Mal weitläufig. Während er weiter überlegte, ob er den Vortrag des Nano-Mannes besuchen sollte, kreiste ein schwarzer Zug Krähen mit langsamem Flügelschlag über der Hansaallee.

Als Sonderausstattung sind das Rückfenster und die Seitenfenster des Jaguar verdunkelt. Der schwere Mann blätterte in den Ausdrucken über den Nano-Mann, die ihm sein Assistent mitgegeben hatte. Als der Fahrer in den Grüneburgweg einbog, wurde auf einmal von einem silberfarbenen Lkw ungewöhnlich viel Sonnenlicht in das Innere des Jaguar geleitet. Der schwere Mann fühlte sich wie auf der Bühne im Rampenlicht.

Er betrachtete seine Hand. Abwechselnd machte er eine Faust und streckte die Finger aus. Die Venen hüpften über die Sehnen. Alles an ihm ist viel beweglicher, als man denken würde. Aber die Summe der Beweglichkeiten ist nicht Beweglichkeit, sondern Unbeweglichkeit. Der bucklige Schatten seiner Hand.

Das Licht erkundete weiter das Innere des verdüsterten Jaguar. Der schwere Mann kniff die Augen zusammen, um doch noch etwas in den Ausdrucken seines Assistenten zu lesen. Mit der Bewegung, die er machte, um die Ausdrucke im richtigen Winkel vor seine Augen zu halten, spannte sich die Haut auf dem Rücken seiner Hand, Furchen und hervortretende Venen verschwanden. Glatter, rosafarbener Marmor, von blassem, bläulichem Netzwerk durchzogen. Geädert.

Die Blätter der Espen im Grüneburgpark wurden von einem unaufhörlichen Zittern geschüttelt. Nicht einmal eine Brise wehte, die Blätter bewegten sich von selbst. Stilles Rauschen, ruhelos.

Ein weiterer Krähenzug. Die Vielzahl kreisender Flüge, zwischen denen kein Zusammenhang erkennbar war. Doppelte Bewegung, langsames Davontreiben des Ganzen, im Inneren die zahlreichen Wirbel, Kehrtwendungen, Schleifen, Kehrtwendungen, die den Eindruck von Unordnung hervorriefen. Nachzügler waren nur Nachzügler, um die Gruppe pfeilschnell einzuholen. Der schwere Mann dachte: Bild meiner Seele.

Der schwere Mann wollte Gott spielen und eine Seele erschaffen. Er drehte eins der sich auf den Nano-Mann beziehenden Blätter um und erzeugte durch Ausreißen die Konturen eines Vogels, von oben gesehen. Der Kopf geriet rund, sehr menschlich, der Rumpf war langgezogen tropfenförmig, eher wie der eines Meereswesens, die Flügel waren eher rechteckig. Eine Papierschere wäre nützlich gewesen, aber wo gibt es im Zeitalter von Copy and paste noch Papierscheren, bestimmt nicht auf den Rücksitzen von Jaguar-Limousinen.

Der Schöpfer brauchte ziemlich lange für seine Schöpfung. Bis er schließlich einen Schwarm von sechs Vögeln zusammenhatte. Er legte sie auf seinen Bauch. Nein, auf seinen Anzug. Nein, auf sein Hemd. Nein, auf seine Krawatte. Er spielte Windgott, auf sein Geheiß öffnete der Fahrer das rechte vordere Seitenfenster, er schloss die Augen.

Nach einiger Zeit spürte der schwere Mann eine leichte Berührung auf seinem Handrücken. Er öffnete die Augen. Einer der Papiervögel war zu ihm zurückgekehrt. Wie der schwere Mann ihn ansah, gesellte sich der Papiervogel zu den anderen, die auf dem Sitz neben dem Fahrer wirbelten. Der schwere Mann verlor das Interesse an seiner synthetischen Seele.

Als er sich entschlossen hatte, den Vortrag des Nano-Mannes doch nicht zu besuchen, musste der schwere Mann gegen Schläfrigkeit kämpfen. Seine Lider brannten. Während der Anstrengung, nicht in den Schlaf zu verfallen, sah er schwarze Punkte kreisen und verspürte die Andeutung eines Schwindelgefühls.

In der Phase zwischen Wachen und Schlafen fühlt er sich schwerelos. Sein Anzug ist schwarz, er hat keine hellen Streifen mehr. Sein Gesicht ist weiß, zwar hat er noch nie im Traum in einen Spiegel gesehen, aber er ist sich völlig sicher, dass sein Gesicht weiß ist, es ist eben ein Traum. Zu den positiven Seiten des Traums gehört, dass sein Gesicht schmaler ist. Nicht dass ihn sein eher breites Gesicht stören würde, der schwere Mann ist wirklich nicht das, was man eitel nennen könnte. Er hat keine Nase – das ist dem schweren Mann erst nach wiederholtem Träumen aufgefallen. Trotzdem wirkt sein Gesicht nicht leer. Welche Farben seine Augen im Traum haben, kann er nicht angeben, seine Augen erscheinen nur deshalb dunkler, weil sie sich vom flächenhaften Weiß seines Gesichts absetzen.

In seinen Träumen hat er jedes Mal den Mund offen. Aber nicht, als ob er etwas sagen wollte. Er sagt nie etwas in seinen Träumen. Er staunt nie über etwas, weder im Wachen noch im Träumen. Der offene Mund scheint der einer Maske zu sein – warum maskiert er sich im Traum? Es wäre doch sinnvoller, wenigstens im Traum die Maske abzulegen.

Der schwere Mann erinnerte sich, dass er einmal in einem Traum ganz dünne Ärmchen gehabt hatte. Er blickte auf seine Arme. Die Manschetten hatten sich hochgeschoben, die Haut auf den Handgelenken war sämig, leicht blasig. In seinen Anzugärmeln das Gegenteil von Ärmchen.

Andere, die keinen Anschluss an die Transzendenz suchen oder ihn nicht finden können, vergöttlichen ihren eigenen Körper. Dieser Ausweg ist dem schweren Mann versperrt. Der Körper macht das, was alle Körper machen, die so schwer und so umfangreich sind wie der des schweren Mannes. Aber der schwere Mann ist nicht identisch mit seinem Körper. Die Verbindung zwischen ihm und seinem Körper ist eine völlig ephemere geworden, der Zusammenhang zwischen ihm und seinem Körper ist eine Art Blendwerk, das er nicht ersonnen hat.

Der Banker kann nicht angeben, wann seine Freundin endgültig beschlossen hat, sich von ihm zu trennen. Der Nano-Mann weiß nicht, wann sein Bruder sich entschieden hat zu verschwinden. Der schwere Mann kann nicht angeben, wann bei seinem Körper der Entschluss gefallen ist, ihn zu verlassen.

In Frankfurt war es Mittag, in Tokio achtzehn Uhr. Der schwere Mann weiß alle Zeitzonen auswendig. Er gab seinem Fahrer das Kommando, die Landeschleifen, die gar nicht der Landung dienten, abzubrechen und den Flughafen anzusteuern. Er rief in seinem Büro an, man buchte für ihn einen Platz in der nächsten Maschine nach Tokio. Am Dienstag findet eine Präsentation des Maglev-Konsortiums statt. Der in seinem Büro übrig gebliebene Analyst wird die Präsentation in jedem Fall verfolgen und sich wundern, warum sein Chef diesen strapaziösen Termin wahrnimmt. Das einzige in Frage kommende Motiv wird ein schlechtes Gewissen wegen des Selbstmords des Kollegen sein. Natürlich wird der Analyst keine Fragen stellen, und der schwere Mann wird seine Anwesenheit auch nicht begründen.

Als der schwere Mann in den Wagen gestiegen ist, hat er wirklich nicht vorgehabt, heute noch eine längere Reise anzutreten. Trotzdem ist er vorbereitet. In seinem Wagen liegt immer ein fertig gepackter Koffer, der die Garderobe und alle notwendigen Toilettengegenstände für eine Woche enthält.

Wenn der schwere Mann den Vortrag des Nano-Mannes besucht hätte, dann hätte er länger über dessen letzte Sätze nachgedacht, als ihm lieb sein kann. Der Nano-Mann hat sich zur folgenden Aussage verstiegen: »Wenn man alle Anlageklassen zusammennimmt und alle möglichen Ereignisse mit Wahrscheinlichkeiten belegt, dann erhält man den Eternal return der Welt. Der Eternal return der Welt wird von den Akteuren *erzeugt*. Es geht nicht darum, ihn vorherzusagen. Wer die Begriffe konstruiert, produziert den Eternal return der Welt.«

Was soll aus mir werden? Wofür soll ich mich bewerben?

Analysten und Analystinnen machen die Papierarbeit für die Firmenkredit- und die Private-Wealth-Abteilungen der Banken, für Investmentbanker, für Hedge-fund-Manager und natürlich für die PR-Abteilungen der Banken und der Fonds. Analysten und Analystinnen müssen neunzig Stunden die Woche Originaldokumente lesen, Verträge, Grundbuchauszüge, Geschäftskorrespondenz. Natürlich müssen sie rund um die Uhr erreichbar sein. Im Investment banking und bei den Hedge funds sind die Analysten die Sklaven. Bei den Banken gibt es noch die Schalterangestellten.

Ich lese alle Originaldokumente und bin immer wach. Ich könnte sagen, ich bin Analyst. Wenn ich auf Partys gehen und durchblicken lassen würde, was ich weiß, dann würde ich mich kaum retten können vor attraktiven Frauen und Männern, die mit mir Konversation machen wollen.

Trader haben keine Büros, keine Sekretärinnen, keine Meetings. Trader haben keine Kunden, mit denen sie essen gehen, sie haben nur Kunden, mit denen sie telefonieren. Ein guter Kunde ist einer, mit dem der Trader Gewinn macht.

Ich könnte sagen, ich bin Trader, denn ich bin mein eigener Kunde, und ich mache mit mir Gewinn. Man sagt, ein guter Trader riecht, wann es eine Krise geben wird. Alle Trader sind schlechte Schauspieler. Es ist immer klar, wenn ein Trader viel verliert oder viel gewinnt. Entweder ist er für alle sichtbar angespannt, oder er ist viel zu easy. Ich habe die Krise geahnt. Ich bin ein ganz schlechter Schauspieler.

Investmentbanker glauben zu jeder Zeit, sie könnten die

Zukunft bestimmen. Hedge-fund-Manager sind schlauer, sie erkennen den Punkt, an dem sie die Fähigkeit nicht mehr besitzen, die Zukunft zu beeinflussen. Ich glaube, dass ich die Fähigkeit, die Zukunft zu bestimmen, in der Vergangenheit im höheren Maße besessen habe als heute. Ich könnte sagen, ich bin ein aufgeklärter Investmentbanker oder ein Hedge-fund-Manager.

Eins muss ich den Investmentbankern zugutehalten: Sie glauben nicht, dass gründliche theoretische ökonomische Kenntnisse nützlich sind. Wenn man etwas anderes werden will als Analyst oder Analystin. Sie sehen Ökonomie lediglich als eine Art Intelligenztest, wer gute Noten hat, kann nicht ganz dumm sein.

Beim Recruiting für das Investment banking geht es darum, die Leute zu entmutigen. Mit allen Mitteln. Die übrig bleiben, haben die richtige Einstellung, sie werden mit allem und allen fertig. Sie stecken Rückschläge weg, im Idealfall lernen sie aus Rückschlägen, das sind dann die wirklich Erfolgreichen. Meine Technik ist nicht die wirkungsvollste, weil ich ja etwas sage. Die allerwirkungsvollste Technik ist diejenige, gar nichts zu sagen: Der Interviewer bittet den Kandidaten in den Besprechungsraum oder in sein Büro, aber dann nimmt er ihn nicht mehr zur Kenntnis. Früher habe ich auch die Leute, die sich für mich interessiert haben, erst einmal nicht weiter beachtet.

Bei den Bewerbungs- bzw. Einstellungsgesprächen geht es immer um mich – worum sonst. Aber der Stil ist in der privaten Finanzwirtschaft und im öffentlichen Finanzsektor sehr unterschiedlich. Im privaten Sektor müssen die Leute erzählen, dass sie die Herausforderung interessiert. Die Zusammenarbeit mit anderen intelligenten Leuten.

Auf keinen Fall darf der Bewerber sagen, dass es ihm um mich geht. Never, ever mention ME. Im öffentlichen Sektor gilt das glatte Gegenteil. Wer sich bei der Europäischen Zentralbank, bei irgendeiner staatlichen finanziellen Institution oder bei einer Aufsichtsbehörde bewirbt, der kann gar nicht genug betonen, wie sehr er sich für MICH interessiert. Es ist ja immer klar, dass das *theoretisch* gemeint ist. Ich selbst meine es ja auch bis zu einem gewissen Grad *theoretisch* –

Wie beim Poker gibt es in Finance immer einen Narren. Warren Buffett hat einmal gesagt, wenn jemand nicht weiß, wer der Narr ist, dann ist *er* mit großer Wahrscheinlichkeit der Narr.

Ich bin nicht der Narr.

Ich kann nicht der Narr sein, weil ich weiß, dass ich der Narr bin –

Was ist, wenn jemand weiß, dass er ein Narr ist, und wenn er denkt, dass er kein ganz großer Narr sein kann, weil er weiß, dass es auch andere Narren gibt? Kann dieser Jemand trotzdem ein ganz großer Narr sein?

Die Bank of Japan plant – es ist noch nicht offiziell, aber es wird offiziell werden – die Rückkehr zur Zinspolitik. Die BoJ wird weiterhin mit Käufen von Staatsanleihen die monetäre Basis ausdehnen. Sie gibt jedoch die konkrete Zielvorgabe auf, sie legt den Umfang, in dem sie Staatsanleihen kauft, nicht mehr vorher fest. Sie setzt sich ein zweifaches Zinsziel, sie will sowohl die kurzfristigen als auch die langfristigen Zinsen steuern. Diese Form der Zinskurvenkontrolle ist neu. Die BoJ versucht, die Zinskurve steiler zu gestalten, den Abstand zwischen langfristigen und kurzfristigen Zinsen zu vergrößern. Als erste Zielmarken setzt die BoJ den Negativzins von null Komma eins Prozent im kurzfristigen Bereich und einen Nullzins für die Staatsanleihen mit zehn Jahren Laufzeit.

Wird die Politik der Zinskurvenkontrolle aufrechtzuerhalten sein? Kommen die Akteure zur Überzeugung, dass die BoJ ihr Inflationsziel erreichen wird, werden sie beginnen, Zinskurven und Zinsziele zu testen. Um einen Anstieg der Zinsen über das geplante Niveau hinaus zu verhindern, muss die BoJ ihre Wertpapierkäufe unbegrenzt ausweiten. Zugleich wird aber das Angebot geeigneter Papiere ständig schmaler, die durch diese Aktionen weiter steigenden Inflationserwartungen verstärken die Spekulationen, dass die Ziele nicht verteidigt werden können. Ist die Absicht der BoJ ehrlich gemeint, vom Quantitative easing zur Zinspolitik zurückzukehren?

Ich könnte doch noch einmal neu anfangen. Ich habe eine gewisse Erfahrung mit Neuanfängen. Schon oft habe ich dafür gesorgt, dass jemand oder alle von vorn begannen. Ich könnte mich als Trainee bewerben, für die Position, die ich jetzt innehabe. Eigentlich sind es zwei Positionen: Ich bin der Chief Comparability Officer und der Chief Logic Officer. Als CCO sorge ich dafür, dass man wirklich alles mit wirklich allem vergleichen kann. Als CLO ist es meine Aufgabe, Widersprüche zu bekämpfen.

Widersprüche sind wichtig. Aber Widersprüche haben nur dann einen Sinn, wenn sie den Anlass bilden, etwas zu konstruieren, was die Widersprüche nicht mehr enthält. Man muss kein Philosoph sein, um darauf zu kommen. Elementare Kenntnisse der Buchhaltung oder die Erfahrung, einen Imbissstand zu betreiben, führen zur selben Einsicht.

Ich muss nicht eitler sein, als ich bin. Ein Posten reicht mir. Ich glaube, man kann gut vertreten, dass der Posten des CLO auch die Aufgaben des CCO umfasst. In jedem Fall muss man erst die Dinge vergleichbar machen, sonst geht gar nichts. Dinge, die man nicht miteinander vergleichen kann, können einander nicht widersprechen. Wenn man Dinge nicht vergleichen kann, dann kann man auch keine Konstruktionen ersinnen, die bestimmte Eigenschaften haben, wie eben diejenige, dass sie keine Widersprüche mehr bergen.

Ich bewerbe mich also bei einem Hedge fund als Trainee für den Posten des CLO.

Kein Argument ist meine Erfahrung, die Erfahrung, die die Menschen mit mir gemacht haben, ich verschweige sie besser. Frage: Wenn ich keine Erfahrung habe, wie kann ich dann erfolgreich sein? Antwort: Ich muss Flair verkörpern, ich muss Durchhaltevermögen ausstrahlen, und die Eigenschaft, Glück zu haben – egal, ob das eine Charaktereigenschaft oder angelernt ist. *I have fast brains and enormous stamina.*

Wie steht es um meine ethischen Überzeugungen? Oh, da habe ich es leicht. Ich muss nicht so argumentieren wie praktisch alle, die mit mir zu tun haben, man muss überleben, man kann sich nicht zu extensiv mit Ethik beschäftigen. Ich bin ja die Logik. Wenn die Logik unethisch ist, dann kann sie nicht anders. Denn sie ist ja die Logik.

Der Nano-Mann hat die Zahl immer parat: Am 25. Juni 2010 wurden an der NYSE genau 4 474 476 550 Shares gehandelt. Ohne dass es dabei oder danach zu irgendeiner technischen oder rechtlichen Beanstandung gekommen wäre. Man kann das auf zweierlei Weise ausdrücken: Die

Akteure vertrauen einander. Oder: Die Prozesse funktionieren. Das ist das Gleiche.

Gibt es die logische Lüge? Wenn es sie gibt, bin ich das? Es wäre logisch …

Caleb: »Komme gerade aus einer Ausstellung von Ed Atkins. Habe überlegt, ob ich eine Arbeit kaufen soll.«

Banana Clip: »Es ist unfassbar. Die Hedge-fund-Leute glauben, sie können so weitermachen.«

Smalhauzen: »Ich sehe mich in Westhampton Beach und Southampton um.«

Banana Clip: »Ich habe nie das Gefühl, dass ich wirklich irgendwo bin. Es ist egal, wo ich bin.«

Smalhauzen: »Mein Chef hat mal versucht, sich bei Lloyd Blankfein in Sagaponack einzuladen. Es hat nicht geklappt. Er nahm es sehr persönlich.«

Banana Clip: »Ich mache Strategie nur noch auf Hotelbriefpapier. Der Gedanke muss auf einen Hotelbriefbogen passen. Ich mache keine Strategie mehr im Büro.«

Caleb: »In *Hisser* versucht ein Mann, der nicht schlafen kann, sich in den Schlaf zu singen.«

Smalhauzen: »Wenn es bis nächstes Jahr mit Westhampton Beach oder Southampton nicht klappt, gehe ich zur Credit Suisse.«

Banana Clip, zu Smalhauzen: »Wo haben Sie den Anzug gekauft?«

Smalhauzen: »Bei den Bonusverhandlungen sagt mein Chef immer: ›Was ich als Kind machen wollte, habe ich gemacht. Die Dollars sind mir egal.‹«

Caleb: »Bei Goldman …«

Smalhauzen: »Bei Goldman …«

Caleb: »Yeah.«

Smalhauzen: »Yeah.«

Caleb: »Es war keine Galerie, sondern ein Museum. Aber das ist egal. Man kann alle Arbeiten kaufen. Der Avatar war wirklich unheimlich. Er wusste, dass er ein Avatar ist, er hat so getan, als ob er etwas fühlt, aber man hatte immer den Eindruck, dass er nicht wirklich etwas fühlt.«

Smalhauzen: »Die Schweizer sind in Schwierigkeiten, sie müssen aufpassen, dass sie den Anschluss nicht verpassen.«

Caleb: »Wells Fargo Securities steht auch nicht so gut da.«

Smalhauzen: »Ich kenne Leute von Mizuho. Aber da müsste ich einen Crashkurs in Japanisch machen.«

Caleb: »Die Meetings bei den Japanern sind immer endlos.«

Smalhauzen: »Mein Chef bescheißt mich beim Bonus.«

Caleb: »Vielleicht sollte ich *Safe Conduct* kaufen. Das geht über einen Passagier, der sich in der Sicherheitszone eines Flughafens auflöst.«

Smalhauzen: »Als sich ein Kollege von mir einmal über seinen Bonus beschwert hat, hat mein Chef ein Spielzeugtelefon aus Holz hervorgezogen und so getan, als ob er telefonierte.«

Banana Clip: »Ha, ha!«

Caleb: »Investment banking ohne Leiden, das gibt's nicht.«

Banana Clip: »Yep.«

Smalhauzen: »Thom Browne.«

Investmentbanker müssen leiden. Sonst kommen schlechte Ergebnisse heraus. Banana Clip buncht mit Caleb und Smalhauzen in einem New Yorker Restaurant, sie trinken den Champagner eines Weinguts. Die Gäste sitzen im 22. Stockwerk zwischen einer Vollverglasung, die den Blick auf den Theater District ermöglicht, und einer Wand, die aus einem System von quadratischen Türen mit einer Kantenlänge von etwa einem halben Meter besteht. Die Türen sind jeweils über- und nebeneinander im gleichen Abstand angeordnet, die beiden Scharniere rechts oben und unten und der Schließmechanismus links glänzen unter der Deckenbeleuchtung, die aus altmodischen Rasterleuchten besteht. Die Türen füllen die gesamte Wand aus.

Die Türenwand muss eine Attrappe sein, wenn hinter den Türen wirklich etwas wäre, dann würde das Platz beanspruchen, den man eher für zusätzliche Tische nützen würde. Die Türen sind nummeriert, aber Banana Clip, Caleb und Smalhauzen können nicht ablesen, wie viele Türen es sind, weil die obere Türenreihe und die seitlichen Türenreihen im Schatten liegen. Sie müssten zählen, wie viele Türen es in der Länge und in der Höhe sind, und dann die beiden Zahlen miteinander multiplizieren. Obwohl alle drei gerne wüssten, wie viele Türen es sind, haben sie keine Lust zu zählen.

Die Kellnerinnen und Kellner tragen Blue jeans und Lederjacken, jeweils mit großen, silberfarben glänzenden Zips. Die Kellnerin, die Banana Clip und ihre beiden Gäste bedient, kaut Kaugummi. Auf der der Küche gegenüberliegenden Schmalseite des Raums zeigt ein großer Bildschirm das Foyer des Gebäudes. Smalhauzen arbeitet für JPMorgan Chase, Caleb für Morgan Stanley.

Banana Clip wartet darauf, dass der Banker anruft. Aber sie ist nicht nervös, sie benimmt sich nicht anders als sonst. Sie denkt nicht die ganze Zeit an den Banker und seine halbe Milliarde. Nur ab und zu.

Caleb: »As happier men watch birds, Evelyn Waugh wrote, I watch men. – We watch firms.«

Smalhauzen: »We merge firms.«

Banana Clip: »Schwache Produktivität, niedrige Zinsen, Überbewertung von Aktiva, exorbitante Konzerngewinne, stagnierende Reallöhne, exzessive Verschuldung, sinkende Investitionsbereitschaft, Fehlallokation von Kapital, die Verhinderung der schöpferischen Zerstörung, zunehmende Ungleichheit und ungünstige Demographie.«

Sie rattert das auf Deutsch herunter, um anschließend die identische Liste in präziser englischer Übersetzung – sie hält die Reihenfolge exakt ein, sie lässt keinen Punkt aus und fügt keinen hinzu – wie ein britischer Schauspieler zu rezitieren.

Caleb: »Hell.«

Smalhauzen: »Fuck.«

Banana Clip: »Christine nennt das *The New Mediocre*.«

BC duzt sich tatsächlich mit CL. Christine konnte sich nicht wehren.

Banana Clip: »Ihre Firma ist langweilig.«

Sie meint nicht die Firmen, bei denen ihre beiden Geschäftspartner beschäftigt sind. Sie meint die Firma, die bei dem Merger entsteht, den die beiden gerade bearbeiten.

Caleb und Smalhauzen im Chor: »Die beiden einzelnen Firmen waren noch viel langweiliger.«

Banana Clip kann nicht angeben, warum sie immer an

Augmented Eternity denkt, während sie zu der Wand mit den quadratischen Türen hinblickt. Das MIT Media Lab hat sich zum Ziel gesetzt, aus vorliegenden Daten unsterbliche Simulakren zu konstruieren. Die Kluft zwischen Leben und Tod soll überwunden werden, indem die digitale Identität verewigt wird. Alle Daten, die jemand täglich generiert, werden auf eine virtuelle Plattform transferiert. Die überlebt nicht nur denjenigen, der die Daten generiert, sie lernt auch dazu, und sie ist imstande zu kommunizieren. Man kann Menschen nach ihrer Meinung fragen, die tot sind. Die Idee ist nicht neu, weiß Banana Clip. Schon der IT-Pionier Vannevar Bush hatte die Idee, eine Maschine zu konstruieren, die alle Erinnerungen speichert, er nannte sie Memex.

Banana Clip überlegt: Wie kann man sich gegen die eigenen Chat bots wehren? Sie kommt nicht dazu, dem Gedanken nachzugehen, denn auf dem Display ihres Telefons scheint der Name des Bankers auf. Sie erhebt sich und geht zu dem einzigen leeren Tisch an der Glasfront.

Der Banker ist wirklich kein Gier-Banker. Bis zu dem Zeitpunkt, als er in der Lobby des Hotels den Letter of intent vom Personal accountant des Gründers erhielt, hatte er sich nicht einen einzigen Gedanken darüber gemacht, was er mit seinem Bonus anfangen wird. Der Gründer will die halbe Milliarde noch vor Ende der kommenden Woche überweisen.

Der erste Gedanke des Bankers war, auf Nummer Sicher zu gehen und zugleich etwas zu riskieren – das konnte er nur für sich selbst formulieren, das durfte er nicht zu Kunden sagen – und Aktien von MSCI zu kaufen.

Morgan Stanley Capital International berechnet 165 000 verschiedene Indizes. Jede Fondsgesellschaft, die auf der Grundlage eines MSCI Index einen ETF anbietet, muss MSCI eine Lizenzgebühr zahlen. In einem Finanzblog hat der Banker eine Schätzung gelesen, dass sich bis zum Jahr 2020 das in ETFs angelegte Vermögen auf sechstausend Milliarden Dollar verdoppeln werde. Der Banker glaubt, dass der ETF-Sektor noch stärker wachsen wird. Die Börsenindizes werden sowieso berechnet, die Ausweitung des ETF-Sektors verursacht keine weiteren Kosten bei MSCI. Die Konkurrenten sind eigentlich nur S & P Global und die englische Börse mit den FTSE Indices sowie die deutsche Börse mit dem DAX. Was die Berechnung von Indizes betrifft, kleine Fische.

Wenn es an den Börsen einen veritablen Crash geben sollte, ziehen sich die Anleger erst einmal aus den ETFs zurück. Aber was machen sie dann? Ein Problem wäre, wenn sich BlackRock dafür entscheidet, eigene Börsenindizes zu entwickeln, weil sie nicht ständig Gebühren an MSCI zahlen wollen. Im Jahr 2012 verzichtete Vanguard abrupt auf den Einsatz vieler Indizes von MSCI, der Aktienkurs von MSCI brach deutlich ein. Aber Vanguard hat bis jetzt keinen Nachahmer gefunden.

Aus dem Taxi nach LaGuardia ruft der Banker Banana Clip an. Sie nimmt das Gespräch an, er erklärt ihr, dass er ihr die halbe Milliarde zur Verwaltung geben wird. Der Banker ist auch ein ehrlicher Banker. Er stellt klar, dass er keine verdeckte Provision erwartet.

Der Nano-Mann, der schwere Mann und Banana Clip

haben immer Erklärungen. Der Nano-Mann und der schwere Mann glauben an ihre Erklärungen. Banana Clip glaubt an ihre Erklärungen, und sie glaubt nicht an ihre Erklärungen. Deswegen gibt der Banker ihr die halbe Milliarde.

Banana Clip ist immer besser vorbereitet, als es ihre Gesprächspartner annehmen. Sie ist daran gewöhnt, dass ihre Auffassungsgabe und ihr Gedächtnis unterschätzt werden. Sie sieht nicht so aus, wie Vannevar Bush sich Memex vorgestellt hat, aber sie kommt dem menschlich nahe. Banana Clip äußert, das Management der beiden Unternehmen nutze schon seit einiger Zeit die Bewertungsspielräume aus, um Aktiva höher zu bewerten, der Plan des Mergers sitze offensichtlich schon länger in den Köpfen der Manager. Nach ihrer Überzeugung liege die Verschuldung deutlich über den in den Bilanzen ausgewiesenen Werten, die Schulden seien in andere Firmen ausgelagert, die von den beiden Merger-Kandidaten kontrolliert werden. Sie weist auf ein Projekt der Firma mit der kleineren Bilanzsumme hin, zu dem es vor zwei Jahren einen Bericht in der *Financial Times* gab. Sie fragt Caleb und Smalhauzen, was die beiden von dem Projekt halten.

Die beiden Investmentbanker sind überrascht, dass ihr deutscher Besuch sie ausreden lässt. Banana Clip achtet darauf, ihre Gedankenketten, soweit sie als solche erkennbar sind, auf keinen Fall abzuschneiden. Die Zwischenfragen, die sie stellt, sind wohldosiert. Redet Caleb, wendet sie sich ausschließlich Caleb zu, spricht Smalhauzen, widmet sie sich ganz und gar Smalhauzen. Beim Zuhören legt sie den Kopf leicht zur Seite. Löst der eine Gesprächspartner den anderen ab, lächelt sie denjenigen, der zu reden anfängt, freundlich an. Banana Clip geht in jeder Beziehung auf sie ein. Das ist offensichtlich der Effekt des kurzen Telefonats, das sie geführt hat.

Das Projekt betrifft den europäischen Markt, es ist wegen des Mergers ins Stocken gekommen. Banana Clip regt eine Kommunikation der beiden Firmen oder des Mergers über dieses Projekt an, das würde die Platzierung der Aktien des Mergers in Europa ungeheuer erleichtern. Es gelingt ihr, ihre Gesprächspartner zu motivieren. Caleb macht Vorschläge, wie die Produktivität erhöht werden kann, er führt Schließungspläne für drei Fabriken an, die in der Schublade liegen, aber nicht kommuniziert werden, weil sie zu Widerstand gegen den Merger führen würden. Er beschreibt eine neue Technologie, die es erlauben würde, einen nicht geringen Teil des Umsatzes günstiger zu produzieren. Smalhauzen weist darauf hin, dass eine Fortschreibung der Umsatzentwicklung in die Zukunft zu einer Verminderung des Arbeitseinsatzes führen wird, weil die kapitalintensiven Produkte stärker wachsen als die nicht kapitalintensiven.

Der Bildschirm an der Schmalseite des Raums im 22. Geschoss zeigt jetzt nicht mehr die Lobby des Gebäudes, sondern in der linken Hälfte den schweren Mann, der sein Büro umbauen und sich dabei zusehen lässt, und in der rechten Hälfte den Nano-Mann vor seiner Garage.

Banana Clip hat den schweren Mann noch nie ohne Anzugjacke und Krawatte gesehen. Aber es ist ja Sonntag. Er hat die Ärmel seines weißen Hemds hochgekrempelt, die oberen Knöpfe sind offen, unter dem Hemd trägt er ein weißes T-Shirt mit Crew neck. Er steht vor einer weißen Wand, in der linken Hand hält er einen auseinandergefalteten Plan, mit ausholenden Bewegungen des rechten Armes weist er Personal an. Ein Umzugskarton hinter dem schweren Mann ist bis über den Rand mit Bürogegenständen gefüllt, so dass man ihn nicht schließen kann. Banana Clip erkennt ein Bakelit-Telefon und eine Bakelit-Löschwippe.

Der narzisstische Service dieses Restaurants wird auch bei TripAdvisor hervorgehoben. Wer sein Büro vorzeigen will, kann sich seine Videokonferenz auf den großen Bildschirm legen lassen. Die Klientel ist natürlich auf Selbständige und Firmeninhaber begrenzt, keine größere Firma würde es zulassen, Live-Bilder aus ihren Offices in ein Restaurant zu senden. Unmittelbar nach dem Telefonat mit dem Banker schrieb Banana Clip dem schweren Mann und dem Nano-Mann eine Mail, in der sie die beiden zu der Videokonferenz einlud. Banana Clip will ihren Sieg feiern.

Der Banker hat aus dem Taxi heraus nicht nur Banana Clip, sondern auch den schweren Mann und den Nano-Mann angerufen und erreicht. Als ihm der Banker mitteilte, dass er sich für Banana Clip entschieden habe, sagte der schwere Mann nichts. Aber er begann, auch für den Banker hörbar, zu hyperventilieren. Der Banker wollte seine Wahl nicht begründen. Die Wortlosigkeit des schweren Mannes brachte ihn dazu, etwas zu sagen wie: Er habe sich eben entscheiden müssen. Die Entschuldigung konnte keine sein, er hätte die Summe auch aufteilen können.

Der Nano-Mann und sein Bruder bedankten sich, dass

der Banker ihnen die Möglichkeit gegeben hatte, ihre Vorstellungen zu erläutern. Schließlich ist der Banker auch unabhängig von der halben Milliarde ein guter Kunde der Firma des Nano-Mannes und seines Bruders.

Der Nano-Mann steht vor einer blendend weißen Doppelgaragentür mit quadratischen Aussparungen. Banana Clip weiß, dass der Nano-Mann in der Lilienthalallee wohnt. Die Lilienthalallee ist der seltene Fall einer tatsächlich grünen und wirklich ruhigen Wohnlage mit geringem Abstand zum Frankfurter Zentrum. Banana Clip würde ebenfalls gerne in der Lilienthalallee wohnen, allerdings sind die Häuser nicht groß. Jetzt, nach dem Anruf des Bankers, ist die Möglichkeit realistisch, dass sie zwei Grundstücke erwirbt, die daraufstehenden Häuser abreißt und ein großes Haus baut. Sie würde alleine in das Haus ziehen.

Der Nano-Mann hatte nicht vor, Bestandteil der Videokonferenz von Banana Clip zu werden. Schon seit Jahren hat er keinen Sonntagsspaziergang mehr unternommen, er wollte zum Palmengarten gehen. Als er auf der Lilienthalallee zum blauen Himmel hochblickte, sah er die zweite Erde. Diesmal war nicht der Mond der Illusionist, eine Wolkenformation übernahm die Aufgabe. Der Nano-Mann zückte sein Telefon, um ein Foto zu machen, aber der Akku war leer. Er hatte sich nur ein paar Meter von seinem Haus entfernt, sein Notebook lag in dem Wagen, der vor der Garage stand. Er spurtete zu dem Wagen zurück, obwohl es unwahrscheinlich war, dass die optische Täuschung mehr als ein paar Sekunden anhalten würde, geschweige denn so lange, bis er das Notebook aus dem Wagen hervorgeholt haben würde und den Bildschirm mit der Kamera auf den

Himmel richten konnte. Zwar war es völlig windstill, aber wenn es in Bodennähe keinen Wind gibt, muss das noch lange nicht für die höheren Luftschichten gelten.

Das Wunder geschah, die Wolkenformation blieb einigermaßen stabil.

Der Nano-Mann blickte auf seine Armbanduhr, bis zu der angesetzten Videokonferenz waren es noch drei Minuten. Er stellte sein Notebook auf die Motorhaube seines Wagens, das Wireless in seinem Haus reicht bis auf die Straße, und er wählte den Link, den Banana Clip angegeben hatte.

Der Nano-Mann und der schwere Mann sehen auf ihren Screens das Bild des Restaurants mit dem Tisch von Banana Clip im Zentrum. Sie hat ein Headset auf. Aber es gibt keinen Ton. Caleb kümmert sich zusammen mit dem Techniker des Restaurants darum, dass sie ihren Triumph nicht nur stumm genießen kann.

Der schwere Mann muss an den Traum denken, den er in der Nacht hatte. Er wachte am Morgen auf, und es rauschte in seinem Schlafzimmer. Er wohnt sehr ruhig. Er ging zum Fenster, kein einziges Fahrzeug war auf der Straße. Das Fenster selbst rauschte. Er fuhr ins Büro, er setzte sich an seinen Schreibtisch, und jeder einzelne Gegenstand auf dem Schreibtisch gab ein brausendes Geräusch ab. Größere Gegenstände waren lauter als kleinere, der Schreibtisch selbst erzeugte ein tiefes, tosendes Geräusch.

In seinem Traum fuhr der schwere Mann in eine graslose Landschaft mit Seen und Gebäuden, überall standen auf Gerüsten montierte Lautsprecher, aus den Lautsprechern kam jedoch kein Ton. Wie in seinem Traum vor drei Tagen floss aus den Lautsprechern Wasser. Größere oder kleinere blaue Rinnsale ergossen sich in die graue Landschaft seines Traums.

Am Morgen suchte er das Bad zur gleichen Zeit auf wie seine Frau. Beide wuschen sich das Gesicht über dem Doppelwaschtisch. Seit Monaten war es nicht vorgekommen, dass sie gemeinsam das Bad betreten hatten. Seine Frau wusch sich das Gesicht völlig geräuschlos.

Unvermittelt lehnt eine Leiter an der weißen Wand, man hat auf den schweren Mann geachtet und nicht auf den Handwerker, der die fragile Leiter dort hingestellt hat. Der schwere Mann wird doch nicht. Der schwere Mann bearbeitet mit einem Schaber die Wand, augenscheinlich um festzustellen, wie deren Beschaffenheit ist. Er muss keine Kraft aufwenden, sofort bröckelt der Putz ab. Er greift unter den jetzt hervorstehenden Putz und bricht ihn ab. Es hat etwas vom Aufreißen der Kleidung einer Person.

Wenn der Nano-Mann die halbe Milliarde erhalten hätte – hätte er gezeigt, was er kann, oder wäre es die Leistung seines Bruders gewesen? Er wäre ein *sovereign*, sein Bruder ein *genie*. Oder, nichts Neues unter der Sonne, er ein *genie*, sein Bruder ein *sovereign*. Aber sie haben die halbe Milliarde nicht bekommen. Weil sein Bruder das größere Problem nicht gelöst hat? Weil er, der Nano-Mann, mit den kleineren Problemen nicht fertiggeworden ist? Wessen Fehler war es? Haben beide Fehler gemacht? Sein Bruder macht doch keine Fehler? Der Banker hat nicht erläutert, warum er die halbe Milliarde Banana Clip gegeben hat. Wie kann er, der Nano-Mann, einen Fehler gemacht haben? Er hat alles unternommen, was sein Bruder und er unternehmen konnten.

Die Emulation seines Bruders auf ihm funktioniert. Der

Nano-Mann fasst den Gedanken: Wenn es ihm gelungen ist, die funktionierende Emulation zu generieren, dann hat er damit in der Tat gezeigt, dass er etwas *kann*. Aber sein Bruder hätte auch die Möglichkeit gehabt, etwas viel Wichtigeres zu leisten –

Caleb ist es gelungen, den privaten Ton für die öffentliche Videokonferenz zu liefern. Banana Clip fragt: »Warum haben Sie sich den Vortrag nicht angehört?«

Es kann sich nur um den Vortrag handeln, den der Nano-Mann am Morgen in der Goethe-Uni gehalten hat.

Banana Clip: »Finance horror?«

Die Frage kann sich nur an den schweren Mann richten.

Der schwere Mann macht eine Körperbewegung in Richtung der Umzugskiste im Hintergrund, als ob er sich umwenden würde, aber dann dreht er sich doch nicht um. Er nimmt die Brille ab und lässt sie an dem Brillenband vor seiner Brust baumeln, gut sichtbar vor dem Hintergrund des weißen Hemdes.

Er blickt nach oben zur Decke, er kneift das rechte Auge zu, um mit dem linken besser zu sehen, dabei macht er den Mund sinnlos weit auf. Er will die Arme vor die Brust verschränken und kommt in Konflikt mit der hängenden Brille. Es sieht seltsam aus, wenn er die Hände über der Brille verschränkt, aber es sieht nicht minder seltsam aus, wenn die Brille über den verschränkten Händen baumelt.

Banana Clip hatte einen Beobachter zum Campus der Goethe-Uni geschickt, der den Vortrag des Nano-Mannes verfolgen sollte. Der Vortrag selbst interessierte nicht. Sie wollte wissen, ob der schwere Mann den Vortrag besuchte. Wenn ja, war das ein Indiz, dass sich der Nano-Mann und der schwere Mann absprachen, gegen sie.

Als der Beobachter auf dem Parkplatz vor dem Hörsaal aus seinem Wagen aussteigen wollte, sah er den Jaguar des schweren Mannes im Schritttempo am Parkplatz vorbeifahren. Geistesgegenwärtig machte er mit seinem Telefon Bilder, die er mit Datum und Uhrzeit nach New York schickte. Er wartete auf dem Parkplatz. Als der Jaguar des schweren Mannes wieder den Parkplatz passierte, nahm ihn der Beobachter erneut auf.

Banana Clip spielt jetzt das Bild mit dem ersten Zeitstempel ein, so dass es der schwere Mann und der Nano-Mann auf ihren Bildschirmen haben.

Für einen Moment schließt der schwere Mann die Augen. Er hat das Gefühl, er sieht durch die geschlossenen Lider die Krähen über dem Grüneburgpark. Auf einmal, plötzlich, unvermutet, unvorhergesehen hat der Absolute parity man, der eigentlich Absolute risk parity man genannt werden müsste, keine Optionen mehr. Er darf nicht behaupten, er habe den Vortrag besuchen wollen, aber dann habe er einen Anruf bekommen, eine Mail erhalten. Wenn der Spion von Banana Clip festgehalten hat, wie er das erste Mal an dem Parkplatz vorbeifuhr, dann ist ihm das zweite Mal schwerlich entgangen. Der schwere Mann kann auch nicht behaupten, er habe telefoniert und das Gespräch sei zu keinem Ende gekommen. Wenn er entschlossen gewesen wäre, den Vortrag zu besuchen, hätte er den Fahrer angewiesen, auf den Parkplatz zu fahren, und dort weitertelefoniert.

Der Absolute parity man steht als unentschlossen, als entscheidungsschwach da. *Vor allen.* Es gibt keine Möglichkeit für ihn, sich herauszureden, er sei *nicht* unentschieden gewesen. Genauso wenig gibt es eine Möglichkeit, sein ergebnisloses Zögern irgendwie zu begründen. Natürlich scheidet auch aus, dass er sich über die Beobachtung beschwert. Banana Clip würde die Beobachtung als Zufall hinstellen.

Der schwere Mann – er ist mit dem gleichen Kopf zur Welt gekommen, mit dem gleichen kahlen, runzligen, greisen Gnomengesicht –, er könnte doch jetzt schreien, wie er damals geschrien hat –

Während Banana Clip denkt: ›Man darf sich nicht schämen‹, bietet der schwere Mann einen Anblick maximaler Peinlichkeit. Er kann nichts sagen oder tun, was die Situation nicht noch peinlicher machen würde. Für eine Ablenkung von seiner Peinlichkeit könnte nur der Nano-Mann sorgen, aber der wird seinerseits abgelenkt: Ein Kurier bringt eine Sendung, der Nano-Mann soll die Empfangsbestätigung unterschreiben.

Er erwartet keine Sendung, die so eilig ist, dass sie am Sonntag an seine Privatadresse zugestellt wird. Er dreht die in Plastik eingeschweißte Sendung in seinen Händen, um den Absender herauszufinden. Sein erster Gedanke, seine erste Befürchtung ist, es könne ein amtliches Schriftstück sein, das mit seinem Bruder zu tun hat. Aber er sieht asiatische Schriftzeichen. Bestimmt hat es nichts mit seinem Bruder zu tun.

Die Peinlichkeit ist Banana Clips Medium, das sie beherrscht wie kein anderes und wie kein anderer oder wie keine andere. Die Peinlichkeit ist sowohl das Ding an sich als auch die wichtigste Kategorie ihrer Wahrnehmung. Die Peinlichkeit ist ihre regulative Idee. Sie weiß nicht, was sie sonst an die Stelle des Bedürfnisses nach Peinlichkeit setzen sollte.

Sie hat die Videokonferenz einberufen, um in der Peinlichkeit des schweren Mannes ein heißes Bad zu nehmen. Eben noch hat sie überlegt: Soll sie a) ein Gesicht aufsetzen, das besagt: ›Feigling. Elende Made.‹ Oder soll sie b) sagen: ›Wie fühlen Sie sich? – Fassen Sie Ihre Gefühle in einem Memo zusammen und schicken Sie es mir bis morgen früh.‹ Aber von einem Augenblick auf den anderen ist Banana Clip das Bad nicht zu heiß, sondern langweilig geworden. Sie hat – wieder einmal – die Peinlichkeitsgrenze überschritten. C'est ça. So what.

Völlig unintentional erwägt sie c): als Überlegene dem Unterlegenen eine Zusammenarbeit anzubieten.

Seit Jahren hat Banana Clip keine Gefühlsbeziehung zu einem Mann oder zu einer Frau gehabt. Weder hat sie dazu einen Ansporn verspürt noch eine Notwendigkeit gesehen. Es gab keine Kandidaten und keine Kandidatinnen. Die Gefühlsbeziehungen anderer Leute hat sie zur Kenntnis genommen wie deren Körpergröße, Haar- und Augenfarbe oder evidente Charaktereigenschaften wie introvertiert oder extrovertiert. Sie findet Männer nicht interessant, wie andere Frauen Männer – oder Frauen – interessant finden. Sie findet Männer und Frauen nur dann diskutierenswert, wenn sie von ihnen für ihre Dinge etwas lernen kann.

Sie ist bereit, sich für c) zu entscheiden. Aber erst muss sie die Frage beantworten, die sich aus dem absoluten Nichts materialisiert hat: ›Finde ich den schweren Mann auf einmal interessant?‹ Ja.

Die Frage, die sich sofort im Anschluss stellt, ist natürlich die: War der schwere Mann als Quäl-Ziel eine Vorstufe des schweren Mannes als interessanter Mann, oder war der schwere Mann als interessanter Mann bereits im Quäl-Ziel angelegt? Begeistert sich Banana Clip nur deswegen für den schweren Mann, weil sie ihn gequält hat, oder ist die Quälerei die Camouflage ihrer Anteilnahme – gewesen? Hat sie ihre Neigung vor sich selbst geheim gehalten? Sie hat den Beobachter zum Vortrag des Nano-Mannes geschickt, um ihre Information zu maximieren. Warum ist sie sofort und so gründlich von dieser ursprünglichen Denklinie abgewichen, als sich die Peinlichkeit des Verhaltens des schweren Mannes abzeichnete?

Peinlichkeiten hat es auch beim Vortrag des Nano-Mannes gegeben, siehe den Predigerton. Der Beobachter hat die zweite Hälfte des Vortrags verfolgt und mit dem Telefon ein paar signifikante Clips aufgenommen. Als Spezialistin für Peinlichkeit hätte es zu ihrem Berufsethos gehört, auch den Nano-Mann auf die eine oder andere Weise damit zu konfrontieren.

Banana Clip und der schwere Mann sind allein.

Der Nano-Mann öffnet die Eilsendung, es könnte ja sein, dass sie doch etwas mit seinem Bruder zu tun hat.

Caleb und Smalhauzen sprechen über die neueste ITRS, die International Technology Roadmap for Semiconductors. Danach wird es ihm Jahr 2021 möglich sein, Computerchips zu produzieren, deren kleinste Elemente nur noch zehn Nanometer groß sind. Dann ist das Ende erreicht. Die Experten sind sich nicht einig, wie es danach weitergehen wird. Während der letzten fünfundzwanzig Jahre haben die großen Halbleiterfirmen gemeinsam Forschungsschwerpunkte gesetzt, jetzt zerfällt die Allianz. Intel bestimmte die Richtung und die Geschwindigkeit des Fortschritts, Firmen wie HP und Dell setzten die Vorgaben von Intel in marktgängige Produkte um.

Jetzt läuft es andersherum: Google entwickelt zusammen mit der Cloud-Computing-Firma Rockspace einen Server-Computer, Zaius P9. Keine andere Firma hat so viel Computer im Einsatz wie Google, es ist naheliegend, dass Firmen, die Serverfarmen betreiben, das Design von Computer-Hardware selbst in die Hand nehmen. Caleb geht davon aus, dass sich die Rechenleistung von Server-Computern mit der neuen Technik um den Faktor zehn verbessern lässt. Die CPU ist nicht mehr das Zentrum. Je nach Aufgabenstellung verlässt sie sich auf Beschleuniger oder FPGAs, Field Programmable Gate Arrays. Die Zweiteilung der Datenablage, hier der Hauptspeicher, dort der Massenspeicher, löst sich auf. Flash memory und storage class memory ermöglichen es, die Vorteile von Massenspeicher und Hauptspeicher zu kombinieren. Smalhauzen weiß immerhin, dass der Hauptprozessor für Zaius ein Open power processor von IBM ist.

Die Eilsendung an den Nano-Mann enthält Vertragsentwürfe aus Shenzhen, der Bruder wollte dort ein Büro eröffnen. Es ist unklar, warum die Unterlagen an seine, des Nano-Mannes, Privatadresse geschickt wurden. Der Nano-Mann erwägt für einen Augenblick die Möglichkeit, dass sein Bruder in Shenzhen ist und sich um das Büro kümmert. Aber warum sollte er sich in diesem Fall aus dem System löschen?

Während Banana Clip überlegt, ist ihr Gesichtsausdruck neutral. Derjenige des schweren Mannes übermittelt die Botschaft: ›Warum muss ausgerechnet ich so sehr leiden.‹

Banana Clip sagt zum schweren Mann: »Seien Sie mein CRO. Mein Chief Risk Officer.«

Man hört ein Quietschgeräusch, ein Stöhnen, ein Keuchen und mehrere dumpfe Schläge. Der schwere Mann dreht sich – für seine Verhältnisse abrupt – in die Richtung, aus der die Geräusche der Handwerker kommen. Er legt die Hände auf die Oberschenkel, es besteht die Gefahr, dass er das Gleichgewicht verliert. Er kann sich nicht auf seinem Schreibtisch abstützen. Die Brille baumelt vor dem offenen Hemd.

Banana Clip sagt: »Ganz tief drinnen in mir ist so ein vages, nebliges, unklares Gefühl. Ich kann dieses Gefühl nicht konkretisieren. Sie können das.«

Der schwere Mann fragt: »Wie stellen Sie sich das vor?«

Banana Clip sagt: »Sie wissen doch, was ein CRO macht.«

Der schwere Mann fragt: »Online-Zugang zu Ihren offenen Positionen?«

Banana Clip lässt sich einen blauen Cocktail bringen.

Der schwere Mann fragt: »Soll das kommuniziert werden?«

Es ist ja schon kommuniziert. Der Nano-Mann denkt: ›Absurd.‹ Ein Hedge fund macht einem anderen Hedge fund alle Informationen zugänglich, obwohl es keinerlei rechtliche Verflechtung der Eigentümer oder der Manager gibt.

Der Nano-Mann spielt keine Rolle mehr, eine Änderung dieses Zustands erscheint schlechterdings unmöglich. Der schwere Mann ist nicht mehr peinlich. Die einzige Möglichkeit für den Nano-Mann, nicht seinerseits peinlich zu werden, ist, nichts zu tun und nichts zu sagen. Wer ist es, der von Banana Clip – und dem schweren Mann, aber das ist weniger wichtig – nicht zur Kenntnis genommen wird? Der Nano-Mann oder sein Bruder?

Der schwere Mann sagt zu Banana Clip: »Wollen wir uns nächste Woche kurz treffen? – Ich komme zu Ihnen ins Office, oder wohin Sie wollen.«

Er fügt an: »Ich freue mich schon darauf.«

Banana Clip sagt: »Nächste Woche. Sehr gut.«

Die Luft vor dem Gebäude mit dem Restaurant ist heiß und dick. Banana Clip wartet mit Caleb und Smalhauzen auf das Taxi. Es wird erst Banana Clip zu ihrem Hotel und dann Caleb nach Queens und Smalhauzen nach Brooklyn Heights bringen. Unter dem Gehsteig fließt Wasser in einem Rohr, das singt und klopft. Caleb und Smalhauzen, die mittlerweile sehr betrunken sind, balancieren auf der Bordsteinkante, ihre ein wenig teigigen Gesichter sind blühend verjüngt. Sie werden abgelenkt durch weißwangige kreischende Vögel. Banana Clip tut so, als interessiere sie sich für deren Flugrichtung.

In einem sehr langsam fahrenden Taxi, offensichtlich kommt der Fahrer mit der angegebenen Adresse nicht klar, umarmen sich zwei Gestalten. Auf einmal beschleunigt das Taxi, es entfernt sich schnell und wird in der heißen Luft zu einer verschwommenen Schliere.

Smalhauzen sagt: »O là là.«

Banana Clip fragt: »Was hat er denn?«

Smalhauzen sagt laut: »Ich möchte –«

Caleb besänftigt: »Schon gut.«

Banana Clip murmelt: »Papiertiger-Selbstdarstellung …«

Smalhauzen sagt sehr laut: »Na, was ist!«

Caleb versucht, ihn zu beruhigen: »Schon gut. Schon gut.«

Smalhauzen verlangt: »Lass mich in Ruhe.«

Caleb sagt: »Bitte.«

Am Ende der wenig befahrenen Straße materialisiert sich das vom Restaurant bestellte Taxi. Am Bürgersteig stellen sich Caleb und Smalhauzen hintereinander auf. Zuerst Caleb, dahinter Smalhauzen.

Wenn das Taxi näher kommt, werden Caleb, Smalhauzen und Banana Clip auf die Straße gehen. In diesem Augenblick wird ein anderer Fahrer seinen Wagen mitten auf der Straße wenden. Er wird sich nicht sonderlich beeilen. Während der Wagen auf der Straße quer steht, wird der Fahrer aus Versehen zu stark auf das Gaspedal treten. Der Wagen wird nach vorne schnellen, auf Caleb und Smalhauzen zu, aber der Fahrer wird ihn abfangen, indem er ganz stark auf die Bremse tritt.

Wenn das Taxi vorgefahren ist, wird Caleb auf den Platz hinter den Fahrer durchrutschen, Smalhauzen wird sich neben Caleb setzen. Keiner von beiden wird so galant sein, Banana Clip die Beifahrertür aufzuhalten.

In das Büro des schweren Mannes ist mittlerweile die Nachmittagssonne eingefallen. Er konsultiert die Wetter-App, die für den frühen Abend einen schnellen und gründlichen Wetterumschwung mit Starkregen verheißt.

Vor ein paar Wochen hat er sich ein Tokyobike gekauft. Das Modell Classic mit Rahmen in Vintage orange und Shimano-RD-2300-8-Gang-Schaltung, die Griffe des klassischen Lenkers sind im exakt gleichen Braun gehalten wie der Sattel. Er ist im Internet auf die Marke gestoßen und hat das Rad sofort bestellt.

Das Fahrrad ist einfach ein Fahrrad. Es gibt nichts Überflüssiges an dem Rad. Es hat keinen Gepäckträger, der Rahmen ist zierlich, weil er zierlich sein soll, nicht weil er leicht sein soll, die Reifen sind dünn, weil sie dünn sein sollen, nicht weil man damit besonders schnell fahren soll, die Felgen sind hell. Das Rad kostet nur siebenhundertfünfzig Euro. Der schwere Mann kann sich nicht erinnern, bei seinen Tokio-Aufenthalten auch nur ein elegantes Fahrrad gesehen zu haben. Als das Rad angeliefert wurde, war er nicht zu Hause.

Der schwere Mann wird das Rad aus dem Karton herausnehmen. Er wird den Sattel einstellen und sich auf das Fahrrad setzen, natürlich wird er nicht in den Gewitterregen hinausfahren.

Auf dem Fahrrad wird ihm einfallen, er muss seinem Tokioter Mitarbeiter Bescheid geben, dass er doch nicht kommen wird. Er hat sich zum Flughafen fahren lassen, aber dann seinem Fahrer das Kommando gegeben umzukehren. Den Flug hat er aus dem Auto heraus gecancelt. Er hat beschlossen, dass in Zukunft auch alle nicht angetretenen Flüge seiner Firma mit Atmosfair kompensiert werden.

Der schwere Mann weiß, dass ihm Banana Clip keinen Einblick in ihre Positionen geben wird. Eine Schnapsidee.

Banana Clip wird den Fonds BC 269 auflegen. Sie wird die Anteile auch dem schweren Mann und dem Nano-Mann anbieten. Als Erstes wird sie für den Fonds für eine Viertelmilliarde Shares der Firma des Gründers kaufen.

Der Nano-Mann wird in das Büro seines Bruders gehen. Sein Bruder wird nicht da sein. Er wird denken: ›Mein Bruder nicht hier. Sehr gut.‹ Er wird laut sagen: »Bruderterror.« Er wird auch denken, dass er das nicht so formuliert hätte, wenn er nicht die Videokonferenz mit Banana Clip gehabt hätte.

Der Schreibtisch seines Bruders war immer das Gegenteil des Schreibtisches des schweren Mannes. Wobei durchaus noch nicht klar ist, ob der Schreibtisch des schweren Mannes nach der Umbauaktion genauso aussehen wird wie vorher.

Der Nano-Mann wird sich auch diesmal nicht für den Inhalt des Notebooks oder der Papiere interessieren. Er wird sich an die schon fast verheilte Schläfenwunde greifen und überlegen, ob er nicht das Notebook und den Papierstapel mit einer Armbewegung auf den Boden befördert. Mit einer *einzigen* Bewegung. Es muss eine Art Wischen sein. Würde der Klippenspringer während eines Sprunges eine solche Bewegung machen, es wäre mit großer Wahrscheinlichkeit sein letzter Sprung.

Was den Nano-Mann schließlich doch davon abhalten wird, für Tabula rasa zu sorgen: das laute Geräusch, mit dem das Notebook auf den Boden treffen würde. Wenn der Klippenspringer an einen Felsen anschlagen würde, dann würde das fast geräuschlos geschehen.